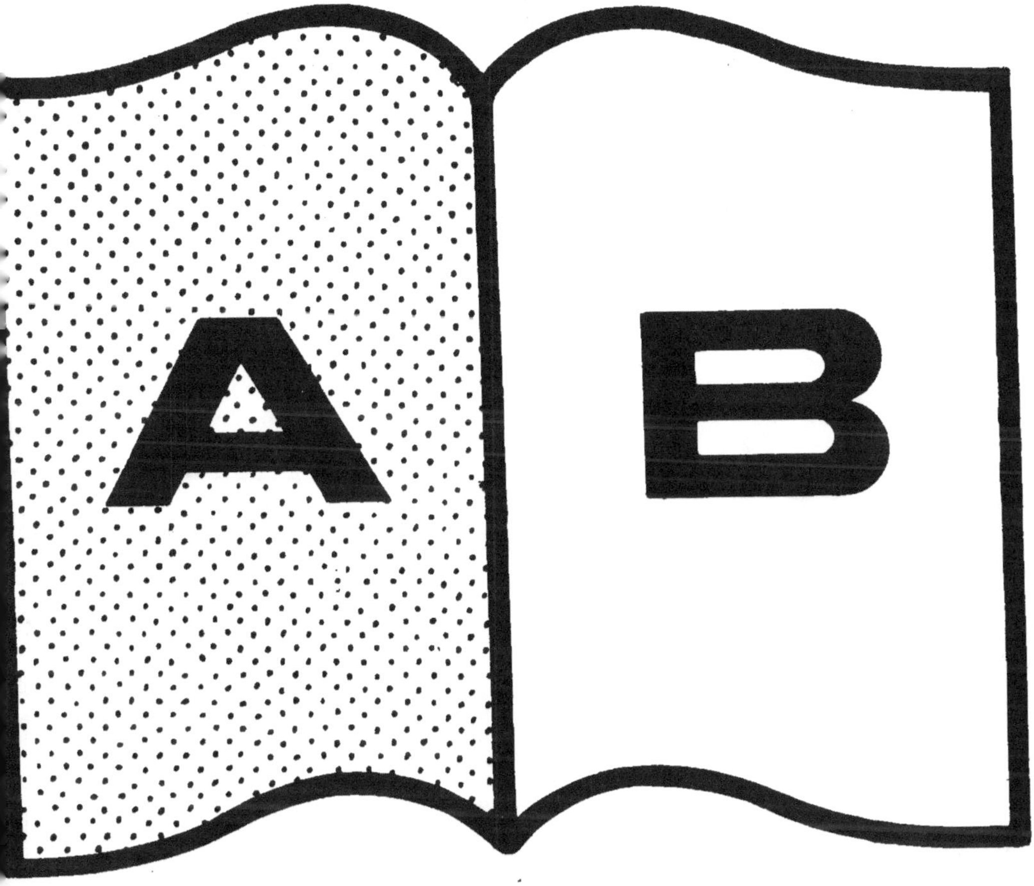

Contraste insuffisant

NF Z 43-120-14

Y 6462
D+a 5.

YR312

SHAKESPEARE.

TOME CINQUIÈME.

SHAKESPEARE

TRADUIT

DE L'ANGLOIS,

PAR M. LE TOURNEUR,

DÉDIÉ

AU ROI.

Homo sum : humani nihil à me alienum puto. Tér.

TOME CINQUIÈME.

A PARIS,

Chez {
L'AUTEUR, rue de Tournon, hôtel de Valois.
MÉRIGOT Jeune, Libraire, quai des Augustins,
au coin de la rue Pavée, maison neuve.
VALADE, Imprimeur-Libraire, rue des Noyers.

M. DCC. LXXIX.

Avec Approbation & Privilége du Roi.

LISTE

DES NOUVEAUX SOUSCRIPTEURS.

A

M. le Duc d'Aumont.

M. de Saint-Alvard, à Clermont-Ferrand.

B

M. Bardin, Libraire à Génève.

M. Besogne, Libraire à Rouen.

M. le Marquis de Bourbonne.

C

M. l'Abbé de Chabannes.

M. le Duc de Chaulnes.

M. du Clausel.

M. le Marquis de Clermont.

M. Coutelle.

D

M. Desjobert, Grand-Maître des Eaux & Forêts.

M. Despilly, à Nantes.

F

M. Flamen d'Assigny, Conseiller-Auditeur des Comptes.

Tome V. *a 2*

LISTE

G

M. GLOS, à Sceaux-Penthièvre.

M. GARCIN, Libraire à Mâcon.

H

M. HERBAUMONT, paſſage de l'Orangerie.

J

M. JOHN BELL, Libraire à Londres.

M. JOMBERT, Libraire.

K

M. DE KERALIO.

L

M. LA RIVE, Comédien, Penſionnaire du Roi.

M. LAURENT, Avocat au Parlement.

M. LAUREAU, Libraire à Arras.

Madame LE BAS, Paſſage des Feuillans.

Madame DE LIVRY.

M

M. DE MENERVILLE, Conſeiller au Châtelet.

Madame DE MONSEGUR, à Toulouſe.

M. DE MONTICOURT, rue du Haſard.

M. DE MONTANDRE.

M. DE MAROLLES.

M. MARECHAL, Menuiſier du Roi.

N

Madame NECKER.

M. DE NOINTEL, Gentilhomme ordinaire du Roi.

O

M. le Comte D'ORSAY, premier Maréchal des Logis de la Maison de Monfieur.

P

M. PANCKOUKE, Libraire.

R

M. RICHARD.

MM. RIGAUD, PONS & Compagnie, Libraires à Montpellier.

Madame la Comteffe DE ROTHE,

M. le Comte DE RUTFORT.

S

M. le Préfident DE SARON.

M. DU SAUSSAY, Secrétaire du Roi, Receveur de la Capitation.

M. DE SAUMADES, Libraire à Clermont-Ferrand-

M. SERMAIZE, Garde du Roi, à Parray-le-Mo- nial.

T

M. TRONCHIN, ancien Confeiller à Genève.

LISTE DES SOUSCRIPTEURS.

M. TARBÉ, Imprimeur à Sens.
M. TAITEBOUT,

V

M. DE VAINES.
Madame la Marquise DE VOYÉ.
M. DE VILLENEUVE, Receveur général des Finances, rue Plâtrière.
M. le Comte DE VIENNE.
Madame DE VINTIMILLE.

LE ROI LÉAR.

LE
ROI LÉAR.

PERSONNAGES.

LÉAR, *Roi de la Grande Brétagne, fils de Bladud, auquel il fuccéda l'an du monde 3105.*

AGANIPPUS, *Roi d'une partie de la Gaule, où eft aujourd'hui la France.*

LE DUC DE BOURGOGNE.

LE DUC DE CORNOUAILLES.

LE DUC D'ALBANIE, *en Ecoffe.*

LE COMTE DE GLOCESTER.

LE COMTE DE KENT.

EDGAR, *fils de Glocefter.*

EDMOND, *Bâtard de Glocefter.*

CURAN, *Courtifan.*

UN MÉDECIN.

LE FOL *du Roi Léar.*

OSWALD, *Sur-Intendant de Gonerill.*

UN CAPITAINE *employé par Edmond.*

UN ÉCUYER *attaché à Cordélia.*

UN HÉRAUT.

UN VIEILLARD, *Vaffal de Glocefter.*

UN SERVITEUR *du Duc de Cornouailles.*

DEUX SERVITEURS *de Glocefter.*

GONERILL,
RÉGANE, } *filles du Roi Léar.*
CORDÉLIA,

CHEVALIERS *de la fuite du Roi*, OFFICIERS, COURIERS, SOLDATS, &c.

La Scène eft dans l'île Britannique.

LE
ROI LÉAR.

ACTE PREMIER.

SCÉNE PREMIÉRE,

Le Palais du Roi Léar.

KENT, GLOCESTER, & *fon fils naturel* EDMOND, *entrent fur la Scene.*

KENT.

J'avois toujours cru le Roi plus porté pour le Duc d'Albanie, que pour le Duc de Cornouailles.

GLOCESTER.

C'eft ce qui nous avoit toujours paru : mais aujourd'hui dans le partage (†) qu'il vient de faire entr'eux de fon Royaume , il n'eft pas poffible de juger lequel de ces deux Ducs il eftime le plus.

(†) Le Roi a déjà , dans fon idée , partagé fon Royaume , avant de paroître fur le théâtre ; Kent & Gloçefter font dans fou

Les deux lots font tellement balancés, que le plus fcrupuleux examen n'y pourroit trouver (†) ni choix ni préférence.

KENT.

N'eft-ce pas là votre fils, Milord?

GLOCESTER.

Son éducation a été à ma charge: & j'ai tant de fois rougi de le reconnoître, qu'à la fin mon front, devenu d'airain, n'en rougit plus maintenant.

KENT.

Je ne vous entends point.

GLOCESTER

Sa mere m'entendroit mieux elle: c'eft pour m'avoir trop bien entendu, qu'elle a vu un fils dans fon berceau, avant d'avoir un époux dans fon lit. Concevez-vous maintenant fa faute?

---

fecret: mais le Roi fe réferve de changer le partage, fuivant les circonftances & le degré d'amour qu'il trouvera dans le cœur de fes filles.

(†) Telle devroit être la juftice diftributive des parens dans le partage de leur fortune entre les enfans, dont les droits font égaux par la Nature. C'eft aux loix feules qu'on doit pardonner d'y introduire l'inégalité d'après des vues civiles & politiques. Quant au partage de fa tendreffe, il n'en eft pas de même : un père, une mère ne peut pas commander à fes fentimens une égalité parfaite: & ces prédilections, ces inftincts du cœur, ne dépendent ni de la vertu ni de la juftice des parens. *Miftrifs Griffith.*

KENT.

Je ne voudrois pas que cette faute n'eût pas été commife, puifqu'elle a produit un fi beau fruit.

GLOCESTER.

J'ai auffi un fils légitime qui eft l'aîné de celui-ci de quelques années; mais il ne m'eft pas plus cher que lui. Ce jeune homme, il eft vrai, s'eft introduit dans la vie, avant qu'il y fût appellé; mais fa mère étoit une Beauté, & il faut bien avouer le fruit honteux qui en eft iffu. — Edmond, connoiffez-vous ce Seigneur?

EDMOND.

Non, Milord (†).

GLOCESTER.

C'eft le Comte de Kent. — Souvenez-vous déformais de refpecter en lui mon honorable ami.

EDMOND *à* KENT.

Mes fervices font aux ordres de Milord.

KENT.

Je dois vous aimer. Je fuis jaloux de vous connoître de plus en plus.

(†) Le titre de Lord eft très-ancien dans la Grande Bretagne, & ne peut choquer ici, malgré l'antiquité plus grande encore du fujet de cette tragédie.

EDMOND.

Milord, je mettrai mes foins à mériter votre eſtime.

GLOCESTER.

Il a été neuf ans hors du pays, & il faudra qu'il s'abſente encore.

(On entend des trompettes.)
Voici le Roi qui arrive.

SCENE II.

LES MÊMES, LE ROI LÉAR, LES DUCS DE CORNOUAILLES & D'ALBANIE, GONERILL, REGANE, CORDÊLIA : Suite.

LÉAR.

GLOCESTER, allez accompagner le Roi de France & le Duc de Bourgogne.

GLOCESTER.

Je vais vous obéir, mon Souverain.   *(Il ſort.)*

LÉAR.

Nous cependant, nous allons manifeſter ici nos plus fecrettes réſolutions. Qu'on place la carte ſous mes yeux.

Sachez que nous ayons diviſé notre Royaume en

trois parts. Des motifs qui nous déterminent, le premier eſt de foulager notre vieilleſſe du poids des affaires & des foins publics (†), pour le dépofer fur des têtes plus jeunes & plus fortes, tandis que nous, allégés de ce fardeau, nous nous traînerons en paix vers notre tombeau.—Cornouailles, mon fils & vous Duc d'Albanie, qui n'aimez pas moins votre père, notre volonté eſt décidée à aſſigner publiquement en ce jour, à chacune de nos filles, fa dot, afin de prévenir par-là tous débats dans l'avenir. Les Princes de France & de Bourgogne, rivaux illuſtres dans la recherche de notre plus jeune fille, ont fait un long féjour à notre Cour, où les retient l'amour; il faut enfin répondre à leur demande.—Parlez, mes filles: puifque nous avons réfolu d'abdiquer en cet inſtant même les rènes du gouvernement, de remettre entre vos mains les droits de nos domaines & les foins de l'Etat; dites-moi quelle eſt celle de vous, dont fon père pourra fe vanter d'être le plus aimé. Notre bienveillance verfera fes plus riches dons fur celle dont le bon naturel & la reconnoiſſance les méritera le plus. Vous, Gonerill, notre aînée, répondez la première.

_____

(†) Deux motifs portent le Roi Léar à abdiquer. Le principal, & le premier, eſt l'amour de fon Peuple, dont il veut confier le foin à une raifon plus forte & plus jeune que celle d'un vieillard. La feconde eſt fa tendreſſe pour fes filles. Cet abandon abfolu de fa fortune & de fes droits, eſt prefque toujours malheureux & fuivi du repentir, dans les Rois comme dans les particuliers.

G O N E R I L L.

Je vous aime, Seigneur, plus tendrement que je n'aime la vue de la lumière, l'efpace & la liberté, au-delà de tout ce que le monde pofsède de plus riche & de plus rare. Je vous aime autant qu'on peut aimer la vie, ornée de la fanté, de la beauté, de tous les honneurs & de tous les dons. Je vous aime autant que jamais enfant ait aimé, ou qu'un père ait cru l'être. Je vous aime enfin d'un amour que la voix & les paroles ne peuvent rendre : il eft au-deffus de toute expreffion (†).

C O R D E L I A   *à part.*

Que pourra Cordelia ? Aimer & fe taire.

L É A R   *tenant la carte de fon Royaume.*

De toute cette enceinte, depuis cette ligne jufqu'à cette limite, tout ce qu'elles renferment ; ces forêts épaiffes, & tous les vaffaux dont elles font peuplées ; ces rivières qui portent l'abondance, & ces vaftes prairies, nous t'en faifons fouveraine. Qu'ils foient ton bien & l'héritage perpétuel des enfans qui naîtront de toi & du Duc d'Albanie. — Que répond

---

(†) De toutes les paffions, il n'y a guères que l'amour qui puiffe fouffrir & juftifier cette expreffion emphatique & exagérée. Dans les autres, l'hyperbole des paroles & des proteftations eft plutôt une preuve de la ftérilité du fentiment que de fon abondance. *Miftrifs Griffith.*

notre

notre seconde fille, notre chère Régane, l'épouse de Cornouailles ? Parlez.

RÉGANE.

Je suis formée des mêmes élémens que ma sœur & je mesure mon prix sur le sien, dans la sincérité de mon cœur. Je trouve qu'elle a défini avec vérité l'amour que je sens pour vous, mon père. Seulement elle n'a pas été assez loin : car, moi, je me déclare ennemie de tous les plaisirs que peuvent donner la vue, l'ouïe, le goût, l'odorat, les sens les plus précieux ; & je ne trouve ma félicité que dans un sentiment unique ; dans le tendre amour que j'ai pour votre Altesse (†).

CORDELIA, à part.

Que te reste-t-il donc, pauvre Cordélia? —Pauvre? Non ; car je suis sûre que mon cœur sent plus d'amour, que ma langue n'a de force pour le vanter.

LÉAR, à *Régane.*

Toi & ta postérité reçois en dot héréditaire cette vaste portion de notre beau Royaume : elle ne le cède point en étendue, en valeur, en agrément, à celle dont j'ai fait don à Generill. —À présent, ma cadette, toi qui fis éprouver à ton père le dernier transport de joie,

_____

(†) Le titre de Majesté est beaucoup plus moderne.

mais non pas le moins tendre ; toi, dont les vignobles
de France & le nectar (†) de la Bourgogne , recher-
chent & ambitionnent les jeunes amours, qu'as-tu à
répondre, pour recueillir un troisième lot, plus riche
encore que celui de tes sœurs ? Parle.

CORDÉLIA, *d'un air timide & modeste.*

Rien, Seigneur.

LÉAR, *surpris & offensé.*

Rien ?

CORDÉLIA.

Rien.

LÉAR, *commençant à se couroucer.*

Rien dans la bouche , rien dans le cœur (†). Explique-toi.

CORDÉLIA.

Malheureufe que je fuis , je ne puis élever mon
cœur jufques fur mes levres. J'aime votre Grandeur
autant que je le dois , ni plus ni moins.

LÉAR.

Comment, comment , Cordélia ? Corrige un peu
ta réponfe , fi tu ne veux ruiner ta fortune.

(†) *Le lait.* On appelle le vin le lait de la vieilleffe.

(†) *Rien à dire , vient de rien fentir :* c'eft ici le fens de *Rien
vient de rien.*

CORDÉLIA.

Mon bon père, vous m'avez donné le jour, vous m'avez nourrie, vous m'avez aimée. En retour, je vous rends tous les fentimens, toute la reconnoiffance que le devoir m'impofe: je vous fuis foumife, je vous aime & vous refpecte fans réferve. Mais pourquoi mes fœurs ont-elles des époux, fi elles difent qu'elles vous aiment de tout leur amour? Peut-être, quand je me marierai, moi, que l'époux dont la main recevra ma foi, emportera avec lui la moitié de ma tendreffe, la moitié de mes foins & de mes devoirs : fûrement, je ne me marierai jamais comme mes fœurs, pour donner à mon père tout mon amour.

LÉAR.

Mais ton cœur eft-il d'accord avec tes paroles?

CORDÉLIA.

Oui, mon père.

LÉAR.

Quoi, fi jeune & fi peu tendre !

CORDÉLIA.

Oui, mon père, jeune & vraie.

LÉAR *en fureur.*

A la bonne-heure. Hé bien ! prends la vérité pour ta lot : car, par les rayons facrés du foleil, par les fombres

B ij

myftères d'Hécate & de la Nuit, par toutes les influences de ces globes céleftes par qui nous continuons
ou ceffons d'être, j'abjure ici tous mes fentimens pa-
ternels, je romps tous les liens de la nature & du
fang ; & je te déclare pour jamais étrangère à mon
cœur & à moi. (*). Tu n'es plus ma fille.

K E N T.

Mon digne Souverain.....

L É A R.

Taifez-vous, Kent. Ne vous jettez point entre le
lion & fa fureur. Je l'ai tendrement aimée ; & j'ef-
pérois confier le repos de mes vieux jours aux foins
de fa tendreffe. (à *Cordélia*). Sors & difparois de ma
préfence.—Que le tombeau foit pour moi un afyle de
paix, comme il eft vrai que je retire d'elle en ce moment le cœur d'un père.— Qu'on faffe venir le Prince
de France , & .... M'obéit-on?.... Et le Duc de Bourgogne.—Vous, Cornouailles,& vous, Duc d'Albanie,
partagez entre vous le troifième lot, & qu'il foit ajouté
à la dot de mes deux filles. Que l'orgueil qu'elle nous
donne ici pour de l'ingénuité lui tienne lieu d'époux.
Je vous inveftis tous deux de ma puiffance, de ma
fouveraineté & de la foule de prérogatives qui fuivent
la Majefté. Nous & cent Chevaliers que je me réferve
auprès de ma perfonne, & qui feront entretenus à
vos frais, nous vivrons alternativement à vos deux

Cours, changeant chaque mois de féjour de l'une à l'autre. Je ne retiens pour moi que le nom de Roi, & les honneurs qui y font attachés : l'autorité, les revenus & l'adminiftration de l'empire font à vous, mes enfans ; & pour ratifier ce contrat, prenez ma couronne (*il leur donne fa couronne*), & la partagez entre vous deux.

K E N T.

Illuftre Léar, vous que j'ai toujours honoré comme mon Roi, toujours aimé comme mon père, fuivi comme mon maître ; vous, que dans mes prières j'ai imploré fans ceffe comme mon Ange tuté-laire......

L É A R.

L'arc eft bandé & la corde tendue ; évitez le trait.

K É N T.

Qu'il tombe fur moi, quand fa pointe devroit s'en-foncer dans mon cœur ! Kent oublie les bienféances, quand il voit fon Roi devenir infenfé. — Vieillard, que prétends-tu ? Efperes-tu que la crainte impofera filence au devoir, lorfque je te vois féduit par de vaines paroles, immoler ta puiffance à la flatterie ? L'honneur doit la vérité aux Rois, quand la Majefté tombe dans la démence. Garde ta fouveraineté. Répare, par un jugement plus réfléchi, ta monf-trueufe imprudence. Je te réponds fur ma tête, que ta plus jeune fille n'eſt pas celle qui t'aime le moins ; un ſon de voix timide & modeſte, n'eſt pas ordinairement l'écho d'un cœur vuide & inſenſible.

LÉAR,

Sur ta vie, arrête-toi.

KENT.

Je n'ai jamais regardé ma vie, que comme un gage conſigné pour toi, contre tes ennemis ; & je ne craindrai jamais de la perdre, quand ta ſûreté y ſera intéreſſée.

LÉAR, *en colère.*

Diſparois de ma vue.

KENT.

Digne Léar, cherche à mieux voir ; ſouffre devant toi un homme vrai.

LÉAR.

Par les dieux....

KENT.

C'eſt maintenant, ô mon Roi, que tu jures tes dieux en vain.

LÉAR, *mettant la main ſur ſon épée.*

Sujet rebelle ! Parjure !

LES DUCS D'ALBANIE ET DE CORNOUAILLES.

Cher Souverain, arrêtez.

KENT.

Donne, fi tu veux, la mort à ton médecin; mais du moins emploie, à guérir ton mal funefte, le falaire que tu lui aurois donné. Révoque ton Décret de partage ; ou, tant que ma bouche pourra trouver une voix, je te dirai que tu fais mal.

LÉAR.

Rebelle, écoute. Tu as tenté de nous faire violer notre ferment, ce que nous n'avons encore jamais ofé. Par un orgueil obftiné, tu as cherché à t'interpofer entre notre arrêt & fon exécution. De ces deux excès, notre caractère & notre rang ne peuvent endurer le premier, & toute notre puiffance ne pourroit pas légitimer le fecond. Reçois donc ton falaire. Nous t'affignons des provifions pour te nourrir cinq jours, & te mettre à l'abri des défaftres de la vie ; mais le fixième, je t'ordonne de tourner à notre Royaume ton dos déteflé ; & fi le dixième, ton corps profcrit eft trouvé dans l'enceinte de nos domaines, ce moment fera celui de ta mort. Difparois. Par Jupiter ! cet arrêt ne fera pas révoqué.

KENT.

Roi, fois heureux : adieu. Puifque tu veux te conduire ainfi, la liberté eft loin de ta préfence, & l'exil
eft ici. — (*à Cordélia*) Jeune fille, que les Dieux te
prennent fous leur tendre protection, toi qui penfes
avec juftefle, & qui as parlé avec fagefle ! (*Aux*
deux Sœurs) Vous, puiffent vos actions répondre
à l'emphafe de 'vos difcours, & vos protefta-
rions de tendreffe, fe juftifier par les effets ! C'eft
ainfi, Princes, que Kent vous fait à tous fes adieux.
Il va porter fa vieilleffe dans une nouvelle patrie ; &
fe plier, à fon âge ! à d'autres mœurs.   (*il fort*).

SCENE III.

LES MÊMES. GLOCESTER *qui*
revient avec **LE PRINCE DE**
FRANCE , LE DUC DE
BOURGOGNE, *& leur fuite.*

GLOCESTER.

Mon noble Souverain, voici les Princes de France
& de Bourgogne.

LÉAR

Mon Duc de Bourgogne, c'eft à vous que nous
adreffons le premier la parole, vous, qui vous êtes
                                        déclaré

déclaré le rival du Roi de France dans la recherche de notre fille : quelle dot exigez-vous avec fa
perfonne? Quels refus arrêteroient vos pourfuites
amoureufes ?

LE DUC DE BOURGOGNE.

Noble Roi , je ne demande rien de plus, que ce que
Votre Alteffe a elle-même offert ; & vous ne voudrez
fûrement pas retrancher rien à vos offres.

LÉAR.

Noble Duc de Bourgogne , tant qu'elle nous fut
chère, nous l'eftimions digne de cette dot ; mais aujourd'hui elle eft bien déchue de fon prix. — Seigneur,
la voilà devant vous : fi quelque partie de fa mince
perfonne ou fa perfonne entière, avec notre averfion
par-deffus le marché, peut vous convenir & vous
plaire, fans rien de plus : la voilà, elle eft à vous.

LE DUC DE BOURGOGNE.

Je ne fais que répondre · · · ·

LÉAR.

Voulez - vous la prendre avec les difgraces atta-
chées à elle , déshéritée de mon amitié , & tout récemment adoptée par ma haine, dotée de ma malédiction , & profcrite de ma famille par un ferment
inviolable ; ou la laiffer ?

Tome V.   C

LE DUC DE BOURGOGNE.

Pardonnez, grand Roi : mais un choix ne fe détermine pas fur de pareilles conditions.

LÉAR.

Hé bien, Prince, laiffez-la : car, par la puiffance qui m'a formé, je viens de vous expofer toute fa fortune (*au Roi de France*). Pour vous, grand Roi, je ne voudrois pas que votre amour vous aveuglât au point d'époufer l'objet que je hais. Ainfi, je vous en conjure, tournez votre inclination vers quelqu'autre objet qui en foit plus digne, qu'une malheureufe, que la Nature elle-même rougit d'avouer.

LE ROI DE FRANCE.

Ceci me paroît bien étrange ! que celle qui, n'a guères encore, étoit votre fille préférée, le fujet de vos louanges, le charme de votre vieilleffe, la plus chère & la plus eftimée, ait pu, dans un rapide inftant, commettre une action affez monftrueufe pour mériter de fe voir dépouiller, jufqu'à la nudité, de tous les dons dont votre tendreffe l'avoit revêtue. Sûrement fon offenfe doit être d'un genre contre nature, un prodige d'atrocité; ou bien l'affection que vous lui aviez ci-devant folemnellement affurée, s'eft étrangement pervertie. Et croire d'elle ce prodige, c'eſt un fait ſurnaturel-qui répugne à ma raiſon, & que ſans un miracle, je ne croirai jamais.

CORDÉLIA *à ſon père.*

Je demande une dernière grace à votre Alteſſe, — J'avoue que je n'ai point ce langage onctueux, cet art de prodiguer les paroles ſans deſſein d'effectuer. Ce que j'ai réſolu, je le fais avant d'en parler. Mais daignez déclarer que ſi je perds vos bonnes graces & votre amitié, ce n'eſt pas que je ſois ſouillée d'aucun crime, d'aucun vice; que j'aie déshonoré mon ſexe par aucune baſſeſſe, ni par aucune action indigne de moi, & que toute ma faute eſt de ne pas avoir (cette privation fait ma richeſſe,) un œil avide qui mendie ſans ceſſe, & une langue que je ſuis loin d'envier; quoiqu'il m'en coûte la perte de votre tendreſſe.

LÉAR.

Il vaudroit mieux pour toi n'être jamais née, que de m'avoir ainſi déplu.

LE ROI DE FRANCE.

N'y a-t-il que ce reproche ? Un caractère avare de paroles, mais qui ſans parler, agit. — Duc de Bourgogne, quelle réponſe faites-vous à cette Princeſſe ? L'amour n'eſt plus amour, dès-qu'il s'y mêle des conſidérations étrangères; de frivoles intérêts ne font point fon véritable objet. Parlez , voulez-vous la prendre pour épouse ? Elle eft elle-même fa dot.

LE DUC DE BOURGOGNE à LÉAR.

Grand Roi, donnez-moi feulement la part que vous aviez d'abord offerte de vous-même ; & ici à l'inftant même , je prends la main de Cordélia, & la falue Ducheffe de Bourgogne.

LÉAR.

Rien : je l'ai juré.

LE DUC DE BOURGOGNE à CORDÉLIA.

Je fuis vraiment fâché qu'en perdant tout-à-fait le cœur d'un père, il vous faille auffi perdre un époux.

CORDÉLIA.

Que la paix accompagne le Duc de Bourgogne ; puifque ces confidérations de fortune forment tout fon amour. Je ne ferai point fon épouse.

LE ROI DE FRANCE.

Belle Cordélia', fans fortune , vous n'en êtes que plus riche à mes yeux. Plus on vous délaiffe , plus vous devenez un choix précieux; plus on vous dédaigne , plus vous êtes aimée. Je m'empare ici de votre perfonne & de vos vertus ; qu'il me foit permis de prendre pour moi le tréfor qu'on rejette. — Dieux, Dieux ! par un contrafte étrange, leur froideur & leurs dedains ne font qu'enflammer davantage mon amour, & l'exalter jufqu'à l'adoration.—Roi, ta fille fans dot, & jettée comme à l'abandon & au hafard de mon choix, eft ma Reine, la Reine de mes Sujets & de notre belle France. Tous les Ducs de l'humide Bourgogne ne racheteroient pas de moi cette fille rare & inappréciable. — Cordélia, faites-leur vos adieux, quoiqu'ils vous aient maltraitée : vous avez où retrouver, plus que vous ne perdez ici.

LÉAR.

Elle eft à toi, Roi de France : prends-la toute entière. Moi, je n'ai point de fille de cette efpèce, & jamais mes yeux ne reverront une feule fois fon vifage. Ainfi, parts de notre Cour, fans nos bonnes graces, fans notre amitié, & fans notre bénédiction. Venez, noble Duc de Bourgogne.

Léar & le Duc de Bourgogne fortent enfemble au fon des trompettes.

SCENE IV.

LES MÊMES.

LE ROI DE FRANCE.

FAITES vos adieux à vos fœurs.

CORDÉLIA.

Vous, les favorites de mon père, Cordélia vous quitte les yeux pleins de larmes. Je vous connois bien & je fai ce que vous êtes ; mais je fuis votre fœur, & je fens une répugnance extrême à nommer vos défauts par leur vrais noms. Aimez bien notre père ; je recommande fa vieilleffe à votre foin fi fécond en proteftations. Mais, hélas ! fi j'étois encore dans fes bonnes graces, je voudrois lui donner un meilleur afyle. Adieu à toutes les deux.

RÉGANE.

Ne nous prefcrivez pas notre devoir.

GONERILL.

Songez plutôt à contenter votre époux, qui, par pitié, daigne vous prendre fans fortune & vous fauver de la mendicité (†). Vous avez manqué d'obéiffance ; &

_____

(†) Leçon de Théobald. *Vous méritez le traitement qui vous en punit.* Autre leçon. *Vous méritez bien le dépouillement dont vous avez fait gloire.*

vous méritez que votre époux vous rende l'indifférence que vous avez montrée pour votre père

CORDÉLIA.

Le tems développera les replis où la rufe s'enveloppe & fe cache. Les fautes qu'il voile d'abord, il les démafque à la fin, & les livre à la honte. Puiffiez-vous profpérer.

LE ROI DE FRANCE.

Venez, ma belle Cordélia.

(*Le Roi de France & Cordélia fortent.*)

SCENE V.

GONERILL, REGANE
qui font reftées.

GONERILL.

Ma fœur, j'ai bien des chofes à vous dire, fur un point qui nous touche de près toutes deux. Je crois que mon père doit partir d'ici ce foir.

RÉGANE.

Rien n'eft plus certain ; il va vivre chez vous : & le mois prochain, ce fera mon tour.

GONERILL.

Vous voyez à combien de caprices sa vieilleſſe eſt sujette : nous venons d'en avoir sous les yeux une preuve bien forte. Notre cadette étoit celle qu'il avoit toujours la plus aimée : vous avez vu comme il vient de la bannir de son cœur & de sa maison. L'imbécilité de son jugement eſt viſible.

RÉGANE.

C'eſt la foibleſſe de l'âge. Cependant il ne s'eſt jamais trop bien connu lui-même.

GONERILL.

Les plus belles, les plus mûres années de sa vie n'ont été qu'inconſéquence & biſarrerie. Il faut donc nous attendre qu'aux défauts invétérés de son caraĉtère naturel, l'âge va joindre encore les emportemens de l'humeur fâcheuſe qu'amène avec elle l'infirme & colère vieilleſſe.

RÉGANE.

Il y a toute apparence, que nous aurons à eſſuyer de lui quelque boutade pareille à celle qui lui a fait bannir Kent.

GONERILL.

Il reſte encore des cérémonies, des formalités à remplir

remplir entre le roi de France & lui. Si mon père, avec le caractère que nous lui connoiſſons, veut retenir l'autorité, cet abandon qu'il nous vient de faire ne ſera qu'une ſource d'affronts pour nous.

RÉGANE.

Nous y réfléchirons plus ſérieuſement.

GONERILL.

Il nous faut prendre quelques meſures, & profiter de ces premiers momens de chaleur.

(*Elles ſortent.*)

SCENE VI.

La Scène change & repréſente un Château qui appartient au Comte de Gloceſter,

EDMOND *paroît tenant une lettre.* NATURE, tu es ma Divinité ſuprême: c'eſt à toi que ſont voués mes ſervices. Pourquoi ramperois-je dans la route de la coutume (†), & permettrois-je

(†) *Curtesy.* Terme des Loix civiles d'Angleterre, ſignifiant *Uſages.*

aux conventions (†) arbitraires des Nations, de me priver de mon héritage, parce que je suis venu plus tard que mon frère, de douze ou quatorze lunes? Pourquoi ce nom de *Bâtard* ? Pourquoi suis-je ignoble, lorsque les proportions de mon corps sont aussi bien formées, mon ame aussi noble, & ma stature aussi parfaite que si j'étois né d'une honnête matrone? Pourquoi me flétriffent-ils de noms injurieux d'*illégitime* , d'*ignoble*, de *bâtard* ? *Ignoble* (†)? Moi, qui, dans l'acte vigoureux & clandestin de la Nature,

(†) Shakespear fait un athée de ce bâtard. De son tems, l'Athéisme s'étoit répandu de l'Italie dans la Cour d'Angleterre. Le titre de *Déeffe* & de *Divinité* étoit communément donné à la Nature par les Athées. Vanini a intitulé un de ses Livres : *De admirandis naturæ , Reginæ , Deæque mortalium Arcanis.* Pope. Les Scélérats, ennemis de la Société, infracteurs des Loix divines & humaines, choisissent ordinairement la Nature pour Patrone , & prétendent suivre ses Loix, quand ils violent toutes les autres.

(†) On remarque ici avec quel art le Poëte fait donner à chacun de ses caractères les sentimens & le langage qui leur convient le mieux ; celui du bâtard est d'un athée décidé. Il devoit en conséquence tourner en ridicule l'astrologie judiciaire, qui, dans ce siecle, étoit universellement ou crue ou respectée ; Aussi voit-on , que tous les caractères honnêtes de la piéce, reconnoiffent la force de l'influence des astres : mais , pour mieux sentir combien tout ce que dit ici le bâtard est dans son caractere ,

ai reçu une fubftance plus abondante & des élémens plus forts, que n'en peut fournir un couple
épuifé, qui va dans une couche infipide & languiffante
travailler fans plaifir à la création d'une race d'avor-
tons engendrés entre le fommeil & le réveil. Oh
bien! Mon Edgar le légitime, j'aurai ton patrimoine :
l'amour de nôtre commun père appartient au bâtard
Edmond, comme au légitime Edgar. *Légitime*, le
beau mot! Oui, oui, fi cette lettre réuffit & que
mon invention profpère, l'ignoble Edmond prendra la place du légitime Edgar. — Je m'aggrandis,
je profpère! Maintenant, Dieux, rangez-vous du
parti des Bâtards (†).

il fuffit de citer le vœu monftrueux de Vanini dans le livre que
nous venons de nommer, & qui fut imprimé à Paris en 1616,
l'année même de la mort de Shakefpéar. *O utinam extrà legi-
timum & connubialem thorum effem procreatus! Ita enim proge-
nitores mei* in venerem incaluiffent *ardentiùs, ac cumulatim affa-
timque* generofa femina *contuliffent, è quibus ego formæ blandi-
tiam & elegantiam; robuftas corporis vires, mentemque innubi-
lam confequutus fuiffem. At quia* conjugatorum fum foboles,
mis orbatus fum bonis.

Si cet ouvrage eût paru dix ou douze ans plutôt, qui n'auroit
pas cru que Shakefpéar l'auroit connu & qu'il y voûloit faire allufion dans ce paffage? Il a prévu, pour ainfi dire, par fon génie,
ce qu'un athée, comme Vanini, pouvoit dire fur ce fujet.

(†) Allufion aux débauches des Dieux des Payens, qui firent
des héros de tous leurs bâtards. *Warburton.*

D ij

SCÈNE VI.

EDMOND, GLOCESTER
qui entre sans le voir.

GLOCESTER.

KENT banni de la sorte ! Et le Roi de France quittant cette cour plein de courroux ! Et le Roi parti de ce soir ! Son autorité aliénée : & lui réduit au vain appareil de la royauté ! Tout est renversé & dans le désordre ! — (*il apperçoit Edmond*). Ha ! Edmond ! Hé bien ! quelles nouvelles ?

EDMOND, *feignant d'être surpris, & cachant précipitamment une lettre dans sa poche.*

J'ose vous en assurer, Seigneur, aucune.

GLOCESTER.

Pourquoi tant d'empressement à cacher cette lettre ?

EDMOND.

Je ne sais aucunes nouvelles, Seigneur.

GLOCESTER.

Quel écrit lisois-tu là ?

EDMOND

Ce n'eft rien, Seigneur.

GLOCESTER.

Rien, dis-tu? Et à quoi bon donc ce mouvement pour le gliffer dans ta poche? Si ce n'eft rien, il n'étoit pas befoin de le cacher. Voyons cela. Allons (†).

EDMOND.

Je vous conjure, Seigneur, excufez-moi : c'eft une lettre de mon frère, que je n'ai pas encore lue en entier; mais j'en ai lu affez, pour juger qu'elle n'eft pas faite pour être mife fous vos yeux.

GLOCESTER.

Donne-moi cette lettre.

EDMOND.

Je fuis fûr de vous déplaire, foit que je vous la refufe, foit que je vous la donne. Son contenu, autant que j'en puis juger fur ce que j'en ai lu, eft très-blâmable.

GLOCESTER.

Voyons, voyons.

(†) Si ce n'eft rien, je n'aurai pas befoin de lunettes.

EDMOND, *lui remettant la lettre.*

J'efpère, pour la juftification de mon frère, qu'il n'a écrit cette lettre que pour fonder, pour éprouver ma vertu.

GLOCESTER *lit.*

« Ce refpect pour les vieillards, & ces loix bifarres
» établies par le monde, empoifonnent la plus belle
» faifon de notre vie : ils tiennent notre fortune hors
» de nos mains : elle ne nous arrive que fur le déclin
» de l'âge, lorfque nous n'avons plus de facultés pour
» en jouir. Je commence à me laffer de cette ennuyeufe
» & folle fervitude qui nous tient fous l'oppreffion
» de la vieilleffe tyrannique, dont l'empire eft
» fondé, non pas fur fa puiffance, mais fur notre
» baffeffe qui le fouffre. Viens me trouver, je t'en
» dirai davantage. Si mon père vouloit dormir juf-
» qu'à ce que je le réveille, tu jouirois à jamais de
» la moitié de fon revenu; & tu vivrois le favori bien-
» aimé de ton frère Edgar ». — Hom! Une confpi-
ration! *Dormir jufqu'à ce que je le réveille, — tu jouirois de la moitié de fon revenu.* Mon fils Edgar! Il a pu trouver une main pour tracer ces lignes; & un cœur pour les dicter ! — (*à Edmond*) Quand as-tu reçu cette lettre? Qui te l'a apportée ?

EDMONT.

Elle ne m'a point été apportée, Seigneur. Voici la

tournure qu'on a prife. Je l'ai trouvée jettée fur la fenêtre de ma chambre.

GLOCESTER.

Tu connois ces caractères pour être de ton frère ?

EDMOND.

S'il n'y avoit que du bien, Seigneur, j'oferois jurer que c'eft fon écriture ; mais d'après ce qu'elle contient, je voudrois bien pouvoir croire qu'elle n'eft pas de lui.

GLOCESTER.

C'eft fon écriture ?

EDMOND.

Oui, c'eft fa main, Seigneur ; mais j'efpère que fon cœur n'a point de part à ce que contient cet écrit.

GLOCESTER.

Ne t'a-t-il jamais fondé d'après ces vues ?

EDMOND.

Jamais, Seigneur. Seulement, je l'ai fouvent entendu dire, qu'il feroit à propos, lorfque les enfans font parvenus à un âge mûr, & que les pères commencent à pencher vers leur déclin, que le père devînt le pupile du fils, & le fils adminiftrateur des biens du père.

GLOCESTER.

O fcélérat! Voilà fon fyftême dans cette lettre.
Odieux fcélérat! Fils dénaturé! Homme exécrable!
Bête féroce! oui, plus féroce que les bêtes fauvages.
Va, Edmond, va le chercher. Je veux m'affurer de fa
perfonne. Le monftre abominable! où eft-il?

EDMOND.

Je ne fais pas bien où il eft, Seigneur. Daignez fufpendre votre courroux contre mon frère, jufqu'à ce que vous puiffiez tirer de fa bouche des preuves plus certaines de fes intentions. Ce feroit fuivre
une marche plus fûre & plus régulière : au lieu que
fi, en procédant violemment contre lui, vous veniez
à vous méprendre fur fes deffeins, cette méprife feroit
une plaie profonde à votre honneur, & anéantiroit le
fentiment de l'obéiffance dans le cœur de mon frère.
J'ofe engager ma vie pour lui, & garantir qu'il n'a
écrit cette lettre que dans la vue d'éprouver mon attachement pour vous, & fans aucun projet dangereux.

GLOCESTER.

Le crois-tu?

EDMOND.

Si vous le jugez à propos, je vous placerai en lieu
d'où vous pourrez nous entendre conférer enfemble
fur

fur cette lettre , & vous fatisfaire par vos propres oreilles ; & cela, pas plus tard que ce foir.

GLOCESTER.

Il n'eft pas poffible qu'il foit un pareil monftre !

EDMOND.

Non furement.

GLOCESTER.

A fon père, qui l'aime fi tendrement, & fans réferve ! — Ciel & terre ! Edmond, trouve-le ; mets-moi à portée de pénétrer fon ame, je t'en prie ; arrange les chofes felon ta prudence. Je voudrois oublier que je fuis père, pour porter ici un jugement impartial.

EDMOND.

Je vais chercher à le découvrir dans ce moment. Je conduirai l'affaire fuivant les moyens que j'aurai, & je vous donnerai connoiffance de tout.

GLOCESTER.

Non, ces dernières éclipfes de foleil & de lune ne nous préfagent rien de bon. La raifon veut les expliquer, tantôt d'une manière, tantôt d'une autre ; mais la Nature ne fe trouve pas moins victime

Tome V.   E

de leurs funeftes effets. L'amour fe refroidit, l'amitié s'éteint, les frères fe divifent : dans les villes, des révoltes ; dans les campagnes, la difcorde ; dans les palais, la trahifon ; & le nœud qui unit le père & le fils, brifé. Ce fcélérat, né de moi, eft fous l'influence de la prédiction ; voilà le fils foulevé contre le père. Le Roi s'écarte du penchant de la Nature ; voilà le père foulevé contre fon enfant. — Nous avons vu notre meilleur tems. Les machinations, les fourdes trames, les perfidies, & tous les défordres les plus funeftes, s'attachent à nous, & nous pourfuivent fans relâche jufqu'à nos tombeaux. . . . . . Edmond, trouve-moi ce miférable, tu n'y perdras rien ; n'épargne aucuns foins. — Et Kent auffi, ce cœur noble & loyal, banni ! Son crime, c'eft la vertu. Cela eft étrange !

Il fort.

SCÈNE VIII.

EDMOND, *feul.*

Admirez donc le ridicule (†) des hommes, de vouloir, quand notre fortune fouffre & dépérit par notre imprudence, par le déréglement de notre con-

_____

(†) Shakefpéar dans chaque pièce s'attache à quelque vice, à quelque ridicule du tems, qu'il effaie de corriger en paffant,

duite, accufer de nos maux le foleil, la lune & les étoiles, comme fi nous étions vicieux & méchans par une inévitable fatalité ; infenfés, par une impulfion célefte ; fripons, traîtres & coquins, par l'action invincible des fphères ; yvrognes, menteurs & adultères, par une obéiffance forcée aux influences des planètes ; & que tout le mal que nous faifons, n'arrivât que parce que le Ciel complice nous y pouffe malgré nous. Admirable excufe du débauché qui fuborne les femmes, d'imputer fes penchans lafcifs au changement d'une étoile. (*d'un ton ironique.*) Oui, mon père s'arrangea avec ma mère fous l'afpect du dragon, & ma naiffance fe trouva dominée par la grande Ourfe; enforte que je devois néceffairement être d'un caractère farouche & enclin à la débauche. Quelle chimère ! J'aurois été ce que je fuis, quand la plus vierge des étoiles du firmament auroit fcintillé fur l'inftant de ma conception illégitime.

& dont il met la fatyre dans la bouche du perfonnage dont le caractère le comporte le mieux. Dans celle-ci, c'eft l'aftrologie judiciaire ; folie fort à la mode alors, qui eft l'objet de fes traits. *Voyez la Note* x *de la fin.*

S C È N E IX.

E D G A R, *paroît.*

E D M O N D, *l'appercevant.*

B o n, fort à propos. Il arrive comme la cataftrophe (†) dans l'ancienne Comédie.—Mon humeur eft
pénétrée de la mélancolie la plus maligne, elle me
fait pouffer des foupirs tels qu'en pouffent les fous.
— Oh ! oui, fans doute, ces éclipfes nous préfa-
geoient ces divifions. (*Il chante d'un ton gogue-
nard, & puis tombe dans une rêverie profonde.*)

E D G A R.

Edmond, mon frère, dans quelle férieufe con-
templation êtes-vous plongé ?

E D M O N D.

Mon frère, je rêvois à une prédiction que j'ai lue

(†) Trait contre les anciennes Comédies Angloifes, dans lefquelles les Acteurs paroiffent d'eux-mêmes, au moment précis où le Poëte avoit befoin d'eux fur le théatre, & fans autre
motif. *Warner.*

l'autre jour fur les phénomènes qui devoient fuivre ces éclipfes.

EDGAR.

Eft-ce que vous vous occupez de ces chimères?

EDMOND.

Je vous promets que les effets dont parle ce livre, ne s'accompliffent que trop malheureufement. — Combien y a-t-il que vous n'avez vu mon père ?

EDGAR.

Avant-hier au foir.

EDMOND.

Avez-vous converfé avec lui ?

EDGAR.

Oui, deux heures entières.

EDMOND.

Vous êtes-vous bien quittés ? N'avez-vous remarqué en lui aucun figne de mécontentement, dans fes paroles, ou dans fon air ?

EDGAR.

Aucun.

EDMOND.

Cherchez avec vous-même en quoi vous avez pu l'offenfer. Si vous fuivez mon confeil, vous éviterez fa préfence, jufqu'à ce qu'un intervalle de quelque tems adouciffe la première violence de fon couroux. Dans ce moment, il eft fi furieux, que la vue de votre fang l'appaiferoit à peine.

EDGAR.

Quelque fcélérat m'aura nui dans fon efprit.

EDMOND.

Ce font mes craintes. Je vous en conjure, tenez-vous prudemment écarté des lieux où vous pourriez le rencontrer, jufqu'à ce que la fougue de fa colère foit un peu rallentie ; &, comme je vous le dis, venez avec moi vous retirer dans mon appartement ; là je vous mettrai à portée d'entendre mon père parler ; je vous en prie, voilà ma clef ; & fi vous en fortez, fortez armé.

EDGAR.

Armé, mon frère !

EDMOND.

Mon frère, je vous avertis de ce que vous avez de mieux à faire. Que je ne fois pas homme d'hon-

neur, fi l'on vous veut du bien. Je ne vous ai préfenté qu'une foible efquiffe de tout ce que j'ai vu
& entendu : ce n'eft rien auprès de l'effrayant
tableau de la vérité. De grace, éloignez-vous.

E D G A R, *en fortant.*

Aurai-je bien-tôt de vos nouvelles ?

E D M O N D.

Je vous promets de vous fervir dans cette affaire.

SCÈNE X.

E D M O N D, *feul.*

Un père crédule, un frère généreux, dont le beau
naturel eft fi loin de toute malice, qu'il n'en foupçonne aucune dans autrui. Son honnète fimplicité fe
laiffe aifément gouverner par mes rufes. — Je vois ce
que j'ai à faire. Si ma naiffance ne m'a pas donné
d'héritage, acquérons-en par adreffe. Tout moyen
m'eft bon, s'il me mène au fuccès.

Il fort.

SCÈNE XI.

Le Palais du Duc d'Albanie.

GONERILL, OSWALD
& son Sur-intendant.

GONERILL.

Est-il vrai que mon père a frappé mon Ecuyer, parce qu'il réprimandoit son fol ?

OSWALD.

Oui, Madame.

GONERILL.

Jour & nuit il me fait des affronts. Il ne passe point d'heure sans tomber dans quelque impertinence grossière, tantôt l'une, tantôt l'autre, qui nous met tous en querelle. Je ne l'endurerai pas. Ses Chevaliers deviennent turbulens & mutins, & lui-même i nous accable de reproches pour la plus legere bagatelle. — Il va revenir de la chasse ; je ne veux pas lui parler. Dites-lui que je suis indisposée ; & si vous vous négligez dans votre service auprès de lui, vous ferez fort bien ; je me charge de répondre de vos fautes.

OSWALD.

OSWALD,

Le voilà qui vient, Madame; j'entends le bruit qui annonce fon retour.

GONERILL.

Montrez dans votre fervice toute l'indifférence, tout le dégoût que vous voudrez, vous & vos confrères. Je voudrois bien vraiment qu'on ofât s'en plaindre. S'il le trouve mauvais, qu'il aille chez ma fœur; fon intention, je le fais, & la mienne, s'accordent par- faitement en ce point. Nous ne voulons pas être maî- trifées. Un inutile & capricieux vieillard, qui vou- droit encore donner tous les ordres de l'autorité dont il s'eft dépouillé lui-même! — Sur mon honneur, ces vieux radoteurs redeviennent des enfans, & il faut les mener par la rigueur, quand on voit qu'on perd envain fes carefles. Souvenez-vous de ce que je vous ai dit.

OSWALD.

Je m'en fouviendrai, Madame.

GONERILL.

Et traitez-moi fes Chevaliers avec plus de froideur. Peu importe ce qui en pourra arriver. Prévenez-en

vos camarades. Je vais tout-à-l'heure écrire à ma
sœur, & lui recommander la même conduite.—Allez
préparer le dîner.

(*Ils fortent*).

SCÈNE XII.

*La Scène repréfente une Place devant
le Palais.*

Entre LE COMTE DE KENT *déguifé.*

KENT.

Sɪ je puis réuffir de même à emprunter un autre accent de voix, & traîner mes paroles, peut-être mon
honnête intention atteindra-t-elle au but pour lequel
j'ai défiguré tous mes traits. Maintenant, Sujet fidèle
& banni, fi tu peux rendre fervice dans les lieux
mêmes où tu fus condamné , le maître que tu aimes pourra fe convaincre à la fin que tu auras bien
travaillé pour fes intérêts.

(*On entend des cors. Le Roi Léar paroît avec fes
Chevaliers & fa fuite*).

LE ROI LÉAR, *à ses gens.*

Qu'on ne me faſſe pas attendre le dîner une ſeule minute : allez , & qu'il ſoit bientôt prêt. (*apperçe- vant Kent.*) Qui es-tu , toi ?

KENT.

Un homme , Seigneur.

LÉAR.

Quelle eſt ta profeſſion ? Que veux-tu de nous ?

KENT.

Ma profeſſion eſt d'être en effet tout ce que je parois ; de ſervir fidèlement celui qui me donnera ſa confiance ; d'aimer l'homme qui eſt honnête ; de con- verſer avec celui qui eſt ſage ; de parler peu ; de re- douter les jugemens ; de combattre, quand la néceſſité m'y force (†) ; & d'être ami du Gouvernement.

(†) *Et de ne point manger de poiſſon :* telle eſt l'expreſſion originale. Pour l'entendre , il faut ſavoir que ſous le règne d'Eliſabeth , les Catholiques (ſuivant les Proteſtans, les Papiſtes) étoient regardés comme des ennemis de l'État. La phraſe vulgaire étoit : *C'eſt un honnête-homme qui ne mange point de poiſſon le Vendredi :* pour dire d'un homme, qu'il étoit bon Citoyen , ami du Gouvernement, & Proteſtant. Dans un acte du Parlement,

LÉAR.

Qui es-tu ?

KENT.

Vraiment, un bon & honnête homme, aussi pauvre que le Roi.

LÉAR.

Si tu es aussi pauvre, pour un Sujet, qu'il l'est pour un Roi, tu n'es pas riche. Que veux-tu ?

KENT.

Du service.

LÉAR.

Qui veux-tu servir ?

KENT.

Vous.

LÉAR.

Me connois-tu ?

KENT.

Non, Seigneur : mais vous avez dans votre physionomie un certain caractère qui me fait désirer de vous appeler mon maître.

---

qui enjoignit de manger du poisson pendant une saison de l'année, on crut nécessaire d'en déclarer le motif, c'étoit d'encourager les Pêcheurs ; & l'on appella ce tems , *le Jeûne de Cécile.* *Warburton.*

LÉAR.

Quel eft ce caractère ?

KENT.

Un air de grandeur & de majefté.

LÉAR.

De quel fervice es-tu capable ?

KENT.

Je fuis en état de garder d'honnêtes fecrets, de courir à cheval, à pied ; de gâter une hiftoire cu- rieufe en la racontant, & de rendre un meffage facile, tout uniment & fans façon. Je fuis bon pour tous les emplois dont les hommes ordinaires font capables ; & ma première qualité, c'eft la diligence.

LÉAR.

Quel âge as-tu ?

KENT.

Je ne fuis pas affez jeune, Seigneur, pour m'a- mouracher d'une femme fur fa belle voix ; ni affez vieux encore pour radoter d'amour. J'ai fur la tête quelques quarante-huit ans.

L É A R.

Suis-moi ; je te prends à mon service : fi après le dîner tu ne me déplais pas plus qu'en ce moment, je ne te congédierai pas encore. — Le dîner, holà ! le dîner ? Où eft mon fol ? (*A Kent.*) Vas, & m'amènes mon fol ici. (*A l'Intendant qui paroît, & ne fait que paffer*). Vous, vous, l'ami, où eft ma fille ?

O S W A L D.

Avec votre permiffion . . . . .

(*Il difparoît.*)

L É A R, *à un de fes Chevaliers.*

Que dit cet homme en paffant ? Rappellez-moi ce lourdaut. — Où eft mon fol ? Holà ! Je crois que tout dort ici. — Hé bien ! où va donc cet infolent ?

LE CHEVALIER, *revenant.*

Il dit, Seigneur, que votre fille n'eft pas en bonne fanté.

L É A R.

Pourquoi cet efclave n'eft-il pas revenu fur fes pas, quand je l'ai appellé ?

LE CHEVALIER.

Seigneur, il m'a déclaré très-leftement, qu'il ne le vouloit pas.

LÉAR, *avec indignation.*

Qu'il ne le vouloit pas !

LE CHEVALIER.

Seigneur, je ne sais pas quelle en est la raison. Mais, à mon avis, Votre Altesse n'est pas accueillie avec cette politesse affectueuse qu'on avoit coutume de vous montrer. Le zèle & l'amitié font ici bien refroidis ; & ce changement se fait remarquer dans tous les gens de la maison, comme dans le Duc lui-même, & dans votre fille.

LÉAR.

Bon, crois-tu ce que tu dis ?

LE CHEVALIER.

Je vous prie de me pardonner, Seigneur, si je vois mal : mais mon devoir ne peut garder le silence, quand je vois Votre Altesse offensée.

LÉAR.

Tu me rappelles-là une idée que j'avois déjà conçue moi-même. Je me suis apperçu, depuis peu, d'un excès de négligence & de froideur. Mais je m'étois reproché ce soupçon, comme l'effet d'une imagination trop ombrageuse, & je n'ai pas voulu prendre cette négligence apparente, pour un signe d'impolitesse &

de froideur préméditée. J'y ferai attention. Mais, où est mon fol ? Je ne l'ai pas vu depuis deux jours.

LE CHEVALIER.

Depuis que ma jeune maîtreffe eft partie pour la France, Seigneur, votre fol a beaucoup gémi à l'écart.

LÉAR.

Brifons là-deffus : je m'en fuis bien apperçu. (*Au Chevalier.*) Allez , & dites à ma fille que je veux lui parler. — Vous, allez me chercher mon fol.

(*A l'Intendant qui paroît.*) Ah , c'eft vous, l'ami, approchez. Qui fuis-je , s'il vous plaît ?

OSWALD.

Le père de ma maîtreffe.

LÉAR *courroucé.*

Le père de Milady ? Valet fripon de *Milord.* — Comment , miférable , vil efclave !

OSWALD.

Je ne fuis rien de tout cela : je vous demande pardon , Seigneur.

LÉAR.

LÉAR.

Tes regards ofent croifer les miens, infolent !
Il le frappe.

OSWALD.

Je ne me laifferai pas battre, Seigneur.

KENT.

Ni terraffer non plus, fans doute ? (†)
Il le terraffe & le maltraite.

LÉAR.

Je te rends graces, ami; tu me fers bien, & je t'aimerai.

KENT à OSWALD.

Allons, releve-toi, fors d'ici, je t'apprendrai les égards . . . . . Va-t'en, va-t'en, fi tu ne veux prendre encore fur le pavé la mefure de ta lourde perfonne : allons, fors d'ici. — Seras-tu fage ? Je te le confeille.
Il pouffe l'Intendant dehors.

LÉAR.

Allons, bon ferviteur, tu me fers en ami, je te remercie : tu m'as donné là des arrhes de ton zèle & de ton attachement.

(†) Vil joueur de ballon. *Jeu du bas peuple.*

Tome V.   F

SCÈNE XIII.

LES MÊMES, LE FOL.

LE FOL à LÉAR.

LAISSE-moi le prendre aussi à mes gages (à Kent.) Tiens, voici mon bonnet de fol. (*Il le lui présente.*)

LÉAR.

Hé bien, mon cher enfant, comment t'en va ?

LE FOL, à Kent.

Tu ferois bien de prendre mon bonnet de fol (†).

KENT.

Pourquoi, mon enfant ?

LE FOL.

Pourquoi ? Parce que tu t'attaches au service d'un homme tombé dans la disgrace. Du côté d'où le vent souffle, tu n'a pas de beaux jours à espérer :

_____

(†) Sur la pointe du bonnet des Fous étoit cousue une pièce de drap rouge , coupée en forme de crête de coq; de-là le mot *Coxcomb* , crête de coq, pour signifier d'abord un bonnet de fou , & ensuite un fou , un étourdi, un écervelé , un faquin plein de vent & de fatuité.

toi, qui ne fais pas flatter & fourire à la faveur, tu ne feras pas fortune au fervice de ton nouveau maître, Allons , prends mon bonnet , te dis-je. — Hé, oui : (*montrant Léar*) cet homme a banni de lui pour jamais deux de fes filles, & a rendu la troifième heureufe , bien malgré lui. Si tu t'attaches à fes pas ,il faut que tu portes mon bonnet (*A Léar*). Mon oncle (†) , je voudrois avoir deux bonnets de fol & deux filles.

LÉAR.

La raifon , mon enfant ?

LE FOL.

Si je leur abandonne tout mon revenu, je garderai mon bonnet pour moi-même. Voilà le mien; demande le fecond à tes filles.

LÉAR.

Prends garde d'être châtié.

LE FOL.

La vérité eft le chien de garde qu'on renvoie à fa loge , & dont le fort eft d'être chaffé à coups de fouet , tandis que la Diane (†) favorite peut à fon aife tenir le coin du feu , & importuner fon maître.

(†) *Mon oncle* , Expreffion de familiarité , & par corruption *Noncle*, qu'on lira dans la fuite.

(†) Nom d'une chienne.

LÉAR.

C'eſt un trait pénétrant (†) qu'il me décoche là.

LE FOL, à Kent.

Ami, je veux t'enſeigner un couplet de belles ſentences.

LÉAR.

Allons, voyons.

LE FOL, à Léar.

Ecoute bien, Noncle.

'Aie plus que tu ne parois avoir.
Parle moins que tu ne ſais.
Prête moins, que tu n'as.
Va plus à cheval qu'à pied.
'Apprens plus de choſes que tu n'en crois.

(†) La hardieſſe des réponſes que le fol fait au Roi ſemble empruntée d'*Archée*, bouffon du Roi Jacques, qui uſa de la même liberté, lorſque ce Prince envoya ſecrétement ſon fils en Eſpagne faire ſa cour à l'Infante. — Je viens, dit-il au Roi, changer de bonnet avec vous. — *Pourquoi?* — Parce que vous avez envoyé le Prince en Eſpagne, d'où il pourroit bien ne revenir jamais. — *Mais que diras-tu, ſi tu le vois revenir?* — Alors je reprendrai ſur ta tête le bonnet de fol que j'y ai placé, parce que tu as envoyé ton fils en Eſpagne, & je le placerai ſur la tête du Roi d'Eſpagne, qui aura eu la ſottiſe de le laiſſer repartir. *Vie de Charles I, par Perenchief.*

Parie moins fous la *main* d'autrui, que fous la tienne.
Quitte ton verre & ta Catin.
Et tiens-toi coi dans ta maifon.
Et tu gagneras alors
Plus de vingt pour vingt (†).

KENT.

Tout ce verbiage ne fignifie rien, fol.

LE FOL.

C'eft en ce cas la harangue d'un Avocat fans falaire; tu ne m'as rien donné pour cela. Eft-ce que tu ne peux pas de rien faire quelque chofe, Noncle?

LÉAR.

Quoi? Non certes, mon enfant, on ne peut rien faire de rien.

LE FOL, *à Kent.*

Je t'en prie, dis lui que c'eft là juftement le

(†) Ces maximes de conduite ne doivent pas être décréditées, pour fortir de la bouche d'un fol. Ces fols avoient beaucoup de bon fens. C'étoit à la cour des Rois un perfonnage privilégié, fous le nom de *fol* ou de *bouffon*, qui avoit fon franc parler, & le droit de dire des vérités au Maître, & de cenfurer fes vices & fes fautes. Ces Courtifans, les feuls fincères, méritoient plutôt d'être honorés du titre d'amis des Rois, que flétris du nom de *fols*. *Mrs Griffith.*

E iij

produit net du revenu de fes terres ; dis lui, toi :
il n'en voudroit pas croire un fol.

L É A R.

Tu es un fol bien mordant.

LE FOL.

Sais-tu, mon enfant, la différence qu'il y a entre
un fol mordant & un fol doucereux ?

L É A R.

Non, mon enfant ; apprends-la moi.

LE FOL.

Ce Lord, qui t'a confeillé de te dépouiller de tes
domaines, hé bien, place-le ici près de moi, &
toi prends fa place. Le fol mordant & le fol doucereux
paroîtront auffi-tôt devant toi : l'un fera ici, en
habit bigarré, (†) & on trouvera l'autre là.

L É A R.

Eft-ce que tu m'appelles fou, mon enfant?

LE FOL.

Tu as cédé tous les autres titres que t'avoit donnés
la naiffance.

(†) *Motly. Tacheté*, bigarré comme l'habit d'un bouffon.

KENT.

Ce qu'il dit là , Seigneur, n'est pas tout-à-fait d'un fol.

LE FOL.

Non , en vérité , les Lords & les grands perfon-nages de ce tems ne veulent pas me laiffer toute la folie à moi feul ; fi je faifois (†) monopole de folie , ils voudroient en avoir leur part , & les Dames auffi.

Donne-moi un œuf, Noncle , & je te donnerai deux couronnes.

LÉAR.

Quelles font ces deux couronnes que tu me don-neras ?

LE FOL.

Oui , furement, après que j'aurai coupé la co-quille par le milieu , & avalé l'œuf qui eft dedans, je te donnerai les deux couronnes (a) de l'œuf. Lorfque tu as fendu ta couronne par le milieu , &

(†) Satyre contre l'abus des monopoles de fon tems , & fur la corruption & la cupidité des Courtifans qui retenoient toujours des fols d'intérêt dans les privilèges qu'ils faifoient accorder.

(a) Les deux coquilles ou moitiés de l'œuf , s'appellent en Anglois *les deux Couronnes* , the crowns of the egg.

que tu as donné à droite & à gauche les deux moitiés, tu as porté ton âne fur ton dos au travers de la
fange (†). Tu n'avois guères de cervelle dans la méchante *couronne* de ton crâne, lorfque tu as donné
ta couronne d'or. Si je parle ici en fol, qu'on
puniffe celui qui s'en appercevra le premier.

(Il chante.)

Jamais les fous n'ont eu moins de vogue que cette année ;
Car les fages ont pris leur place :
A voir leur peu de cervelle & leurs extravagances,
Ils font autant de finges des fols.

LÉAR.

Et depuis quand es-tu fi bien fourni de chanfons ?

LE FOL.

C'eft, Noncle, depuis que de tes filles, tu en as fait
tes mères : car quand tu leur as mis ton fceptre dans
la main, comme une verge pour te maltraiter, &
que tu as toi même préfenté ton dos à leurs coups ;
(*Il chante.*)

Alors de joie foudaine, elles ont pleuré ;
Et moi, de douleur, j'ai chanté triftement ;
En voyant un tel Roi retomber dans l'enfance, (*a*)
Et fe rabaiffer lui-même au rang des fols.

(†) Allufion à la Fable du Payfan qui ne pouvant rien faire
qu'on ne le cenfurât, imagina de porter fon âne, au lieu de fe
faire porter par lui. M. *Efchenburg.*

(*a*) Dans l'original. *Play bo-peep.* Cela fe dit proprement

Je t'en prie, Noncle, prens un maître qui puiffe en-feigner à ton fol à mentir ; je ferois bien-aife d'ap-prendre à mentir.

LÉAR.

Si tu mens, petit vaurien, je te ferai châtier.

LE FOL.

J'admire, comme vous êtes du même fang, tes filles & toi. Elles veulent qu'on me châtie pour avoir dit la vérité, & toi, tu veux qu'on me châtie pour avoir menti ; & quelquefois encore je fuis châ-tié, pour n'avoir rien dit. J'aimerois mieux être tout autre chofe qu'un fol, & cependant je ne voudrois pas être toi, Noncle. Tu as coupé ton Empire en deux, & tu n'as rien laiffé pour toi dans le milieu. (a)

---

des jeunes filles, qui affifes, font battre & jouer enfemble leurs pieds, dont on ne voit que le petit bout paffer leurs jupes. En général cette expreffion fignifie *jeu d'enfant.*

(a) (*Appercevant Gonerill.*) Tiens : voici une des rognures.

SCÈNE XIV.

LES MÊMES, GONERILL.

LÉAR.

Hé bien, ma fille, d'où vient fur ton front (†) ce nuage qui l'obfcurcit ? Depuis quelques jours, je te vois un air fombre & chagrin.

LE FOL.

Tu valois quelque chofe, lorfque tu pouvois ne pas t'inquiéter de fon humeur chagrine ; mais aujourd'hui te voilà un zéro fans valeur : je fuis plus que toi, maintenant ; je fuis un fol, & toi, tu n'es rien. — Allons, je vais contenir ma langue. (*A Gonerill*). Je lis cet ordre fur l'air de votre vifage, fans que vous ayez befoin de parler. (*Il chante*).

(*a*) Qui, dégouté par l'abondance, ne fait pas garder une gerbe
   pour la faim,
   Ne tardera pas à mendier un épi de la main du moiffonneur.

(†) *Frontlet*, fignifie au propre *la petite nappe de l'autel*, qui eft pofée par devant fur le grand tapis. *M. Efchenburg.*

(a) *Mum, Mum.* Qui ne fait garder ni la mie ni la croûte,
   Dégoûté de tout, ne tardera pas à éprouver la faim.

(a) *Mum, Mum.* Mot qu'on dit que prononcent les filles de Drefde, toutes les fois qu'elles fortent ; parce qu'elles fe pincent les levres & ferrent la bouche, afin de la faire paroître plus petite.

(à *Léar*). Tu n'es plus que la bourſe (†) ſans les eſpèces.

GONERILL.

Seigneur, ce n'eſt pas ſeulement votre fol, à qui tout eſt permis ; mais d'autres encore de votre ſuite inſolente , ſont à toute heure en diſpute & en querelle ; ils s'abandonnent à d'indécentes orgies , qu'il n'eſt pas poſſible de tolérer. Je m'étois flattée de voir réprimer ces excès, auſſi-tôt que je vous les aurois fait connoître. Mais je commence à craindre , d'après ce que vous avez tout récemment dit & fait vous-même , que vous ne protégiez ce déſordre , & que vous ne le ſouteniez par votre approbation. Si cela étoit, ce ſeroit une faute qui ne pourroit pas échapper à la cenſure ; & l'on ne pourroit s'endormir ſur les moyens d'y remédier à l'avenir. Peut-être que ces moyens , qui cependant n'auroient pour but que le rétabliſſement ſalutaire du bon ordre , pourroient être pris par vous pour une offenſe. Ce ſeroit une honte.... Mais enfin la né-ceſſité les commanderoit comme un remède plein de

---

(†) Tu n'es plus que la gouſſe ſans le pois. *Tu n'as plus rien à donner : tu n'as d'un Roi que l'apparence.* L'habillement du portrait de Richard II , dans l'Abbaye de Weſtminſter , eſt un tiſſu de coſſes de pois vuides , peut-être pour marquer par-là qu'il fut autrefois en poſſeſſion de la dignité Royale ; mais que bientôt après il n'en conſerva que le nom. *Tollet.*

de prudence & de difcrétion. (*Léar refte quelque tems muet d'étonnement*).

LE FOL.

Vous favez, Noncle,

Que l'homme réchauffa tant le ferpent dans fon fein ,
Que le ferpent l'en paya par une piqûure mortelle (†).

Le flambeau de nos beaux jours eft éteint, & nous reftons dans les ténébres.

LÉAR à GONERILL.

Êtes-vous notre fille ?

GONERILL.

Mon vœu fincère feroit , que vous vouluffiez ufer de votre raifon , dont je fais que vous êtes abondamment pourvu , & vous défaire de ces bifarres humeurs qui, depuis peu , changent votre bon caractère au point de vous rendre méconnoiffable.

LE FOL.

L'homme le plus ftupide fait diftinguer ,(*a*) quand c'eft la fille qui gouverne le père. (*b*) *Il fredonne un vieux refrain.*

(†) Que le moineau du buiffon nourrit fi long-tems le coucou,
   Qu'il eut à la fin la tête coupée par les petits de l'oifeau.
(*a*) *Quand c'eft la charette qui traine le cheval.*
(*b*) *Whoop, Jug, I love , thee.* Allons, Jean , je t'aime.

LÉAR, *dans l'étonnement du langage de sa fille.*

Quelqu'un me reconnoît-il ici ? Ce n'eft point là
Léar. Eft-ce bien lui qui parle ? (*Il marche.*) Eft-ce
bien Léar qui marche ? Ses yeux font-ils ouverts ?
Il faut que fon intelligence foit affoiblie, que fa raifon foit plongée dans une léthargie....... — Moi
éveillé ?..... cela ne peut être. — Qui peut me
dire, ce que je fuis ?

LE FOL.

L'ombre de Léar.

LÉAR.

Je voudrois approfondir..... à en juger par les
lumières de la raifon & de la réflexion, je pourrois
m'être fauffement perfuadé que j'euffe des filles.
— Votre nom, belle Princeffe ?

GONERILL.

Cet étonnement, Seigneur, que vous affectez,
reffemble bien à vos autres bifarreries fi nouvelles
pour moi. Je vous conjure, interprétez en bonne
part mes vues & mes repréfentations. Vous êtes vieux
& dans un âge vénérable, vous devriez être fage.
Vous gardez ici une troupe de Chevaliers & d'Ecuyers,
jufqu'à cent ; tous gens fi dépravés, fi débauchés, & fi

licentieux , que notre Cour, fouillée par leurs mœurs
impures , femble une hôtellerie mal famée. A voir le
défordre & la débauche qui y règnent, on la prendroit
pour une infâme taverne, pour un lieu de proftitution, plutôt que pour un palais augufte & refpectable.
La pudeur , la décence demandent une prompte ré-
forme. Laiffez-vous donc perfuader par votre fille. Autrement elle prendra elle-même la liberté de commander ce qu'elle defire. Souffrez qu'on diminue votre
fuite de cinquante Ecuyers ; & que le refte , que
vous continuerez de garder à votre fervice, foient
des gens qui conviennent à votre âge , & qui fachent
fe connoître, & vous refpecter.

L É A R.

Enfer & cahos ! — Qu'on prépare mes chevaux.
Appellez ma fuite. — Fille dégénérée ; non, jamais
je ne fus ton pere. — Va, je ne te cauferai pas d'embarras. — Il me refte encore une fille.

G O N E R I L L.

Vous frappez mes gens , & votre foldatefque effre-
née veut fe faire fervir par des hommes qui valent
mieux qu'elle.

SCÈNE XV.

LES MEMES, LE DUC D'ALBANIE.

LÉAR.

Oh ! malheur à l'homme qui fe repent trop tard ! (*au Duc d'Albanie*). Ha, vous voilà, vous : eft-ce par vos ordres ? Répondez — Qu'on prépare mes chevaux.—O ingratitude ! furie au cœur de marbre, plus hideufe mille fois quand tu te montres dans nos enfans, que les plus affreux monftres de l'Océan!

LE DUC.

De grace, Seigneur, modérez-vous.

LÉAR, *à Gonerill.*

Exécrable Vautour ! tu mens. Ma fuite eft compo-fée d'hommes choifis, & qui font doués des plus rares qualités. Ils connoiffent tous les devoirs de la décence, les bienféances, & dans toute leur con-duite, la nobleffe & l'honneur font fcrupuleufe-ment refpectés.—O faute fi légère de Cordélia, com-ment me parus-tu donc affez difforme pour ébran-ler foudain, comme un lévier puiffant, pour agiter tout mon être, & le jetter du fein de la paix dans

le trouble le plus violent ; pour épuiser de mon cœur
toute la tendreffe d'un père , & le remplir du fiel
de la haine ? O Léar , Léar , Léar ! (*fe frappant le*
front) , frappe, frappe cette porte, qui a laiffé échapper la raifon & entrer la folie. — (*à fes Gens*). Partons , partons.

LE DUC,

Seigneur , je fuis innocent ; je ne fuis point inftruit du fujet qui vous a mis en colère.

LÉAR

Cela peut être , Seigneur. — Entends-moi, ô Nature;
chère divinité, exauce le vœu d'un père ! Sufpends tes
deffeins, fi tu te propofois de rendre cette créature fé-
conde. Porte dans fes flancs la ftérilité ; defféche en
elle les fources de la vie, & que jamais de fon fein
dénaturé, il ne forte un jeune enfant qui l'honore du
nom de mère. — Ou s'il faut qu'elle produife , forme
fon enfant avec l'humeur noire , & fais-le naître
contrefait & pervers, pour être le fupplice de fa
mère. Qu'il imprime fur fon jeune front les rides
prématurées de l'âge ; qu'il faffe couler fans ceffe fes
larmes fur fes joues flétries & creufées par leurs traces
brûlantes ; qu'il infulte à toutes les peines de fa mère,
& qu'il paie tous fes bienfaits du mépris ; afin qu'elle
puiffe fentir , combien la dent envénimée du ferpent

eft

eſt moins cruelle , moins déchirante que la douleur d'avoir un enfant ingrat. — Allons , partons ,
partons.

(Il va pour ſortir.)

LE DUC.

Mais , au nom des Dieux que nous adorons , d'où
vient donc ce courroux ?

GONERILL.

Ne vous tourmentez pas pour le ſavoir , & laiſſez à
ſon humeur le champ libre ; qu'elle ſuive le cours
que lui donne la démence.

LÉAR, *revenant ſur ſes pas.*

Comment , cinquante de mes Chevaliers ſupprimés
à la fois en moins de quinze jours ?

LE DUC.

Mais , quel eſt le ſujet , Seigneur ? . . .

LÉAR.

Je vous le dirai : —Mort & vie ! je rougis de moi
(*à Gonerill*) que tu aies encore la puiſſance d'émou-
voir à ce point mon ame (*il verſe des larmes*) , & de

Tome V.   H

faire couler ces larmes brûlantes qui m'échappent malgré moi.——Que la peste & tous les fléaux fondent fur toi ; que les traits incurables de la malédiction d'un père te pénètrent & te déchirent toute entière ! —O mes yeux, trop infensés & trop tendres , je vous arrache , s'il faut qu'il vous échappe encore quelques pleurs pour pareil objet. (*montrant Gonerill.*)

Ha ! les chofes en font-elles en ce point ? — Hé bien , foit : il me refte encore une fille , qui , j'en fuis sûr , eft tendre & compatiffante. Quand elle viendra à favoir ce procédé de ta part , elle fondra fur ton affreux vifage , & le déchirera de fes propres mains. — Va , compte bien que tu me verras reprendre encore ma grandeur,que tu t'imagines que j'ai perdue pour jamais.

Léar fort avec fa fuite.

SCÈNE XVI.

Les autres Perfonnages, qui font demeurés.

GONERILL *au* DUC.

L'AVEZ-VOUS entendu ?

LE DUC.

Malgré tout l'amour que j'ai pour vous, Gonerill, je ne puis être affez partial. . . . .

GONERILL.

De grace, foyez tranquille : — Hola, Ofwald (*Au fol.*) Toi, l'ami, plus fcélérat que fol ; allons, fuis ton maître.

LE FOL.

Noncle Léar, Noncle Léar, attends-moi, & emmène ton fol avec toi. Une pareille fille iroit bientôt au fupplice qu'elle mérite, fi, de mon bonnet, je pouvois lui acheter un échaffaut. — Allons, fors de ces lieux, & fuis ton pauvre maître.

(*Il fort.*)

GONERILL, *d'un ton d'ironie.*

Oui, cet homme en effet eft bien fenfé : cent Chevaliers ? Oui vraiment, il eft fort prudent, fort fage de lui laiffer garder cent Chevaliers ; oui, afin qu'à la première chimère qui lui paffera par la tête, pour un mot, une fantaifie, au plus léger fujet de plainte ou de dégoût, il puiffe foutenir les extravagans écarts de fa démence avec cette troupe redou-

H ij

table, & tenir nos vies à fa merci. (*Elle appelle*)
Ofwald ? où eft-il donc ?

LE DUC.

Vous pourriez pouffer trop loin vos craintes.

GONERILL.

L'excès de la crainte eft plus sûr que l'excès de la
fécurité. Permettez que je prévienne les violences
que je crains , au lieu de craindre fottement jufqu'au
moment où j'en ferai la victime. Je connois fon
cœur. Tout ce qu'il a déclamé là , je l'ai mandé à
ma fœur. Si elle veut le fupporter avec fes cent Chevaliers, après que je lui en ai montré tous les in-
convéniens. . . . . (*L'Intendant Ofwald paroît.*) Hé
bien, Ofwald, avez-vous écrit cette lettre que je
vous avois commandée pour ma fœur ?

OSWALD.

Oui, Madame.

GONERILL.

Prenez avec vous une efcorte , & montez promptement à cheval. Allez inftruire ma fœur de mes
craintes particulières , & ajoutez-y de vous-même
les raifons que vous jugerez convenables pour

appuyer ma lettre. Allons, partez, & preſſez votre retour.

L'Intendant ſort.

(*Au Duc.*)

Non, non, Seigneur, cette exceſſive douceur, ce caractère pacifique, qui vous ſont naturels, je ne les blâme pas; mais ſouffrez que je vous le diſe, un défaut de prudence prépare ſouvent bien plus d'embarras, qu'une douceur funeſte ne s'attire d'éloges.

LE DUC.

Juſqu'où s'étend la portée de votre vue, c'eſt ce que j'ignore. En nous agitant pour trouver le mieux, nous gâtons ſouvent le bien.

GONERILL.

Non, non.

LE DUC.

Allons, ſoit, ſoit; à l'événement.

Ils ſortent.

SCÈNE XVII.

Une vaste cour devant le Palais du
DUC D'ALBANIE.

LÉAR *rentre avec* KENT, SES
CHEVALIERS & SON FOL.

LÉAR *à* KENT.

PRENDS les devants, & porte à Glocester cette lettre. Ne dis rien à ma fille de ce qui s'est passé ici
sous tes yeux, & ne réponds qu'aux demandes qu'elle
te fera d'après ma lettre. Si tu ne fais pas la plus
grande diligence, j'y arriverai avant toi.

KENT.

Je ne dormirai point, Seigneur, que je n'aie remis votre lettre.   (*Il sort.*)

LE FOL.

Tu verras que ton autre fille t'accueillera bien :
oh oui, fort bien ; car elle ressemble autant à celle-ci,
qu'une pomme sauvage à une autre pomme sauvage.

LÉAR (*songeant à Cordélia*) (*).

Je lui ai fait injure !

LE FOL.

Peux-tu me dire comment une huître forme son
écaille ?

LÉAR.

Non.

LE FOL.

Ni moi non plus ; mais je te dirai bien pourquoi un limaçon traîne sa maison (†).

LÉAR.

Pourquoi, mon enfant ?

LE FOL.

C'eſt pour y cacher ſa tête, & ne pas l'abandonner à la merci de ſes filles, & reſter ſans aſyle.

LÉAR.

Je veux oublier ma bonté naturelle. — Un père ſi tendre ! — Mes chevaux ſont-ils prêts ?

LE FOL.

Tes gens ſont après.

LÉAR.

Me les reprendre malgré moi ! (a) — O monſtre d'ingratitude !

(†) On peut ignorer les myſtères de la Nature ; mais non pas les maximes ordinaires de la vie. C'eſt le ſens des queſtions du Fol.

(a) C'éſt-à-dire, Elle (Gonerill) qui m'avoit donné ces cent Chevaliers de ſon propre mouvement !

LE FOL.

Si tu étois mon fol, Noncle, je t'aurois déjà châtié pour avoir été vieux avant le tems.

LÉAR.

Que dis-tu là ?

LE FOL.

Tu n'aurois pas dû être vieux , avant d'être fage.

LÉAR.

O Ciel bienfaifant, ne fouffre pas que je devienne infenfé ! Conferve mes fens dans le calme ! Je ne voudrois pas devenir infenfé.

Un de fes Chevaliers entre.

Hé bien, mes chevaux font-ils prêts ?

LE CHEVALIER.

Tout prêts , Seigneur.

LÉAR *au* FOL,

Suis-moi , mon enfant.

A CTE

ACTE II.

SCÈNE PREMIÈRE.

Le Théâtre repréfente le Château du
DUC DE GLOCESTER.

EDMOND & CURAN *entrent par*
différens côtés

EDMOND.

Dieu te garde, Curan.

CURAN.

Et vous auffi, jeune Seigneur. J'ai vu votre père,
& je lui ai annoncé que le Duc de Cornouailles, &
Régane fon époufe, doivent fe rendre ici ce foir.

EDMOND.

Et pourquoi viennent-ils ?

CURAN.

En vérité, Seigneur, je l'ignore. Vous avez fu

quelque chofe des nouvelles du dehors, j'entends, ces nouvelles fecrettes , qu'on ne murmure qu'à l'oreille.

EDMOND.

Non : dis-moi , je te prie, quelles font ces nou-velles ?

CURAN.

Quoi, vous ne favez rien des querelles élevées entre le Duc d'Albanie & le Duc de Cornouailles ?

EDMOND.

Pas un mot.

CURAN.

Le tems viendra où vous pourrez le favoir. Je vous laiffe.

SCENE II.
EDMOND, EDGAR.

EDMOND, *feul.*

Le Duc doit venir ici ce foir; — bon, tant mieux. Cette conjoncture vient achever feule & fans moi la trame que j'ai ourdie. Mon père a déjà détaché des émiffaires pour arrêter mon frère. — Il me paffe par la tête un projet,..... qui a befoin encore d'être plus réfléchi ; mais il faut que je l'exécute. Allons, de la célérité, & que la fortune travaille avec moi. (*Il appelle.*) — Mon frère, un mot, mon frère? Descendez, vous dis-je. — (*Edgar paroît.*) Mon père vous fait observer, mon cher: fuyez de ce château; on lui a découvert le lieu où vous êtes caché. Maintenant que vous avez la faveur de la nuit... —N'avez-vous point parlé contre le Duc de Cornouailles? Il vient ici ce soir en grande diligence avec Régane. N'avez-vous rien dit de son inimitié contre le Duc d'Albanie? Voyez, rappellez-vous.

E D G A R.

Pas un mot, j'en suis bien sûr.

E D M O N D.

Mon père vient; je l'attends. Pardonnez, mais il faut que je fasse semblant de me battre contre vous: votre épée; allons, ayez l'air de vous défendre. — Cedez maintenant. (*A haute voix.*) Rends - toi ; viens devant mon père. — Hola , des lumières. (*A demi voix.*) Fuyez donc, mon frère. (*A haute voix.*) — Des flambeaux. (*Edgar s'enfuit.*) Bon, adieu. —Si je me tirois un peu de sang , ce feroit le moyen de persuader que j'ai eu à soutenir un combat terrible. (*Il se blesse au bras.*) (†) (*Il crie.*) Mon père,

---

(†) *J'ai vu des gens ivres se faire bien plus de mal par jeu.*

I ij

mon père. — Arrête, arrête. Quoi ? point de fecours.

S C È N E   I I I.

EDMOND, LE DUC DE GLOCESTER
accourant avec fes Gens, qui portent des flambeaux.

LE DUC.

HE bien! Edmond, où eft ce fcélérat?

EDMOND.

Il étoit ici caché dans les ténèbres, l'épée à la main, murmurant je ne fais quelles paroles magiques (†), & invoquant la Lune comme fa Divinité tutélaire.

LE DUC.

Mais, où eft-il?

EDMOND.

Voyez, Seigneur ; mon fang coule.

LE DUC.

Où eft ce malheureux ? Parle donc, Edmond.

(†) Edmond parle ici exprès un langage conforme aux idées fuperftitieufes de fon père, qu'on a vu dans une fcène précédente extrêmement entêté de l'aftrologie judiciaire.

EDMOND.

Il s'eft enfui de ce côté, voyant qu'il ne pouvoit réuffir à . . . .

LE DUC.

Qu'on le pourfuive. Holà! courez fur fes traces. — Hé bien! qu'il ne pouvoit réuffir . . . .

EDMOND.

A me perfuader de le feconder dans l'affaffinat de votre Grandeur ; mais, que je lui parlois des Dieux vengeurs qui font éclater tous leurs foudres fur la tête des parricides; de tous ces nœuds puiffans dont la Nature unit les enfans à leur père. En un mot, Seigneur, voyant que je rejettois avec averfion les affreux complots de fon cœur dénaturé, il a foudain, dans un mouvement de fureur, & l'épée nue à la main, fondu fur moi, & m'a bleffé au bras, avant que j'euffe pu fonger à me défendre. Mais lorfqu'il a vu tout mon courage éveillé, & qu'animé par la juftice de ma caufe, j'avançois fur lui, peut-être auffi effrayé par les cris que j'ai pouffés, il a pris auffi-tôt la fuite.

LE DUC.

Va, il a beau fuir; il ne fortira pas de ce Royaume fans être pris; & une fois pris, c'eft fait de lui. Le Duc, mon maître, mon fuprême & digne protecteur, vient ici ce foir. Par fon autorité, je ferai profcrire fa tête. Celui qui pourra découvrir ce lâche affaſſin, & l'amener au pied de l'échafaut, peut compter fur ma reconnoiſſance ; & pour celui qui le recélera, la mort.

E D M O N D.

J'ai tenté de le faire renoncer à fon deſſein; il a toujours perſiſté. Alors je l'ai maudit: je l'ai menacé de tout découvrir.«Toi, miférable Bâtard, qui ne poſſè-
» des rien dans l'Univers, m'a-t-il dit, penſes-tu que
» ſi je voulois te démentir, ton mérite, ta probité, ta
» vertu donneroient du crédit à ton accuſation? Tu
» ferois de moi le portrait le plus fidèle, que je n'au-
» rois qu'à tout défavouer (ce que je ferois), & mon
» défaveu ſeul auroit bien-tôt fait retomber ſur ta tête,
» & tes complots, & le crime dont tu m'accuſerois.
» Il faudroit que tu aveuglaſſes les yeux du monde en-
» tier, s'il ne voyoit pas que l'intérêt que tu as à
« ma mort, auroit été pour toi une raiſon puiſſante
» & décifive pour attenter à mes jours ».

L E D U C.

O le rare & conſommé ſcélérat ! Quoi, il défavoue-
roit ſon ſeing? Non, jamais je ne fus ſon père. —
Ecoute: cette trompette annonce l'arrivée du Duc.
J'ignore pourquoi il vient.—Je vais faire fermer tous
les ports. —Le malheureux n'échappera pas. Il faudra

bien que le Duc m'accorde cette grace. D'ailleurs je vais envoyer par-tout son signalement. Je veux que tout le Royaume le connoisse. — Toi, mon loyal, mon véritable fils, je vais travailler à te rendre habile à posséder.

SCÈNE IV.

LES MÊMES, LE DUC DE CORNOUAILLES, RÉGANE, *Suite.*

LE DUC DE CORNOUAILLES.

H E bien, mon noble ami, à peine entré dans ce château, j'y apprends d'étranges nouvelles !

RÉGANE.

Si elles sont vraies, il n'est point de supplice assez grand pour punir le coupable; mais comment vous trouvez-vous, Seigneur ?

LE DUC DE GLOCESTER.

Oh, Madame, plaignez ma vieillesse ! mon cœur est brisé, il est brisé !

RÉGANE.

Quoi, le filleul de mon père, attenter à vos jours ! Celui qui reçut son nom de mon père, votre Edgar ?

LE DUC DE GLOCESTER.

Oh , Madame , Madame , je rougis de le dire ;
j'aurois dû enſévelir un pareil forfait dans le ſilence.

RÉGANE.

N'étoit-il pas de la foule de ces libertins qui com-
poſent la ſuite de mon père !

LE DUC DE GLOCESTER.

Je n'en ſais rien , Madame . . . . Ah, c'eſt trop,
c'eſt trop de ſcélérateſſe !

EDMOND.

Oui , Madame , il étoit de leur compagnie.

RÉGANE.

Je ne m'étonne plus de ſa perverſité. Ce ſont ces
débauchés qui lui auront mis le poignard à la main
contre un vieillard , dont il leur tarde de poſſéder
& de diſſiper les revenus. Ce ſoir j'ai reçu des nouvelles de ma ſœur , qui m'inſtruiſent de leur conduite; & j'ai pris mes meſures. S'ils viennent pour
ſéjourner dans ma maiſon, ils ne m'y trouveront point.

LE DUC DE CORNOUAILLES.

Ni moi non plus , Régane , je vous en aſſure. —
Edmond, j'ai appris que vous avez prouvé à votre
père qu'il avoit en vous un fils.

EDMOND,

PERSONNAGES.

MARC-ANTOINE.
OCTAVE-CÉSAR.
ÉMILIUS-LÉPIDUS.
SEXTUS-POMPÉE.

DOMITIUS-ÉNOBARBUS,
VENTIDIUS,
CASSIDIUS,
ÉROS,
SCARUS,
DERCÉTAS,
DÉMÉTRIUS,
PHILON,
} *Amis d'Antoine.*

MÉCÈNE,
ACRIPPA,
DOLABELLA,
PROCULEIUS,
THYRÉUS,
} *Amis d'Octave.*

GALLUS,
MENAS,
MENECRATE,
VARIUS,
} *Amis de Pompée.*

SILIUS, *Officier servant dans l'armée de Ventidius.*
TAURUS, *Lieutenant-Général de César.*
CLÉOPATRE, *Reine d'Egypte.*

ALEXAS,
MARDIAN, } *Serviteurs attachés à Cléopatre.*
DIOMEDE,

CHARMIANE, } *Femme de Cléopatre.*
IRAS,

OCTAVIE, *Sœur de Céfar & d'Antoine.*
AMBASSADEURS *d'Antoine à Céfar.*
CAPITAINES, SOLDATS, COURRIERS, &c.
UN DEVIN.
UN PAYSAN.

 La Scène paffe fucceffivement dans différentes parties de l'Empire Romain.

La plus ancienne Édition de cette Tragédie, eft celle *in-folio* de l'année 1623.

ANTOINE & CLÉOPATRE.

EDMOND.

J'ai fait mon devoir, Seigneur.

LE DUC DE GLOCESTER.

Oui, il a déconcerté les projets de ce misérable ; il a même reçu la blessure que vous voyez, en voulant se saisir de lui.

LE DUC DE CORNOUAILLES.

Le poursuit-on ?

LE DUC DE GLOCESTER.

Oui, mon digne Seigneur.

LE DUC DE CORNOUAILLES.

S'il est arrêté, on n'aura pas à craindre de nouveaux attentats de sa part. Reposez - vous sur mon pouvoir. — Quant à vous, Edmond, vous qui venez de faire éclater votre vertu & votre obéissance, vous serez désormais attaché à ma personne. J'ai besoin d'hommes de votre trempe, à qui l'on peut donner toute sa confiance, & je m'empare de vous.

EDMOND.

Seigneur, vous pouvez compter en toute occasion sur ma fidélité.

Tome V.　　　　　　　K

LE DUC DE GLOCESTER.

Je remercie votre Grandeur.

LE DUC DE CORNOUAILLES.

Vous ignorez pour quel fujet nous fommes venus vous voir?

RÉGANE.

A cette heure extraordinaire, à travers l'é-paiffeur des ténébres de la nuit? — Noble Duc, ce font des affaires de quelque importance, & fur lef-quelles nous avons befoin de vous confulter. Notre père nous a écrit, & notre fœur auffi, fur certains dé-bats qui fe font élevés entr'eux, & nous croyons qu'il eft à propos d'y répondre nous-mêmes. Leurs différens meffagers attendent nos dépêches. Allons, mon bon & vieux ami, ne vous refufez pas aux con-folations. Dans l'affaire qui nous occupe, aidez-nous de vos avis : ils nous font néceffaires, & les momens font précieux.

LE DUC DE GLOCESTER.

Madame, difpofez de moi. Je fuis ravi de vous recevoir tous deux.   (*Ils fortent.*)

SCÈNE VI.

LE COMTE DE KENT, *toujours travesti, & sans être reconnu, &* OSWALD, *l'Intendant de Gonerill.*

L'INTENDANT.

Bon soir, l'ami, es-tu de la maison?

LE COMTE.

Oui.

L'INTENDANT.

Où pourrons-nous mettre nos chevaux

LE COMTE.

Dans le bourbier.

L'INTENDANT.

Je t'en prie; si tu m'aimes, dis-le moi.

LE COMTE.

Je ne t'aime point.

L'INTENDANT.

Parbleu, je ne m'en embarrasse guère.

K ij

LE COMTE.

Si je te tenois dans le parc de Lipsbury (†), je te donnerois de l'embarras, moi.

L'INTENDANT.

Et pourquoi me traites-tu ainsi? Je ne te connois pas.

LE COMTE.

Et moi, je te connois bien.

L'INTENDANT.

Et pour qui me connois tu?

LE COMTE.

Pour un fripon, un belître, un bas écornifleur, un poltron, un sot, un malheureux né dans la bassesse (a), un fils de l'opprobre, un vil folliciteur, un faquin, un lâche esclave, qui fait le chien couchant pour supplanter l'héritier de la maison. Tu réunis dans ta personne un coquin, un misérable, un lâche, que je ferai

---

(†) Nom corrompu de quelque lieu qui jouissoit de certaines franchises & priviléges. *M. Efchenburg*

(a) *Three fuited*: Farmer pense qu'il faut lire *third fuited*, qui porte un habit pour la troisième fois, ou retourné trois fois. *Hunder-pound*, qui ne possède que 100 *liv. fterl.*

crier fous les coups de bâton, fi tu défavoues une feule des épithetes dont je viens de te qualifier.

L' INTENDANT.

Quel diable d'homme es-tu ? d'accabler d'injures celui qui ne te connoît pas plus que tu ne le connois.

LE COMTE.

Quel effronté es-tu, d'ofer dire que tu ne me connois pas ? Il n'y a que deux jours que je t'ai fi bien châtié en préfence du Roi. — L'épée à la main, fripon. Il eft nuit; mais la lune brille. Je veux te hacher en piéces (†) : allons, infâme, l'épée à la main. (*Il tire fon épée.*)

L'INTENDANT.

Laiffe-moi : je n'ai rien à démêler avec toi.

LE COMTE.

L'épée à la main, miférable. Ha, ha, tu viens chargé de lettres contre le Roi : tu te fais le cham-

---

(†) Dans le texte : *Faire de toi une foupe aux rayons de la lune.* Phrafe ufitée alors , & fondée fur la philofophie du temsi Les Péripatéticiens croyoient que les rayons de la lune étoient froids & humides. Voilà pourquoi l'épithète de *Watry, humide* eft donnée fréquemment par Shakefpéar , à la lune & à fes rayons, **Pope.**

pion infolent d'une vaine femmelette (†) contre l'autorité de fon vénérable père. Allons, traître, l'épée à
la main, ou je t'anéantis. L'épée à la main, infâme ;
allons, défends-toi.

L'INTENDANT.

Au fecours, au fecours, au meurtre.

LE COMTE (*en le frappant.*)

Pouffe donc, lâche : arrête ; arrête donc : allons ;
frappe.

L'INTENDANT.

Au meurtre ; à l'affaffin.

SCÈNE VI.

LES MÊMES, EDMOND, LE DUC DE CORNOUAILLES, RÉGANE, LE DUC DE GLOCESTER, *Suite.*

EDMOND.

H<small>E</small> bien, quel eft le fujet? Séparez-vous.

(†) *Le rolle d'une poupée repréfentant l'Infolence & la Vanité,*
Allufion aux mafcarades allégoriques du carnaval en Angleterre,
où l'on repréfentoit la Vanité, l'Impiété, &c. *Johnfon,*

LE COMTE.

Avec vous, jeune homme, fi le jeu vous plaît : je vous arrangerai ; avancez, jeune maître.

LE DUC DE GLOCESTER.

Quoi, des épées ? des armes ? Que veut dire ?....

LE DUC DE CORNOUAILLES.

Sur votre vie, arrêtez. — Si quelqu'un frappe encore, il meurt. — D'où vient cette rixe ?

RÉGANE.

Quoi ? les meffagers de ma fœur & du Roi ?

LE DUC DE CORNOUAILLES.

Quelle eft la caufe de votre querelle? Parlez.

L'INTENDANT.

Je puis à peine refpirer, Seigneur.

LE COMTE.

Je n'en fuis pas étonné ; tu as tant exercé ta valeur. Lâche , fripon , la Nature te défavoue pour fon ouvrage. (*)

LE DUC DE CORNOUAILLES.

Mais, répondez donc? Comment s'eſt élevée cette rixe?

L'INTENDANT.

Seigneur, ce vieux fol dont j'ai ménagé la vie par conſidération pour ſa barbe griſe . . . .

LE COMTE.

Toi, vil rebut; toi (†), être inutile dans l'eſpèce humaine. Seigneur, permettez, je veux écraſer ce miſérable, & hâcher ſes membres en piécés. — *Par conſidération pour ma barbe griſe.* Toi, bas flateur?

LE DUC DE CORNOUAILLES.

Tais-toi, animal féroce. Oublies-tu le reſpect que tu dois . . . .

LE COMTE.

Il eſt vrai, Seigneur; mais la colère a ſes priviléges.

LE DUC DE CORNOUAILLES.

Et quel eſt le ſujet de ta colère?

[†] *Toi Z dans l'alphabet.* Injure de ce tems-là, où le *Z* commençoit à n'être plus employé. L'*S* eſt devenu le lieutenant-général du *Z*, dit Mulcaſter dans ſa Grammaire. *Farmer.*

LE

LE COMTE.

De voir une épée dans les mains d'un homme fans honneur. Ces vils coquins reffemblent aux rats dont nos temples font infectés : lorfqu'ils ne peuvent dé-lier les nœuds les plus facrés, ils les rongent (†) & les déchirent de leur dent facrilége. Ils flattent les paffions rébelles à la raifon, qui fe foulevent dans le cœur de leurs maîtres ; ils jettent l'aliment à la flamme , & augmentent l'incendie ; leur langue variable obéit au caprice du maître, comme (a) la girouette change & tourne au moindre vent. Ils n'ont, comme le chien, d'autre inftinct que celui de ramper & de fuivre. —Que l'enfer te confonde avec ton vifage convulfif. Te moques-tu de mes difcours , & me prends-tu pour un infenfé ? (b)

(†) *Holy cords* ; *les cordons facrés.* Par-là le Poëte entend les liens de la Nature, entre le père & les enfans. La métaphore eft prife des cordons du fanctuaire des Temples, & il a comparé à ces rats facriléges, ceux qui fomentent la divifion dans les familles.

(a) *L'halcyon.* Suivant l'opinion populaire ; l'halcyon fufpendu fe tourne au vent. *Steevens.*

[b] Dans le Sommertshire, près de Camelot, font beaucoup de marais où l'on trouve quantité d'oyes. *Hammer.*

Imbécile oifon, fi je te tenois dans la plaine de Sarum , je te ferois fuir devant moi , en criant jufqu'aux marais de Camelot.

LE DUC DE CORNOUAILLES.

Eh quoi, as-tu perdu la raifon, vieux forcené?

LE DUC DE GLOCESTER.

Comment s'eft élevée cette querelle? Explique-toi.

LE COMTE.

Il n'y a pas plus d'antipathie entre le feu & l'eau, qu'entre moi & ce coquin.

LE DUC DE CORNOUAILLES.

Pourquoi l'infultes-tu de ce nom? Quel eft fon crime?

LE COMTE.

Sa figure me déplaît!

LE DUC DE CORNOUAILLES.

La mienne, celle du Duc & de la Ducheffe, ne font peut-être pas plus de ton goût.

LE COMTE.

Seigneur, je fais profeffion d'être franc. J'ai vu dans mon tems de meilleures têtes fur d'autres épaules que celles qui font à préfent devant mes yeux.

LE DUC DE CORNOUAILLES.

Cet homme eſt ſans doute quelque ruſtre, qui, loué
une fois pour ſa brutale ingénuité, a depuis affecté un
ton de franchiſe inſolent, & qui nous montre une
phyſionomie que dément l'intérieur. « *Il ne ſait pas*
flatter, lui ; *c'eſt un honnête homme, un homme franc ;*
il ne ſait dire que la vérité. Si elle eſt bien reçue, tant
mieux : ſi elle déplaît, c'eſt toujours un homme qui a le
mérite d'être vrai. » Oh je connois de ces fripons (†)
qui, ſous cet extérieur de franchiſe & de bonhommie,
cachent une ame plus artificieuſe & plus corrompue
que vingt courtiſans enſemble, conſommés dans l'art
de la politeſſe & de la flatterie.

LE COMTE.

Seigneur, en bonne foi, dans la pure vérité, ſauf
le reſpect que je dois à votre Grandeur, dont la préſence comme les feux qui couronnent le front rayon-
nant de Phœbus .....

LE DUC DE CORNOUAILLES.

Que veux-tu dire par-là ?

(†) C'eſt même une eſpèce d'hypocrites bien dangereux, &
qu'on rencontre quelquefois dans la ſociété.

LE COMTE.

C'eft pour changer de ftyle, puifque le mien vous déplaît fi fort. — Non, je ne fuis pas un flatteur; mais celui qui vous a trompé par un difcours en apparence plein de franchife, étoit un franc fcélérat; & c'eft ce que je ne ferai point, duffai-je encourir votre difgrace.

LE DUC DE CORNOUAILLES.

Et en quoi cet homme t'a-t-il offenfé?

L'INTENDANT.

En rien, Seigneur. Derniérement le Roi, fon maître, interprétant mal ce que je lui difois, s'avifa de me frapper: cet homme, pour flatter fa colère, fe joignit à lui, & me renverfa par terre; il m'infulta, fe moqua de moi, & s'attira les louanges du Prince. — Oh, fi le Roi n'avoit pas été là, certainement je n'aurois pas été vaincu. Et aujourd'hui, tout fier de fes proueffes, il vient ici tirer l'épée contre moi!

LE COMTE.

Il n'y a pas un feul de ces poltrons-là, qui ne veuillent paroître auffi braves qu'Ajax.

LE DUC DE CORNOUAILLES.

Qu'on apporte des ceps. (†) Vieux fcélérat, qui fais ici l'obftiné, je t'apprendrai. . . . .

LE COMTE.

Seigneur, je fuis trop vieux pour apprendre. Ne faites pas apporter des ceps pour moi. Je fers le Roi, & c'eft montrer bien peu de refpeét pour la perfonne augufte de mon maître, que de mettre avec autant de malice & de hardieffe fon Envoyé dans les ceps.

LE DUC DE CORNOUAILLES.

Qu'on apporte les ceps. Comme il eft vrai que je refpire, tu y refteras enfermé jufqu'à midi.

RÉGANE.

Quoi, jufqu'à midi? Bon, bon, jufqu'au foir, Seigneur, & même durant toute la nuit.

LE COMTE.

En vérité, Madame, quand je ferois le chien de votre père, vous ne me traiteriez pas fi indignement.

(†) Dans ce tems-là il y avoit fur les places publiques une efpèce de fupplice qu'on appelloit les *Ceps* : c'étoient deux trous creufés dans la terre, où l'on mettoit les deux jambes du patient, qui y étoient enfermées & ferrées par des entraves de bois.

RÉGANE,

Non, fi tu étois fon chien; mais étant fon fcélérat dévoué, je le ferai.

LE DUC DE CORNOUAILLES.

Le caractère de ce coquin-là reffemble bien au
portrait que nous en fait ma fœur. Allons, les ceps.

(*On apporte des ceps.*)

LE DUC DE GLOCESTER.

Seigneur, laiffez-moi conjurer votre Alteffe de n'en
rien faire. Sa faute eft grande, fans doute, & le bon
Roi, fon maître, faura l'en punir bien autrement : car
la peine aviliffante que vous lui préparez, eft réfervée
pour les baffeffes & les petits crimes de ces hommes fans aveu, de ces vils efcrocs. Le Roi s'of-
fenfera de fe voir ainfi infulté & méprifé dans la
perfonne de fon Envoyé. Il ne vous pardonnera pas
de l'avoir mis dans les ceps.

LE DUC DE CORNOUAILLES,

Je le prens fur moi.

RÉGANE.

Et ma fœur a-t-elle moins droit de s'offenfer de voir fon honnête Agent infulté, maltraité,

parce qu'il exécute les ordres dont elle l'a chargé ? Allons, entravez-lui les jambes. (*Au Duc.*) Venez, Seigneur. (*On garotte le Comte à l'entrée du Palais , & on le met dans les ceps.*)

(*Régane & le Duc de Cornouailles fortert.*)

SCÈNE VII.

LE DUC DE GLOCESTER, LE COMTE DE KENT.

LE DUC DE GLOCESTER.

J'EN fuis fâché pour toi, mon ami ; mais tel eſt l'ordre du Duc, & tout le monde fait qu'on ne peut ni l'éluder, ni s'y oppofer. Mais je fupplierai pour toi.

LE COMTE DE KENT.

N'en faites rien, je vous prie. J'ai veillé, j'ai beaucoup fatigué ; je vais dormir quelque tems, & le reſte je le paſſerai à chanter. Je vous donne le bon jour.

LE DUC DE GLOCESTER.

Le Duc eſt blamable d'en agir ainſi. Le Roi ſe trouvera outragé. (*Il fort.*)

LE COMTE DE KENT.

Bon Roi , ce traitement annonce quel va être ton
fort. (†) Chaffé de tout afyle & dépouillé de toutes
les douceurs de la vie, tu n'as plus d'autres biens que
l'air & la chaleur du foleil. (*Il regarde la Lune & ou-*
vre une lettre.) O , Lune, approche-toi de notre globe , que tes rayons confolans m'aident à lire cette lettre. — Les malheureux plus que d'autres croyent aux
miracles , & envoyent par-tout.—Ah ! c'eſt de Cordélia : je reconnois fes caractères. Elle aura été par quelque heureux hafard , informée du déguiſement fous
lequel je me fuis caché. Je trouverai l'occaſion de fortir de cet état, ſi étrange pour moi, & de réparer
toutes les pertes du paſſé. Je me fens excédé de
fatigues & de veilles: profitez vîte de ce moment,
ô mes yeux que le fommeil appeſantit , pour ne pas
voir ce lieu d'opprobre & d'ignominie ! — Fortune,
bon foir ; fouris donc encore une fois , & fais tourner
ta roue.

(†) *Hors de la bénédiction du ciel, te voilà réduit à la cha-*
leur du foleil. Suivant Hammer, ce Proverbe, fe dit de ceux qui ;
chaffés de leur maiſon , reſtent expoſés à la chaleur du foleil.
Peut-être fe difoit-il d'abord de ceux qui s'évadoient d'un hô-
pital. *La bénédiction du ciel* pourroit bien être le nom d'un de
ces hofpices des pauvres & des voyageurs. *Johnſon.*

SCÈNE

SCÈNE VIII.

Le Théâtre représente une Bruyere.

EDGAR *seul.*

J'A I entendu moi-même proscrire ma tête !
Heureusement que le creux d'un arbre m'a dé-
robé à leur pourfuite. Il n'est plus d'afyle pour Edgar,
plus de port, ni de lieu sûr pour lui. Des fentinelles, & la plus fevère recherche, épient mon paffage pour me faifir. Tandis que je fuis libre encore,
je veux trouver un moyen de me conferver. — Il
me vient dans l'idée de me déguifer fous la forme
la plus abjecte & la plus pauvre, où jamais la misère ait abaiffé l'homme dégradé, defcendu prefqu'au niveau de la brute. Je noircirai, je défigurerai
mon vifage, je ceindrai mes reins d'une couverture (†) en lambeaux ; je nouerai ma chevelure en
mille nœuds, & mes membres nuds affronteront l'injure des vents & l'inclémence des Cieux. Je veux
prendre pour mes modèles ces mendians échappés
des hôpitaux de la folie, qui, pouffant des cris fauvages, enfoncent dans leurs bras nuds & leur

---

(†) *Blanket,* Couverture de laine dont s'enveloppoient le
corps les fous & les mendians.

chair meurtrie, des clous, des épingles, des épines & des branches de romain; &, dans ce hideux accoutrement, fortent du fond des fermes miférables, des hameaux en mafures, des parcs, des étables & des moulins, & viennent fur le chemin faire violence à la lente charité, tantôt par leurs prières, tantôt par leurs imprécations lunatiques. Le *pauvre* (†) *Turlupin*, *le pauvre Tom* ! Encore elt-ce quelque chofe que cela : en reftant Edgar, je ne fuis plus rien.

(†) *Turlygood* ou *Turlupin*. **Dans** le quatorzième fiecle, il parut une nouvelle efpèce de vagabonds forciers appellés *Turlupins* ; c'étoit une confrairie de mendians tout nuds qui infectèrent l'Europe. Rome les condamna comme hérétiques ; & il y en eut quelques-uns de brûlés à Paris : c'étoit une bande de gueux & de foux cyniques. *Warburton.*

Turlupin Cynicorum fectam fufcitantes, de nuditate pudendorum & publico coïtu. Genebrard.

SCÈNE IX.

La Scène change encore & repréfente
le Château du Comte de Glocefter. (†)

LEAR, SON FOL, UN GENTILHOMME, LE COMTE DE KENT.

LÉAR.

IL eft bien étrange qu'ils foient partis de leur château, fans me renvoyer mon meffager !

LE GENTILHOMME.

Je fais pourtant que la nuit dernière encore ils n'avoient aucun projet d'en fortir.

KENT.

Je vous falue, mon noble maître.

LÉAR *furpris.*

Ha, ha, te fais-tu un paffe-tems de ta honte ?

(†) Dans l'Acte précédent, Léar envoyoit une lettre à Glocefter, dont on n'a pas fu le contenu. Pourquoi vient il ici au Château de Glocefter ? N'ayant pas rencontré fa fille & fon gendre, dont il apprend ici le brufque départ, il vient alors les chercher chez Glocefter. *M. Efchenburg.*

M ij

LE COMTE.

Non, Seigneur.

LE FOL.

Ma foi, il porte-là de cruelles jarretières! On lie les chevaux par la tête, les chiens & les ours par le col, les finges par les reins, les hommes, c'eft par les jambes. Quand un homme eft trop vigoureux de fes jambes, on lui met des entraves lourdes.

LÉAR.

Quel eft celui qui s'eft fi étrangement mépris fur la place qui te convient, pour te placer ici?

LE COMTE.

C'eft lui & elle, votre fils & votre fille.

LÉAR.

Non.

LE COMTE.

Ce font eux.

LÉAR.

Non, te dis-je.

LE COMTE.

Eh, oui, vous dis-je.

LÉAR.

Par Jupiter, je jure que non.

LE COMTE.

Par Junon, je jure que oui.

LÉAR.

Ils ne l'ont pas ofé, ils ne l'ont pas pu, ils n'ont pas pu le vouloir ! — Mais c'eft plus qu'un affaffinat, de faire un auffi violent outrage au miniftère le plus refpectable ! — Hâte-toi de m'expliquer par quelle conduite tu as pu mériter ce châtiment, ou comment ils ont pu te l'infliger, étant envoyé de notre part.

LE COMTE.

Seigneur, arrivé à leur château, je leur ai recommandé la prompte lecture des lettres de votre Alteffe. Je n'étois pas encore relevé de l'humble pofture où je leur témoignois à genoux mon refpect, lorfque foudain furvient un courier tout en fueur, tout effouflé, & refpirant à peine, qui leur préfente le falut de fa maîtreffe Gonerill, & une lettre de fa part: ils la lifent fur le champ, interrompant la lecture qu'ils faifoient de la vôtre. Auffi-tôt ils donnent des ordres à toute leur maifon, prennent des chevaux, me commandent de les fuivre, & d'attendre leur loifir pour favoir leur réponfe. Ils me regardoient froidement

& avec indifférence. —Je rencontre ici l'autre meffager, dont l'arrivée, fi bien accueillie, avoit, je le
vois bien, empoifonné mon ambaffade. C'eft ce
même coquin qui derniérement s'eft oublié avec
tant d'infolence devant Votre Alteffe. Moi, écoutant
plus la Nature que la réflexion, j'ai mis l'épée à la
main. Voilà la faute que votre fils & votre fille
ont jugée digne du honteux châtiment que vous voyez.
—Il a alarmé toute la maifon par fes lâches clameurs.

LE FOL.

(†) L'hyver n'eft pas encore paffé, fi les oyes fauvages volent de ce côté-ci.

> Le père qui traîne les haillons de l'indigence
> Rend fes enfans aveugles : ils ne le connoiffent plus.
> Mais le père qui porte les facs dorés,
> Verra fes enfans tendres & foumis.
> La Fortune, cette infigne proftituée,
> Ne tourne jamais fa clef pour ouvrir fa porte au pauvre.

Léar, tu recevras de tes chères filles autant de (†)
douleurs & de chagrins que tu pourrois en compter
pendant une année entière.

[†] C'eft-à-dire, fi elles fe comportent ainfi, le Roi n'eft pas
au bout de fes peines. *Johnfon.*

[a] Il y a ici un jeu de mots fur la reffemblance des mots de
Dolours & *Dollars*, piece de monnoie.

LÉAR,

Oh, comme la colère monte & s'éléve vers mon cœur ! Bile inflammable, redefcends vers ta fphère. — Où eft cette fille ?

KENT.

Ici, Seigneur, dans le château avec le Comte de Glocefter

LÉAR, *au Gentilhomme.*

Ne me fuivez pas, reftez ici.　　*Il fort.*

SCÈNE X.

LE GENTILHOMME à KENT.

LE GENTILHOMME.

N'AVEZ-VOUS point commis d'autre faute, que celle dont vous venez de parler ?

LE COMTE.

Non. Mais pourquoi le Roi vient-il avec une fuite fi peu nombreufe ?

LE FOL.

Par exemple, fi l'on t'avoit mis dans les ceps pour avoir fait cette queftion, tu l'aurois bien mérité.

LE COMTE.

Pourquoi, Fol ?

LE FOL

Nous te menerons à l'école de la fourmi, pour t'apprendre qu'on ne travaille pas dans l'hyver. — Si tu tiens une grande roue, lâche prise lorsqu'elle descend & roule de la montagne : en la suivant, tu te casseras le cou. Mais si tu vois quelque Grand s'élever & monter, attache-toi à lui ; il t'attirera après lui. Quand un sage te donnera un meilleur conseil, rends-moi le mien. Je voudrois (†) que ce conseil ne fût suivi que des fripons, puisque c'est un fol qui le donne.

> Ce bel ami, qui ne vous sert que par intérêt,
> Et ne vous suit que pour la forme,
> Pliera bagage, dès qu'il commencera à pleuvoir,
> Et vous laissera exposé à l'orage,
> Et moi, je demeurerai ; oui, le Fol restera,
> Et laissera le sage s'enfuir.
> Le fripon qui fuit devient un fol ;
> Mais, pardieu, le fol ne deviendra pas un fripon.

(†) Shakespéar a toujours grand soin de corriger les maximes immorales & contraires à ses véritables sentimens : ici, après avoir fait donner par le Fol le conseil ironique de trahir & d'abandonner lâchement l'homme infortuné, il ajoute aussi-tôt ce correctif : *Je voudrois que ce conseil ne fût suivi que des fripons.*

LE COMTE.

LE COMTE.

Où as-tu appris tout cela, Fol?

LE FOL.

Fol toi-même ; ce n'eſt pas dans ces entraves de bois.

SCÈNE XI.

LES MÊMES, LÉAR, LE COMTE DE GLOCESTER.

LÉAR.

Refuser de me parler? Ils ſont malades; ils ſont fatigués; ils ont voyagé toute la nuit. —Vains prétextes, indices de révolte & de défection. (*A Gloceſter.*) Retourne & rapporte-moi une meilleure réponſe.

LE COMTE DE GLOCESTER.

Mon cher maître, vous connoiſſez la fierté du Duc, combien il eſt inébranlable & obſtiné dans ſes réſolutions.

LÉAR.

Vengeance, peſte, mort, confuſion ! *La fierté*

Tome V.   N

Quelle fierté ? — Glocefter, je veux parler au Duc de Cornouailles & à fa femme.

LE COMTE DE GLOCESTER.

Seigneur, je viens de les en informer.

LÉAR.

Informer ? M'entends-tu, homme ?

LE COMTE DE GLOCESTER.

Oui, mon digne Seigneur.

LÉAR.

Le Roi veut parler à Cornouailles. Un tendre père veut parler à fa fille ; il exige d'elle fon obéif- fance : les as-tu *informés* de cela ? Par mon fang & ma vie ! De la *fierté* ? la *fierté* du Duc ? — Va dire à ce Duc fi terrible, que . . . . Mais non, pas encore ; il fe pourroit qu'il fût indifpofé. Dans nos infirmi- tés, nous négligeons tous les devoirs que doit la fanté. Nous ne fommes plus nous-mêmes, quand la Nature, opprimée par la douleur, commande à l'ame de fouffrir avec le corps. Je veux me calmer ; (†) je me fuis trop livré à la violence de mes mou- vemens, en prenant pour de l'entêtement de fa part

---

(†) Ce mouvement de colère fuivi auffi-tôt d'un fentiment plus calme de raifon & d'humanité ; la douceur que Léar met

une indifpofition, un inftant de mal-aife. Malédiction
fur mon état ! — Mais pourquoi eft-il ici? Ce brufque départ du Duc & d'elle , m'annonce quelque
trame cachée. (*A Glocefter.*) Délivrez-moi mon ferviteur. —Va , dis aü Duc & à fa femme , que je veux
leur parler à préfent, à l'heure même.—Ordonne-leur
de fortir & de venir m'entendre, ou bien je vais à la
porte de leur appartement ; & j'y fonnerai tant l'alarme , tant, qu'ils croiront entendre crier : du fommeil
à la mort.

LE COMTE DE GLOCESTER.

Je voudrois voir la bonne intelligence entre vous.

(*Il fort.*)

LÉAR.

O mon cœur , mon cœur , tu te fouleves ; mais
appaife-toi. (*)

dans fes reproches à Gonerill , dans la fcène fuivante , & d'autres paffages femblables qu'on verra dans le développement de
fon caractère, font de cet infortuné vieillard un objet d'eftime
& de commifération qui le rendent intéreffant, malgré la foibleffe,
la paffion & l'injuftice qu'il a montrées au commencement de la
piéce. Perfonne n'a mieux peint que Shakefpéar, un caractère
mixte où les vertus & les vices , les bonnes & mauvaifes qualités
fe combattent & s'allient. C'eft ce qui donne une fi grande vérité
à fes caractères : car c'eft là l'homme qui exifte.

SCÈNE XII.
LES MÊMES, LE DUC DE CORNOUAILLES, RÉGANE, LE COMTE DE GLOCESTER, *Suite.*

LÉAR.

Bon jour à tous deux.

LE DUC DE CORNOUAILLES.

Je falue votre Grandeur.

RÉGANE.

Je fuis charmée de voir votre Alteffe. (*On met Kent en liberté.*)

LÉAR.

J'aime à le croire, Régane, que vous en êtes charmée, & je fais la raifon que j'ai de le croire. Si ma préfence ne t'infpiroit pas de la joie, je ferois divorce avec le tombeau de ta mère, qui alors n'enfermeroit que les cendres d'une adultère. (*A Kent.*) Ha, es-tu libre ? Cet article à quelqu'autre moment. —— Ma chère Régane; ta fœur eft une miférable, elle a enchaîné l'ingratitude à la dent aiguë, comme un vautour, ici, (*montrant fon cœur* ; (†) à peine puis-je

_____

(†) Allufion à la Fable de Prométhée.

te parler. Non tu ne pourras pas le croire, avec quelle dureté cette ame dépravée.... ! Oh, Régane !

RÉGANE.

Je vous en conjure, Seigneur ; modérez - vous. je crois que vous pourriez plutôt oublier son mé-rite, qu'elle son devoir.

LÉAR.

Tu dis ....? Comment.... ?

RÉGANE.

Je ne puis penser que ma sœur ait manqué en rien à ce qu'elle vous doit. S'il est arrivé peut-être qu'elle ait voulu mettre un frein à la licence de vos Chevaliers, c'est sur des motifs si légitimes , & dans des vues si louables , qu'elle ne mérite pour cela aucun reproche.

LÉAR.

Ma malédiction sur elle !

RÉGANE.

Seigneur, vous êtes vieux ; la nature en vous touche au dernier terme de sa carrière ; vous devriez vous laif-fer conduire par quelque personne prudente, qui con-noisse mieux votre état que vous-même. Ainsi, je vous en conjure, retournez vers ma fœur, avouez lui que vous lui avez fait injure.

LÉAR.

Moi, lui demander fon pardon! Remarquez donc combien cette démarche feroit dans l'ordre? J'irais lui dire (*Il fe met à genoux*) : « Ma chère fille, j'avoue que » je fuis vieux; un vieillard eft un être inutile; je me » profterne à vos genoux, daignez m accorder des vête- » mens, un lit & du pain ».

RÉGANE.

Ceffez, Seigneur, ceffez de pareils difcours. C'eft-là un badinage qui n'eft pas fenfé; retournez chez ma fœur.

LÉAR.

Jamais, Régane. Elle m'a dépouillé de la moitié de ma fuite; elle a jetté fur moi un regard (†) de colère; fa langue, comme le dard du ferpent, à percé mon cœur. Ciel, fais tomber fur fa tête ingrate tous les tréfors de ta vengeance. Vapeurs contagieufes, pénétrez fes jeunes membres & brifez leurs formes.

LE DUC DE CORNOUAILLES.

Fi, Seigneur, c'eft une honte.

---

† *Un regard noir.* Allufion au ferpent qui devient noir lorf- qu'il s'enfle de venin & de rage; & Léar compare fa fille au ferpent. *Pope.*

LÉAR.

Rapides éclairs, dardez vos flammes dans ces yeux
où j'ai vu le mépris. Flétriſſez ſa beauté, vapeurs em-
peſtées, que le puiſſant ſoleil aſpire du fond des marais, & noirciſſez ces attraits qui font ſon orgueil.

RÉGANE.

Grands Dieux, dans ces accès de fureur vous allez
auſſi me maudire !

LÉAR.

Non, Régane, jamais tu n'auras ma malédiction ;
ton ame, née douce & tendre, ne s'abandonnera jamais
à la dureté. Les yeux de ta ſœur ſont farouches :
le doux éclat des tiens conſole, ils ne ſont pas rouges
& ardens. Non, il n'eſt pas dans ton cœur de gêner
mes plaiſirs, de me ſupprimer une partie de ma ſuite,
de t'échapper en propos inſultans, ni de mutiler ma
grandeur. Tu ne fermeras point les verroux à l'approche
de ton père. Tu connois mieux les devoirs de la nature,
les obligations des enfans, les procédés de l'humanité,
de l'honnêteté, les ſentimens de reconnoiſſance : tu n'as
pas oublié cette partie de mes États dont je t'ai compo-
ſé une riche dot.

RÉGANE.

Mon bon Seigneur, au fait. (*On entend le ſon d'une
trompette.*)

L É A R.

Qui a mis mon meſſager dans les ceps? (*L'Intendant de Gonerill entre.*)

LE DUC DE CORNOUAILLES.

Quelle eſt cette trompette?

R É G A N E.

J'en reconnois le ſon: c'eſt ma ſœur qui vient. Son arrivée confirme ſa lettre, où elle me mandoit qu'elle alloit ſe rendre ici. (*A l'Intendant:*) Votre maîtreſſe eſt-elle arrivée?

L É A R, *regardant l'Intendant.*

Voilà un eſclave qui, en bien peu de tems, a fondé ſon orgueil ſur la fragile faveur de ſa maîtreſſe. Hors d'ici, vil valet, loin de ma préſence.

LE DUC DE CORNOUAILLES.

Que prétend votre Grandeur?

SCÈNE

SCÈNE XIII.
LES MÊMES, GONERILL.

LÉAR.

Qui a mis mon serviteur dans les ceps? Régane, je me flatte que tu n'en as rien su. (*En voyant Gonerill.*) Qui vient ici? —Dieux! si vous aimez les vieillards; si la douceur de votre gouvernement paternel commande & consacre l'obéissance filiale; si vous-mêmes (†) vous êtes vieux, défendez votre cause dans la mienne. (*A Gonerill.*) Quoi! tu ne rougis pas à l'aspect de ces cheveux blancs? — Et toi, Régane, tu unis ta main à la sienne?

GONERILL.

Eh! pourquoi sa main se refuseroit-elle à la mienne, Seigneur? N'est pas offense, tout ce que l'indiscrétion, où la démence, qualifie de ce nom?

LÉAR.

O mon cœur, tu es trop insensible. Quoi! tu le peux

___

(†) Ce trait pourroit paroître ridicule à un Lecteur inattentif; mais il faut se souvenir que Léar est un Roi payen & que ceci fait allusion à la premiere théologie du Paganisme, qui enseigne que *Cœlus* ou *Ouranus* ou le *Ciel* fut détrôné par son fils Saturne qui se révolta contre lui. C'est la même position où se trouve le vieux Roi Léar.

fouffrir? tu ne te brifes pas? — Comment a-t-on ofé mettre mon meffager dans les ceps?

LE DUC DE CORNOUAILLES.

C'eft moi, Seigneur, qui l'y ai fait mettre. Sa faute ne méritoit pas moins.

LÉAR.

Vous! c'eft-vous?

RÉGANE.

Eh! mon père, je vous en prie, fi votre raifon eft affoiblie, convenez-en. — Si, jufqu'à ce que le mois foit expiré, vous voulez retourner chez ma fœur & demeurer avec elle, congédiez la moitié de vos gens, & venez enfuite chez moi. Je n'y fuis point à préfent, & je ne fuis point fournie des provifions néceffaires pour votre entretien.

LÉAR.

Retourner chez elle! Cinquante de mes Chevaliers congédiés! Non, je renoncerois plutôt à habiter fous les roîts, & je préférerois d'être expofé à l'injure de l'air, en fociété avec le loup (†) & l'effraie, en butte à tous

---

(†) Dans ce tems-là, l'Angleterre étoit remplie de loups. Ce n'eft que long temps depuis que cette efpèce a été exterminée.

les traits de la plus affreufe néceffité. Retourner chez
elle? Oui, ce bouillant Monarque de la France, qui a
pris fans dot ma plus jeune fille; j'aimerois autant
aller le fupplier au pied de fon Trône, & mendier de
fa main la penfion de fes Ecuyers & vivre dans l'état
le plus obfcur. Retourner chez elle? Que ne me per-
fuades-tu plutôt, d'aller fervir cette femme déteftée,
au dernier rang de fes efclaves ?

GONERILL.

A votre choix, Seigneur.

LÉAR, *à Gonerill.*

Je t'en prie, ma fille, ne me fais pas devenir infenfé.
Je ne veux te caufer aucun embarras, mon enfant.
Adieu, nous ne nous rencontrerons plus, nous ne nous
reverrons plus. Mais cependant tu es mon fang, ma
chair, ma fille—. Ou plutôt tu es un poifon engendré
de (†) mon fang corrompu. — Je ne veux rien te
reprocher : que l'opprobre vienne fur toi quand il
voudra; je ne l'appellerai pas. Je ne provoquerai point
fur ta tête les carreaux du Dieu qui lance la foudre:
je ne ferai de toi aucuns récits au Juge Suprême de
l'Olympe. Corrige-toi quand tu le pourras; deviens

(†) Tu es un ulcere, une tumeur envénimée que je fuis
forcé d'appeler *mienne.*

meilleure à ton loifir. Je puis fouffrir tout avec patience.
Je puis refter chez Régane, moi & mes cent chevaliers.

R É G A N E.

Non pas tous enfemble. Je ne vous attendois pas
encore, & je n'ai rien préparé pour vous recevoir
comme il convient. Prêtez l'oreille aux propofitions
de ma fœur. Ceux qui affocient leur fageffe à votre
paffion, doivent fe réfigner & penfer que vous êtes
vieux & que.... Mais ma fœur fait bien ce qu'elle fait.

L É A R.

Eft-ce là un langage honnête?

R É G A N E.

J'ofe le foutenir tel, Seigneur. Quoi! cinquante
Chevaliers, n'eft-ce pas affez? Qu'avez-vous befoin d'un
plus grand nombre? Et après tout, n'eft-ce pas plus
qu'il ne faut? Tout parle contre une fi grande multitude; l'embarras & le danger. Comment, dans une
feule & même maifon, tant de perfonnes foumifes à
deux maîtres, peuvent-elles vivre en bonne intelligence? Cela eft bien difficile, cela eft impoffible.

G O N E R I L L.

Eh! quoi, Seigneur, ne pourriez-vous pas être fervi
par fes ferviteurs ou par les miens ?

RÉGANE.

Eh! pourquoi ne le pourriez-vous pas, Seigneur?
S'il leur arrive de vous manquer, nous faurons les
punir. Si, dans quelques jours, vous voulez venir chez
moi ; car à préfent j'entrevois du danger.... je vous
prie de n'en amener que vingt-cinq; je n'ai point de
place pour un plus grand nombre.

LÉAR.

Je vous ai donné tout.

RÉGANE.

Et il étoit bien tems.

LÉAR.

Je vous ai fait mes gardiennes, mes dépofitaires,
ne réfervant qu'un certain nombre d'Officiers pour ma
fuite. — Il faut donc pour entrer chez toi, que je n'en
amène que vingt-cinq? Ne viens-tu pas de le dire?

RÉGANE.

Et je le répète encore, Seigneur ; pas plus.

LÉAR.

Une femme (†) ridée & flétrie, paroît belle encore

(†) Autre leçon. *Thofe wicked Creatures*. Ces méchantes
créatures pourroient encore paroître bonnes à côté de femmes
plus méchantes qu'elles.

à côté d'autres femmes plus vieilles & plus décrépites qu'elle (1). Il fuffit de n'être pas le pire, pour mériter encore quelqu'éloge. (*A Gonéril.*) J'irai chez toi. Tes cinquante font le double de fes vingt-cinq, & tu as le double de fa tendreffe.

GONERILL.

Écoutez-moi, Seigneur, qu'avez-vous befoin de vingt-cinq Chevaliers? Qu'avez-vous befoin de dix, même de cinq, pour venir dans une maifon, où vous en trouverez trois fois davantage pour vous fervir?

RÉGANE.

Qu'avez-vous même befoin d'un feul?

LÉAR.

Que parles-tu de befoin? Le plus miférable mendiant a du fuperflu au milieu de fa pauvreté. N'accorde à l'homme que le fimple néceffaire, fa vie fera à auffi bon marché que celle des brutes. Tu es Princeffe : fi tout le luxe confiftoit à fe tenir chaudement ; la nature a-t-elle befoin de ces précieux vêtemens que tu portes, & qui peuvent à peine te défendre contre la froidure? Il eft un befoin plus vrai pour moi, c'eft la patience ; accordez-la moi, grands Dieux! Vous voyez ici un infortuné vieillard, autant accablé par fa douleur que par le poids

de fes ans, (†) malheureux dans tous les deux! Si c'eſt
vous qui armez ces filles contre leur père, ne me rendez pas aſſez inſenſible pour ſupporter tranquillement
mon injure; inſpirez-moi une noble colère. Que des
pleurs, ſeules armes d'une femme, ne ſouillent pas les
joues d'un homme. — Oui, monſtres dénaturés, je
tirerai de vous deux une vengeance dont le monde
entier...(†). — Les choſes que je ferai, j'ignore ce
qu'elles pourront être; mais elles feront l'épouvante
de la terre. — Vous croyez que je pleurerai; non, je
ne pleurerai pas. J'ai pourtant bien ſujet de verſer des
larmes; mais avant que j'en répande une ſeule, ce cœur
ſe briſera en piéces. O mon Fol, je deviendrai inſenſé
(*Il ſort avec les Comtes de Gloceſter, de Kent & le Fol*).

(†) Suivant Pope, Shakeſpéar fait ici alluſion à ce que les
anciens Poëtes nous diſent de la fatalité attachée à certaines
familles. Lorſque le courroux des Dieux, diſent-ils, étoit
allumé contre une famille qui les avoit offenſés, la méthode
que ſuivoit leur vengeance, étoit de porter le cœur des enfans à
des forfaits atroces contre leurs pères & mères, que la haine &
le reſſentiment animoient à leur tour contre leurs enfans, & parce moyen de les détruire l'un par l'autre.

(†)   *Haud quid ſit ſcio,*
Sed grande quiddam eſt. Séneque. Thyeſte, Acte II.
          Neſcio quid ferox
Decrevit animus intùs, & nondùm ſibi audet fateri.
                              Medea.

SCÈNE XIV.

LES AUTRES ACTEURS.

LE DUC DE CORNOUAILLES.

Retirons-nous; nous fommes menacés d'un orage.
(*La tempête commence.*)

RÉGANE.

Cette maifon eft petite; le vieillard & fa fuite ne peuvent s'y loger commodément.

GONERILL.

C'eft fa faute, s'il fe tourmente & fe prive lui-même du repos: il eft bon qu'il fouffre un peu de fa folie.

RÉGANE.

Pour lui perfonnellement, je le recevrai avec plaifir; mais pas un de fa fuite avec lui.

GONERILL.

C'eft auffi mon intention. — Mais où eft le Comte de Glocefter?

LE DUC DE CORNOUAILLES.

Il a fuivi le vieillard. — Mais le voilà qui revient.

LE

LE COMTE DE GLOCESTER.

Le Roi eft dans une fureur inconcevable.

LE DUC.

Où va-t-il?

LE COMTE.

Il a demandé des chevaux; mais j'ignore où il a deffein d'aller.

LE DUC.

Le mieux eft de le laiffer fuivre fon caprice; il fe conduira lui-même.

GONERILL.

Seigneur, ne le preffez nullement de refter.

LE COMTE.

Hélas! la nuit s'avance, les vents commencent à fouffler avec violence: à peine dans l'efpace de plufieurs milles, peut-on trouver l'abri d'un feul buiffon aux environs.

RÉGANE.

Comte, aux hommes opiniâtres & obftinés, les maux qu'ils s'attirent eux-mêmes doivent leur faire la leçon. Fermez vos portes. Ceux qui le fuivent font des gens déterminés; ils peuvent abufer de fon état de

Tome V. P

foibleſſe, & la prudence nous avertit de craindre les extrémités où ils peuvent le porter.

LE DUC.

Oui, Comte, fermez vos portes. — Voilà une cruelle nuit ! Le conſeil de Régane eſt ſage ; évitons l'orage.

ACTE III.

SCÈNE PREMIÈRE.

Le Théâtre repréfente une plaine couverte de Bruyeres,
L'éclair brille, & le tonnerre gronde.

LE COMTE DE KENT, UN GENTILHOMME DE LÉAR, *entrent par différens côtés.*

KENT.

QUEL être eft ici encore, avec cette affreufe tempête?

LE GENTILHOMME.

Un homme dont l'ame eft, comme le temps, pleine de trouble & d'orages.

KENT.

Ah! je vous reconnois: où eft le Roi?

LE GENTILHOMME.

Il difpute de fureur avec les élémens. Il dit aux vents d'enfler, de foulever les flots de l'océan jufqu'à entraîner la terre dans fes abîmes, afin que la Nature change ou s'anéantiſſe. Il arrache ſes cheveux blancs, que l'impétueux Aquilon emporte & diſperſe ſans pitié dans les airs. Dans cette nuit horrible, où l'ourſe épuiſée (†) de lait, reſte dans ſa taverne au milieu de ſes petits affamés; où les lions & les loups, malgré la faim qui les preſſe, ne cherchent qu'à mettre leur fourrure à l'abri de l'orage; lui, il court, tête nue, dans la plaine, & prétend que ſa frêle exiſtence affronte la grêle & les vents déchaînés, & il défie à grands cris le ſort & la deſtruction.

K E N T.

Mais, qui eſt avec lui?

LE GENTILHOMME,

Perſonne, que ſon Fol, qui tâche de calmer par ſes bouffoneries la douleur des injures dont ſon cœur eſt navré.

K E N T.

Honnête homme, je vous connois, & ſur la foi de mon eſtime, j'oſe vous confier un meſſage qui m'eſt bien cher. — Il y a de la méſintelligence entre les Ducs d'Albanie & de Cornouailles. Quoique leur haine ſoit encore cachée ſous le voile d'une diſſimulation réciproque, ils ont des ſerviteurs (Et qui

---

(†) *Cub-drawn.* Dont les mamelles ſont épuiſées de lait par ſes petits.

de ceux que leurs deſtins ont placé ſur un trône , &
dans le ſein des grandeurs, eſt exempt de ce fléau ?)
ils ont des ſerviteurs qui, tout en faiſant parade de
leur fidélité, ſervent d'eſpions à la France & l'inſtruiſent de tout ce qui ſe paſſe dans nos États. On a
entrevu cette trame ſoit dans leurs regards, ſoit dans
la dureté avec laquelle tous deux ont traité le bon vieux
Roi , ou dans quelques cauſes plus graves encore ; ce
que je vous dis, n'en eſt peut-être que le plus foible
indice. Ce qu'il y a de certain, c'eſt qu'une armée
envoyée par la France, vient fondre ſur ce Royaume
diviſé. Déjà les ennemis profitant ſagement de notre
négligence, ſe ſont aſſurés d'un accès ſecret dans nos
meilleurs ports, & ſont ſur le point de déployer oüver-
tement leurs bannières.—Voici maintenant ce que j'ai
à vous dire. Si j'ai pu vous inſpirer aſſez de confiance,
volez vers Douvres : vous y trouverez une perſonne
qui vous marquera ſa reconnoiſſance, quand vous lui
aurez fait un récit fidèle des injures atroces & des chagrins déſeſpérans , dont on accable le Roi. Je ſuis
Gentilhomme, j'ai de la naiſſance & de l'uſage , &
je crois vous connoître aſſez , vous devoir aſſez
de confiance , pour vous charger de cette important
meſſage.

LE GENTILHOMME.

J'en cauſerai plus long-temps avec vous.

KENT.

Non, c'eft affez de paroles. Pour vous confirmer que je fuis plus que mon extérieur n'annonce, ouvrez cette bourfe & prenez ce qu'elle contient. Si vous voyez Cordélia, & fans doute vous la verrez, montrez lui cet anneau ; vous faurez d'elle quel eft cet homme que vous ne connoiffez pas encore. — Fatale tempête ! Je vais chercher le Roi.

LE GENTILHOMME.

Donnez-moi votre main; n'avez-vous plus rien à me dire?

KENT.

Un mot encore; & c'eft le plus important. Prenez ce chemin, je vais fuivre celui-ci. Le premier de nous deux qui trouvera le Roi, en avertira l'autre par un cri.

(*Ils fortent.*)

SCÈNE II.

La tempête redouble.

LÉAR, LE FOL.

LÉAR.

VENTS, souflez & déchaînez-vous , & déployez toute votre rage. Ouragans, cataractes & tempêtes, versez tous vos torrens sur la terre ; enséveliffez fous les eaux la cime de nos tours & de nos clochers : éclairs sulphureux , rapides comme la pensée, (†) brûlez mes cheveux blancs : tonnerre affreux, qui ébranles tout, écrase le globe du monde , brise tous les moules de la Nature , extermine tous les germes qui (*a*) produifent l'homme ingrat.

LE FOL.

Noncle , de l'eau-benite de cour dans une maifon, vaut mieux que l'eau du ciel au milieu d'une plaine. Va maintenant implorer la pitié de tes filles. Voilà une nuit qui n'a pitié ni du fol , ni du fage.

(†) *Avant-coureurs de la foudre , qui brife les chênes :* vers ajouté de la main des Comédiens. *Pope.*

(*a*) Autre leçon. *Qui rendent.*

LÉAR.

Orage, épuife tes flancs, épanche tes torrens de pluie & de feux ; vents, tonnerre, tempêtes, vous n'êtes point mes filles ; élémens furieux, je ne vous accufe point d'ingratitude. Je ne vous ai point donné un royaume ; vous n'êtes point mes enfans, vous ne me devez aucune obéiffance. Exercez donc fur moi, à votre gré, toute la furie de vos jeux cruels ; me voici votre (†) efclave foumis, un pauvre & foible vieillard accablé fous le poids des infirmités & du mépris ! Et cependant, j'ai droit de vous appeler de lâches Miniftres, vous qui vous liguez avec deux filles perverfes, & me déclarez la guerre du haut des Cieux ; vous, qui choififfez pour but de vos horribles combats, cette tête vieillie & couverte de cheveux blancs ! Oh ! c'eft à vous une lâcheté honteufe ! (*).

SCÈNE III.

LES MÊMES, LE COMTE DE KENT.

LÉAR, à fon Fol.

Non, je ne dirai plus rien ; je veux être un modèle de patience.

(†) *Brave*, au lieu de *Slave* ; *votre adverfaire qui vous brave*.

LE COMTE,

KENT, *arrivant auprès d'eux dans les ténèbres.*

Qui eſt-là ?

LE FOL.

Un mendiant & un Roi ; un fol & un ſage.

KENT.

Quoi , Seigneur, vous êtes ici ! Rien de ce qui aime la nuit , n'aime de pareilles nuits. Ce ciel en courroux épouvante les plus fiers hôtes des té- nèbres , & les repouſſe dans leurs cavernes. De- puis que je ſuis homme , je ne me ſouviens pas d'avoir vu de pareils ſillons de flamme, d'avoir en- tendu d'auſſi effroyables éclats de tonnerre, au milieu du choc affreux de la pluie & des vents rugiſſants. La nature de l'homme eſt trop foible pour ſuppor- ter la violence de cette tempête , & tant de fléaux à la fois.

LÉAR.

Que les Dieux puiſſans qui font gronder cet épou- vantable fracas ſur nos têtes, diſtinguent & frappent leurs vrais ennemis ! Tremble , malheureux, qui re- cèles dans ton ſein des crimes ignorés & impunis. Cache-toi , main ſanguinaire de l'aſſaſſin. Fuis , parjure; & toi , hypocrite , qui , ſous le maſque

Tome V.   Q

de la vertu, commets l'incefte. Frémis, fcélérat, qui fous un voile d'humanité & de bienfaifance, attentas à la vie de l'homme. Et vous, forfaits cachés à tous les regards, déchirez le voile qui vous couvre, & demandez grace à ces terribles hérauts de la Juftice du Ciel. — Pour moi, je fuis un homme à qui l'on a fait bien plus de mal, que je n'en ai fait aux autres.

KENT.

Hélas, Seigneur ! quoi la tête nue ? Mon bon maître, tout près d'ici eft une chaumière. Quelque ami de l'homme vous la prêtera contre la tempête. Allez vous y repofer, tandis que moi, je vais retourner vers cette famille plus dure que la pierre dont eft bâtie fa demeure. Il n'y a qu'un inftant, qu'allant vous y demander, elle m'en a refufé l'entrée. N'importe, j'y retourne, & je veux vaincre fon infenfibilité.

LÉAR.

Mon efprit commence à fe troubler. (*Au Fol.*) (†) Viens, mon enfant ; comment te trouves-tu ? Tu meurs de froid ; moi-même, je fuis tout glacé. Où trouver un peu de paille, mon enfant? Que l'état où nous réduit la néceffité, eft étrange ! Comme il nous rend précieux, ce qui auparavant étoit vil à nos regards! Allons, viens, voyons cette chaumière. Mon

pauvre ami, j'ai dans mon cœur une fibre qui eſt
ſenſible & ſouffrante pour toi.

LE FOL.

Pour peu qu'un homme ait de cervelle,
Il a beau pleuvoir, il a beau venter:
Il faut bien qu'il ſe contente de ſon état;
Dût l'orage revenir tous les jours.

LÉAR

Oui, tu as raiſon, mon enfant : allons, viens, con-
duis-nous à cette chaumière.

LE FOL.

Voilà une nuit faite pour glacer toutes les Courti-
ſanes. (*)

SCÈNE IV.

Un Appartement dans le Château du Comte de Glocester.

LE COMTE DE GLOCESTER, EDMOND.

LE COMTE.

Hélas, hélas ! Edmond, cette conduite dénaturée me révolte. Je ne leur demandois que la liberté de le plaindre, & ils m'ont interdit le libre usage de ma propre maison; ils m'ont défendu, sous peine d'encourir leur haine éternelle, de jamais leur parler de lui, de solliciter pour lui, & de le soulager en rien.

EDMOND.

O conduite sauvage & dénaturée !

LE COMTE.

Va : ne dis rien : la division s'est élevée entre les deux Ducs; il y a pis encore. J'ai reçu cette nuit une lettre, qu'il seroit dangereux de divulguer, & que j'ai renfermée dans mon cabinet. Va, le Roi sera bien vengé des injures qu'on lui fait souffrir aujourd'hui. Déjà une armée est sur pied. Il faut nous

attacher au parti du Roi. Je vais le chercher, & le con-
foler en fecret. Toi , Edmond, refte auprès du Duc,
& veille fur tes paroles : que rien ne lui faffe foupçonner l'intérêt que je prends au fort de Léar. S'il
me demande, dis-lui que je fuis malade au lit. — On
a été jufqu'à me menacer de la mort! Si je meurs ,
n'importe ; il faut que je fecoure le Roi mon bon
Maître. — Voilà d'étranges fecrets que je confie au
cœur d'Edmond! Je t'en prie , fois circonfpect.

SCÈNE V.

EDMOND.

Malheur à toi : va , le Duc fera inftruit à
l'heure même de cette lettre, auffi bien que de ces
fentimens de pitié qu'il t'a défendus. C'eft , ce me
femble , un fervice affez important, & qui doit me
faire donner tout ce que mon père va perdre : oui ,
tout, fans exception. La jeuneffe s'élève fur les ruines de la vieilleffe.

SCÈNE VI.

Le Théâtre repréfente une Chaumière au milieu de la plaine fauvage.

LÉAR, KENT, LE FOL.

KENT.

SEIGNEUR, voici l'endroit : entrez : la rigueur de cette nuit tyrannique paffe les forces de l'homme. Il ne peut l'endurer que fous l'abri d'un toît.

L'orage continue toujours.

LÉAR.

Laiffe-moi en paix.

KENT.

Entrez ici, mon cher Maître.

LÉAR, *avec un regard tendre.*

Veux-tu (†) brifer mon cœur ?

(†) Arrivé près de la chaumière, Léar change tout-à-coup d'idée, & ne fe foucie plus d'y entrer : & il en donne une raifon bien touchante & vraie. Dans les grandes calamités, c'eft un bonheur d'avoir de petits maux, dont le fentiment diftrait &

KENT.

Ah ! plutôt le mien : Bon Seigneur , entrez.

LÉAR.

Tu regardes comme un mal infupportable, cette furieufe tempête qui nous pénètre jufqu'aux os. Oui , c'eft un grand mal pour toi. Mais l'homme dont le cœur eft en proie à une grande douleur, ne fent prefque plus une peine légère. Qu'un ours féroce te pourfuive , tu fuiras ; mais fi ta fuite rencontre devant elle l'obftacle d'une mer mugiffante , tu reviendras affronter l'ours en face. Quand l'ame eft libre , le corps eft délicat & fenfible à la douleur; mais la tempête qui agite mon cœur , lui a ôté tout autre fentiment que celui qui le fait fi violemment palpiter. (*Il met la main fur fon cœur.*) L'ingratitude de fes propres enfans ! .... N'eft-ce pas, comme fi ma bouche mordoit ma main lorfqu'elle lui porte la nourriture ? Mais je ferai vengé. — Non , je ne veux plus

occupe l'ame. Il refufe deux fois la prière que lui fait Kent d'entrer : à la troifième inftance de Kent, qu'il prend , comme on fait, pour un pauvre domeftique, il eft profondément frappé de la comparaifon qu'il fait intérieurement de la cruauté de fes filles, avec la bonté & le tendre intérêt de fon ferviteur ; & il pouffe ce cri de l'ame : *Veux-tu brifer mon cœur* ? Ce feul mot rend toute l'énergie du fentiment dont fon cœur eft plein.

pleurèr. — Dans une nuit fi affreufe , me repouffer de leur maifon , & fermer la porte fur moi ! Sévis , tempête;j'endurerai tes fureurs.—Dans une nuit auffi affreufe ! — O , Régane , ô Gonerill ! A votre bon & vieux père , dont le cœur tendre vous a tout donné. —Oh ! la frénéfie tient à cette penfée ; écartons-la , n'en parlons plus.

K E N T.

Mais , mon bon Seigneur , entrez ici.

L É A R.

Je te prie , entre toi-même , & cherche ton bien-être. Cette tempête ne me laiffe pas le temps de m'ar-rêter fur des idées, qui me feroient bien plus de mal qu'elle. — Eh bien , je vais entrer. — (*Au Fol.*) Va , mon enfant , entre le premier. — O indigence fans afyle ! — Eh bien , entre donc. Je vais prier le ciel , & je dormirai après. — Pauvres infortunés , quelque part que vous foyez ; vous qui effuyez toute la fu-reur de cet orage impitoyable , comment vos têtes nues & fans abri; vos membres exténués par la faim & mal couverts de déplorables lambeaux , fe défen-dront-ils contre des faifons auffi cruelles ? Ah , j'ai trop oublié vos befoins. Luxe dévorant , voici ton remède ; expofe-toi à fouffrir ce que fouffrent les mal-heureux , & tu apprendras à détacher le fuperflu de

tes

tes biens, & en le répandant fur eux, tu feras abfoudre la juftice du ciel.

EDGAR, *dans le fond de la Chaumière contrefaifant*
le Fol.

Une braffe & demie, une braffe & demie! le pauvre
Tom!

LE FOL, *fortant avec précipitation.*

N'entre pas, Noncle : il y a là un efprit. Au fecours,
au fecours.

KENT.

Donne moi ta main : qui eft-là?

LE FOL.

Un efprit, un efprit, vous dis-je; il dit qu'il s'appelle le pauvre Tom.

KENT.

Qui es-tu, toi, qui rugis ici fur la paille ? Sors.

SCÈNE VII.

LES MÊMES. EDGAR *fort de la caverne,*
déguisé, & contrefaisant l'insensé.

EDGAR.

VA-T-EN. Le noir démon me pourfuit. A travers les
buissons épineux souffle la bise piquante. Cours à ton
lit & réchauffe-toi.

LÉAR.

As-tu aussi donné tout à tes filles? En es-tu réduit
là?

EDGAR.

Qui veut faire la charité au pauvre Tom, que le
noir Esprit a promené à travers les feux & les flammes,
à travers les fleuves & les gouffres, sur les lacs & les
fondrières? Il a mis des coûteaux sous son oreiller, des
cordes sur son siége & du poison dans ses alimens;
il a soufflé la témérité dans son cœur, & lui a fait fran-
chir de hautes barrières monté sur un cheval courant
au galop, & pourfuivant son ombre qu'il prenoit pour
un traître. — Dieu garde les cinq sens de nature. —
Tom gèle de froid, oh! oh! oh! oh! euh! euh! —
Que le Ciel re préserve des ouragans, des astres malins
& de tout maléfice. — La charité au pauvre Tom que
tourmente le noir démon: oh! si je pouvois le tenir

ici, fi je pouvois le tenir-là, & puis encore ici, & puis encore là! (*La tempête redouble.*)

L É A R.

Quoi! fes filles l'ont-elles réduit à cette extrémité? (*A Edgar.*) N'as-tu pu rien garder? Leur as-tu donné tout?

L E F O L.

Non, il s'eft fort à propos réfervé une couverture. (†)

L É A R.

Hé bien, que tous les fléaux que les deftins fufpendent dans l'air, prêts à fondre fur les crimes des hommes , tombent fur tes filles!

K E N T.

Hé! Seigneur, il n'a pas de filles!

L É A R.

Quoi! traître, il n'a pas de filles, dis-tu? Par la mort! rien ne peut avoir réduit ce malheureux à cette profonde misère, que l'ingratitude de fes filles. C'eft donc la coutume aujourd'hui, que les pères dépouillés

---

(†) *Blanket*. Couverture de groffe laine dont les foux s'enveloppoient.

de tout, ne trouvent plus de pitié dans leur propre
fang. — Jufte châtiment! c'eft notre fang auffi qui
produit ces monftres (†) dénaturés.

E D G A R.

L'efprit étoit fur fa montagne, criant, *hola! hola!*

L E F O L.

Je crois que cette nuit glacée nous fera tous devenir
fous.

E D G A R.

Prends garde au malin efprit; obéis à tes parens;
garde ta foi; ne jure point; ne corromps point la femme
qui s'eft vouée à un autre homme. Ne donne point
de vaine parure à ta bien aimée. Tom gèle de froid.

L É A R.

Qu'étois-tu?

E D G A R.

J'étois un ferviteur plein d'orgueil. Je frifois mes
cheveux, je portois fur ma tête (*a*) les gants de ma

(†) *Ces Filles-Pélican.* On a dit que le jeune Pélican fuce le
fang de fa mère. *Johnfon.*

(*a*) C'étoit la mode en ce tems-là de porter les gants de fa
maîtreffe fur le chapeau. *Pope.* Comme marque du fouvenit
d'un ami, ou d'un cartel de fon ennemi. *Steevens.*

maîtreffe, & je me prêtois à fes ardeurs amoureufes,
& commettois l'acte de ténèbres. Je proférois autant
de fermens que de mots, & je me parjurois à la face
du ciel patient. Je m'endormois fatigué de débauches,
& ne me réveillois que pour m'y livrer encore. Le vin
étoit ma grande paffion; j'aimois le jeu & je furpaffois
un fatyre en amour. J'avois le cœur faux, l'oreille crédule & la main fanguinaire (†). Ne livre point ton
pauvre cœur à la femme; crains le doux frémiffement
de fa robe de foie & de fon foulier mignon. Ecarte
tes pas des lieux de débauche, ta plume des regiftres
de l'ufurier & défie le malin Efprit.—Mais toujours à
travers l'aube-épine, fouffle la bife aiguë. (*)

LÉAR.

Il vaudroit mieux pour toi être dans ta tombe, que
d'être-là, tes membres nuds expofés à ce ciel en courroux. Voilà donc ce qu'eft l'homme? Confidère-le
bien, Léar.—Tu ne dois point de foie au ver, de
laine aux moutons, de parfums à la civette, de fourrure aux bêtes fauvages. — Ha! il y en a trois ici dont
la raifon eft égarée; mais toi, tu es la folie même.
L'homme qui n'eft point accommodé des biens de la

(†) *J'étois un pourceau pour la gloutonnerie, un renard pour
la fubtilité, un loup pour la rapacité, un chien atteint de la
rage, un lion pour faifir ma proie.*

fortune, n'eſt qu'un être pauvre, nud, une vraie brute comme toi. Allons, loin de moi, vêtemens étrangers à l'homme : vains déguiſemens de la triſte humanité, quittez-moi.

(*Il déchire ſes habits.*)

LE FOL.

Noncle, je te prie, calme-toi : cette nuit ne vaut rien pour nager. Maintenant un peu de feu dans cette plaine déſerte, reſſembleroit bien au cœur d'un vieux débauché, où vit encore une légère étincelle, tandis que le reſte du corps eſt glacé. — Regardez, regardez; voici un feu folet.

EDGAR.

Oh! c'eſt le ſiniſtre lutin (†); il commence ſa courſe à l'heure du couvre-feu, & marche juſqu'au premier chant du coq; il rode ſur la terre, il corrompt les moiſ-ſons & tourmente les pauvres créatures, leur trouble la vue & leur donne la cataracte & les convulſions.

(*Il chante ici un vieux couplet qui paſſoit pour un charme contre les ſorciers. Voy. la note* 1 *de la fin.*)

KENT.

Comment ſe trouve votre Alteſſe?

_____

(†) *Flibbertigibet.* Nom d'un Lutin.

SCÈNE VIII.

LES MÊMES. LE COMTE DE GLOCESTER, *avec un flambeau.*

LÉAR.

Quel eſt cet homme-là?

KENT.

Qui eſt-là? Que cherchez-vous?

LE COMTE DE GLOCESTER.

Qui êtes-vous, vous-même ? Vos noms.

EDGAR.

Je ſuis le pauvre Tom, qui vit de grenouilles, de crapaux, de léſards. Dans la furie qu'inſpire à ſon cœur le noir démon, il ſe repaît d'alimens odieux, il avale le vieux rat(*) & le chien enterré;il boit le man-teau verdâtre des eaux ſtagnantes ; errant de village en village, par-tout il eſt battu, enchaîné, empriſonné. Lui, qui a eu jadis trois habits ſur ſon dos, ſix chemiſes à ſon corps, un cheval entre ſes jambes & une épée à ſon côté ! (*).

LE COMTE DE GLOCESTER.

Quoi, votre Grandeur n'a pas de meilleure compagnie ? — Seigneur , nos enfans font devenus affez fcélérats , pour haïr ceux dont ils ont reçu la vie.

EDGAR , *friffonnant.*

Tom gèle de froid.

LE COMTE DE GLOCESTER.

Venez avec moi : mon devoir ne peut me réfoudre d'obéir en tout aux ordres cruels de vos enfans. Quoiqu'il me foit enjoint de fermer toutes les portes de ma maifon , & de vous laiffer expofé à toute la furie de cette nuit , je me fuis pourtant hafardé à venir vous chercher, pour vous conduire dans un afyle , où vous trouverez du feu & des alimens.

LÉAR , *commençant à perdre la raifon.*

Laiffez-moi d'abord m'entretenir avec ce Philofophe ; voyons quelle eft la caufe du tonnerre.

KENT.

Mon bon Maître , acceptez fon offre , entrez dans cette maifon.

LÉAR,

LÉAR.

J'ai un mot à dire à ce favant Thébain. — A quoi vous occupez-vous ?

EDGAR.

A me défendre du malin efprit.

LÉAR.

Deux mots à part.

KENT, *au Comte.*

Seigneur, preffez-le de marcher; fa raifon commence à fe troubler.

Le COMTE DE GLOCESTER.

Peux-tu le blâmer ? Ses filles veulent fa mort. — Ah, ce brave Kent ; il l'avoit bien prédit, que tout cela arriveroit : l'infortuné eft profcrit ! Tu dis que le Roi commence à perdre la raifon. Ami, je te dirai, que je l'ai prefque perdue moi-même. J'avois un fils, je l'ai profcrit de mon fang : ces jours derniers, il a cherché à m'affaffiner. Je l'aimois, mon ami ; jamais un père n'aima tant fon fils. Je te l'avoue, que le chagrin a troublé mon efprit. — Quelle trifte nuit ! (*A Léar.*) Je conjure votre Alteffe.....

Tom V. S

L É A R.

Je vous demande pardon.— (*A Edgar.*) Notre Philofophe, votre compagnie.

E D G A R.

Tom meurt de froid.

LE COMTE DE GLOCESTER, *à Edgar.*

Allons, camarade, entre dans ta chaumière, va t'y réchauffer.

L É A R.

Allons, entrons-y tous.

K E N T.

Par ici, Seigneur.

L É A R.

Oh! avec lui; je veux avoir toujours mon Philofophe auprès de moi,

K E N T.

Bon Seigneur, engagez-le par la douceur, & que cet homme vienne avec lui.

LE COMTE DE GLOCESTER.

Emmenez-le vous-même.

KENT, à *Edgar.*

Allons, camarade, venez avec nous.

LÉAR.

Viens, bon Athénien.

LE COMTE DE GLOCESTER.

Silence, filence, chut. (*)   (*Ils fortent.*)

SCÈNE IX.

La Scène repréfente le Château de Glocefter.

LE DUC DE CORNOUAILLES, EDMOND.

LE DUC.

JE veux être vengé de lui, avant de quitter fon Château.

EDMOND.

Cependant, Seigneur, on pourroit me faire un crime d'avoir étouffé la voix de la Nature, pour être fidéle à mon Prince. Cette penféç me donne quelques fcrupules.

LE DUC.

Je vois maintenant qu'il ne faut pas tant en accufer fon naturel dépravé, fi votre frère en a voulu à fa
vie. Sans doute fon mérite méprifé s'eft irrité contre
la méchanceté de ce pervers.

EDMOND.

Que ma deftinée eft cruelle , qu'il faille me repentir d'être jufte !— Oui , voici la lettre dont il m'a
parlé : elle prouve qu'il eft d'intelligence avec les
François , dont il fert les intérêts. Oh ! dieux , que
n'avez-vous prévenu cette trahifon, ou du moins ,
que je ne fuffe pas choifi pour en être le délateur !

LE DUC.

Suis-moi chez la Ducheffe.

EDMOND.

Si les nouvelles dont cette lettre vous a inftruit ,
font vraies, quelles affaires vous allez avoir fur les
bras !

LE DUC.

Fauffes ou vraies , elles t'ont fait Comte de Glocefter : découvre où peut être ton père, & prenons
des mefures pour nous faifir de lui.

EDMOND (à part.)

Si je le trouve affistant le Roi , cette circonftance augmentera encore les foupçons. (*Haut.*) Je continuerai de vous être fidéle , quoique j'aie un rude combat à foutenir entre vous & la Nature.

LE DUC.

Va , je mets toute ma confiance en toi ; fi le fort t'enlève un père , tu en retrouveras un plus tendre en moi. (*Ils fortent.*)

SCENE X.

Une Chambre dans une Ferme.

LES COMTES DE KENT et DE GLOCESTER.

LE COMTE DE GLOCESTER.

Il fait meilleur ici que dans la plaine; applaudiffez-vous d'être à l'abri. Je tâcherai d'ajouter ce que je pourrai aux fecours que je vous donne ; je fors & je vous rejoins dans peu.

KENT.

Toute la force de fa raifon a fuccombé, & il n'écoute

plus que fon impatience : que le Ciel récompenfe votre bonté.

(*Entrent Léar, Edgar & le Fol.*)

EDGAR.

L'Efprit m'appelle ; priez, innocens, & défendez-vous du noir démon.

LE FOL.

Noncle, dis-moi, je t'en prie, un Fol eft-il noble ou roturier ?

LÉAR.

C'eft un Roi, c'eft un Roi. (†)

LE FOL.

Non, c'eft un roturier : car c'eft un Fol que le roturier qui annoblit fon fils & le voit placé devant fon père.

LÉAR, *dans fa folie, voit fes filles, & il veut leur faire leur procès.*

O, que j'euffe ici une troupe armée de fers ardents pour fondre fur elles, en fifflant comme des ferpens !

(†) La vieille édition eft la feule qui renferme ces dialogues de folie, que les Comédiens ou Shakefpéar lui-même avoient retranchés ; on les donne ici, parce qu'il y a quelques traits pleins de fens & d'idée.

EDGAR.

Le noir démon déchire mes reins.

LE FOL.

C'eſt un infenfé que celui qui ſe fie à la douceur d'un loup apprivoiſé , à la croupe d'un cheval , à l'amitié d'un jeune homme & au ſerment d'une courtiſane.

LÉAR.

Cela ſera ; je vais les ajourner à l'inſtant. (*Au Fol.*) Viens, aſſieds-toi-là , ſavant Juge. (*A Edgar.*) Et toi, ſage Conſeiller, prends ta place ici. — Hé bien, infâmes , malheureuſes !

EDGAR, *ſe prêtant à la folie du Roi.*

Voyez ſa contenance , & comme ſon regard eſt troublé. — Hé bien, Madame , n'oſez-vous lever les yeux pendant le procès. (*)

KENT à LÉAR.

Hé bien , comment vous trouvez-vous , Seigneur ? Sortez de ces étranges égaremens. Voulez-vous vous repoſer ſur ces couſſins ?

LÉAR.

Voyons auparavant leur procès ; qu'on améne les

témoins. Toi , homme en robe de Juſtice , prends ta place ; & toi , ſon Collégue attelé au joug de l'équité , prends ſiége à ſes côtés. Kent , vous êtes du Tribunal ; aſſéyez-vous auſſi.

EDGAR.

Procédons avec juſtice. (*)

LÉAR.

Ajournez d'abord l'aînée, c'eſt Gonérill. J'affirme ici , par ſerment , devant cette honorable aſſemblée , qu'elle a chaſſé à coups de pieds le pauvre Roi ſon père.

LE FOL.

Avancez , Maîtreſſe : votre nom eſt-il Gonerill ?

LÉAR.

Elle ne peut pas le déſavouer.

LE FOL *à Gonerill , c'eſt-à-dire , à l'objet que Léar prend pour Gonerill.*

Je vous demande pardon ; je vous prenois pour un eſcabeau.

LÉAR.

Tenez , en voici une autre , dont les yeux hagards annoncent de quelle trempe eſt ſon cœur. Arrêtez-la ; des armes , des armes , glaive , flamme. — La corruption

corruption s'eft gliffée en ce lieu. Juge inique, pourquoi l'as-tu laiffée échapper?

EDGAR.

Dieu garde tes cinq fens de nature.

KENT.

O pitié! Seigneur, où eft donc maintenant cette
patience que vous vous êtes vanté fi fouvent de conferver?

EDGAR, (à part.)

L'intérêt que je prends à fes maux, commence à
m'arracher des larmes qui vont trahir mon déguifement. (*)

LÉAR.

Allons, qu'on difféque Régane. — Voyez quels
élémens font autour de fon cœur. Eft-il quelque caufe
dans la nature, qui ait pu rendre ces cœurs fi durs?
(A Kent.) Vous, ami, je vous prends au nombre de
mes cent Chevaliers : feulement la mode de votre
habit ne me plaît point. Vous me direz peut-être, que
c'eft la mode de Perfe ; mais ne le portez plus, chan-
gez-en.

SCÈNE XI.

LES MÊMES, LE COMTE DE GLOCESTER, *qui rentre.*

KENT, à LÉAR.

Sᴇɪɢɴᴇᴜʀ, couchez-vous ici, & prenez un peu de repos.

LÉAR, (*en s'asséyant.*)

Point de bruit, point de bruit. Je vais dormir.

LE COMTE DE GLOCESTER.

Approche, ami ; où est le Roi mon maître ?

KENT.

Le voilà ; mais ne le troublez pas : sa raison est perdue.

LE COMTE DE GLOCESTER.

Mon ami, je te conjure, prends-le dans tes bras : je viens d'entendre, en passant, un complot tramé pour sa mort. Il y a ici une litière toute prête. Porte-le dedans, & cours promptement vers Douvres, ami, où tu trouveras un bon accueil & des protecteurs. Enleve ton Maître ; si tu différes seulement d'une demi-heure, fa vie , la tienne & celle de qui-conque ofera prendre fa défenfe, font menacées d'une perte inévitable. —Allons, prends-le, prends-le, & fuis moi. Je vais vous conduire en un lieu, qui nous fournira promptement des provifions.

K E N T *regardant Léar affoupi.*

La nature épuifée s'eft affoupie.Le fommeil pourra remettre quelque baume dans tes organes bleffés ! — Si quelque remède heureux & convenable ne vient au fecours , leur cure fera difficile. (*Au Fol.*) Allons, aide-moi à porter ton maître ; tu ne dois pas le quitter.

(*Ils fortent tous deux , emportant le Roi,*)

E D G A R, *refté feul,*

Quand nous voyons des hommes qui font au-def-fus de nous, partager nos maux & notre infortune , nous oublions prefque les nôtres. Celui qui fouffre feul , fouffre fur-tout dans fon ame, en laiffant der-rière lui des êtres exempts de peines , & le fpectacle du bonheur. Mais l'ame gliffe fur fes douleurs, quand le chagrin a des compagnons, & que l'on fouffre en fociété. Que mes peines me femblent maintenant légéres & fupportables , en voyant le Roi accablé fous le même poids qui courbe ma tête! Il eft auffi malheureux en enfans, que je le fuis en père !

T ij

—Allons, Tom, pars d'ici, prête l'oreille à ce grand bruit qui fe fait entendre, & découvre toi **** (†). *** Renonce à cette fauffe opinion qui abufoit ta penfée ; tu la vois contredite par ta propre ex-périence : reconcilie-toi avec toi-même. — Qu'il ar-rive cette nuit ce qu'il plaira aux deftins, pourvu que le Roi fe fauve. Obferve, écoute !

(*Il fort.*

SCÈNE XII.

Le Château du Comte de Glocefter.

LE DUC DE CORNOUAILLES, REGANE, GONERILL, EDMOND, Suite.

LE DUC à GONERILL.

PARTEZ promptement : allez trouver le Duc votre époux, & montrez-lui cette lettre. L'armée françoife eft débarquée. Qu'on cherche le traître Glocefter.

RÉGANE.

Qu'on l'étrangle à l'inftant.

(†) Il manque ici quelques mots pour achever la phrafe. *Warburton.*

GONERILL.

Qu'on lui crève les yeux.

LE DUC.

Abandonnez-le à mon courroux. — Edmond, ac-
compagnez notre sœur ; il ne convient pas que vous
soyez spectateur de la vengeance que nous devons
tirer de votre perfide père. Arrivé chez le Duc, aver-
tissez-le de hâter ses préparatifs. Nos intérêts sont
les mêmes ; nos couriers seront diligens, & établiront
entre nous une correspondance rapide. Adieu, chere
sœur ; adieu, Comte de Glocester. (*A l'Intendant.*)
Hé bien, où est le Roi ?

L'INTENDANT.

Le Comte de Glocester vient de le faire partir
de ces lieux ; trente-cinq ou trente-six de ses Chevaliers qui le cherchoient, l'ont trouvé à la porte ,
& ils sont tous partis pour Douvres, avec quelques
autres Seigneurs de sa suite ; ils se promettent d'y
trouver des amis bien armés.

LE DUC.

Préparez des chevaux pour votre Maîtresse.

GONERILL.

Adieu, Duc ; adieu, ma sœur.

(*Gonerill & Edmond sortent.*)

LE DUC.

Adieu, Edmond. — Qu'on cherche le traître Glo-cefter. Garottez-le comme un brigand, & l'amenez devant nous.—Nous ne devrions lui ôter la vie,qu'en fuivant les formes réglées de la Juftice; mais cette fois, je n'écoute que le vœu de ma fureur, & mon pouvoir. On peut le blâmer, mais non pas le braver.

(*On amène Glocefter enchaîné.*)

SCÈNE XIII.

LE DUC DE CORNOUAILLES, RÉGANE, GLOCESTER. *Suite.*

LE DUC.

Qui vient ici ? Eft-ce le traître ?

RÉGANE.

C'eft lui-même. — Fourbe, ingrat.

LE DUC.

Serrez-lui les bras.

LE COMTE DE GLOCESTER.

Que prétendent vos Alteffes ? Dignes amis, confi-

dérez que je fuis votre hôte ; ne me faites aucun
outrage.

LE DUC.

Liez-le ; vous dis-je.

RÉGANE.

Ferme, ferme. O l'infâme traître !

LE COMTE.

Femme impitoyable ; je ne fuis point un traître.

LE DUC.

Attachez-le à ce fiége : fcélérat, tu vas apprendre.....

(*Régane lui arrache la barbe.*)

LE COMTE.

Par les dieux, (†) hofpitaliers ; c'eft me traiter
bien indignement , que de m'arracher ainfi la barbe.

(†) Shakefpéar ne fait jamais jurer fes perfonnages au hafard.
Dans Troilus & Creffida, Enée , dans une Scène de reproche
avec Diomède , jure par la main de fa mère Vénus ; & c'eft un
reproche couvert qu'il lui fait de la brutalité avec laquelle il
avoit bleffé la déeffe de la Beauté à la main , & un fecret avis de
fon intention de s'en venger. Dans Coriolan, lorfque ce héros
s'irrite de voir la mobile inconftance du peuple , il jure par les
nuages ; & lorfqu'il retrouve fon époufe , après une longue ab-

RÉGANE.

Tant de perfidie, fous des cheveux fi blancs?

LE COMTE.

O femme perverfe ! ces cheveux blancs que tu m'arraches, s'animeront pour t'accufer. Je fuis votre hôte ; & vos mains barbares ne devroient pas outrager ainfi la face de l'homme qui vous donne l'afyle. Que prétendez-vous ?

LE DUC.

Approche ; parle. Quelles font ces lettres que tu as reçues derniérement de France ?

RÉGANE.

Sois précis dans ta réponfe ; car nous favons la vérité.

LE DUC.

Quelle intelligence as-tu avec les traîtres qui font débarqués dans ce Royaume ?

---

fence, il jure par Junon qui étoit la Déeffe vengereffe de l'infidélité conjugale. Dans Othello , le fourbe Jago jure par Janus ; & dans cette Pièce, Léar , payen , entêté de l'aftrologie judiciaire, jure par les Planètes & leurs influences ; (*Acte premier.*) & ici par les Dieux de l'Hofpitalité. *Warburton.*

RÉGANE.

RÉGANE.

A quelles mains as-tu confié ce Roi en démence ? Parle.

LE COMTE.

J'ai reçu une lettre, il eft vrai, mais qui ne renferme que de pures conjectures : elle m'eft venue de la part d'un Prince qui n'eft point votre ennemi : il garde la neutralité.

LE DUC.

Artifice.

RÉGANE.

Menfonge.

LE DUC.

Où as-tu envoyé le Roi ?

LE COMTE.

A Douvres, Seigneur.

RÉGANE.

Pourquoi à Douvres ? N'étois-tu pas chargé, fous peine.....

LE DUC

Pourquoi à Douvres ? — Laiffez-le répondre.

LE COMTE.

Je fuis attaché au pôteau, (†) & il me faut effuyer
tous les outrages.

RÉGANE.

Pourquoi à Douvres ?

LE COMTE, *à Régane avec véhémence.*

Parce que je n'ai pu me réfoudre à voir tes mains
cruelles déchirer les yeux de cet infortuné vieillard :
pour ne pas voir ta fœur inhumaine imprimer fes griffes
fauvages fur fa perfonne augufte & facrée.—Dans cette
affreufe & infernale nuit ! Et recevoir fur fa tête nue la
plus effroyable tempête ; qui auroit fait bouillonner la
mer jufqu'au fond de fes abîmes!—Et le pauvre vieillard exhortoit encore la tempête à redoubler de rage!—
Dans ces heures horribles, fi les loups avoient heurlé
à ta porte, tu aurois dit : « Bon portier, tourne la
» clef & ouvre. »—Tout ce qu'il y a de cruel dans la
Nature étoit adouci ! — Mais je verrai la vengeance
aîlée du Ciel tomber enfin fur de pareils enfans.

LE DUC.

Non, tu ne le verras pas. (*A fes ferviteurs.*) Amis,
tenez bien ce fiége. — Je veux écrafer tes yeux fous
mes pieds.

(*Les ferviteurs du Duc tiennent Glocefter renverfé,
tandis que le Duc lui écrafe un œil avec fon pied.*)

(†) Cette comparaifon eft empruntée de l'Ours attaché au
pôteau, autour duquel aboient les chiens.

LE COMTE.

O que celui qui efpère parvenir à la vieilleffe, me donne du fecours! — O barbare! — Vous, Dieux!

RÉGANE.

Il y en auroit un de jaloux : l'autre auffi.

LE DUC, *avançant pour lui crever l'autre.*

Si tu vois à préfent la vengeance...

UN DES SERVITEURS.

Arrêtez, Seigneur; je vous ai fervi dès ma plus tendre enfance. Mais je ne vous rendis jamais de plus grand fervice, qu'en vous priant de vous arrêter....

RÉGANE.

Comment, impudent!

LE SERVITEUR, à *Régane.*

Si vous étiez un homme, je m'élancerois fur vous. — Que prétendez-vous?

LE DUC.

Vil fcélérat!

LE SERVITEUR.

Eh bien! avancez, expofez-vous à ma fureur;

(*Ils fe battent, & le Duc eft bleffé.*)

V ij

RÉGANE.

Donnez-moi votre épée .... Ce vil efclave s'atta-
quer à vous ?

(*Elle le perce.*)

LE SERVITEUR.

Oh, je fuis mort!(*A Glocefter.*) Seigneur, il vous
refte encore un œil pour voir quelque malheur fondre
fur lui. Oh! — (*Il meurt.*)

LE DUC.

Empêchons-le de le voir. (*Il lui crève l'autre œil.*)
Vil globe, où eft maintenant ta lumière ?

LE COMTE.

O! dans les ténèbres, & fans confolation! — Où
eft mon fils Edmond? — Edmond, ranime en toi
toutes les étincelles d'amour qu'y fema la Nature,
& venge cet horrible forfait.

RÉGANE.

Sors d'ici, traître. Tu implores le fecours d'un
homme qui t'abhorre : c'eft lui-même qui nous a dé-
voilé tes trahifons ; il eft trop homme de bien pour
avoir pitié de toi.

LE COMTE, *confondu d'étonnement.*

O insensé que j'étois ! Edgar fut donc calomnié !
Dieux, pardonnez-moi mon injustice, & le rendez
heureux.

RÉGANE.

Allez, chassez-le à la porte, & qu'il flaire son
chemin d'ici à Douvres. (*Elle sort en même-tems*
que Glocester.) Eh bien, Seigneur, comment vous
trouvez-vous?

LE DUC.

J'ai reçu une profonde blessure. Venez, Madame.
—Chassez-moi ce traitre aveuglé. — Qu'on jette sur
le fumier le cadavre de cet esclave. — Régane, je
perds mon sang ; cette blessure est venue bien mal-
à-propos : donnez-moi votre bras.

(*Il sort s'appuyant sur le bras de Régane.*)

PREMIER SERVITEUR.

S'il faut que cet homme prospère, je m'abandonne désormais, sans remords, à tous les crimes.

SECOND SERVITEUR.

Si cette femme obtient une longue vie, & ne
trouve la mort qu'au terme d'une paisible vieillesse,
toutes les femmes vont devenir autant de monstres.

PREMIER DOMESTIQUE.

Suivons le vieux & infortuné Glocefter ; & trou-vons-lui quelque pauvre mendiant qui le conduife où il voudra aller ; fon défefpoir eft fait pour tout tenter.

SECOND DOMESTIQUE.

Va , toi. Moi , je vais chercher un peu de linge & de baume pour mettre fur fon vifage tout enfan-glanté. O Ciel ! daigne le fecourir.

(*Ils fortent chacun de leur côté.*)

ACTE IV.

SCÈNE PREMIÈRE.

Une vaste campagne.

EDGAR *seul.*

E NCORE vaut-il mieux être dans l'état où je suis, & savoir qu'on me méprise, que d'être à la fois méprisé & flatté. Le malheureux, foulé sous les pieds de la fortune, & précipité dans les derniers degrés de la misère & de l'abjection, conserve toujours un rayon d'espérance : du moins il vit exempt de crainte. Le changement n'est redoutable que pour l'homme heureux : l'infortuné ne peut changer, que pour remonter vers le bonheur. Je t'accepte donc avec joie, & je t'embrasse avec transport, air invisible, toi, seul bien qui me reste ! Le malheureux que ton souffle orageux a jetté dans le dernier abîme, n'a plus rien à redouter de tes ouragans. — Mais, qui vient ici ? C'est mon père, conduit par un pauvre mendiant. O monde ! ô monde ! sans tes révolutions étranges qui nous forcent à te haïr, la plus caduque vieillesse ne voudroit pas céder la vie. (1)

SCÈNE II.

EDGAR, LE COMTE DE GLOCESTER, UN VIEILLARD.

LE VIEILLARD.

O! Mon bon maître, depuis quatre-vingt années, j'ai été le vaffal de votre père & le vôtre.

LE COMTE.

Va, mon ami, retire-toi : tes confolations ne peuvent me faire aucun bien, & elles pourroient te devenir funeftes.

LE VIEILLARD.

Mais vous ne pouvez pas voir votre chemin.

LE COMTE.

Je n'ai plus de chemin à voir ; je n'ai pas befoin d'yeux : je fuis tombé, je me fuis égaré quand j'en avois. On l'a vu fouvent, notre abaiffement fait notre fécurité,& nos privations deviennent nos avantages.——O mon fils, mon cher Edgar, victime du courroux de ton père, puiffai-je vivre affez pour te fentir encore dans mes bras ; te voir encore des yeux du toucher! Oh ! je dirai alors, que j'ai encore mes yeux.

LE

LE VIEILLARD.

Qui eft-là ?

EDGAR.

O dieux ! comment ai-je pu dire que j'étois au comble du malheur ; me voila plus malheureux que je n'aie jamais été.

LE VIEILLARD.

Ah, ah ; c'eft ce pauvre Tom!

EDGAR.

Et je puis le devenir encore davantage. — Le plus grand malheur n'eft point arrivé, tant qu'on peut dire : Voilà le plus grand de tous.

LE VIEILLARD.

Eh bien, pauvre Tom, où vas-tu ?

LE COMTE.

Eft-ce un mendiant?

LE VIEILLARD.

Mendiant & fou tout-à-la fois.

LE COMTE.

Il lui refte donc encore quelque lueur de raifon, puifqu'il mendie. Pendant la tempête de la nuit

Tom V. X

dernière, j'ai vu un de ces malheureux, & en le confidérant, je n'ai vu dans l'homme qu'un ver. Mon
fils alors m'eft venu dans la penfée; & cependant
ma haine pour lui n'étoit pas encore éteinte dans
mon cœur. J'ai bien appris des chofes depuis! Nous
fommes pour les Dieux, ce que les infeêtes font
pour les enfans; ils nous écrafent pour leur amufement. (†)

LE COMTE.

EDGAR, (*à part.*)

Comment cela a-t-il pu arriver ? —C'eft un bien
trifte rôle que de contrefaire l'homme devenu infenfé
à force de chagrin, & d'affliger les autres, en
s'affligeant foi-même! (*Haut.*) Dieu te garde,
Vieillard.

LE COMTE.

Eft-ce là ce malheureux tout nud?

LE VIEILLARD.

Oui, Seigneur.

LE COMTE.

Quitte-moi. — Si en confidération de ton ancien

(†) Glocefter perd patience, & le fuicide qu'il veut exécuter dans une fcène fuivante, prouve qu'il eft accablé de fes malheurs & dans le trouble du défefpoir; ce qui juftifie cette maxime
impie contre les Dieux.

attachement pour moi, tu veux encore nous conduire à deux mille d'ici, sur le chemin qui mène à Douvres; rends-moi ce service. Va chercher auparavant quelque vêtement pour couvrir la nudité de ce malheureux; je le prierai de me conduire.

LE VIEILLARD.

Mais, Seigneur, il est fou.

LE COMTE.

C'est un tems bien désastreux que celui où les fous conduisent les aveugles. Fais ce que je t'ordonne, ou plutôt ce que tu voudras; mais, sur-tout, Vieillard, retire-toi, & laisse-nous.

LE VIEILLARD.

Je vais lui apporter le meilleur manteau que je possède, quoiqu'il puisse m'en arriver. (*Il sort.*)

LE COMTE, à EDGAR.

Où es-tu, pauvre infortuné?

EDGAR.

Le pauvre Tom gèle de froid. (*A part.*) Je ne puis feindre plus long-tems.

LE COMTE.

Viens près de moi, ami.

X ij

EDGAR.

Et cependant, il faut que je diffimule encore. (*Avec attendriffement.*) Bon Vieillard, que le Ciel guériffe tes yeux ; ils faignent.

LE COMTE.

Sais-tu le chemin de Douvres ?

EDGAR.

Borne ou barrière, grand chemin ou fentier, je connois tout. Le pauvre Tom a été privé de fa raifon. Bon vieillard, le Ciel te préferve du noir Efprit! Cinq démons font entrés à la fois dans le pauvre Tom (†), & fe font emparés de lui. (2)

LE COMTE.

Tiens ; prends cette bourfe ; toi que les fléaux du Ciel ont battu de tous leurs traits, rends graces à mon infortune ; elle fait ton bonheur : Dieux, agiffez toujours de même. Que l'homme qui méprife vos loix

---

(†) Noms de Demons , & allufion à un événement arrivé à Londres vers 1600. *V.* la note de la fin. *Obidicut* , Démon de la Luxure ; *Hobbididen* , Prince des Muets ; *Mahu* , Démon du Vol ; *Mohu* , Démon du Meurtre ; *Flibbertigibet* , Démon des Convulfions , qui , depuis quelque tems. , poffède les Filles-de-. chambre & les Soubrettes.

au fein d'une abondance fuperflue, & qui regorgeant d'alimens & de richeffes, ne veut pas voir le malheureux, parce qu'il n'a jamais fenti les befoins, (*a*) reffente inceffamment le poids de votre puiffance. Bientôt une jufte diftribution répareroit l'inégalité, & chaque homme auroit le néceffaire. — Connois-tu Douvres ?

EDGAR.

Oui, Maître.

LE COMTE.

Là s'élève une montagne dont la tête s'avance & pend en précipice fur la mer qui écume à fes pieds. Conduis-moi feulement à la derniere extrémité de fa cime. J'ai fur moi un effet précieux dont le prix foulagera la mifère qui t'accable : une fois là, je n'ai plus befoin de guide.

EDGAR.

Donne-moi ton bras ; le pauvre Tom va te conduire.

(*Ils fortent.*)

SCÈNE III.

La Scène eſt dans le Palais du DUC D'ALBANIE.

GONERILL, EDMOND, OSWALD *Sur-intendant* DE GONERILL.

GONERILL.

Soyez le bien venu, Seigneur. Je m'étonne que mon débonnaire époux ne ſoit pas venu au-devant de nous. (*A l'Intendant.*) Où eſt votre Maître ?

L'INTENDANT.

Il eſt ici, Madame; mais jamais homme ne fut ſi changé. Je lui ai parlé de l'armée qui vient de débarquer; il s'eſt mis à ſourire. Je lui ai dit que vous veniez; il m'a répondu, *tant pis.* Je l'ai informé de la trahiſon de Gloceſter, & du ſervice ſignalé rendu par ſon fils; il m'a traité d'inſenſé, & il m'a reproché d'avoir mis le trouble & le déſordre par-tout. Ce qui devroit lui déplaire, eſt ce qui le charme, & ce qui devroit lui faire plaiſir, l'offenſe.

GONERILL à EDMOND.

En ce cas, vous n'irez pas plus loin.—Une crainte

pufillanime a glacé fon cœur , & l'empêche de rien
ofer. Il ne voudra pas fentir les injures qui lui commandent la vengeance.——Les vœux que nous formions
fur la route , pourroient bien s'accomplir. Retournez,
Edmond , vers mon frère ; hâtez la marche de fes
troupes , & mettez-vous à leur tête. Je vois bien
qu'il faut faire un échange avec mon mari : il faut
que je lui mette ma quenouille dans les mains , &
que je prenne fon épée. (*Montrant Ofwald.*) Cet
homme fera notre fidèle agent. Si vous favez tout
ofer pour fervir votre fortune , vous recevrez dans
peu les ordres d'une amante. Prenez ce gage. (*Elle*
lui donne un anneau.) Épargne les paroles , détourne
la tête...(*Elle l'embraſſe.*) Ce baifer , s'il ofoit parler ,
te feroit exhaler ton ame toute entière dans un tranf-
port. Conçois-moi bien , & profpère.

E D M O N D.

Tout à vous , jufques dans les rangs fanglans où
fera la mort.

(*Il fort.*)

G O N E R I L L.

O mon cher Glocefter ! ô quelle vafte différence
entre un homme & un homme ! C'eft à toi qu'appartient le cœur d'une femme. Mon imbécile mari ufurpe
la poſſeſſion de ma perfonne.

SCÈNE IV.

LES MÊMES, LE DUC D'ALBANIE.

GONERILL.

Je valois donc bien peu à vos yeux? (†)

LE DUC.

O Gonerill ! tu ne vaux pas la vile poussière que le vent souffle sur ton visage. (a) Je connois ton caractère. Celle qui méprise la source où elle a puisé l'existence, ne peut plus connoître ni frein, ni regle. Celle qui s'arrache du sein paternel, doit nécessairement se flétrir, comme le rameau tranché de l'arbre & ne peut plus servir qu'à des usages funestes (b).

(†) *I have been worth the whistle.* Je valois bien le sifflet ; façon de parler proverbiale: *Digne d'être appellé par le sifflet , comme le chien.*

(a) On se souvient que , dès la fin du premier Acte , le Duc d'Albanie a blâmé l'ingratitude & la conduite de Gonerill , son épouse.

(b) Allusion à l'usage qu'on supposoit que les Enchanteurs & les Sorciers faisoient dans leurs charmes des branches flétries & délaissées. Le Poëte donne par-là à entendre que Gonerill etoit prête à commettre un forfait atroce contre nature, & prépare le complot formé avec le Bâtard, contre la vie de son mari. *Warburton.*

GONERILL.

GONERILL.

Infenfé, ceffez vos vains difcours.

LE DUC

La fageffe & la bonté paroiffent vils à l'ame vile. —Qu'avez-vous fait, tigreffes ? Car vous n'êtes pas des filles. Qu'avez-vous fait, femmes barbares, femmes dénaturées ? Vous avez fait perdre la raifon à un père, à un bon & refpectable vieillard. Comment mon frère a-t-il pu foutenir la vue de votre ingratitude envers ce vieillard, qui l'a couvert de fes bienfaits ! Ah, fi le Ciel ne fe hâte pas d'envoyer, fous une forme vifible, fes Miniftres fur la terre, pour dompter les cœurs féroces & ingrats, les hommes vont bientôt s'entre-dévorer comme les monftres de l'océan.

GONERILL.

Homme foible & pufillanime, qui tends la joue au foufflet & la tête aux affronts ; qui n'as point d'yeux pour difcerner ton honneur de ta honte ; qui ne fais pas, qu'il n'y a que les fous qui puiffent plaindre un miférable, puni de fon forfait, avant qu'il l'exécute ! Où eft ta bannière ? La France déploie librement fes enfeignes dans nos champs filencieux. Déjà ton affaffin, le cafque fur la tête, te provoque par fes menaces; & toi, moralifte infenfé, tu t'amufes

Tome V.   X

ici à pouffer des exclamations , à crier : *Hélas* !
pourquoi vient-il contre nous ?

LE DUC.

Va voir ta face , furie. Non, la difformité n'eſt
pas auſſi choquante dans les démons , qu'elle l'eſt dans
une femme.

GONERILL.

O l'infenfé !

LE DUC.

Etre déchu de ta nature, & transformé en monſtre,
au nom de la honte , voile tes traits hideux. S'il
me convenoit de laiſſer ma main ſuivre le mouvement du ſang qui bouillonne dans mes veines....
Mais, toute furie que tu es , la forme d'une femme
te ſert d'égide.

GONERILL , *avec ironie.*

Vraiment cet homme a retrouvé ſon courage.

SCÈNE V.

LES MÊMES. (*Entre un Meſſager.*)

LE MESSAGER.

O H, Seigneur ! le Duc de Cornouailles eſt mort; il a été tué par un de ſes ſerviteurs , au moment où il alloit arracher l'œil qui reſtoit au Comte de Gloceſter.

LE DUC *étonné.*

Les yeux de Gloceſter !

LE MESSAGER.

Un ſerviteur nourri chez lui, ſaiſi d'indignation, a voulu s'oppoſer à ſon deſſein, & a tourné ſon épée contre la poitrine de ſon maître qui s'eſt élancé ſur lui ; la Ducheſſe a ſecondé ſon époux, & le malheureux eſt tombé mort entr'eux deux. — Mais le Duc avoit reçu un coup mortel, qui vient de le mettre au tombeau.

LE DUC, *levant les yeux au Ciel.*

Vous exiſtez donc au-deſſus de nous, vous Juges inviſibles, qui vengez ſi promptement les crimes que l'homme commet ſur la terre ! — Mais cet infortuné Gloceſter ! Quoi, il a perdu auſſi l'autre œil ?

LE MESSAGER.

Tous les deux, Seigneur. (*A Gonerill.*) Cette lettre, Madame, exige une prompte réponfe; elle eft de votre fœur.

GONERILL, (*à part.*)

D'un côté, ceci me plaît affez. — Mais ma fœur, une fois veuve, fi elle époufe mon Glocefter qui maintenant fe trouve avec elle, elle peut faire écrouler fur ma tête, tout l'édifice que j'ai bâti dans mon imagination. — Sous un autre rapport, cette nouvelle n'eft pas fi défagréable. — Je vais lire la lettre & y faire réponfe.   (*Elle fort.*)

LE DUC

Et où étoit fon fils, tandis qu'on lui arrachoit les yeux?

LE MESSAGER.

Il étoit venu ici avec la Ducheffe.

LE DUC.

Mais il n'eft pas ici.

LE MESSAGER.

Non, Seigneur, je viens de le rencontrer comme il s'en retournoit.

LE DUC.

Connoît-il ce forfait ?

LE MESSAGER.

Oui , Seigneur ; c'eſt lui qui a dénoncé le coupable ; & il n'a quitté le château que pour laiſſer un plus libre cours au ſupplice de ſon père.

LE DUC.

O Gloceſter , je vis, pour reconnoître l'attachement que tu as montré pour le Roi ; je vis , pour venger l'attentat commis ſur toi ! Viens , ami , viens m'inſtruire de ce que tu peux ſavoir de plus.

(*Ils ſortent.*)

SCÈNE VI.

La Scène repréfente le camp françois,
près Douvres. (†)

LE COMTE DE KENT, LE
GENTILHOMME. *(C'eft le Meffager*
qu'il avoit envoyé vers Cordélia.)

KENT.

LE Roi de France rembarqué fi promptement ?
Savez-vous quel motif?

LE GENTILHOMME.

Il avoit quitté fes Etats fans avoir terminé certains
objets, dont le fouvenir eft revenu depuis alarmer
fa prudence. La crainte d'expofer la France à quelque
danger par un plus long retard, a précipité fon retour néceffaire.

KENT.

Et quel Général a-t-il laiffé à fa place?

(†) Cette fcène omife dans les autres éditions, s'eft retrouvée
dans l'ancienne. Elle eft évidemment de Shakefpéar, & elle eft
néceffaire pour continuer la fuite de l'hiftoire de Cordélia, dont
la conduite & le caractère y font peints fous les traits les plus
intéreffans.

LE GENTILHOMME.

Le Connétable de France.

KENT.

La Reine, en lisant ma lettre, a-t-elle donné quelque signe de douleur ?

LE GENTILHOMME.

Seigneur, elle l'a prise, & l'a lue devant moi, & j'ai vu, de tems; en tems, rouler de grosses larmes le long de ses joues délicates. Cependant elle sembloit maîtresse de sa douleur, qu'on voyoit se soulever, & vouloir prendre l'empire sur elle.

KENT.

Elle a donc été bien émue ?

LE GENTILHOMME.

Oui ; mais non pas jusqu'au désordre..... La patience & le chagrin sembloient disputer à qui montreroit le mieux la bonté de son ame douce & paisible. Vous avez vu quelquefois une douce rosée descendre des Cieux, au milieu des rayons du soleil. Son sourire & ses pleurs mêlés ensemble, rappelloient une ondée de Mai. Le tendre sourire, errant

fur fes levres vermeilles , fembloit ignorer les larmes, qui couloient de fes yeux comme autant de per-
les détachées de deux diamans ; en un mot, la douleur feroit une des plus belles & des plus aimables
chofes du monde , fi elle avoit fur tous les vifages
autant de graces que fur le fien,

KENT.

Ne lui eft-il échappé aucune plainte?

LE GENTILHOMME.

Oui , une ou deux fois , un foupir a élevé jufqu'à fes lévres le nom de *père* avec effort & peine ,
comme fi ce nom eût oppreffé fon cœur. Elle a crié :
» *Mes fœurs ! ô mes fœurs ! Opprobre de mon fexe.*
» *Mes fœurs. O Kent ! ô mon père ! Mes fœurs!* Quoi,
» dans la nuit, au fort de la tempête: oh , que la pitié
» ne le croie jamais ! » Alors , elle a effuyé les larmes
qui couloient de fes yeux céleftes , & ne pouvant plus
contenir le cri de fa douleur , elle a couru fe renfer-
mer feule avec elle.

KENT.

Oui, c'eft l'influence des aftres, de ces aftres du
ciel , qui regle notre fort & décide les caractères ;
autrement un couple d'époux femblables ne pourroit
engendrer des enfans d'une nature fi différente. —Lui
avez-vous parlé depuis?

LE GENTILHOMME.

Non.

KENT.

Etoit-ce avant le retour du Roi que vous l'avez-vue ?

LE GENTILHOMME.

Non, c'eſt depuis.

KENT.

Fort bien. — Ce malheureux Léar eſt dans la Ville. Dans les momens où ſa raiſon reparoît, il reconnoît ceux qui l'environnent ; mais il ne veut pas abſolument voir ſa fille.

LE GENTILHOMME.

Pourquoi donc ?

KENT.

Une honte inſurmontable le domine & l'arrète : le ſouvenir de la dureté avec laquelle il lui a retiré ſa bénédiction, & l'a abandonnée à la merci du ſort dans une contrée étrangère , la privant de tous ſes droits , pour les donner à ſes filles dénaturées ; tous ces remords ſont autant de traits empoiſonnés qui déchirent ſon cœur : c'eſt la confuſion qui l'éloigne de ſa Cordélia.

Tome V.   Z

LE GENTILHOMME.

Malheureux Roi!

KENT.

Savez-vous quelques nouvelles de l'armée des deux Ducs ?

LE GENTILHOMME.

On aſſûre qu'ils ſont ſur pied.

KENT.

Allons, je vais vous conduire à notre Roi Léar ; & vous laiſſer avec lui pour l'accompagner. Un intérêt qui m'eſt cher, me retient encore pour quelque tems ſous le déguiſement qui me cache. Quand je me ferai fait connoître , vous ne vous repentirez pas des inſtructions que vous m'avez données; Je vous prie , ſuivez-moi.

(*Ils ſortent.*)

SCÈNE VII.

Le Théâtre repréſente un Camp.

CORDÉLIA, UN MÉDECIN, DES SOLDATS.

CORDÉLIA.

Hélas! c'eſt lui-même : on vient de le voir furieux, comme la mer agitée, chantant de toute ſa force, la tête couronnée de verveine, de pavots, de marjolaine & de toutes ces herbes inutiles qui croiſſent au milieu des moiſſons. Envoyez un détachement de ſoldats ; qu'on le cherche dans ces campagnes immenſes, couvertes d'épis, & qu'on l'amène à mes yeux.—Que peut la ſageſſe humaine, pour rétablir en lui la raiſon dont il eſt privé? Que celui qui pourra lui donner quelque ſecours, prenne tout ce que je poſsède.

LE MÉDECIN.

Madame, il y a des moyens : le ſommeil eſt le doux nourricier de la Nature. C'eſt de repos qu'il a le plus beſoin. Pour le provoquer en lui ; nous avons des ſimples, dont la vertu puiſſante peut fermer les yeux de la douleur même.

Z ij

CORDELIA, *pleurant.*

Herbes benies du ciel, heureufes plantes de la terre active, douées de fecretes vertus, croiffez toutes fous mes larmes, uniffez votre force pour foulager le mal de ce bon Roi. — Qu'on aille le chercher. Je crains que dans fa fureur fans frein, il ne s'ôte une vie dénuée de tous les fecours, qui peuvent la lui conferver.

SCÈNE VIII.
LES MÊMES, UN MESSAGER.

LE MESSAGER.

Des nouvelles, Madame; l'armée Brétonne s'a-vance.

CORDÉLIA.

Je le favois déjà; la nôtre l'attend, prête à la bien recevoir.—O mon tendre père! c'eft pour toi feul que je travaille; c'eft pour toi que mon deuil a attrifté la France, & que mes larmes inépuifables ont excité fa pitié. Ce n'eft point une folle ambition qui nous met les armes à la main; c'eft l'amour, le tendre amour d'un père vieux & chéri; c'eft pour défendre fes droits, que nous allons combattre .... Puiffai-je bientôt l'entendre & le voir !

SCÈNE IX.

Le Palais de Régane.

RÉGANE & *l'Intendant* OSWALD.

RÉGANE.

Hé bien! l'armée de mon frère est-elle en marche?

OSWALD.

Oui, Madame.

RÉGANE.

Y est-il en personne?

OSWALD

Oui, Madame, il se donne tous les mouvemens nécessaires; & votre frère est le plus déterminé de tous ses soldats.

RÉGANE.

Edmond n'a-t-il pas parlé à votre Maîtresse chez elle?

OSWALD.

Non, Madame.

RÉGANE.

Et que signifie cette lettre qu'elle lui écrit?

OSWALD.

Je l'ignore, Madame.

RÉGANE.

C'eft vraiment pour des foins bien importans qu'il eft parti d'ici en diligence. C'eft à nous un défaut de prudence inexcufable, de n'avoir pas auffi arraché la vie à ce Glocefter, en même tems que les yeux. Partout où il arrive, fa vue émeut les cœurs, & les fouleve contre nous. Edmond eft parti, je crois, pour finir fa misère ; il va le délivrer du fardeau d'une vie plongée dans les ennuis : il doit auffi reconnoître les forces de l'ennemi.

OSWALD.

Madame, il faut que je coure fur fes traces, pour lui donner cette lettre.

RÉGANE.

Nos troupes doivent marcher demain en ordre de bataille : reftez ici, les chemins ne font pas sûrs.

OSWALD.

Je ne le puis, Madame ; c'eft une affaire que ma Maîtreffe m'a expreffément recommandée.

RÉGANE.

Mais, pourquoi écrit-t-elle à Edmond ? Ne pou-
voit-elle vous charger verbalement de ses ordres ?
Allons, un mot, quelque chose, un rien. — Laissez-
moi décacheter cette lettre. Je n'oublierai jamais ce
service : laissez......

OSWALD.

Oh ! Madame, j'aimerois mieux....

RÉGANE.

Je sais que votre Maîtresse n'aime point son époux ;
j'en suis certaine : dans la dernière visite qu'elle me
rendit ici, elle jettoit sur Edmond certains regards,
qui exprimoient beaucoup de choses. Je sais que vous
avez le secret de son cœur.

OSWALD.

Moi, Madame ?

RÉGANE.

Oui, je parle sciemment ; vous êtes son intime
confident ; je le sais ; ainsi, songez à bien écouter ce
que je vais vous dire. — Mon époux est mort. Edmond
& moi, nous avons eu un entretien ensemble : c'est
un mari qui me convient mieux qu'à votre Maîtresse.
Vous en pourrez savoir davantage. Si vous le trouvez,

donnez-lui ceci, je vous prie ; & quand vous rendrez
compte de tout ce que je vous dis à votre Maîtresse,
conseillez-lui de rappeler à elle toute sa raison ; partez.——Si vous entendez par hasard parler de cet aveugle
traître, la fortune versera ses dons sur la main qui
l'exterminera.

L'INTENDANT.

Je voudrois pouvoir le rencontrer, Madame ; &
je vous prouverois à quel parti je suis dévoué.

RÉGANE.

Adieu ! Partez.

SCÈNE X.

Une campagne près Douvres.

LE COMTE DE GLOCESTER, EDGAR, *déguisé en Paysan.*

LE COMTE.

QUAND arriverai-je donc au sommet de cette
montagne que tu fais ?

EDGAR.

Vous commencez à la monter à présent : voyez
combien nous fatiguons,

LE COMTE,

LE COMTE.

Il me femble, que je marche toujours en plaine.

EDGAR.

O l'horrible précipice! Ecoutez : n'entendez-vous pas la mer mugir ?

LE COMTE.

Non, en vérité.

EDGAR.

Il faut donc que la douleur de la privation de la vue ait auffi affoibli en vous les autres fens.

LE COMTE.

Cela pourroit être. Il me femble même que ta voix eft changée; tu parles avec beaucoup plus de nobleffe ; tu t'énonces beaucoup mieux, que tu ne faifois.

EDGAR.

Vous vous trompez ; il n'y a de changé en moi que l'habit.

LE COMTE.

Oh certainement, tu parles en meilleurs termes.

EDGAR.

Avancez, Seigneur. Voici la cime; ne bougez pas.

Tome V.   Aa

O quelle terreur ! Comme la tête tourne, en plongeant
la vue au fond de cet abîme ! Le milan & la corneille
qui volent dans les airs vers le milieu de la montagne,
paroiffent à peine de la groffeur de la cigale. — Sur le
penchant, à mi-côte, je vois un homme fufpendu à
des rochers, cueillant du fenouil marin. Le dangereux
métier ! Cet homme ne me paroît pas plus gros que fa
tête.—Ces pêcheurs,qui marchent fur la grève, reffemblent à des belettes qui trottent. — Ce grand vaiffeau
là bas à l'ancre, paroît petit comme fa chaloupe, &
fa chaloupe comme la Bouée (†), qu'on finit d'apper-
cevoir. Jamais on n'entendit mieux le bruit des vagues froiffées contre les ftériles & innombrables cailloux des rivages. Je ne veux plus regarder ; ma raifon fe perdroit , & mes yeux une fois éblouis, je
tomberois la tête la première (*a*).

(†) *La Bouée* eft un morceau de bois ou de liége , auquel font
attachés les cables qui tiennent le vaiffeau.

(*a*) Ce mont s'appelle, même aujourd'hui, *Shakefpéar's cliff*, mont
de Shakefpéar ; il eft fur la gauche en arrivant de France à Douvres.

Cette peinture eft des plus vives, & Adiffon a dit, qu'il fal-
loit avoir une bonne tête, pour que la tête ne tourne pas à la lecture de cette defcription.—Johnfon , en convenant de fa beauté,
lui reproche de n'être pas naturelle, parce qu'un homme , qui regarde du haut d'une montagne, ne pourroit , dans fon effroi, def-
cendre à tous ces détails. Mais Johnfon oublie , qu'Edgar n'eft
point au bord d'un précipice , mais en plaine, & qu'il imagine ,
au lieu de voir.   *M. Efchenburg.*

LE COMTE.

Place-moi à l'endroit où tu es.

EDGAR.

Donnez-moi votre main : vous voilà maintenant
à un pied du bord. Pour tous les biens qui font fur
le globe, je ne voudrois pas m'élancer en avant.

LE COMTE.

Quitte ma main. Tiens, mon ami, voilà une autre
bourfe ; il y a dedans un joyau précieux, qui vaut
bien la peine d'être accepté par un homme pauvre.
Eloigne-toi : dis-moi adieu ; que je t'entende partir.
Dieux & Génies, que ce don profpère avec toi !

EDGAR, *faifant femblant de fe retirer.*

Adieu, mon bon Seigneur.

LE COMTE.

De tout mon cœur.

EDGAR.

Pourquoi faut-il que je me jouc ainfi de fon défefpoir? Hélas ! je le fais pour le guérir. (†)

(†) C'eft le but de cette Scène : Edgar veut, par cet effai
guérir fon père de l'envie de fe détruire.

A a ij

LE COMTE, *avant de se précipiter, & les bras étendus vers le Ciel.*

O vous! Dieux puissans, je renonce à ce monde; & en votre présence, je secoue, sans regret, le fardeau de mon affreuse infortune. Si je pouvois le supporter plus long-temps, sans m'exposer à murmurer contre vos saints & insurmontables décrets, je laisserois user jusqu'à la fin ce reste méprisable du flambeau de mes jours. —— Si Edgar vit encore, comblez-le de vos faveurs; ô! bénissez-le, & le rendez heureux.——Adieu maintenant, ami.) *Il saute & tombe de sa hauteur sur la plaine.*)

EDGAR, *à quelques pas de lui.*

Adieu, Seigneur. —— J'ignore par quelle fantaisie bisarre, l'homme peut se voler lui-même le trésor de sa vie, lorsque la vie va d'elle-même, à tout instant, se livrer à la mort. —— S'il avoit été où il croyoit être, il seroit mort. —— (†). Êtes-vous vivant ou mort? Hola, mon ami: m'entendez-vous? Parlez donc. Il seroit bien possible qu'il fût mort; mais non, il revient à lui. —— Hé bien, qui êtes-vous?

LE COMTE.

Loin d'ici; laisse-moi mourir.

(†) Edgar se rapproche, & lui parle comme un autre homme qui se seroit trouvé sur le rivage, en bas de la montagne, & qui auroit vu Glocester tomber du sommet.

EDGAR.

Si tu n'avois pas été auffi léger que la plume, le duvet ou l'air , en tombant de cette énorme hauteur , tu te ferois brifé comme un verre. Mais je le vois, tu refpires : tu es d'une fubftance folide ; & ton fang ne coule point ! Parle, n'es - tu pas bleffé ? Dix mâts attachés l'un au bout de l'autre , n'atteindroient pas au fommet , d'où tu as été précipité à pic. Ta vie eft un miracle ; parle-moi donc.

LE COMTE.

Mais, fuis-je tombé ou non ?

EDGAR.

De l'effroyable cime de cette montagne de craie. — Leve les yeux , & vois cette hauteur où l'alouette ne feroit ni apperçue ni même entendue , malgré fa voix perçante. — Regarde , regarde.

LE COMTE.

Hélas ! Je n'ai plus d'yeux. — L'infortuné n'a donc pas même la reffource de finir fes maux par la mort, & de tromper la rage du tyran qui l'opprime !

EDGAR.

Donnez-moi votre bras ; allons , levez-vous. — Bon. — Comment êtes - vous ? Pouvez - vous vous fervir de vos jambes? (*Il releve Glocefter.*) — Vous pouvez-vous foutenir debout?

LE COMTE.

Que trop bien.

EDGAR.

C'eft la chofe la plus miraculeufe!—Sur le fommet de cette montagne, quel être étoit avec vous, & que j'ai vu s'en aller?

LE COMTE.

Un pauvre & malheureux mendiant.

EDGAR.

Comme j'étois ici à le regarder d'en bas, des rayons entrelafsés jailliſſoient de fa tête, & fembloient on-doyer comme la mer agitée par le vent : c'étoit quel-que Génie. Ainfi, heureux Vieillard, fois perfuadé que tes jours ont été fauvés par les Dieux mêmes. Les Dieux fe font gloire de fignaler leur puiffance dans ce qui eft impoffible aux hommes.

LE COMTE.

En effet, je me rappelle à préfent.—Déformais, je fupporterai donc l'affliction jufqu'à ce qu'elle crie d'elle-même: *Affez, affez, meurs.*—Cet efprit dont tu me parles, je l'ai pris pour un homme ; il ne ceffoit de répéter: l'*Efprit* , l'*Efprit* ; c'eft lui qui m'avoit conduit fur ce mont.

E D G A R.

Confole-toi , & prends patience.

S C È N E XI.

LES MÊMES , LÉAR *bifarrement couronné de fleurs & d'herbes des champs.*

E D G A R.

Qui vient ici? Jamais homme , jouiffant de fon bon fens , ne s'eft montré fous cet accoutrement bifarre.

L É A R , *extravaguant.*

Non ; ils ne peuvent me condamner pour battre monnoie : je fuis le Roi en perfonne.

E D G A R.

O fpeétacle, qui me perce le cœur !

L É A R.

En cela la Nature eft fupérieure à l'art. Tiens : voilà l'argent de ton engagement. Ce drôle tient fon arc comme un malheureux Artifan, à peine eft-il bon à épouvanter les Corneilles.—Voilà mon gantelet: j'en veux faire l'essai sur un géant. — Apportez-moi mes) flèches.—Ho , ho ! bien visé. — Ma flèche juste dans le blanc.—Hola , le mot du guet ; donnez le signal.

EDGAR.

Bienfaisante marjolaine !

LÉAR, *prenant le mot de marjolaine pour le mot du guet.*

Passe.

LE COMTE DE GLOCESTER.

Je connois cette voix.

LÉAR.

Ah Gonerill ; ah Régane ! (†) Elles me flattoient ; comme un chien rampant ; elles me disoient que j'a- vois des poils blancs au menton, avant même que j'en eusse de noirs ; elles répondoient oui & non , à tout ce que je disois. Quand la pluie est venue me tremper , & que le vent me faisoit frissonner ; quand le ton- nerre n'a pas voulu se taire à mon ordre , c'est alors que je les ai connues ; que j'ai senti ce qu'elles étoient. Va , elles ne savent pas tenir leur parole ; elles me disoient que j'étois tout puissant : c'est un mensonge ; je ne suis pas à l'épreuve de la fièvre.

(†) Trait à l'exagération de la flatterie avec laquelle on trompe les Rois.

LE

LE COMTE.

Les fons & l'accent de cette voix ne me font pas inconnus ; n'eſt-ce pas le Roi ?

LÉAR.

Oui, le Roi, depuis les pieds juſqu'à la tête.—Quand je prends un air févère, vois, comme mes Sujets tremblent. — Allons , je lui fais grace de la vie. — Quel étoit ſon crime ? L'adultère ? Tu ne mourras point. Mourir pour un adultère ? Non , non ; le roite-let & le jeune papillon courent gaiement le commet-tre devant mes yeux. Que la population profpère. Le bâtard de Gloceſter a été plus humain pour ſon père , que ne l'ont été , pour moi , mes filles engendrées dans une couche légitime. Courage, débauchés; mêlez les ſexes : auſſi bien j'ai befoin de ſoldats.—Conſidé-rez cette Dame, avec ſon fourire ingénu : en voyant ſon viſage au travers de la main qui le cache , on diroit que ſon cœur eſt de glace. Hé bien, le feul nom de volupté fait évanouir ſa vertu, & lui fait agiter la tête. Le chat & l'étalon enfermé dans l'écurie, ne courent pas au plaifir avec plus de paſſion & d'ardeur. Ce font des Centaures , quoique la partie fupérieure ſoit d'une femme ; la ceinture eſt pour les Dieux , les démons habitent le reſte. — Honnête Apoticaire , donne-moi une once d'eau rofe de civette , pour calmer ma dou-leur de tête. Voilà de l'argent pour toi.

LE COMTE.

Oh ! laiffez-moi baifer cette main.

LÉAR.

Attends donc que je l'effuie ; car elle fent la mortalité.

LE COMTE.

O ruines déplorables du plus bel ouvrage de la Nature ! Ce monde auffi rentrera dans le néant. — Me reconnoiffez-vous ?

LÉAR.

Oui , je me rappelle bien tes yeux. Tu louches ; je penfe. — Va , je n'aimerai plus. — Lifez ce cartel ; remarquez-en fur-tout les caractères.

LE COMTE.

Quand toutes les lettres feroient autant de foleils, je n'en pourrois pas voir une feule.

EDGAR (*à part.*)

Je ne croirois pas ton état fur le récit d'autrui : je le vois de mes yeux , & mon cœur fe fend à cette trifte vue.

LÉAR.

Lis donc.

LE COMTE.

Comment le puis-je? Mes yeux n'y font plus.

LÉAR.

Oh, oh ! Vous êtes ici avec moi, & point d'yeux à votre tête, point d'argent dans votre bourfe ? — Et cependant vous voyez, comme le monde va?

LE COMTE.

Je le vois, parce que je le fens.

LÉAR.

Quoi : es-tu fou? Un homme peut-il voir fans yeux, comment le monde va? Vois donc avec tes oreilles. Vois là-bas ce Juge qui ne fait que rire du crime de ce voleur ; prête l'oreille. La Juftice eft le jeu où l'on change de place & de main ; *qui eft le Juge, qui eft le voleur* (†)? As-tu vu le chien du Fermier aboyer après un mendiant?

LE COMTE.

Oui, Seigneur.

LÉAR.

Et le mendiant fuir le chien ? Eh bien! tu as vu

(†) Efpece de jeu.

l'image fenfible de l'autorité ; c'eft au chien qu'on obéit dans la Magiftrature. —Prévôt fans pudeur, retiens ta main fanguinaire. Pourquoi frappes-tu cette fille de joie? Rentre dans ta confcience. N'as-tu pas toi-même commis le crime que tu punis en elle? C'eft l'ufurier qui fait pendre le fauffaire. Les petits vices paroiffent à travers les haillons de la misère. Mais la fourrure & la robe de foie cachent tout. Donne au vice un bouclier d'or , & le glaive de la Juftice viendra s'y brifer, fans l'entamer. Mais couvre fon bouclier de haillons ; un pigmée va le percer avec une foible paille. — Perfonne , vous dis-je , perfonne ne fait de mal. Je lui fais grace. Ami , reçois la de moi , qui ai le pouvoir de fermer la bouche de l'accufateur.—Prends tes lunettes , & comme un grand politique , fais fem-blant de voir ce que tu ne vois pas. — Allons, allons, vîte , vîte , ôtez - moi mes bottes. Ferme , ferme ; bon.

EDGAR.

Comme l'extravagance & le bon fens fe trouvent ici mêlés ! Que de raifon dans fa folie !

LÉAR, *revenant un peu à lui.*

Si tu veux pleurer mes malheurs, prends mes yeux. Oh! je te connois bien à préfent. Tu te nommes Glo-cefter. Eh bien! il faut de la patience ; nous fommes venus dans ce monde en criant : tu fais bien qu'au premier moment où nous avons commencé à respirer l'air, nous avons poussé des vagissemens. Je te ferai la leçon, écoute bien (†).

LE COMTE.

O malheureux jour!

LÉAR.

Lorsque nous naissons, nous pleurons , parce que nous entrons sur ce vaste Théâtre de foux.

SCÈNE XII.

LES MÊMES, LE GENTILHOMME, *Suite.*

LE GENTILHOMME.

Oh! le voilà! Emparez-vous de lui. — Seigneur, votre chère fille..... (*Ils le saisissent.*)

(†) *Voilà un beau bloc. Ce seroit un beau secret que de ferrer la cavalerie avec de la bourre. Faisons-en l'essai, & quand je tomberai sur ces gendres , alors , tue , tue , tue , tue.*

Tandis que Léar dit : *Je veux te faire la leçon ,* il prend son chapeau d'une main, & le tourne avec l'autre, comme on le voit encore dans d'anciennes gravûres des Prêtres de ce tems-là. L'idée du feutre lui fait naître celle d'en ferrer les chevaux , pour qu'on n'entende pas le bruit de leurs pas. *Steevens.*

LÉAR.

Quoi! point de fecours? Comment, moi prifonnier?
Je fuis toujours le fol & le jouet de la fortune. Traitez-moi bien; je vous paierai une riche rançon. Qu'on
me donne des Chirurgiens; je fuis bleffé à la tête.

LE GENTILHOMME.

Vous aurez tout.

LÉAR.

Quoi! perfonne qui me feconde? On me laiffe à
moi feul? Il y auroit de quoi fondre un homme en larmes. — Je mourrai bravement comme un époux riant
& bien paré pour la nôce. — Hé bien! quoi, je veux
être jovial; venez, venez, je fuis un Roi, favez-vous
cela, mes maîtres?

LE COMTE.

Oui, vous êtes Roi, & nous fommes tous à vos
ordres.

LÉAR.

Encore, eft-ce parler cela. Venez, fi vous l'attrapez,
ce ne fera qu'à la courfe: allons, allons, allons, allons.

(*Il fe dégage de leurs mains, & s'enfuit.*)

SCÈNE XIII.

LES MÊMES.

LE GENTILHOMME.

Dans le dernier des malheureux, cet état exciteroit la plus grande pitié ; dans un Roi, il eſt au-deſſus de toute expreſſion. — O Léar, tu as une fille, qui ſauve la nature de la malédiction générale, que tes deux autres filles ont attirée ſur elle.

EDGAR (*au Gentilhomme.*)

Je vous ſalue, honnête Seigneur.

LE GENTILHOMME.

Salut, que voulez-vous ?

EDGAR.

Savez-vous quelque nouvelle de la bataille qui ſe prépare ?

LE GENTILHOMME.

Des nouvelles certaines ; elles ſont publiques ; il n'y a perſonne qui n'en ait ôui parler. Vous n'avez donc pas d'oreilles ?

EDGAR.

Faites-moi le plaifir de me dire, fi l'Armée ennemie eft bien éloignée?

LE GENTILHOMME.

Non; elle s'avance à grand pas; nous allons la dé-couvrir tout à l'heure.

EDGAR.

Je vous remercie.

LE GENTILHOMME.

Des motifs puiffans arrêtent ici la Reine : mais fon Armée eft en marche.

(*Il fort.*)

SCÈNE XIV.

LE COMTE, EDGAR, *reftés feuls.*

LE COMTE.

Vous feuls, ô Dieux, toujours bienfaifans, vous feuls déformais ôtez moi le jour que je refpire : que je ne fois plus tenté par mon mauvais génie de m'ar-racher la vie , avant l'heure qu'il vous a plu de fixer.

EDGAR.

EDGAR.

Je vous conjure, ô mon père!

LE COMTE.

Eh bien! ami, qui êtes vous?

EDGAR.

Un malheureux que la fortune a dompté à force de revers, & dont le cœur éprouvé par les maux paf-fés & préfens, eft rempli de pitié pour ceux d'autrui. Donnez-moi votre main; je vous conduirai vers quel-que afyle.

LE COMTE.

Mon cœur te remercie: que la bonté & la bénédic-tion du Ciel te récompenfent avec ufure !

SCÊNE XV.

LES MÊMES, L'INTENDANT
de Gonerill.

L'INTENDANT, *en avançant & reconnoif-fant le Comte de Glocefter.*

Un prix propofé! voici une heureufe rencontre. La tête de cet aveugle fut faite, je crois, pour fonder

Tome V.   C c

mon élévation.—Malheureux traître! l'épée qui doit te détruire, est levée; recueille ton ame & sois prompt.

LE COMTE.

Que ta main secourable frappe avec force le coup mortel.

L'INTENDANT, à *Edgar.*

Et toi, rustre audacieux, pourquoi soutiens-tu un traître public? Loin d'ici; crains que sa société contagieuse ne t'attire le même sort. Quitte son bras.

EDGAR, *avec l'accent & le langage d'un paysan.*

Je ne le veux pas, moi, ou je veux en savoir davantage (†).

L'INTENDANT.

Quitte le, misérable, ou tu meurs.

EDGAR.

Mon Gentilhomme, rentrez chez vous, & laissez passer les pauvres gens; n'approchez pas de ce vieillard, où je vais essayer si votre tète est plus dure que ce bâton.....

L'INTENDANT.

Loin d'ici, vil Mandiant.

(†) Edgar déguise sa voix, & affecte de prononcer les *J* les *G* & les *S* comme le *Z.*

EDGAR.

Je vous cafferai les dents ; avancez. —— Je m'embarraffe fort peu de vos eftocades. (*Edgar le renverfe.*)

L'INTENDANT.

O vil efclave ! tu m'as tué, malheureux. — Tiens,
prends ma bourfe ; fi ton intérêt te touche, enterre
mon corps, & remets à Edmond, Duc de Glocefter,
les lettres que je lui portois ; cherche-le dans l'Armée
Bretonne. — O mort prématurée !

EDGAR.

Oh ! je te connois bien, Agent officieux d'une maîtreffe, dont tu fers les criminels deffeins ; auffi lâche,
que la méchanceté même peut le defirer.

LE COMTE.

Quoi ! eft-il mort ?

EDGAR.

Affeyez-vous, mon père, repofez-vous.—Fouillons-
le ; j'efpère tirer parti des lettres dont il m'a parlé.—Il
eft mort ; je fuis fâché qu'il n'ait pas eu un autre bour-
reau que moi. — Voyons. (*Il prend les lettres.*)—Per-
mets, cire patiente... *Il les ouvre.* Qu'on ne nous taxe pas
d'indifcrétion : pour connoître nos ennemis, nous leur

déchirons le cœur ; ouvrir leurs papiers, eſt plus (†) légitime. (*Il lit la lettre.*)

« Noubliez pas nos ſermens mutuels ; vous avez
» mille occaſions de vous en défaire. Si vous ne man-
» quez pas de réſolution, le temps & le lieu vous
» offriront votre avantage. Tout eſt perdu, s'il revient
» vainqueur ; alors je ſerai ſa captive, & ſon lit ſera
» ma priſon. Délivrez-moi donc de ſes careſſes que
» j'abhorre, & pour ſalaire, prenez ſa place. Votre
» affectionnée, (Je voudrois dire épouſe.) ſervante ».

GONERILL.

O inconcevable inconſtance de la femme, qui paſſe plus vîte que l'éclair, d'un extrême à l'autre !(a) Un complot tramé contre les jours de ſon vertueux époux, pour lui ſubſtituer mon frère ! O exécrable émiſſaire de deux

---

(†) *Lawful, légitime, légal.* Si certaines raiſons d'Etat peuvent quelquefois rendre cette licence néceſſaire ; elle révolte toujours une ame noble & bien née. Shakeſpéar auroit dû dire, au lieu de *plus légitime*, plus raiſonnable & moins inhumain. *Mrs Griffith.*

(a) *Oh undiſtinguiſh'd ſpace of Woman's will !* O inconſtance de la volonté d'une femme, ſi rapide, qu'il n'y a ni eſpace ni diſtance entre la volonté paſſée, & la volonté qui ſuit. L'expreſſion de Sancho dans Don Quichotte, à ce ſujet, eſt très-comique : *Entre le ſi & le non de la femme, je ne voudrois pas entreprendre de mettre la pointe d'une épingle.*

Warburton.

impudiques aſſaſſins; je veux te traîner ſur le ſable.—
Quand il en ſera tems, j'étonnerai de cette odieuſe
lettre, les yeux du Duc dont on machine la perte. Il
lui importe que je puiſſe lui apprendre à la fois, &
ton meſſage & ta mort.

GLOCESTER.

Le Roi a perdu ſa raiſon : oh ! combien la mienne
eſt opiniâtre ! Elle eſt toujours entière, & je ne perds
pas un ſeul ſentiment des maux qui m'accablent ! Je
ſerois bien plus heureux d'avoir l'eſprit aliéné : mes
penſées alors ſeroient ſéparées de mes chagrins. (*On
entend le ſon des inſtrumens de guerre.*) Quand l'imagination eſt troublée, l'homme perd la connoiſſance
de lui-même & le ſentiment de ſes maux.

EDGAR.

Donnez-moi votre main; il me ſemble entendre au
loin le bruit des inſtrumens de guerre.—Venez, mon
père; vous aurez avec vous un ami.

SCÈNE XVI.

Un Appartement.

CORDÉLIA, LE COMTE DE KENT; LE MÉDECIN.

CORDÉLIA.

O MON chèr Comte ! comment pourrai-je vivre affez long-temps, pour reconnoître toutes vos tendres bontés? La vie eft trop courte, & chaque inftant qui paffe, eft perdu pour ma reconnoiffance.

LE COMTE.

Madame, j'en fuis payé avec ufure par cet aveu que vous daignez faire. L'exacte vérité a dicté tous mes récits : je n'ai rien omis, ni rien exagéré.

CORDÉLIA.

Prenez des habits plus décens ; les méchans vête-mens que vous portez, me rappellent fans ceffe ces jouts d'opprobre & de calamité : je vous prie, quittez-les.

LE COMTE.

Pardonnez, Madame ; je ferois reconnu, & arrêté dans le cours de mes deffeins. — Je vous demande pour grace de me méconnoître, jufqu'à ce que le tems & moi, nous jugions à propos de reveler qui je fuis.

CORDÉLIA.

Hé bien, j'y confens. (*Au Médecin.*) Comment fe porte le Roi?

LE MÉDECIN.

Madame, il repofe encore.

CORDÉLIA.

Dieux bienfaifans, réparez cette grande plaie dans fa raifon bleffée; rétabliffez l'harmonie & le calme dans les fens de ce bon père, dont fes enfans ont aliéné la raifon.

LE MÉDECIN.

Votre Alteffe permet-elle qu'on éveille le Roi? Il y a long-temps qu'il repofe.

CORDÉLIA.

Suivez ce que vous prefcrit votre art, & faites ce que vous croyez à propos de faire. — Eft-il habillé?

LE MÉDECIN.

Oui, Madame; à la faveur d'un fommeil profond, nous l'avons revêtu d'habits neufs & décens.— (*Des*

Officiers apportent Léar endormi dans un fauteuil.)
Madame, foyez auprès de lui, quand nous l'éveille-
rons : je compte fur fa tranquillité.

CORDÉLIA, *s'approche de fon père;*

O mon tendre père ! (*Elle le baife.*) Déeffe de la
fanté, fais découler ton baume de mes lèvres, & que ce
baifer, ô mon père ! répare le trouble & le défordre
affreux, dont mes deux fœurs ont affligé ta perfonne
facrée !

LE COMTE.

Tendre & bienfaifante Princeffe !

CORDÉLIA, *toujours penchée tendrement
fur fon père.*

Quand tu n'aurois pas été leur père, ces cheveux
blancs n'auroient-ils pas dû exciter leur pitié ? Ce vifage refpectable étoit-il fait pour être expofé à la fureur
des vents , fous les coups effrayans du tonnerre, dans
les feux rapides & croifés de fes terribles éclairs ?
Étois-tu fait pour paffer la nuit la tête nue & fans abri ;
dans l'abandon (†) & le défefpoir ? Oui, le chien de
mon ennemi, quand il m'eût atteint de fa dent meutriè-
re, auroit été placé de mes mains auprès de mon foyer.

_____

(†) *Poor Perdu* ! Allufion à ce que nous appellons dans une
armée , *les enfans perdus*. *Warburton.*

Et

Et toi, ô mon bon père, tu devois être réduit à n'a-
voir d'autre lit que de la paille impure, d'autre
afyle que le repaire des animaux les plus immondes!
—Hélas! c'eft un miracle, que tu n'aies pas perdu à la
fois & la raifon & la vie.—Ah! il s'éveille: parlez-lui.

LE MÉDECIN.

Madame, il vaut mieux que ce foit vous.

CORDÉLIA.

Comment fe trouve mon augufte Souverain? Comment fe porte votre Alteffe (†)?

LÉAR, *s'éveillant & fixant les yeux fur Cordélia.*

Que vous étes cruels, de m'arracher du tombeau!
(*à Cordélia.*)Toi, tu es un Ange dans le fein du bonheur;
mais moi, je fuis attaché fur une roue de feu : mes
larmes brûlantes font du plomb fondu fur mes joues.

CORDÉLIA.

Me reconnoiffez-vous, Seigneur?

LÉAR.

Vous êtes un efprit, je le fais; quand êtes-vous
décédée?

(†) On a mis par-tout *Alteffe* ou *Grandeur*, au lieu de
Majefté, qui eft bien plus moderne.

Tome V.   D d

CORDÉLIA, (*à ceux qui font préfens.*)

Encore de l'égarement !

LE MÉDECIN.

A peine il s'éveille; laiffons-le en paix un inftant.

LÉAR *reprenant peu-à-peu fa raifon.*

Où ai-je été? Où fuis-je?—Je revois la belle lumière.
Oui, c'eft la clarté du jour.—Je fuis étrangement abufé!
Je mourrois de pitié, fi je voyois un autre homme dans
l'état où je fuis.—Je ne fais ce que je puis affirmer!—
Je n'ofe jurer, que ce font-là mes mains.—Voyons, je
fens cette épingle me piquer. — Je la fens. —Je voudrois bien être certain de mon état.

CORDÉLIA

Oh! regardez-moi, Seigneur; (*fe jettant à genoux.*)
Étendez fur moi votre main , pour me bénir. (*Léar fe
met à genoux devant-elle.*) Eh! non, Seigneur; ce n'eft
pas à vous à vous mettre à genoux.

LÉAR.

Oh! je vous prie, ne vous moquez pas de moi. Je
fuis un pauvre & foible vieillard; j'ai paffé mes quatre-
vingt ans, & pour parler fincèrement, je crains de
ne pas jouir tout-à-fait de mon bon fens. — Il me
femble que je vous connois, — & que je connois cet

homme. (†)—Cependant je doute.—Car en bonne foi, je ne sais où je suis, & toute ma mémoire ne peut se rappeller d'où me viennent ces vêtemens ; j'ignore en quel lieu même j'ai logé la nuit derniere.—Oh! ne riez point de moi; car, comme il est vrai que je suis homme, je prends cette Dame pour ma fille Cordélia.

CORDÉLIA, *avec transport.*

Vous ne vous trompez pas : je suis Cordelia.

LÉAR, (*il essuie les larmes de sa fille.*).

Vos larmes mouillent - elles ? Oui, en vérité. — Ah! je vous prie, ne pleurez pas. Si vous avez du poison préparé pour moi, je l'avalerai. Je sais bien que vous ne m'aimez pas; car vos sœurs, autant que je me le rappelle, ont été cruelles envers moi. Vous avez sujet de me haïr, vous ! Elles n'en avoient aucun.

CORDÉLIA, *vivement.*

Aucun, aucun.

LÉAR.

Suis-je en France ?

CORDÉLIA.

Seigneur, vous êtes dans votre Royaume.

(†) Kent.

D d ij

L É A R.

Ne me trompez point.

LE MÉDECIN.

Confolez-vous, Madame ; les accès de fureur, vous le voyez, font paffés ; cependant il y auroit encore du danger à lui rappeller les idées qu'il a perdues. Priez-le d'entrer ; ne le troublons plus ; attendons que fes organes foient plus affermis.

CORDÉLIA.

Plairoit-il à votre Alteffe de marcher ?

L É A R.

Il faut donc que vous me fouteniez.—Je vous prie, oubliez tout, & me pardonnez : je fuis vieux, & ma raifon eft affoiblie.

ACTE V.

SCÈNE PREMIÈRE.

Un Camp.

EDMOND, RÉGANE, DES OFFICIERS, SOLDATS.

EDMOND *aux Officiers.*

ALLEZ trouver le Duc ; sachez de lui s'il persiste dans son dernier projet, ou si quelque nouvelle idée l'a fait changer de plan. C'est un homme plein d'inconstance, & toujours en contradiction avec lui-même. Allez, & nous rapportez sa résolution décidée.

RÉGANE.

L'époux de ma sœur a certainement perdu la tête.

EDMOND.

Il y a lieu de le craindre, Madame.

RÉGANE.

Mon cher Edmond, vous savez tout le bien que

mon cœur vous deftine : répondez-moi, mais fans détour. Parlez-moi franchement; n'aimez-vous point ma fœur ?

EDMOND.

Oui, c'eft-à-dire que je la refpecte.

RÉGANE.

Mais n'avez-vous point tenté de prendre, dans fa fouche, la place qu'occupe mon frère ?

EDMOND.

Non, d'honneur.

RÉGANE.

Je ne le fouffrirai jamais, — mon cher Edmond ; ne foyez point fi familier avec elle.

EDMOND.

Soyez tranquille. . . . Mais la voici avec le Duc fon époux.

SCÈNE II.

LES MÊMES. LE DUC D'ALBANIE, GONERILL, SOLDATS.

GONERILL, (*à part*).

J'AIMEROIS mieux perdre la bataille, que de fouf-frir que ma sœur nous défuniffe, Edmond & moi.

LE DUC *à* RÉGANE.

Ma chère sœur, je suis charmé de vous trouver ici. — (*A Edmond*). Edmond, je viens d'apprendre que le Roi s'eft rendu chez fa fille avec un nombre de Seigneurs, à qui la rigueur de nos traitemens ont arraché bien des murmures. Je n'ai jamais été brave (†), lorfque je n'ai pu l'être avec honneur. Cette guerre nous intéreffe, parce que les François ont envahi nos États; mais non pas en ce que la France foutient la caufe du Roi & de beaucoup de perfonnes, que des motifs bien graves, fans doute, foulèvent contre nous.

(†) Ces fentimens font bien au-deffus de cette valeur barbare, adorée des anciens, & qu'il leur a plu d'appeller *Héroïfme*. L'honneur ne peut jamais fe trouver où eft l'injuftice.

RÉGANE.

Et à quoi bon ces raifonnemens ?

GONERILL.

Réuniffons-nous contre l'ennemi : ces brouilleries domeftiques ne font pas aujourd'hui l'objet qui doit nous occuper.

EDMOND.

Je vais vous rejoindre dans l'inftant à votre tente.

LE DUC.

Confultons avec les plus anciens guerriers, fur les mefures que nous devons prendre.

RÉGANE.

Ma fœur, viendrez-vous avec nous ?

GONERILL.

Non.

RÉGANE.

Il convient pourtant que vous y veniez : je vous en prie, fuivez-nous.

GONERILL, (*à part*).

Oh, oh, je fais le mot de l'énigme. — Oui, j'irai.

SCÈNE

SCÈNE III.

LE DUC, EDGAR *déguisé*,

EDGAR.

S<small>I</small> JAMAIS votre Alteſſe s'abaiſſa juſqu'à parler à un malheureux, daignez m'entendre : ſeulement un mot.

LE DUC.

Je veux t'entendre juſqu'au bout : parle.

EDGAR.

Avant de combattre, ouvrez cette lettre. Si vous revenez vainqueur, faites appeler à ſon de trompe celui qui vous l'a remiſe. Malgré cet extérieur de la miſère, je ſuis en état de produire un champion, qui ſoutiendra ce qui eſt énoncé dans cette lettre. Si vous êtes vaincu, alors tout eſt fini pour vous dans le monde, & tout complot ceſſe. — Que la Fortune vous aime !

LE DUC.

Attends, que j'aie lu cette lettre.

EDGAR.

On me l'a défendu. Quand le moment favorable

fera venu , au premier appel du Héraut , je reparoî-
trai.

LE DUC.

Soit : adieu ; je vais lire ton écrit.

SCÈNE IV.

LE DUC , EDMOND *qui revient.*

EDMOND.

LES ENNEMIS font en préfence ; rangez votre armée.
Malgré la vigilance de nos fentinelles , il eft difficile
de deviner leur nombre & leurs forces. C'eft à vous ,
Duc , à hâter maintenant le fecours dont nous avons
befoin.

LE DUC.

Nous faifirons l'occafion & nos avantages.

(*Le Duc fort*).

SCÈNE V,

EDMOND, *seul.*

EDMOND.

J'AI juré à ces deux sœurs que je les aimois : elles sont jalouses ; & se haïssent de la haine que l'homme a pour le serpent qui l'a piqué. Laquelle des deux prendrai-je ? Toutes les deux ? L'une des deux ? Ni l'une ni l'autre ? — Tant que toutes les deux vivront, je n'en puis posséder aucune. Prendre la veuve, c'est irriter Gonérill jusqu'à la fureur ; & tant que son mari respirera, j'aurai bien de la peine à venir à bout de mon projet. Commençons toujours par nous servir de son appui dans le combat ; & après , que celle qui voudra se défaire de lui , se charge de trouver le moyen de l'expédier promptement.— Quant au dessein que nourrit sa pitié pour Léar & Cordélia , la bataille une fois gagnée , & leurs personnes en ma puissance , ils ne jouiront jamais de sa clémence. — Mon intérêt , à moi, est de me défendre , & non de disputer.

❖

SCÈNE VI.

Une Campagne.

On entend des cris mêlés au son des instrumens guerriers. Léar & Cordélia, suivis d'une troupe de soldats, paroissent sur le Théâtre, & sortent.

LE COMTE DE GLOCESTER, EDGAR.

EDGAR.

Mon père, repofez-vous ici à l'ombre de cet arbre qui vous offre son afyle ; priez le Ciel que le parti le plus jufte l'emporte. Si jamais je reviens encore vers vous, je vous apporterai des nouvelles confolantes.

LE COMTE.

Que le Ciel te béniffe, ami ! (*Une alarme : on bat la retraite*).

EDGAR (*revient après quelques momens*).

Fuis, vieillard ; donne-moi ta main : fuyons, le Roi Léar a perdu la bataille ; lui & fa fille font prifonniers : donne-moi la main, & marchons.

LE COMTE.

N'allons pas plus loin ; on peut mourir ici, comme
ailleurs.

EDGAR.

Quoi ! toujours ces finistres penfées ? Il faut que
l'homme fe réfigne à fortir de ce monde , comme il
lui a fallu fouffrir d'y être introduit. C'eft au temps
à mûrir les événemens. Avançons.

LE COMTE.

Et, ce que tu dis , eft raifonnable aufli.

SCÈNE VII.

EDMOND *revient triomphant au milieu des bannières & du bruit des infIrumens guerriers.*

LÉAR et **CORDÉLIA** *prifonniers,*
UN CAPITAINE , SOLDATS.

EDMOND *à des Officiers.*

Que quelques-uns de vous les emmenent; qu'on
les garde avec foin , jufqu'au moment où ceux à qui

il appartient de difpofer de leur fort , déclareront
leurs volontés.

CORDÉLIA.

Nous ne fommes pas les premiers qui, avec les intentions les plus innocentes , & voulant faire le bien,
foyons tombés dans les derniers malheurs. O Roi per-
fécuté par l'infortune , c'eft votre fort feul qui m'afflige : fans vous, je braverois aifément toutes les fureurs de la perfide fortune. —Ne verrons-nous point,
vous, vos filles , & moi, mes fœurs ?

LÉAR.

Non, non , non , viens : allons à la prifon, nous
y chanterons tous deux comme les oifeaux captifs
dans leur cage. Quand tu me demanderas ma bénédiction , je te demanderai pardon à genoux : nous vivrons ainfi tous deux enfemble , en priant le Ciel , en
chantant. Nous charmerons nos momens , en contant
d'antiques hiftoires , & nous folâtrerons comme
les papillons dorés. Nous entendrons de pauvres
malheureux Artifans s'entretenir des nouvelles de
la Cour (†), & nous jaferons politique avec eux ;
quel eft celui qui gagne , celui qui perd ; qui
monte à la faveur ou tombe dans la difgrace , &

(†) Satyre contre les Politiques des Cafés,

nous nous chargerons d'expliquer les matières les plus myftérieufes, comme fi nous étions les efpions placés pour veiller fur les actions des Dieux. Enfermés dans les murs de notre prifon, nous verrons les fyftêmes & les fectes des grands Philofophes, paffer & fe pouffer l'un l'autre, comme les flots preffés fous l'influence de la lune.

EDMOND.

Qu'on les emmene hors d'ici.

LÉAR.

Ma Cordélia (†), les Dieux eux-mêmes jettent de l'encens fur le facrifice de pareilles victimes! — Si quelqu'un entreprend de nous féparer, il faudra qu'il apporte du Ciel un brandon de feu, pour nous embrafer enfemble. Effuie tes yeux, ma fille; la pefte les dévorera tous, avant qu'ils nous faffent verfer une larme; nous les verrons périr de famine : venez. (*Léar & Cordélia fortent, accompagnés de Gardes*).

EDMOND, (*parlant à l'oreille du Capitaine*).

Capitaine, un mot; prenez cet écrit; fuivez-les à la prifon. Je vous ai élevé à votre pofte. Si vous êtes

(†) Expreffion pour le moins auffi belle que l'*ecce fpectaculum dignum ad quod refpiciat intentus operi fuo Deus*, de Sénéque.

fidèle à l'ordre que je vous donne ici, vous vous ouvrez le chemin à une brillante fortune. Apprenez que les hommes font ce qu'eſt le temps. La pitié ne convient point à l'épée d'un foldat. L'acte important dont je vous charge, ne fubira aucune recherche. Ou jurez de l'exécuter, ou cherchez d'autres moyens de for-tune.

LE CAPITAINE.

Je le ferai, Seigneur.

EDMOND.

Allez vous y difpofer ; & quand vous l'aurez ac-compli, comptez vous heureux du moment que vous m'en informerez par une lettre. Songez-y bien : c'eſt dans l'inſtant même...Et fuivez en tout le plan d'exé-cution, que je vous remets tracé dans cet écrit.

(*Il lui donne un ordre par écrit*).

SCÉNE

SCÈNE VIII.

Trompetes, EDMOND, LE DUC D'ALBANIE, GONERILL, RÉGANE, SOLDATS.

LE DUC.

Edmond, vous avez fignalé votre courage aujour-d'hui, & la Fortune a conduit vos pas à la victoire. Vous tenez captives les perfonnes qui vous ont op-pofé leurs efforts dans cette journée. Je vous les de-mande, pour difpofer d'eux felon le parti que nous prefcriront l'intérêt de notre sûreté, & le fort qui leur eft dû.

EDMOND.

J'ai cru à propos d'envoyer ce vieux & miférable Roi dans une prifon, & de l'y faire garder. Son âge, & plus encore fon nom, ont affez d'autorité pour attirer les cœurs du peuple dans fon parti (†); & lui faire tourner contre nous, fes maîtres, les lances que nous l'avons forcé de porter pour notre fervice. J'ai envoyé la Reine avec lui, déterminé

(†) Il eft un refpect pour la royauté légitime, fi fortement gravé dans le cœur des peuples, que les rebelles qui fe révol-tent contr'elle, ne fe croient jamais affez en sûreté contre la vengeance. Delà vient qu'on dit ordinairement qu'*un Roi ne fort guère de fa prifon, que pour aller au tombeau.*

par les mêmes motifs. Demain ou dans quelques jours, ils feront prêts à paroître dans le lieu où vous affemblerez notre confeil. En ce moment, nous fommes couverts de fueur & de fang : l'ami a perdu fon ami, & les guerres les plus courtes font, dans la chaleur des efprits, maudites par ceux qui en reffentent les maux. Le procès de Cordélia & de fon père demande, pour être jugé, un lieu plus commode qu'un camp.

LE DUC.

Avec votre permiffion, Edmond, je ne vous regarde ici que comme un Officier fubalterne, & non pas comme mon frère.

RÉGANE.

Eh bien ! c'eft un titre dont il me plaît de le gratifier. Il me femble qu'avant de vous avancer fi loin, vous auriez dû me demander mon avis. Il a conduit nos troupes ; il a été revêtu de mon autorité ; il a repréfenté ma perfonne, & cet honneur eft affez grand, pour qu'Edmond puiffe prétendre au titre de votre frère.

GONERILL, *à Régane.*

Ne vous échauffez pas tant : c'eft par fon propre mérite qu'il s'éleve lui-même, beaucoup plus que par vos faveurs.

RÉGANE.

Investi de mes droits par moi-même , il peut marcher l'égal du plus illustre de l'armée.

LE DUC.

Ce seroit tout au plus , s'il étoit votre époux.

RÉGANE.

Badinage est souvent prophétie.

GONERILL.

Hola , hola, l'œil qui vous a fait voir cet avenir , étoit louche, & voyoit de travers.

RÉGANE.

Madame, je ne me sens pas bien : autrement je vous répondrois dans toute l'indignation dont mon cœur est plein. (*A Edmond.*) Général, prends mes soldats , prisonniers , patrimoine; dispose d'eux , de moi-même , tout est à toi. J'atteste l'univers, que dès ce moment , je te crée ici mon époux & mon maître.

GONERILL à RÉGANE.

Prétendez-vous jouir de sa personne ?

LE DUC à RÉGANE.

Cela ne dépend pas tout-à-fait de votre bon plaisir.

F f ij

EDMOND.

Tu ne peux y mettre aucun obftacle, Duc.

LE DUC.

Demi noble , je le puis.

RÉGANE, (*à Edmond.*)

Que la trompette fonne , & annonce publiquement, que mes droits font les tiens.

LE DUC.

Attendez encore : écoutez mes raifons.—Edmond, je t'accufe ici de trahifon capitale , & en même temps ce ferpent doré (*montrant Gonérill.*) (*A Régane.*) Quant à vos prétentions , ma fœur, je m'y oppofe, & par intérêt pour mon époufe. Elle eft fecrétement engagée à ce Seigneur ; & moi , qui fuis fon mari, je m'oppofe aux nœuds que vous voulez former. Époufez ailleurs : Madame lui eft promife.

GONERILL.

C'eft une farce que vous jouez !

LE DUC, *à Edmond.*

Tu es armé, Glocefter ; que la trompette fonne ; & fi perfonne ne paroît pour prouver contre toi tes trahifons accumulées , manifeftes, abominables, voilà mon gage. Avant que je prenne la moindre nourriture , je veux prouver , en te perçant le cœur, que tu es tout ce que je viens de publier à haute voix.

RÉGANE, (*éprouvant les premières atteintes de douleur*).

Oh! je me fens mal , très-mal.

GONERILL, (*à part*).

Si cela n'étoit pas, je ne me fiérois plus jamais au poifon.

EDMOND.

Voilà mon gage pour te répondre. Quiconque dans l'univers ofe m'appeller traître , eft un lâche impofteur. Appelle tes Hérauts : & quiconque s'avancera, je foutiendrai contre lui , contre toi , contre tout autre , mon honneur & ma foi.

LE DUC.

Holà, un Hérault!——N'attends rien que de ton courage ; car tous tes foldats, levés en mon nom , ont reçu de moi leur congé.

RÉGANE.

Mon mal augmente.

LE DUC.

Elle n'eſt pas bien, conduiſez-la dans ma tente.

(*Régane ſort.*)

SCENE X.

LES MÊMES, UN HÉRAULT.

LE DUC *au* HÉRAULT.

Approche, Hérault : que la trompete ſonne : & lis cet écrit à haute voix.

LE HÉRAULT, (*après un appel.*)

« S'il eſt dans l'Armée quelque homme du rang &
» de la qualité convenables, qui veuille ſoutenir
» qu'Edmond, ſoi-diſant Duc de Gloceſter, eſt un
» traître; qu'il paroiſſe au troiſième Ban de la trom-
» pete : Edmond eſt prêt à répondre ».

I. BAN DE LA TROMPETE.

LE HÉRAULT.

Encore une fois.

I I. BAN.

LE HÉRAULT.

Encore une fois.

III. B a n.

Encore une fois.

> (*Une autre trompete répond de l'intérieur du Théâtre ; Edgar entre armé.*)

LE DUC *au* HÉRAULT.

Demande lui, quel eft fon deffein, & pourquoi il paroît au fon de la trompete.

LE HÉRAULT.

Qui êtes vous ? Pourquoi répondez-vous à cet appel ? Vos qualités, votre nom ?

E D G A R.

Je l'ai perdu, mon nom ; la dent aiguë & furieufe de la trahifon me l'a dévoré : cependant je fuis auffi noble, que l'adverfaire que je viens combattre.

LE DUC.

Quel eft cet adverfaire ?

E D G A R.

Où eft celui qui parle pour Edmond, Comte de Glocefter ?

E D M O N D, *fe préfentant.*

Lui-même ! Qu'as-tu à lui dire ?

EDGAR.

Tire ton épée; fi mon langage offenfe un cœur noble, ton bras peut te faire juſtice. Voilà mon épée nue. — Vois, quels font les priviléges de mes honneurs (†), mon ferment & ma profeſſion publique. Je protefte, malgré ta force, ta jeuneſſe & ton rang, en dépit de ton épée victorieuſe, & au milieu de ta nouvelle profpérité, en dépit de ton courage & de ton cœur; je protefte encore une fois, que tu n'es qu'un traître, parjure envers les Dieux, envers ton frère, envers ton père, un conſpirateur contre les jours de cet illuſtre Prince. Je te le redis: depuis le fommet de ta tête jufqu'à la plante de tes pieds & la pouſſière que foulent tes pas, tu n'es qu'un traître infâme & venimeux. Ofe le nier; cette épée, ce bras & tout mon courage, vont prouver fur ton cœur, à qui s'adreſſe mon accuſation, que tu mens.

EDMOND.

Dans la régle, je devrois m'aſſurer de ton nom.

(†) Il faut fe rappeller ici les anciens uſages de la Chevalerie. Leur ferment & leur profeſſion les obligeoit de dénoncer toutes les trahiſons; & leur privilége étoit, qu'on étoit forcé d'accepter leur défi, ou de tenir pour avoué le crime dont ils vous accuſoient. Si un homme fans être Chevalier, en avoit accuſé un autre qui l'étoit, celui-ci n'étoit pas obligé d'accepter le défi. Voilà pourquoi il étoit néceſſaire qu'Edgar déguiſé apprît au bâtard, qu'il étoit Chevalier.

Mais

Mais puifque ton œil fi fier & martial annonce de la naiffance , je veux bien méprifer & fouler aux pieds une formalité, que prefcrivent ma fûreté & la délicateffe des loix de la Chevalerie. — Je repouffe & renvoie fur ta tête cette accufation de trahifon. Ton fang verfé par mon épée, va expier ton menfonge infernal. — Déjà nos glaives brillent & fe froiffent légèrement. — Sonnez, trompetes.

(*Ils fe battent ; Edmond tombe.*)

GONERILL,

O fauvez-le, fauvez-le! C'eft un complot. Glocef-ter, par les loix de la guerre, tu n'étois pas obligé de répondre à un adverfaire inconnu; tu n'es pas vaincu; tu es déçu, tu es indignement trompé.

LE DUC.

Femme, n'ouvrez pas la bouche, ou je vous la ferme avec ce papier. Vois , la plus méchante des créatures; lis tes horreurs ;—Ne le déchire pas.(*Gonérill eft émue.*) Je vois que tu le reconnois.

GONERILL.

Eh bien , quand je le reconnoîtrois ; les loix font à moi, & non pas à toi. Qui a le droit de m'accufer?

LE DUC.

Monftre! connois tu cet écrit?

Tome V. G g

GONERILL.

Ne me demande pas ce que je connois. (*Elle fort furieufe.*)

LE DUC.

Suivez-la ; elle eft dans le défefpoir de la rage ; veillez fur elle.

SCÈNE X.

LES MÊMES.

EDMOND, *aux autres.*

Tout ce que vous m'avez imputé, je l'ai fait ; & plus encore. — Le temps dévoilera tout à la lumière. — Ce font des chofes paffées..... & moi auffi ! (*A Edgar.*) — Mais qui es-tu, toi ; à qui la fortune accorde cet avantage fur moi? Si tu es noble, je te pardonne.

EDGAR.

Je ne veux pas être moins généreux que toi. Mon fang n'eft pas moins illuftre que le tien, Edmond ; & s'il l'eft davantage, ton injuftice n'en fut que plus grande. Mon nom eft Edgar : je fuis le fils de ton père. Les Dieux font juftes, ils font de nos vices chéris la verge dont ils nous châtient ; le crime ténébreux qui te donna le jour, a coûté les yeux à ton malheureux père.

EDMOND.

Tu as dit la vérité; je la reconnois; la roue du fort a achevé fon tour, & me voici!

L·E DUC, *à* EDGAR.

Je l'avois bien jugé, que votre extérieur annonçoit un fang Royal. — Que je vous embraffe. Oh! que le chagrin brife mon cœur, fi je vous ai jamais haïs, vous & votre père.

EDGAR.

Digne Prince, je le fais.

LE DUC.

Où vous êtes-vous caché? Comment avez vous connu les malheurs de votre père?

EDGAR.

En le fecourant, Seigneur. Écoutez un court récit; & quand j'aurai fini. .... puiffe la douleur trancher mes jours! — Pour échapper à la fanglante profcription qui menaçoit ma tête de fi près, (ô amour de la vie; eft-il poffible que nous confentions à fupporter à chaque inftant toutes les angoiffes de la mort, plutôt que de mourir une fois!) je me fuis avifé de me dé-

G g ij

guifer fous les haillons d'un mendiant, & j'ai paru fous l'extérieur le plus abject. C'eft dans ce travef-tiffement que j'ai rencontré mon père ; fes plaies fai-gnoient encore ; fes précieufes prunelles venoient d'être inhumainement arrachées. Je fuis devenu fon guide. J'ai mendié pour lui. J'ai tant fait que je l'ai fauvé du défefpoir. Jamais, & j'ai eu tort ! je ne me fuis découvert à lui. Ce n'eft que depuis une demi-heure qu'il me connoît, lorfque je me fuis armé, non pas dans la certitude, mais dans l'efpé-rance de cette victoire. Je lui ai demandé fa béné-diction ; & depuis le commencement jufqu'à la fin, je lui ai raconté ma vie errante. Mais hélas ! fon cœur étoit trop foible, pour fupporter les tranfports con-traires de la trifteffe & de la joie ; preffé entre le choc de ces deux paffions extrêmes, & gonflé de chagrins, fon cœur s'eft rompu ; il a expiré le fourire fur les levres.

EDMOND.

Votre récit m'a touché ; & peut-être produira-t-il quelque bien ; parlez encore. Vous avez l'air d'a-voir quelque chofe de plus à nous apprendre.

LE DUC, *à Edgar.*

Ah ! fi vous avez encore quelque récit plus déchi-rant que le premier, arrêtez : pour avoir entendu celui-ci, je me fens déjà près de mourir.

EDGAR.

J'en ai dit (†) affez, pour qu'on me crût au comble des maux. Mais il eft des hommes, qui aiment à voir croître les douleurs d'autrui, qui ne fe raffafient point de malheurs, & qui veulent qu'on en ajoute, juf-qu'à ce qu'ils voient le fond de l'abîme de la mifère humaine. — Comme j'exhalois ma douleur par des cris, furvient un homme qui m'avoit vu jadis dans mon état de mifère & d'opprobre, & qui fuyoit alors mon odieufe fociété : mais depuis venant à reconnoî-tre quel étoit celui qui avoit fupporté ces horreurs, il s'élance à mon cou, me ferre dans fes bras, & pouffe des heurlemens à ébranler la voûte des cieux : puis il fe précipite fur le corps de mon père, & me raconte de Léar & de lui-même la plus tragique hiftoire que jamais l'oreille de l'homme ait entendue. Sa dou-leur croiffoit avec fon récit, au point que les refforts de la vie commencoient à fe brifer .... — La trompette a fonné pour la feconde fois. Je l'ai laiffé dans cet état d'angoiffes, entre la vie & la mort.

(†) Ceci répond aux deux caractères oppofés du bâtard & du Duc d'Albanie. Le premier defire apprendre encore plus de malheurs, & l'autre a dit qu'il en avoit affez entendu. L'un eft honnête & vertueux, d'une ame fenfible & ouverte à la pitié. L'autre eft vicieux & méchant, & conféquemment d'un cœur dur & infenfible.

LE DUC.

Eh, qui étoit cet homme ?

EDGAR.

Kent, Seigneur ; le brave Kent, Kent profcrit, &
qui, déguifé, avoit fuivi les pas du Roi fon ennemi,
& s'étoit foumis auprès de lui à un fervice, qu'un efclave eût dédaigné.

SCÈNE XI.

LES MÊMES, UN OFFICIER.

LE GENTILHOMME, *un poignard*
fanglant à la main.

Au fecours, au fecours.

EDGAR.

Et de qui ?

LE DUC.

Ami, parle.

EDGAR.

Que veut dire ce poignard fanglant ?

LE GENTILHOMME,

Il eſt chaud encore ; il eſt fumant ; il ſort du cœur...... Ah , elle eſt morte.

LE DUC.

Qui ? morte ? parle ?

LE GENTILHOMME.

Votre épouſe , Seigneur , votre épouſe ; & Régane , ſa ſœur , vient auſſi d'expirer empoiſonnée par elle. Cet aveu , je l'ai entendu de la propre bouche de Gonerill.

EDMOND.

J'étois engagé à l'une & à l'autre ; maintenant nous voilà mariés tous trois !

EDGAR.

J'apperçois le Comte de Kent.

LE DUC.

Qu'on apporte leurs corps , vivans ou morts. (*On apporte les corps de Gonerill & de Régane.*) Ce jugement du Ciel nous épouvante , mais ſans nous inſpirer aucun ſentiment de pitié. — (*Voyant le Comte de Kent.*) Oh ! eſt-ce là lui ? (*A Kent.*) Les circonſtances ne permettent pas les formalités d'uſage...

LE COMTE.

Seigneur, je viens faire mes derniers adieux à mon Roi : n'eft-il point ici ?

LE DUC.

Oh ! le plus important a été oublié de nous : parle, Edmond, où eft le Roi, où eft Cordélia? (*à Kent.*) — Vois-tu ce fpectacle, Comte ?

(*Il lui montre Régane & Gonerill.*)

LE COMTE.

Hélas ! Et la caufe ?

EDMOND.

Eh bien ! c'eft qu'Edmond étoit aimé. L'une a empoifonné l'autre par amour pour moi, & s'eft poignardée après.

LE DUC.

C'eft la vérité. — Couvrez leurs vifages.

EDMOND.

Je regrette la vie. En dépit de ma propre (†) nature, je veux faire le bien une fois. Envoyez prompte-

(†) Edmond ne dit point nommément *de ma fcélérateffe innée.* Jamais les méchans de Shakefpéar ne s'appellent eux-mêmes des

ment

ment ; ne perdez pas un inftant : envoyez au Château ; un billet écrit par moi , va caufer la mort de
Léar & de Cordélia : preffez les momens.

LE DUC.

Courez , courez , courez : hâtez-vous.

EDGAR.

Et à qui s'adreffer ? Qui as-tu chargé de la commiffion ? Envoie-lui donc quelque figne , que l'ordre
eft révoqué.

EDMOND.

Bien penfé. (*Au Meffager.*) Prends mon épée ; re-
mets-la au Capitaine.

EDGAR, (*au Meffager.*)

Sur ta vie , hâte-toi.

EDMOND.

Il eft chargé par ton époufe & par moi d'étrangler
Cordélia dans la prifon , & d'accufer de fa mort fon
propre défefpoir.

---

fcélérats , & n'annoncent aux Spectateurs qu'ils ont fait, ou qu'ils
vont faire *un crime.* Ces fortes d'aveux font maladroits, répugnent
à l'homme & infpirent du dégoût pour le perfonnage qui dit
tout cruement, tout froidement , qu'il eft un fcélérat. Jamais
méchant ne dit rien de femblable.

Tome V. H h

LE DUC.

Que les dieux la fauvent ! —Tranfportez-le.
(*On emporte Edmond expirant.*)

SCÈNE XII.

LES MÊMES, LÉAR *tenant Cordélia morte dans fes bras , & pouffant des cris.*

LÉAR.

Hélas , hélas , hélas ! Vos cœurs font-ils de marbre , & vos yeux de fer ? Si j'avois vos voix , je briferois de mes cris la voûte du firmament. Je l'ai perdue pour jamais !—Oh , je fai diftinguer , fi un homme eft vivant , ou s'il eft mort.—Elle eft infenfible , comme la terre.—Donnez-moi un miroir : ah , fi fon haleine en ternit la furface , elle vit encore.

LE COMTE.

Étoit-ce là l'iffue promife à notre efpoir ?

LÉAR , *paffant une plume près des levres de Cordélia.*

Cette plume s'agite ; ah ! elle vit. — Oh , fi elle vit, ce bonheur expie tous les chagrins que j'ai jamais fentis !

LE COMTE, *à genoux.*

O mon bon Maître!

LÉAR.

Éloigne-toi, je te prie.

EDGAR.

C'eſt le noble Kent, votre ami.

LÉAR.

Malédiction ſur vous ; vous êtes tous des traîtres ; des aſſaſſins. Je l'aurois pu ſauver ; maintenant elle eſt perdue pour moi, pour jamais.—Cordélia, Cordélia ; attends un moment. — Ha, que dis-tu ? — Sa voix étoit ſi douce, ſi gracieuſe, ſi modeſte : toutes les qualités d'une femme accomplie, elle les poſſé-doit. —J'ai tué l'eſclave, qui t'a ôté la vie.

LE GENTILHOMME.

Cela eſt vrai, il l'a fait.

LÉAR.

N'eſt-ce pas, ami? J'ai vu le jour où je les aurois fait tomber tous ſous ma bonne épée. Je ſuis vieux à préſent, & tous ces malheurs achevent de m'accabler. (*A Kent.*) Qui êtes-vous ? Mes yeux ne ſont pas des meilleurs ; je vous le dis franchement.

H h ij

LE COMTE.

Si la fortune fe vante d'avoir épuifé fes faveurs & fa haine fur deux hommes, vous en avez un ici fous les yeux.

LÉAR.

N'êtes-vous pas le Comte de Kent ?

LE COMTE.

Oui, Seigneur, votre fidèle Kent. Où eft votre ferviteur Caius ?

LÉAR.

Oh, c'étoit un digne enfant, je peux vous l'affurer; il favoit défendre fon Maître, & frapper un coup bien prefte : oui, il eft mort, & en pouffière fous la terre.

LE COMTE.

Non, mon bon Maître. C'eft moi-même.

LÉAR.

Je vais m'en affurer tout-à-l'heure.

LE COMTE.

C'eft moi, qui, depuis le commencement de vos malheurs, ai fuivi vos triftes pas.

LÉAR.

Soyez donc le bien venu.

LE COMTE.

Ce n'étoit pas un autre que moi. — Tout eft ici dans le deuil & la défolation : tout préfente l'image de la mort ; vos filles aînées fe font détruites elles-mêmes ; elles font mortes dans le défefpoir.

LÉAR.

Oui , je le crois.

LE DUC.

Il ne fait pas bien ce qu'il dit , & c'eft en vain que nous nous offrons à fes yeux.

EDGAR.

Oh , très-inutilement.

UN MESSAGER.

Seigneur , Edmond eft mort.

LE DUC.

Bagatelle. (†) (*A Edgar & au Comte de Kent.*) Vous , Seigneurs , dignes amis , écoutez nos intentions. Tout ce qui fera en notre pouvoir pour réparer ce grand défaftre , nous le ferons. Tant que

---

(†) Cette réponfe ne contredit point la fenfibilité du Duc d'Albanie. Il regarde le fort d'Edmond comme un châtiment de la Juftice fuprême , & il fent peu de pitié pour lui : cette pitié feroit une injure pour la vertu & un reproche contre la Providence.

vivra le vieux Roi, je lui remettrai l'abſolu pouvoir. Vous, Edgar, je vous rends tous vos droits, & j'y ajouterai les graces & les honneurs nouveaux, que vous avez plus que mérités. Tous nos amis recevront la récompenſe de leurs vertus ; & nos ennemis boiront la coupe amère qui eſt due à leur méchanceté.

(*On apporte auſſi le corps du Fol qui eſt mort.*)

LÉAR.

O ! vois, vois, mon pauvre ſerviteur auſſi étranglé : plus de vie. Quoi ! le plus vil reptile de nos foyers goûte la vie, & toi, tu ne vivras plus ; tu ne viendras plus jamais, jamais, jamais...—Défaites ce nœud (†), de grace.—Je vous remercie.—Voyez-le. (*A ſa fille.*) Voyez-la : voyez ſes levres, regardez, regardez. (*Il ſuccombe d'aliénation, de douleur & dépuiſement ſur le corps de ſa fille.*)

EDGAR.

Il s'évanouit.

LE COMTE.

Briſe-toi, ô mon cœur ; je t'en conjure, finis ma vie.

[†] Cette circonſtance exprime heureuſement les violentes pulſations de ſon cœur gonflé. *Steevens.*

EDGAR à LÉAR.

Seigneur, ouvrez les yeux.

LE COMTE.

Ah, ne troublez pas fon ombre, laiffez-le mourir en paix; c'eft le haïr, que de vouloir le tenir plus long-temps fur la roue cruelle de la vie.

EDGAR.

En effet, il eft éteint.

LE COMTE.

Je m'étonne qu'il ait pu fouffrir fi long-temps. Il ne faifoit plus qu'ufurper la vie; chaque jour qu'il vivoit encore, il le voloit à la mort.

LE DUC.

Emportez ces corps de ces lieux : le malheur commun eft l'objet qui réclame mes foins. (*A Edgar & à Kent.*) Vous, amis de mon cœur (†), réglez tous deux ces Etats, & foyez les Reftaurateurs de ce Royaume enfanglanté.

LE COMTE.

J'ai un voyage à faire dans peu, Seigneur; mon maître m'appelle; je ne puis refufer de le fuivre.

(*a*) Phrafe efpagnole. *Amigo de mi alma.*

(†) Les Editeurs modernes font mourir ainfi Kent après ce difcours, qui paroît être l'explofion de fon défefpoir.

LE DUC.

Il faut céder , malgré nous , à la néceffité de ces temps défaftreux. Epanchons les fentimens de notre cœur , fans nous permettre ni murmure , ni réfle-xions amères (†). Le plus vieux de nous étoit celui qui a le plus fouffert. Nous qui fommes jeunes, nous ne verrons jamais tant de maux , ni tant de jours !

(*Ils fortent au fon d'une mufique funèbre.*)

(†) Difons ce que nous fentons, & non ce que nous devrions dire , c. à. d. fans accufer les dieux.

F I N.

NOTES.

NOTES.

ACTE PREMIER.

Scène II, page 12.

(*) « LE barbare Scythe ou le Sauvage, qui, pour affouvir fa
» faim, dévore les enfans qu'il a engendrés, trouvera dans mon fein
» autant d'amitié, de pitié, que toi, jadis ma Fille. »

Scène VIII, page 35.

(1) Dans la tempête, c'eſt le penchant qu'ont les voyageurs à
mentir, qui eſt l'objet de la fatyre du Poëte. Dans la piéce inti-
tulée : *Comme il vous plaira*, c'eſt l'humeur fantaſque des Courtiſans. Dans celle de Léar, ce font les rêveries de l'Aſtrologie Judiciaire. J'imagine que ſi l'on faifoit bien attention à l'époque où
cette piéce fut compofée, on trouveroit dans l'Hiſtoire un fait quel-
conque arrivé dans le tems, qui aura donné plus de vogue à cette
fuperſtition ; c'eſt du moins ce que femble infinuer cette phrafe.
*Je rêvois, mon frère, à une prédiction que j'ai lue l'autre jour,
& qui devoit s'accomplir après les dernières éclipfes.* Quoi qu'il en
foit, cette fuperſtition impie, qui avoit fi peu de fondement, foit
dans la nature, foit dans la raifon, dont l'origine étoit fi dé-
teſtable, & l'influence fi fatale fur les mœurs du peuple, méritoit bien affurément les traits les plus pénétrans de la fatyre.
C'étoit un principe fondamental de cette vaine ſcience, que
malgré toutes les fémences des bonnes difpofitions dont un Enfant, encore dans le fein de fa mère, pouvoit être doué, foit
par la nature, foit par fes parens, s'il arrivoit que le moment de
fa naiſſance tombât fous l'influence prédominante d'une conf-

tellation maligne ; cette influence momentanée changeoit tout-
à-coup sa nature, & le tournoit vers des inclinations & des penchans tout-à-fait contraires. C'est aux Italiens que nous devons
cette doctrine impie, aussi bien que la plûpart des crimes barbares & des folies de ces derniers siécles ; & ce furent eux qui
fomentèrent cette superstition naissante, & qui la portèrent au
comble de l'extravagance. Petrus Aponensis, Médecin Italien du
douzième siécle, ose assurer que les prières qu'on faisoit à Dieu,
lorsque la Lune étoit en conjonction avec Jupiter dans la queue
du Dragon, étoient infailliblement exaucées. Après lui Cardan,
avec toute l'impudence & l'impiété d'un athée & d'un fou, exa-
mina la date de la naissance de J. C. & trouva, par le nombreux
& illustre concours d'étoiles qui dominèrent sa naissance, qu'il
devoit nécessairement avoir la réputation & le succès qu'il a eus,
& devenir le fondateur d'une Religion, qui se répandroit dans
l'Univers, & dureroit plusieurs siécles. Le grand Milton a fait
éclater son indignation contre cette impiété dans de très-beaux
vers de son Paradis reconquis, où il a mis toutes ces rêveries
dans la bouche du Démon parlant à J. C. *Voyez Liv.* 4. v. 382.
Le licencieux Rabelais lui-même ne put s'empêcher de tourner
en ridicule cette chimère impie. Il le fait de la manière la plus
ingénieuse & la plus gaie, lorsque, dans la Fable d'Esope qu'il
raconte si agréablement, d'un homme qui s'adresse à Jupiter
pour retrouver la cognée qu'il a perdue, il fait de ceux qui,
encouragés par le succès de ce pauvre Bucheron, avoient conçu
le projet de faire à Jupiter la même prière, une espèce d'Athées
Astrologues, qui attribuent la bonne fortune, qu'ils s'imaginent
être sur le point de partager, à l'influence de quelque rare & mer-
veilleux aspect des étoiles. « Heu, heu, disent-ils ! — Hé donc,
» telle est au tems présent la révolution des Cieux, la constellation
» des Astres & aspect des Planètes, que quiconque cognée per-
» dra, soudain deviendra ainsi riche. *Nouv. Prol. du* 4ᵉ *Liv.* »

Pour revenir à Shakeſpéar, il étoit de l'honnêteté de notre Poëte de combattre cette erreur extravagante; mais c'étoit une matière délicate. De ſon tems on avoit une ſorte de reſpect religieux pour cette vaine chimère. Auſſi, au lieu de la heurter de front, il a lancé des traits détournés; & les circonſtances particulières au ſujet qu'il traitoit, le ſervoient avantageuſement. Les perſonnages de ſa piece étoient tous Payens; enſorte que, ſi par condeſcendance pour la coutume, ſes perſonnages vertueux ne devoient pas mal parler de l'Aſtrologie Judiciaire, ils pouvoient du moins, à cauſe de leur Religion, n'y donner aucune croyance. Mais, pour donner plus de liberté & de vigueur à ſa cenſure, il a eu l'adreſſe de faire de ces Payens des fataliſtes, comme on le voit dans ces vers du Roi Léar:

> Par toutes les opérations & les influences des ſphères,
> Par leſquelles nous ſommes ou ceſſons d'être.

Car la doctrine du fataliſme eſt le vrai fondement de l'Aſtrologie Judiciaire. Ainſi, après l'avoir en quelque ſorte décréditée par les éloges mêmes qu'il lui donna d'abord, il peut enſuite ſans danger lancer contre elle les traits d'une Satyre directe, lorſqu'il met ces traits (comme il y étoit obligé, pour ne pas bleſſer la coutume, & pour ſuivre la nature) dans la bouche d'un ſcélérat & d'un athée. *Warburton.*

Scène *XVII, page 70.*

(*) *Le Fol.* Si le cerveau d'un homme étoit à ſes talons, ne ſeroit il pas en danger d'avoir des engelures?

Léar. Oui, mon enfant.

Le Fol. En ce cas, je t'en prie, conſole-toi; ton eſprit ne manquera pas de chauſſure.

Léar, riant. Ha, ba, ha.

(*) *Ibidem. Le Fol.* Tu verras que ton autre fille t'accueillera avec bonté : car quoiqu'elle reffemble autant à celle-ci, qu'une pomme fauvage reffemble à une pomme cultivée , cependant je puis te dire... ce que je puis dire.

Léar. Hé, que peux-tu dire, mon enfant ?

Le Fol. Elle aura le même goût que celle-ci, autant qu'une pomme reffemble à une autre pomme. — Pourrois-tu dire pourquoi le nez eft placé au milieu du vifage ?

Léar. Non.

Le Fol. Bon ; c'eft afin d'avoir un œil de chaque côté du nez ; afin qu'un homme puiffe juger par les yeux de ce dont il ne peut juger par l'odorat.

(*) *Ibidem. Léar.* Mes chevaux font-ils prêts ?

Le Fol. Tes ânes font après. — La raifon pourquoi les fept étoiles ne font jamais plus de fept ?

Léar. C'eft parce qu'elles ne font pas huit.

Le Fol. A merveille. — Oh, tu ferois un excellent fol !

(*) Si quelque jeune Fille rit de mon départ, je m'en vengerai ou je ne pourrai.

Acte II.

Scène *V I*, page 88.

(*) C'eft un Tailleur (†) qui t'a fait.

(†) L'état de Tailleur eft vil en Angleterre , & c'eft une injure populaire.

Le Duc de Cornouailles. Voilà un plaisant drole ; un Tail-leur faire un homme !

Le Comte de Kent. Oui , Seigneur , un Tailleur· Car un Sta-tuaire ou un Peintre ne l'auroient jamais si mal tourné , n'eus-sent-ils mis que deux heures à l'ouvrage.

Scène IX.

(*) *Le Fol.* Tous ceux qui suivent leur nez, sont guidés par leurs yeux, excepté les aveugles : de vingt nez, il n'y en a pas un seul qui ait l'esprit de sentir & de distinguer d'où part l'odeur infecte.

Scène IX, page 103.

(*) Noncle , crie à ton cœur ce que ce Badaut disoit aux Anguilles, quand il les mettoit toutes vivantes en pâté : il leur coupoit la crête avec son coûteau , & leur crioit : *en bas fré-tillardes.* Cet homme étoit le frère de celui qui aimoit si fort son cheval , qu'il lui mettoit du beure dans son foin.

Scène XIII, page 117.

(1) *These wrinkled creatures* : d'autres lisent *These wicked créatures. Ces méchantes créatures.* — Shakespéar est quelque-fois un écrivain incorrect ; mais il faut distinguer : il y a deux sortes d'incorrection de stile. L'une est une incohérence de ter-mes assemblés l'un avec l'autre ; l'autre une construction de phrase qui blesse la syntaxe & les règles de la langue. Shakespéar tombe rarement dans la première : la seconde est chez lui un défaut plus ordinaire ; & cela ne pouvoit guère être autrement. Ses idées étoient claires , & jamais Poëte n'a mieux su discerner si deux termes pouvoient aller ensemble , ou si leur assemblage étoit cho-

quant ; ainſi ſes expreſſions ſont ordinairement très-bien aſſorties.
Il n'y a qu'un jugement nébuleux & l'obſcurité des idées qui
aſſocient enſemble des mots diſparates pris de métaphores contraires & ſans ſuite ni rapport : car les termes ne ſont que la
peinture, que les images des idées ; & celui qui a l'eſprit net,
n'emploiera jamais des couleurs ſans accord. Il n'en eſt pas de
même de la ſeconde eſpèce d'incorrection. Shakeſpéar, qui tenoit tout de la nature , & qui étoit entraîné par une forte &
vive attention à ſes idées, ſe négligeoit davantage ſur la conf-
truction grammaticale & l'arrangement des mots. La conſéquence
de cette remarque eſt que, toutes les fois qu'on trouve des fautes groſſières dans le rapport des termes les uns avec les autres,
on peut aſſurer avec confiance que le texte a été corrompu par les
Editeurs ; au lieu que les fautes contre la ſyntaxe appartiennent
en général au Poëte.

Acte III.

Scène II, page 128.

(*) Celui, qui a une maiſon pour y mettre ſa tête à l'abri, a une
bonne couverture. Celui qui voudra ſe gîter avant de pourvoir
ſa tête, perdra ſa tête & lui. Auſſi les gueux épouſent-ils plu-
ſieurs femmes. L'homme qui fait de ſon orteil ce qu'il devroit
faire de ſon cœur, aura des cors, & changera ſon ſommeil en
inſomnie douloureuſe. — Il n'y eut jamais de belle femme qui
ne fît des grimaces en buvant dans ſon verre.

Scène III, page 131.

(*) Attendez , j'ai une Prophétie ou deux à débiter : après
je vous ſuis.

Quand nos Prêtres diront plus de mots que de choſes :
quand le Cabaretier mêlera l'eau à ſon vin :

quand les Nobles enfeigneront les modes à leurs Tailleurs :
quand , au lieu d'hérétiques, on brûlera les amans des filias
    de joie :
alors ceux qui vivront affez pour voir ce temps,
verront l'ufage d'aller à pied.
Quand les Juges rendront la juftice :
quand l'Ecuyer n'empruntera plus ; qu'il n'y aura plus de
    Chevaliers pauvres :
quand les langues médifantes ne vivront plus de calomnie :
quand les coupeurs de bourfe ne fe mêleront plus à la foule :
quand l'ufurier révélera l'endroit où repofe fon tréfor :
quand le libertin bâtira des Temples :
alors le royaume d'Albion fera menacé de la ruine.
Un jour Merlin fera cette prédiction ; car fongez-y-bien,
    moi j'exifte avant ce temps.

Scène **V I I** *, page* 141.

(*) *Hé bien , Dauphin , mon Enfant , allons , laiffe-le paffer.*
Paffage d'une très-antique ballade , faite fur une certaine bataille, pendant laquelle le Roi ne voulut pas mettre à l'épreuve
la valeur de fon fils. A la fin il permit qu'on attachât à un arbre un cadavre contre lequel il pût effayer fa valeur. Les mots
qu'emploie ici Shakefpéar , font ceux qu'on fuppofe que le Roi
adreffoit à fon fils, à chaque guerrier qui paffoit. *Steevens.*

(1) *Page* 142. S. Withold , probablement S.Vitalis , étoit invo-
qué comme un faint protecteur contre le cochemart. Ce couplet
renferme les formules magiques, par lefquelles le peuple croyoit
le conjurer.

    La dernière eft la formule d'exécration ou l'apoftrophe qu'adref-
oit celui qui prononçoit cette formule à la forcière , *pars fur le*
hamp. Les Bohémiens, les Fous & autres Vagabonds étoient dans
ufage de vendre au peuple ces formules ou charmes ; & ils en

avoient de différentes efpèces pour les différentes efpèces de maladies, & invoquoient des Saints ou Patrons différens. Nous trouvons un autre couplet de cette efpèce dans Thomas Fletcher.

Trois fois Saint Withold traverfa la campagne,
Trois fois il trouva l'Incube & fa compagne ;
Defcends, dit-il, & jure moi ta foi :
Eloigne-toi, dit-il, Sorcière, éloigne-toi.

Saint George, Saint George, Chevalier de Notre-Dame,
Marche le jour, marche la nuit.
Et quand il a trouvé l'incube,
Il a bat, il l'enchaîne,
Jufqu'à ce qu'elle lui jure fa foi,
Qu'elle ne le quittera pas cette nuit.

Warburton.

Scène *VIII.*

(*) *Ibid. page* 143. Des fouris & des rats & femblable fretin,
A Tom, depuis fept ans, ont tenu lieu de pain.
Garde-toi du noir Efprit qui me pourfuit :
Laiffe-moi, Smulkin, laiffe-moi, noir Efprit.

[*] (Ibid. page 147.) *Edgar.* L'*Infant Rolland* vint dans une tour *ténébreufe : il ne ceffoit de dire* : fi, fi, quelle odeur m'a frappé ; c'eft le fang d'un Anglois. Dans les premiers tems de la Chevalerie, les jeunes nobles qui afpiroient au rang de Chevaliers, étoient appellés pendant leur noviciat, Infants, Valets, Damoifeaux, Bacheliers. Le nom d'*Infant* étoit furtout affecté aux jeunes gens de la première qualité. On fait ici allufion à quelque hiftoire, irée d'une ancienne balade du fameux Roland, pourfendeur de Géans, dans le tems de fa jeuneffe, & avant qu'il fût créé Chevalier.

Scène *X*, page 151.

(*) *Edgar.* Viens Beffy au travers des genêts vers moi.

Le Fol.

Le Fol. Son bateau a une voie d'eau ; & elle ne doit pas te dire pourquoi elle n'ofe venir à toi.

Edgar. L'affreux démon obsède l'oreille du pauvre Tom, avec une voix de roſſignol. Hopdance, du fond de mon eſtomac, me demande à grands cris deux harengs blancs. Ne croaſſe plus, noir Génie, je n'ai point de nourriture pour toi.

(*) (*Ibid.* pag 152.) *Edgar.* Procédons avec juſtice. [*Il chante.*]

Dors-tu & veilles-tu, gentil berger : tes moutons font dans le bled ; & pour un air que tu joueras fur ton chalumeau, ton troupeau ne s'en trouvera pas plus mal.

(*) *Page* 153. *Léar.* Les petits chiens & toute la meute (†), *Tray, Blanch, Sweet-heart :* vois, comme ils aboient après moi.

Edgar. Tom va leur jetter fa tête. Arriere, mâtin ;
  Que ta gueule foit noire ou blanche,
  Que ta dent empoifonne ce qu'elle mord,
  Mâtin, levrier, métis,
  Epagneul, braque, courte-queué, queue ronde.
  Tom les fera pleurer & fe plaindre ;
  Car, en leur jettant ainſi ma tête,
  Les chiens font un faut, & s'enfuient,
  Ho, ho, ho, Seſſey (*a*), viens aux foires, aux marchés,
  Pauvre Tom, ta corne (*b*) eſt féche.

A c t e I V.

Scène I, page 167.

(1) L'homme eſt tellement captivé par les plaiſirs de ce monde,

(†) Noms de Chiens.
(*a*) C'eſt peut-être le nom de quelque mauvais Génie.
(*b*) Ceux qui, fous l'apparence d'infenfés ou de poſſédés, mendioient, portoient une corne dont ils fonnoient par les rues. *Johnſon.*

que fans les maux fucceffifs qui vont toujours cioiffant, & qui l'accablent à mefure qu'il avance dans fa carrière, nous ne voudrions jamais nous foumettre à la mort, malgré les infirmités de la vieilleffe, qui nous montrent le tombeau comme l'afyle du repos. D'ailleurs une profpérité continue qui entretiendroit l'ame dans un état de calme & de bien-être, conferveroit en général le corps dans un état de vigueur, qui le rendroit capable de réfifter aux injures des ans. Ces deux raifons expliquent ce paffage obfcur dans l'original. Combien les plaifirs du corps aveuglent & corrompent le jugement de l'ame : combien le défordre & les chagrins de l'ame minent & détruifent fa conftitution phyfique : c'eft ce qu'aucun mortel n'ignore; & Shakefpéar femble avoir en vue la même penfée, lorfqu'à la fin de la piece, il fait dire au Duc d'Albanie : *le plus vieux de nous eft celui qui a le plus fouffert ; nous qui fommes jeunes, nous ne verrons jamais tant de maux & tant de jours.* Pourquoi ? parce que les malheurs domeftiques & ceux qu'entraînent les troubles de la guerre civile, n'ont affligé Léar, Kent, &c. que dans leur vieilleffe, au lieu que le Duc & Edgar, qui font encore dans la jeuneffe, en feront tellement affectés, que leur vie s'en reffentira & en fera abrégée.   *Warburton.*

Scène I I.

(2) P.172. Shakefpéar a fait paffer, fous la feinte folie d'Edgar, de fréquentes allufions à l'impofture de quelques Jéfuites Anglois de fon tems, qui faifoient alors du bruit en Angleterre. Il parut, en 1603, par ordre du Gouvernement, un Ouvrage rigoureux du Docteur Harfenet, enfuite Archevêque d'York, intitulé : *A Declaration of Egregious Popish impofture,* pour débaucher les Sujets du Roi de l'obéiffance qu'ils lui doivent, fous prétexte de chaffer les Démons, pratiquée par Edmond, autrement Wef-

ton, Jéfuite, & autres Prêtres, fes déteftables complices. Voici
quelle étoit l'impofture dont on les accufoit. Lorfque les Efpa-
gnols préparoient leur flotte, appellée *l'Invincible armada*, contre l'Angleterre, les Jéfuites travailloient fourdement à Londres
à leur procurer des Sujets. Un des moyens qu'ils employoie n
étoit d'exorcifer les prétendus démoniaques; artifice qui leur
réuffit dans le bas peuple, dont ils en débauchèrent une foule.
Le lieu principal de la fcène de cette farce étoit dans la famille
d'un Edmond Peckam, Catholique, où Marwood, domeftique
d'Antoine Babington, qui, quelque tems après, fut exécuté
pour crime de trahifon; Trayford, homme attaché à M. Peckam, Sara & Frifwood Williams, & Anne Smit, trois femmes
de chambre de cette famille, étoient fuppofées poffédées du
démon, & s'étoient mifes dans les mains des Prêtres pour être
guéries; mais le régime des Prêtres fut fi long & fi rigoureux,
& les Prêtres fi vains de leur fuccès qui les aveugla, que le complot fut découvert par l'aveu des parties intéreffées, & fes auteurs reçurent la punition qu'ils méritoient. Les cinq démons
nommés par Edgar, font les noms de cinq de ceux qu'on avoit
mis en jeu dans cette farce fur les femmes de chambre; & en général les fobriquets dont on les qualifioit étoient fi ridicules, que
Harfenet en a fait un chapitre exprès intitulé : *Des noms étranges de leurs démons;* « afin, dit-il, qu'en les rencontrant ailleurs,
» on n'aille pas les prendre pour dès noms de charlatans ou d'ef-
» camoteurs. »

Warburton.

A c t e V.

Dès que Cordélia eut appris l'arrivée de fon père & fon déplorable état, par le meffager qui lui en apportoit la nouvelle
elle verfa des larmes de tendreffe & de piété filiale; & ne voulant pas que fon père parût à fes yeux, ni devant les autres dans

cet état de misère & d'abandon , que le meſſager lui avoit peint
elle charge en ſecret un de ſes plus fidèles agens de l'aller prendre , & de le conduire dans quelque port de mer voiſin , de l'ha-
biller d'une manière décente , de lui faire prendre les bains , &
tous les ſecours néceſſaires, & de lui donner pour le ſervir le
nombre de domeſtiques qu'exigeoit ſon rang ; après quoi le Roi
Léar annonceroit lui-même par un courier , ſon arrivée à ſon
mari Aganippus. Lorſque le courier arriva, Cordélia, avec le
Roi, ſon époux, alla au-devant de ſon père , ſuivie de la nobleſſe
de ſon Royaume; & Aganippus, pour faire honneur au père de
ſon épouſe , lui permit de diſpoſer, pendant ſon ſéjour en France,
de toute ſon autorité , & des forces de ſes Etats. Il permit à ſon
épouſe de marcher à la tête d'une armée pour rétablir ſon père
ſur le trône , & les vœux de ſa tendreſſe furent ſi heureux ,
qu'elle remporta la victoire ſur ſes ſœurs impies & ſur leurs maris ;
& le Roi Léar, ſuivant l'hiſtoire, régna encore pendant l'eſpace
de trois ans. Lorſqu'il mourut , Cordélia lui rendit tous les honneurs funèbres , & le fit enterrer dans la ville de Leiceſtre.

Hiſtoire d'Angleterre , par Milton , Liv. 1 page 19.

Fin du Roi Léar.

HAMLET,

PRINCE

DE DANNEMARCK.

PERSONNAGES.

CLAUDIUS, *Roi de Dannemarck.*

FORTINBRAS, *Prince de Norwège.*

HAMLET, *fils de Hamlet & neveu de Claudius.*

POLONIUS, *Seigneur Chambellan.*

HORATIO, *ami de Hamlet.*

LAERTE, *fils de Polonius.*

VOLTIMAND,
CORNELIUS, *Seigneurs de la Cour de*
ROSENCRANTZ, *Dannemarck.*
GUILDENSTERN,

GERTRUDE, *mère de Hamlet, & Reine du Dannemarck.*

OPHÉLIE, *fille de Polonius, aimée de Hamlet.*

DAMES *de la suite de la Reine.*

MARCELLUS, *Officier.*

BERNARDO, *Gardes du Roi.*
FRANCISCO,

REYNOLDO, *homme de confiance de Polonius.*

L'OMBRE *du père de Hamlet.*

COMÉDIENS, FOSSOYEURS, MATELOTS, MESSAGERS, &c.

La Scène est à Elseneur.

HAMLET,
PRINCE
DE DANNEMARCK.

ACTE PREMIER.

SCÈNE PREMIÈRE.

Le Théâtre repréſente une Eſplanade devant le Palais ; ſur la gauche eſt une grande Tour avec l'Etendard du Dannemarck, déployé aux vents ; la mer eſt en face, & une jettée s'avance ſur le rivage ; la lune éclaire foiblement. ·

BERNARDO, FRANCISCO, *deux Gardes du Roi de Dannemarck.*

BERNARDO, *arrivant pour relever l'autre.*
Qui va-là?

FRANCISCO.
Non, réponds toi-même, & déclare-toi.

a ij

BERNARDO.

Vive le Roi.

FRANCISCO.

Bernardo?

BERNARDO.

Lui-même.

FRANCISCO.

Tu viens bien exactement à ton heure.

BERNARDO.

Minuit vient de sonner : va dormir, Francisco.

FRANCISCO.

Graces, de m'avoir relevé. La bise est âpre, & j'ai le cœur transi.

BERNARDO.

As-tu fait une garde paisible?

FRANCISCO.

Pas un insecte n'a remué.

BERNARDO.

Allons, bonne nuit. Si tu rencontres Horatio &

Marcellus, mes compagnons de garde, dis-leur de
hâter le pas.

FRANCISCO.

Je crois les entendre.

SCÈNE II.

FRANCISCO, HORATIO, MARCELLUS, *paroiſſent de loin.*

FRANCISCO.

Qui va-là!

HORATIO.

Amis de ce païs.

MARCELLUS.

Et Vaſſaux du Roi Danois.

FRANCISCO.

Bonne nuit à tous.

MARCELLUS.

Oh! ſalut, brave Soldat : qui t'a relevé?

FRANCISCO.

Bernardo, qui a pris mon poſte : je vous donne le
bon ſoir.　　　　　(*Franciſco ſort.*)

M A R C E L L U S, *s'avançant.*

Hola, Bernardo?

B E R N A R D O.

Réponds, ... N'eft-ce pas Horatio?

H O R A T I O, *lui donnant la main.*

En voilà la main.

B E R N A R D O.

Sois le bien venu, Horatio. Salut, honnête Marcellus.

M A R C E L L U S.

Hé bien, cette vifion a-t-elle encore reparu cette nuit?

B E R N A R D O.

Je n'ai rien vu.

M A R C E L L U S.

Horatio prétend, que ce n'eft qu'une erreur de notre imagination; & il ne veut abfolument accorder aucune foi à la réalité de ce fpectre effrayant, que nous avons vu par deux fois. Auffi je l'ai, à force d'inftances, engagé à venir avec nous, voir paffer les heures de cette nuit, afin que fi cette apparition revient encore, il puiffe rendre juftice à nos yeux, & lui parler.

H O R A T I O.

Fable, fable; il ne paroîtra pas.

BERNARDO.

Affeyons-nous un moment ; nous voulons livrer encore un affaut à ton oreille, qui fe montre incrédule & rebelle à notre récit. (*Il commence fon récit.*) — Ce que nous avons vu deux nuits de fuite.....

HORATIO.

Allons, volontiers, affeyons-nous, & écoutons Bernardo raconter cette vifion.

(*Ici ils s'affeyent en cercle, leurs armes à côté d'eux ; la Lune éclaire foiblement.*)

BERNARDO.

La dernière de toutes ces nuits, à l'heure où cette même étoile que voilà là-bas, (*il la montre*) qui luit à l'occident du Pôle, avoit décrit fon tour & illuminoit cette partie du Ciel où elle étincelle en ce moment, Marcellus & moi, l'horloge fonnant alors une.....

(*Le Spectre paroît au fond de l'Efplanade; il eft armé de toutes pieces ; à fa jambe gauche il traîne une chaîne, dans fa main droite il porte le bâton de commandement ; la vifière de fon cafque eft levée; fa chevelure eft grife, & fes traits démontrent la douleur....*) (*Ils fe levent tous effrayés.*)

MARCELLUS.

Paix; n'acheve pas. Regarde; le voilà qui revient!

BERNARDO.

Sous une figure toute femblable au Roi qui eſt mort!

MARCELLUS.

Tu es un homme de ſavoir : parle-lui, Horatio.

BERNARDO.

Ne reſſemble-t-il pas au Roi? Obſerve-le, Horatio.

HORATIO.

Parfaitement ſemblable. Il me glace de peur &
d'étonnement.

BERNARDO.

Il ſemble attendre qu'on lui parle.

MARCELLUS.

Parle-lui, Horatio.

HORATIO.

Qui es-tu, toi qui uſurpes cette heure de la nuit, &
cette forme noble & guerrière, dont nous avons vu
marcher revêtue la Majeſté du Roi enſéveli? Je te
ſomme au nom du Ciel; parle.

(*Le Spectre ſans répondre s'éloigne un peu,
comme indigné.*)

MARCELLUS.

Il paroît offenſé,

BERNARDO,

BERNARDO.

Vois : il s'éloigne avec dédain.

HORATIO.

Arrête : parle : je te fomme de parler.

(*Le Spectre difparoît derrière une éminence.*)

MARCELLUS.

Il eft difparu ; il refufe de répondre.

BERNARDO.

Hé bien , Horatio ? Te voilà blême & tremblant ! N'étoit-ce de notre part qu'une pure imagination ; rien de plus ? Qu'en penfes-tu ?

HORATIO.

Devant Dieu qui m'entend, je ne pouvois pas le croire, fans le témoignage évident & fenfible de mes propres yeux.

MARCELLUS.

Ne reffemble-t-il pas au Roi ?

HORATIO.

Comme tu te reffembles à toi-même : c'étoit-là l'ar-mure qu'il portoit, lorfqu'il combattoit l'ambitieux Roi de Norwège (†); il avoit ce ton menaçant le

_____

(†) Saxon le Grammairien donne un récit de ce combat entre Hormendillus Roi de Dannemarck & Collerus Roi de Nor-

jour que , dans une rencontre , il étendit le guerrier Polonois fur la glace. Cela eft bien étrange !

MARCELLUS.

Et voilà comme deux fois pendant notre garde , juſtement à cette heure , au fond de la nuit , avec une démarche martiale , il a traverſé notre poſte !

HORATIO.

Quel deſſein particulier lui prêter ? Je l'ignore ; mais en ſuivant le réſultat de mes conjectures, ceci menace notre Etat de quelque étrange exploſion.

MARCELLUS.

Amis, aſſeyons-nous, & dites-moi, celui de vous qui le ſait, pourquoi ces gardes ſi exactes & ſi rigou-reuſes, fatiguent, ſi avant dans les nuits, les Sujets du Dannemarck ? Pourquoi cette fonte journaliere de

---

wège. *In hæc data acceptaque fide, pugnam ineunt. Neque enim eis aut mutui occurſus novitas, aut Vernantis loci jucunditas, quo minus inter ſe ferro occurrerent, reſpectui fuit.* Hormendillus *appe-tendi hoſtis, quàm muniendi corporis nimio animi calore avidior redditus, neglecta Clypei cura, ambas ferro manus injecerat, nec audaciæ eventus defuit.* Collerum *ſiquidem ſecuto crebris ictibus abſumpto ſpoliatum, defecto tandem pede exanimem, occidere coëgit, quem ne pacto abeſſet regio funere elatum, magnifici operis tumulo ingentique exequiarum apparatu perſequutus eſt.* Hiſtor. Dani. Lib. III. p. 48, 49. Vid. etiam Jo. Meurſii Hiſtor. Danii, Lib. I. p. 11.

canons de bronze, & ces approvifionnemens étrangers
de machines de guerre ? Pourquoi des corvées de conf-
truéteurs de vaiffeaux, dont la tâche forcée recom-
mence tous les jours, fans que le repos fépare le Dimanche de la femaine ? Quels projets font en l'air,
qu'il faille que l'ouvrier en fueur, dans fes travaux
hâtés, joigne les nuits aux jours ? Qui de vous eft en
état de m'en inftruire ?

H O R A T I O.

C'eft moi : du moins voici les rumeurs qui murmu-
rent en fecret. Notre dernier Roi, dont à l'heure même
l'image vient de nous apparoître, fut, vous le favez,
provoqué à un combat fingulier par Fortinbras de Norwège, qu'un jaloux orgueil avoit porté à ce défi. Dans
ce combat, notre vaillant Hamlet, (car tel le jugea cette
partie de notre monde connu,) tua ce Fortinbras. Par
un paéte muni du fceau, & dans les formes, confirmé
par la loi des armes, Fortinbras abandonnoit au vainqueur, avec fa vie, tous les Domaines dont il étoit pof-
feffeur : contre ce gage, notre Roi avoit affigné une
portion équivalente, qui feroit entrée dans l'héritage
de Fortinbras, s'il fût refté vainqueur, comme fon
lot, d'après la convention & la teneur des articles dé-
fignés, eft échu à Hamlet. Aujourd'hui le jeune Fortinbras, fans expérience, d'un caractère bouillant, & plein
de lui-même, a ramaffé à la hâte, çà & là fur les

frontières de la Norwège , une troupe d'aventuriers
fans terrès, déterminés par le befoin de pâture & de
butin, à former quelque entreprife qui demande de
l'énergie & de l'ardeur : & ce ne peut-être , (comme
notre État en eft affez convaincu,) que le projet de reprendre fur nous à main armée, & à force ouverte, ces
terres dont je viens de parler , ainfi perdues par fon
père. Voilà , fuivant mon idée , le principal objet de ces
grands préparatifs, la caufe de cette garde nocturne
que nous faifons , & la raifon des travaux forcés de
tous ces mouvemens dans le pays.

B E R N A R D O.

Je penfe comme vous, qu'il ne peut y avoir d'autre
raifon ; c'eft cela même... Et cela fe concilie affez avec le
prodige de cette vifion menaçante, qui vient armée de
pied en cap troubler notre garde , fous la forme du
Roi défunt, qui fut & qui eft encore l'auteur de ces
guerres.

H O R A T I O.

C'eft un objet jetté dans l'œil de l'ame pour en troubler la vue. Dans les tems les plus floriffans de Rome
victorieufe , peu de jours avant la chute du grand Céfar, les tombeaux évacués refterent fans hôtes : les
morts dans leurs linceuls erroient au travers des rues
de Rome, pouffant des cris plaintifs ; les étoiles dardè-
rent des queues enflammées ; une pluie de fang tomba

des nues; des fignes défaftreux voilèrent le Soleil ; & l'humide planète, fous l'influence de laquelle fe meut l'empire de Neptune, fut affligée d'une éclipfe prefque égale à celle du dernier jour de l'Univers. Les mêmes précurfeurs des défaftres du monde, Hérauts qui précèdent toujours les deftins, prélude terrible de l'événement fatal qui s'avance, tous ces préfages ont éclaté enfemble au Ciel & fur la terre, pour avertir nos climats & nos compatriotes.

(*Le Spectre reparoît. Horatio fe relève & fe retourne avec effroi*).

Mais, filence : voyez ! le voilà ! Il revient encore.—Je veux croifer fes pas... quoiqu'il me glace d'horreur.— Arrête, illufion. (*Il tend les bras pour le faifir*). Si tu as une voix, fi tu peux rendre quelque fon, parle moi.

Si tu as quelque requête à faire ; s'il eft quelque fervice qui puiffe te foulager, & me procurer quelque grace célefte, parle moi.

Si tu es dans la confidence des deftins de ton pays & de quelque événement que l'on puiffe prévenir par une heureufe prefcience ; oh, parle !

Ou fi tu as durant ta vie enféveli dans le fein de la terre un tréfor mal acquis : car l'on dit que c'eft une caufe pour laquelle vous, Efprits, vous errez fouvent après la mort ; révèle-le moi. — Arrête & parle, — (*Le Coq chante*). Arrête-le, Marcellus.

M A R C E L L U S.

Le frapperai-je de ma pique?

H O R A T I O.

Frappe, s'il ne veut pas s'arrêter.

Le voici.

B E R N A R D O.

H O R A T I O.

Le voilà.

Ils tâchent de l'atteindre.

Le Spectre diſparoît.

M A R C E L L U S.

Il eſt parti. Il a l'air ſi noble & ſi majeſtueux ! Nous lui faiſons outrage, en lui préſentant ces ſignes de violence. Il eſt comme l'air, invulnérable ; & nos coups & nos vaines menaces ne ſont qu'une malice im-puiſſante & ridicule.

B E R N A R D O.

Il alloit parler, lorſque le coq s'eſt fait entendre.

H O R A T I O.

Oui, & auſſi-tôt il a treſſailli comme un être cri-minel, cité par la voix d'un hérault redoutable. J'ai ouï dire que le coq, cette trompète du matin, avec les ſons perçans de ſa voix grêle & ſonore, réveille le Dieu du jour, & avertit, par ce ſignal, l'Eſprit. L'Eſ-prit vagabond, ſoit dans la mer, ſoit dans le feu,

dans la terre ou dans l'air, s'enfonce dans fa retraite;
& ce fantôme vient de nous donner la preuve, que ce
qu'on dit, eft vrai.

MARCELLUS.

En, effet il s'eft évanoui au cri du coq. Quelques-uns
difent qu'au tems de cette faifon folemnelle, où la
naiffance du Rédempteur eft célébrée, l'oifeau de l'aube
chante tout le long des nuits; & l'on dit qu'alors nul
Efprit ne peut errer dehors; que les nuits font falubres;
qu'aucune planète n'a de malignes influences; qu'aucun
maléfice ne peut prendre; que les charmes des magicien-
nes font fans force & fans pouvoir; tant ce tems eft
facré & plein de grace célefte !

(*Le jour commence à poindre*).

HORATIO.

Je l'ai ouï dire ainfi; je le crois en partie: mais
voyez: le Matin, vêtu d'un manteau de pourpre, foule
la rofée de cette haute colline, là bas à l'Orient. —
Rompons ici notre garde, & c'eft mon avis que nous
faffions part de ce que nous avons vu cette nuit au jeune
Hamlet : car, fur ma vie, cet Efprit muet pour nous,
lui parlera, à lui. Confentez-vous, que nous l'en inftrui-
fions ? C'eft une confidence commandée par notre zèle
pour lui, & que notre devoir nous prefcrit.

MARCELLUS.

Faifons-le, je vous prie. Moi, je fais en quel lieu le trouver ce matin, & l'heure propice de lui parler en fûreté.

SCÈNE III.

LE PALAIS.

CLAUDIUS, *Roi de Dannemarck*, **GERTRUDE**, *Reine*, **HAMLET** *les cheveux épars & feul vêtu de longs habits de deuil.* **POLONIUS**, **LAERTE**, **VOLTIMAND**, **CORNELIUS**, **SEIGNEURS** *& fuite.*

LE ROI.

Quoique le fouvenir de la mort d'Hamlet, notre frère chéri, foit fi récent encore, qu'il convienne de tenir nos cœurs dans la trifteffe, & qu'un bandeau de deuil couvre le front de tout notre Royaume, cependant la raifon d'Etat a combattu la Nature, & elle veut enfin qu'en confervant pour lui une douleur fage & modérée, nous ne perdions pas le fouvenir de nous-mêmes. Ainfi, Reine, notre compagne, jadis notre fœur, augufte collégue de cet Empire belliqueux, nous

vous

vous avons choifie pour époufe, pénétrés d'une joie
que le chagrin étouffe, le fourire du bonheur fur les
lèvres, & les larmes dans les yeux, mêlant les fêtes
de l'hymen au deuil des funérailles, & l'hymen de
l'amour à l'hymen de la mort, pefant dans une balance égale le plaifir & la douleur (*aux Seigneurs qui
l'environnent*). Et nous n'avons pas négligé vos fages
confeils ; ils ont été donnés en pleine liberté pendant
la fuite de cette affaire ; recevez-en tous nos actions
de graces.—Maintenant il refte à vous dire, que le jeune
Fortinbras, nourriffant de notre mérite une foible opinion, ou s'imaginant que la mort récente de notre
frère bien-aimé a défuni les liens de l'état, & l'a
ébranlé de fes fondemens, féduit auffi par le fonge
qu'il a fait de fa fupériorité, n'a pas manqué d'infulter
notre pays par un meffage portant qu'on lui rende ces
terres perdues par fon père, & acquifes par toutes les
folemnités des loix à notre vaillant frère : c'eft affez
parler de lui.—Quant à nous & à l'objet qui nous raf-
femble, le voici. Nous avons ici des dépêches pour
le Roi de Norwège, oncle du jeune Fortinbras, qui,
infirme aujourd'hui & captif dans fon lit, à peine a
ouï parler de ces projets de fon neveu. Nous l'invi-
tons à les arrêter & à l'empêcher de pourfuivre ; car
nous avons la lifte des troupes & le dénombrement
exact de tous les Sujets qu'il a enrôlés. Nous vous dé-

Tome V. c

putons, vous, fage Cornelius, & vous, Voltimand,
pour porter notre falut au vieux Roi de Norwège,
ne vous donnant de pouvoir perfonnel pour faire aucun traité avec le Roi, que dans les limites marquées
par ces articles exprès. Partez, & que votre diligence
me prouve votre foumiffion.

VOLTIMAND.

Dans cette affaire, & dans toutes les autres, nous
montrerons notre foumiffion à Votre Majefté.

LE ROI.

Nous n'en doutons point : partez & recevez notre
adieu fincère.   (*Voltimand & Cornelius fortent*).

SCÈNE IV.

LES MÊMES.

LE ROI, *fe tournant vers Laërte.*

Maintenant, Laërte, quel objet vous propo-
fez-vous. Vous nous avez annoncé une requête ; que
défirez-vous, Laërte ? Vous ne pouvez faire au Roi
des Danois une demande raifonnable, & perdre envain vos paroles. Que pouvez-vous demander, Laërte,
qui ne foit l'offre même de votre Roi, plutôt qu'une
grace follicitée par vous ? La main n'eft pas plus prête
à fervir la bouche, la tête n'eft pas plus dévouée au

cœur, que le trône de Dannemarck ne l'est à votre
père; que désirez-vous, Laërte?

LAERTE.

Souverain redouté, la faveur de votre agrément pour
retourner en France. Je me suis empressé de revenir
ici pour vous rendre mon hommage à votre couron-
nement; ce devoir rempli, je suis forcé de l'avouer,
mes pensées & mes vœux me rappellent à présent vers
la France. Je les soumets humblement à votre indul-
gente Majesté, dont j'implore l'agrément.

LE ROI.

Avez-vous celui de votre père? Que dit Polonius?

(†) POLONIUS.

Il a tant fait, Seigneur, à force de requêtes, qu'il
m'a extorqué un consentement long-tems disputé;
à la fin j'ai scellé son désir de mon aveu. Je vous
supplie de lui octroyer la permission de partir.

LE ROI.

Choisissez votre heure propice pour votre départ.

(†) Polonius est un homme instruit; mais pédant & loquace,
parlant sensément sur le passé, parce qu'il répète ce qu'il a appris,
mais dont la raison est affoiblie, voulant deviner l'avenir, & le
voyant toujours mal, plein d'amour propre, s'écoutant avec
complaisance & employant des termes singuliers & scientifiques.

Laërte, le tems eft à vous, difpofez-en, ainfi que de tout ce qui peut vous plaire & vous rendre heureux. (*Se tournant vers Hamlet*). Hé bien, Hamlet, mon parent, mon fils ?...

HAMLET.

Un peu plus que parent, & un peu moins qu'un fils.

LE ROI.

Pourquoi toujours ces ombres fur votre front ?

HAMLET,

Eh! non, Seigneur, je ne fuis que trop à la lumière.

LA REINE.

Cher Hamlet, écartez ces fombres nuages, & que votre œil jette des regards amis fur le Dannemarck. — Ne t'obftine pas à toujours chercher, avec ces paupières baiffées, ton noble père dans la pouffière du tombeau. Tu fais que c'eft une loi commune, que tout ce qui vit, meure ; & traverfant ce monde, paffe à l'éternité.

HAMLET.

Oui, Madame, c'eft une loi commune.

LA REINE.

Si cela eft, pourquoi en fembles-tu fi étrangement affecté ?

HAMLET.

Sembles , Madame ? Oh : c'eſt une réalité , & non pas un ſemblant; je ne le connois pas. Ce n'eſt pas ſeulement la couleur noire de ce manteau , ma tendre mère, ces habits lugubres portés par la coutume en ſignes d'un deuil ſolemnel, ces violens ſoupirs d'une reſpiration ſanglotante ; non, ces flots de larmes cou- lant des yeux, ce front triſte & abbattu, toutes ces formes, ces modes & ces apparences de douleur, qui peuvent manifeſter le véritable état de mon ame : tout cela peut n'être qu'un ſemblant; ce ſont autant d'ac- tions que l'homme peut jouer & feindre ; mais j'ai ici au dedans de moi ce qui eſt plus que l'apparence : tout le reſte n'eſt que la décoration & le maſque de la dou- leur.

LE ROI.

C'eſt une ſenſibilité & une vertu louable dans votre caractère, de donner à votre père ces regrets religieux ; mais vous devez ſavoir que votre père a perdu un père, & que ce père avoit perdu le ſien ; le fils qui ſurvit eſt tenu par le devoir de la tendreſſe filiale, de témoigner pendant un terme ſes pieux re- grets à ſa cendre. Mais de perſévérer dans une afflic- tion obſtinée, c'eſt la marque d'une opiniâtreté impie, d'un chagrin qui ne ſied pas à l'homme ; c'eſt le ſigne d'une volonté trop rebelle aux décrets du Ciel, d'un

cœur fans défenfe & fans force, d'une ame fans patience, d'un jugement borné & fans expérience de la
vie. Car pour une chofe que nous favons être inévitable, qui eft aufli commune qu'aucune des chofes les
plus ordinaires qui frappent les fens, pourquoi irions-
nous par une réfiftance révoltée navrer notre cœur ?
Non, c'eft un crime contre le Ciel, une offenfe contre
le mort, une faute contre la nature, & une abfurde injure à la raifon, dont la commune & la plus vulgaire
leçon eft la mort de nos pères, & qui nous a toujours
crié depuis le premier cercueil, jufqu'à celui de l'homme
mort aujourd'hui : « telle eft l'inévitable loi ». Nous
vous prions d'abjurer cette douleur d'un mal fi vulgaire, & de nous regarder comme un père : car que
le monde apprenne & retienne que vous touchez le
plus près à notre trône, & que tout le vertueux amour
que le plus tendre père porte à fon fils, nous le fentons pour vous. Quant à votre deffein de retourner
aux études de Wittemberg, rien ne contrarie davantage nos défirs, & nous vous conjurons de vous réfoudre à refter ici fous nos yeux, où notre amitié & nos
careffes vous confoleront, vous, le premier de notre
Cour, notre parent, notre fils.

LA REINE.

Hamlet, que ta mère ne perde pas fes prières : je
t'en conjure, refte avec nous, & ne va point à Wittemberg.

HAMLET.

Je ferai toujours mes efforts pous vous obéir en tout, Madame.

LE ROI.

Ah, voilà une noble réponse, & qui est dictée par le cœur. Soyez tout ce que nous sommes nous-mêmes dans le Dannemarck. Madame, venez. Ce consentement de Hamlet donné du cœur & de si bonne grace, me remplit d'une douce allégresse; & en reconnoissance, il ne sera point bu aujourd'hui dans le Dannemarck de santé joyeuse, que la voix tonnante du canon ne l'annonce aux nuages; je veux que la voûte du Ciel, répétant les éclats du tonnerre de la terre, retentisse du bruit des coupes vuidées à la santé du Roi. Allons, sortons.   (*Ils sortent*).

SCÈNE V.

HAMLET, *seul, se regardant de la tête aux pieds.*

O que cette masse de terre trop endurcie, ne peut-elle s'amollir par la douleur, se fondre & se résou-

---

(†) Claudius à la passion du vin, & c'est toujours du vin & des festins, qu'il emprunte ses allusions & ses métaphores.

dre en flots de larmes ! ou que l'Eternel n'eût pas armé
fa foudre contre le meurtre de foi-même ! Oh Dieu !
ô Dieu ! qu'elles me femblent faftidieufes, infipides &
vaines, toutes les jouiffances de ce monde : oh Dieu,
que je le dédaigne, & qu'il me laffe ! Ce n'eft qu'un
champ agrefte & dégénéré en friche ; il ne fe couvre que
de fruits amers & d'une nature groffière & fauvage. —
Que les chofes en foient venues là ! à peine deux mois
qu'il eft mort ! — Non, pas deux mois encore ! Un Roi
fi accompli, qui étoit auprès de celui-ci, ce qu'eft un
Dieu près d'un Satyre ; fi tendre pour ma mère, qu'il
ne permettoit pas même aux vents du Ciel d'importuner fon vifage d'un fouffle trop violent. Ciel & terre !
faut-il que ma mémoire me refte ! . . . . Quoi, elle s'at-
tachoit à lui comme fi fa paffion fe fût fans ceffe ac-
crue par la poffeffion, & cependant, dans l'efpace d'un
mois. . . . — Je ne veux pas y penfer. — O fragilité, la
femme & toi, n'avez que le même nom ! Un mois à
peine ! — avant même qu'elle eût ufé la chauffure avec
laquelle elle a fuivi le corps de mon pauvre père, toute
en larmes (†). — Oui, elle, elle-même ! — Oh Ciel,
la brute, privée d'idées & de raifon, auroit pouffé plus
loin fon deuil, — Mariée avec mon oncle, le frère de

(†) *Comme Niobé.* Hamlet fort des études, & fait de fréquentes allufions aux noms & aux traits de l'Hiftoire Ancienne,
dont il eft plein.

mon père ; mais qui ne reſſemble pas plus à mon père ,
que moi à Hercule. Dans un mois ! — Avant que la
rougeur, dont ſes perfides larmes avoient enflammé ſes
yeux , fût effacée, elle s'eſt mariée ! O criminelle précipitation ! de voler avec cette hâtive adreſſe dans un
lit inceſtueux ! Cela n'eſt ni bien , ni ne peut jamais
tourner à bien. — Mais, briſe-toi, mon cœur ; car je
ſuis forcé d'enchaîner ma langue. (*appercevant Horatio.*)

SCÈNE VI.

HAMLET , HORATIO , BERNARDO , MARCELLUS.

HORATIO.

Salut à votre Alteſſe.

HAMLET.

Je ſuis joyeux de vous voir en bonne ſanté. Horatio,
je penſe ? ou bien je m'oublie moi-même.

HORATIO.

Lui-même, Prince, & votre foible ſerviteur, pour
jamais.

HAMLET.

Horatio, mon digne ami, ce titre que vous prenez,
je veux l'échanger avec vous. Quel ſujet vous rappelle

Tome V. d

de Wittemberg ? (*Appercevant Marcellus*). Ha ! . . . .
Marcellus ?

MARCELLUS.

Digne Seigneur. —

HAMLET.

Je fuis bien aife de vous revoir : je vous donne le
falut (*fe retournant vers Horatio*). Mais, parlez vrai,
quel fujet vous fait venir de Wittemberg ?

HORATIO.

Ho ! une folle ardeur de voyager.

HAMLET.

Je ne voudrois pas entendre votre ennemi le dire
de vous, & vous ne voudrez pas faire violence à mon
oreille, & la forcer d'en croire votre témoignage contre vous-même. Je fais que vous n'êtes point de cette
humeur vagabonde : mais quelle affaire avez-vous à
Elfeneur ? — Avant que vous partiez d'ici (*avec un
fourire amer*), nous vous apprendrons à bien boire(†).

HORATIO.

Mon Prince, je fuis venu voir les obsèques de votre
père.

(†) Allufion fatyrique à la paffion de Claudius pour le vin.

HAMLET.

Je te prie, ne me raille point, toi, mon cher camarade d'études. Je crois plutôt que c'étoit pour voir les nôces de ma mère.

HORATIO.

Il eſt vrai, Seigneur, qu'elles ont ſuivi de bien près.

HAMLET.

Économie, économie, Horatio : les mets du repas funèbre étoient refroidis à peine, & ont encore été ſervis au feſtin des nôces. Oh, je voudrois avoir été rejoindre dans le Ciel l'ennemi le plus précieux à ma haine, pour ne pas voir ce jour, Horatio ! (*Avec tranſport*). Mon père ! — Il me ſemble, que je vois mon père.

HORATIO.

Où donc, Seigneur ?

HAMLET.

Avec les yeux de mon ame, Horatio.

HORATIO.

Je l'ai vu autrefois : c'étoit un grand Roi !

HAMLET, *avec énergie.*

C'étoit un homme, en tout point ! — Je ne reverrai jamais ſon pareil.

HORATIO.

Prince, je crois l'avoir vu hier la nuit.

HAMLET.

Vu ? Qui ?

HORATIO.

Seigneur, le Roi, votre père.

HAMLET.

Le Roi mon père ?

HORATIO.

Calmez votre surprise un moment, & prêtez une oreille attentive, tandis que je vais, appuyé du témoignage de ces braves camarades, vous raconter ce prodige.

HAMLET.

Pour l'amour du Ciel, parle ; j'écoute.

HORATIO.

Deux nuits de suite ces Officiers, Marcellus & Bernardo, pendant leur garde, au milieu de la nuit, à l'heure silencieuse des ténèbres les plus profondes, ont vu ceci. Une figure ressemblante à votre père, armée de toutes piéces, de pied en cap, apparoît devant eux, & d'un pas auguste & grave, marche lentement & majestueusement près d'eux. Trois fois il s'est pro-

mené devant leurs yeux épouvantés, à la distance de
son bâton de commandement ; eux, presque dissous
en sueur glacée par la violence de la peur, restent
muets & sans lui parler. Ils me font en grand secret
la terrible confidence de ce qu'ils ont vu ; & moi, la
nuit suivante, j'ai fait la garde avec eux ; & précisé-
ment avec toutes les circonstances qu'ils m'avoient dé-
taillées, le tems, la forme de la vision, tout, dans la plus
exacte vérité, le fantôme revient..... J'ai connu votre
père ; ces deux mains ne se ressemblent pas davantage.

H A M L E T , *déjà ému.*

Mais en quel lieu ?

M A R C E L L U S.

Seigneur, sur l'esplanade, où nous montions la garde.

H A M L E T.

Ne lui avez-vous point parlé ?

H O R A T I O.

Oui, Seigneur, je lui ai parlé ; mais il ne m'a rien
répondu. Cependant il m'a semblé qu'il levoit sa tête,
& qu'il se mettoit en mouvement, comme s'il eût
voulu parler ; mais à l'instant même, l'oiseau du matin
a poussé son cri perçant, & au son de sa voix, le Spectre s'est rapidement abîmé, & s'est évanoui de notre
vue.

HAMLET, *croifant les bras.*

Cela eft bien étrange !

HORATIO.

Comme il eft vrai que je vis, mon très-honoré Prince, c'eft la vérité ; & nous avons cru que notre dévouement pour vous, nous impofoit la loi de vous en informer.

HAMLET.

Oui, vraiment, Ami ; mais cela me remplit de trouble. . . . . . Et montez-vous encore la garde cette nuit ?

Tous deux.

Nous la montons, Seigneur.

HAMLET.

Armé, dites-vous ?

Tous deux.

Armé, Seigneur.

HAMLET.

De la tête aux pieds ?

Tous deux.

Oui, Seigneur, de pied en cap.

HAMLET,

Vous n'avez donc pas vu fon vifage ?

HORATIO.

Vu, Seigneur ; il portoit la vifière de fon cafque levée.

HAMLET.

Et il avoit l'air menaçant ?

HORATIO.

Un air plus trifte qu'irrité.

HAMLET.

Pâle ou vermeil ?

HORATIO.

Oh, très-pâle.

HAMLET, *avec une impatience qui croît toujours.*

Et a-t-il fixé fes yeux fur vous ?

HORATIO.

Conftamment attachés fur nous.

HAMLET, *avec impatience.*

J'aurois bien voulu être là.

HORATIO.

Vous feriez refté immobile & pétrifié d'étonnement.

HAMLET.

Cela eft probable. Eft-il refté long-tems ?

H O R A T I O.

Le tems de compter, fans fe preſſer, juſqu'à cent.

Les Autres.

Plus long-tems, plus long-tems.

H O R A T I O.

Non pas la nuit que je l'ai vu.

H A M L E T.

Sa barbe étoit-elle hériſſée ?

H O R A T I O.

Elle étoit telle que je l'ai vue, lorſqu'il vivoit, noire, mais blanchie par les années.

H A M L E T, *d'un ton décidé*

Amis, je veux être de garde avec vous cette nuit ; peut-être reviendra-t-il encore ?

H O R A T I O (†).

Je vous garantis qu'il reviendra.

H A M L E T.

S'il ſe préſente à moi ſous la figure de mon auguſte

(†) Horatio, qui d'abord étoit incrédule, depuis qu'il a vu, va plus loin que les autres, & affirme hardiment ce qu'il ne peut ſavoir ; cela eſt dans la nature.

père,

je lui parlerai, dût l'enfer, ouvrant fes abîmes, m'ordonner le filence. Je vous conjure tous, fi jufqu'à préfent
vous avez gardé le fecret de cette apparition, de la tenir
encore enveloppée dans le filence le plus profond ; &
quelque chofe qui puiffe arriver cette nuit, confiez-le
à votre penfée; mais point de langue : je reconnoîtrai
votre amitié pour moi. Adieu tous : entre onze heures
& minuit, j'irai vous rejoindre fur l'efplanade.

TOUS.

Nous fommes dévoués à votre Alteffe. (*Ils fortent*).

HAMLET.

Votre amitié, comme vous avez la mienne. Adieu....

(*Les autres fortent*).

Hamlet feul.

L'ombre de mon père en armes ! Tout n'eft pas
bien ; je foupçonne quelque odieux complot. Je
voudrois que la nuit fût déjà venue ; allons, mon
ame, attens-la en paix. Les affreux forfaits, quand
la terre entière les couvriroit, fe manifefteront aux
yeux des hommes.

SCÈNE VII.

Un Appartement dans la Maison de Polonius.

LAERTE & OPHÉLIA.

LAERTE.

M ES équipages sont embarqués. Adieu, ma sœur; & autant que les vents le permettront, & que le trajet sera favorable, ne vous endormez point dans la négligence; mais donnez-moi de vos nouvelles.

OPHÉLIA.

En pouvez-vous douter?

LAERTE.

Pour Hamlet & ses frivoles amours, regardez-les comme une mode éphémère, une folie de la bouillante jeunesse, une primevère précoce, mais passagère; d'un éclat charmant, mais sans durée; le parfum & le plaisir d'un instant, pas plus.

OPHÉLIA, *avec une surprise naïve.*

Quoi? pas plus?

LAERTE.

Pas davantage, foyez en fûre, pas plus : car, pendant notre adolefcence, ce n'eft pas feulement le corps
qui croît en force & en maffe ; le cœur fe développe
avec lui, & les fonctions intérieures de l'ame s'éten-
dent & s'aggrandiffent avec le temple où elle réfide.
Peut-être qu'il vous aime aujourd'hui ; peut-être qu'à
préfent nulle fraude, nulle tache ne ternit fes fentimens purs & vertueux ; mais vous devez craindre, en
confidérant la hauteur de fon rang, que fa volonté ne
foit pas à lui. Il eft lui-même Sujet dépendant de fa
naiffance : il ne peut, comme les hommes vulgaires &
fans rang, (†) choifir pour lui-même ; de fon choix
dépendent l'honneur facré & la vie de tout l'Empire, &
par cette raifon, fon choix eft circonfcrit par le confente-
ment du corps dont il eft le chef. Ainfi, s'il dit qu'il vous
aime, il eft de votre fageffe de ne croire de fes paroles
que ce qu'il en peut effectuer lui-même, dans la place &
la dignité où il eft élevé ; & fon pouvoir, à cet égard,
ne peut agir fans le fuffrage & l'aveu de la plus noble partie du Dannemarck. Voyez donc, & pefez quelle
difgrace éprouveroit votre honneur, s'il vous arrivoit d'écouter d'une oreille trop crédule fes propos
féduifans, & de perdre votre cœur ou d'ouvrir le

(†) *Carve*, choifir.

chafte tréfor de votre fein à l'afcendant de fes fougueu-
fes importunités. Craignez ce malheur, ma chère fœur,
craignez-le ; tenez toujours votre raifon derrière votre
penchant, pour veiller fur lui, (†) & reftez hors du trait
dangereux du défir. La jeune vierge circonfpecte eft
affez prodigue, fi elle dévoile fa beauté aux rayons
de l'aftre de la nuit. La vertu elle-même n'échappe pas
aux traits de la calomnie ; l'infecte ronge les jeunes
rofes du printems, fouvent même avant que leur tendre bouton foit épanoui : c'eft dans le matin de la
jeuneffe, à l'heure des douces rofées, que les fouffles
contagieux font les plus fréquens. Ainfi, veillez fur
vous; la meilleure fûreté eft dans une crainte prudente ;
la jeuneffe devient fouvent fa propre ennemie, lors
même qu'elle n'a point d'autre ennemi près d'elle.

OPHÉLIA.

Je conferverai les maximes de cette falutaire leçon,
comme autant de gardiens autour de mon cœur. Mais,
mon bon frère, ne faites pas, comme font quelques
Pafteurs auftères & durs : ne me montrez pas comme
eux la route efcarpée & épineufe qui conduit au Ciel,
tandis que, comme un débauché fans foi & fans fouci
de l'avenir, ils marchent eux-mêmes dans la voie fleurie
du crime, & ne tiennent aucun compte de leurs propres leçons.

(†) *N'avancez pas auffi loin que votre penchant voudroit vous
mener.* Johnfon.

LAERTE.

Oh ! ne craignez point cela de moi. — Je m'arrête
trop long-tems (*Polonius paroît dans le fond du Théâtre*).
Mais voici mon père. Une feconde bénédiction de fa
main fera pour moi une double grace. L'occafion me
rit, pour lui demander encore une fois mon congé.

SCÈNE VIII.

LES MÊMES, POLONIUS,

POLONIUS.

ENCORE ici, Laërte ! — C'eft une honte de n'être
pas à bord. Le vent pèfe fur les flancs de tes voiles
enflées, & l'on attend après toi. Reçois ma bénédiction;
& fonge à inculquer dans ta mémoire ce peu de préceptes. « Ne donne point de langue à tes penfées, ni
d'éxécution à aucune idée qui foit mal calculée. Sois
civil & poli, mais jamais baffement familier. Les
amis que tu as adoptés, après l'épreuve, attache les à
ton ame avec des liens d'acier : mais ne prodigue pas ta
main & fes careffes banales à toute connoiffance novice
& de fraîche date. Evite avec foin d'entrer dans une
querelle; mais, un fois engagé, comporte toi de manière
que ton adverfaire t'évite à fon tour. Prête ton oreille
à tous les hommes ; mais garde ta voix pour un petit

c iij

nombre ; accueille toutes les critiques, mais fois réfervé
dans tes jugemens. Que ton habit foit aufli beau que
ta bourfe peut le payer, mais jamais affecté ni fingulier ; riche & non faftueux : car la parure fouvent
annonce l'homme,& les Seigneurs de France les plus dif-
tingués par la nobleffe & par la place, ont fur-tout en
ce point un goût exquis & noble. Ne fois ni l'emprun-
teur ni le prêteur de perfonne : car fouvent le prêteur
perd le prêt & l'ami ; & l'emprunt tue l'efprit d'œconomie. Mais ceci fur-tout : fois fincère avec toi-même
& par la néceffité dont la nuit fuit le jour, tu ne pourras
jamais être faux avec les autres hommes.»Adieu : que ma
bénédiction faffe fructifier ces préceptes dans ton ame !

L A E R T E.

Je prends humblement congé de vous, mon noble père.

P O L O N I U S.

Les vents t'appellent : (†) va, tes ferviteurs t'attendent.

L A E R T E.

Adieu, Ophélia : fouvenez-vous bien de ce que je
vous ai dit.

O P H É L I A.

Il eft enfermé dans mon cœur, & vous en aurez
vous-même la clef (*a*).

L A E R T E.

Adieu.   (*Laërte fort.*)

(†) Autre leçon. *Invefts , le tems t'inveftit & te preffe.* Theobald.
(*a*) C. à d. en fongeant à vous, je fongerai à vos leçons.

SCÈNE IX.

POLONIUS, OPHÉLIA.

POLONIUS.

Qu'est-ce donc, Ophélia, qu'il vous a dit?

OPHÉLIA.

Ne vous déplaife, Seigneur, c'étoit quelque chofe touchant le Seigneur Hamlet.

POLONIUS.

Vraiment, bien à propos. Il m'a été dit que depuis peu, il vous avoit fouvent donné en particulier des momens de fon loifir, & que vous-mêmes vous avez été très-libérale de vos audiences, prodigue même. Si cela eft vrai, comme on me l'affûre, il faut que par précaution & pour vous prémunir, je vous remontre que vous ne mettez pas dans votre conduite toute la délicateffe qui convient à ma fille & à votre honneur. De quoi vous entretenez-vous enfemble? Déclarez-moi la vérité.

OPHÉLIA.

Derniérement, Seigneur, il m'a fait plufieurs proteftations de fon affection pour moi.

POLONIUS.

Son affection ! Folie ! Vous parlez comme une fillette sans cervelle , sans expérience dans une circonstance si périlleuse. Ajoutez-vous foi à ses protestations, comme il vous plaît de les appeler ?

OPHÉLIA.

Je ne sais pas , Seigneur , ce que je dois penser.

POLONIUS.

Oh , moi je vais vous l'apprendre ! Pensez-bien que vous n'êtes qu'un enfant, qui vous êtes payée de ses protestations , lesquelles ne sont pas monnoie de bon aloi. Protestez vous à vous-même , que vous valez davantage ; ou pour suivre le cours d'une mauvaise allusion, je vous proteste moi, qu'en vous faisant injure à vous-même , vous me rendrez insensé (†).

OPHÉLIA.

Mon père , il m'a importunée de son amour sur un ton plein d'honneur.

POLONIUS.

Oui, un ton ; bien-dit. Allez, allez.

(†) Autre sens : *vous m'offrirez en vous une insensée.*

OPHÉLIA.

O P H É L I A.

Et il a appuyé ſes diſcours par preſque tous les vœux
qu'on puiſſe adreſſer au Ciel.

P O L O N I U S.

Oui, des lacets bons à prendre les linotes étour-
dies. Je ſais combien le cœur, quand le ſang eſt bouillant, prodigue de vœux à la langue ; ces vœux ſont des
éclairs, ô ma fille, qui donnent plus de lumière que de
chaleur ; bientôt l'une & l'autre s'éteignent, & il ne
faut pas les prendre pour de la flamme, même au moment de la promeſſe qu'ils promettent d'accomplir.
De ce moment ſoyez plus avare de votre préſence
vierge ; mettez vos entretiens à un plus haut prix, &
ne vous rendez pas ſi facilement au ſignal de ſa volonté
de vous parler. Quant au Seigneur Hamlet, tout ce que
vous en devez croire, c'eſt qu'il eſt jeune & qu'il peut
relâcher ſes liens, & ſe donner plus de carrière & de
liberté, que vous ne pouvez vous en accorder à vous-
même. En bref, Ophélie, ne croyez point à ſes ſermens ; car ce ſont des parjures ; ils ne ſont pas de la
couleur que montre leur apparence : ils ne ſont que des
interceſſeurs pour de vains & profanes déſirs, quoiqu'ils prennent l'accent & le langage des vœux les
plus purs & les plus ſaints ; ce n'eſt que pour mieux
tromper. Pour finir & pour vous déclarer ma penſée,
je ne veux point que déſormais vous abuſiez d'aucuns

Tome V. f

momens de vos loifirs , pour les perdre à prodiguer des paroles , & à vous entretenir avec le Seigneur Hamlet. Songez-y bien, je vous l'enjoins expreffément : allez, rentrez chez vous.

OPHÉLIA.

J'obéirai, Seigneur.   (*Ils fortent*).

SCÈNE X.

L'Efplanade qui eft devant le Palais. Il eft nuit.

HAMLET, HORATIO, MARCELLUS.

HAMLET.

L'AIR eft bien mordant, & bien âpre : il fait un froid cuifant.

HORATIO.

Il eft vrai que la bife eft aigue & pénétrante.

HAMLET.

Quelle heure eft-il à préfent ?

HORATIO.

Je crois qu'il n'eft pas minuit encore.

MARCELLUS.

Oh ! il eſt ſonné.

HORATIO.

Je ne l'ai pas entendu. Nous touchons donc bientôt à l'inſtant où l'eſprit a coutume de faire ſa ronde.

(*On entend un bruit de muſique guerrière dans l'inté-*
rieur du Palais qui s'offre à la vue dans le fond de la
Scène).

Quel eſt ce bruit, Seigneur ?

HAMLET.

Le Roi paſſe la nuit dans une fête bachique, & voilà
ce qui occaſionne ces éclats foudains de voix & d'inſtrumens : à chaque fois qu'il s'abreuve dans les flots
du vin du Rhin, les tymbales & les trompettes ſon-
nent & proclament les ſantés triomphantes que porte
ſa Majeſté.

HORATIO.

Eſt-ce la coutume ?

HAMLET.

Oui, vraiment, c'eſt la coutume (†); mais, ſuivant

(†) On retranche aujourd'hui ce morceau à la répréſentation ;
comme faiſant longueur dans un moment d'un ſi grand intérêt, &

f ij

ma penfée, quoique je fois né dans ce pays & élevé dans
fes mœurs, c'eft une coutume qu'il eft plus honorable d'enfreindre que de fuivre. Cette orgie qui abru-
tit l'homme, nous fait noter & méprifer des autres
Nations, de l'orient à l'occident. Ils nous taxent de
penchant à la crapule, & fouillent notre nom d'une
épithète immonde; & ce reproche rabaiffe le prix de
nos qualités, quelques grandes qu'elles foient, & ternit la fleur & l'effence de notre renom. C'eft ce qui
arrive fouvent aux particuliers : que quelque vice,
quelque tache naturelle en eux, comme celle de la
naiffance dont on ne peut leur faire un crime, puifque la naiffance ne peut pas choifir fon origine; quelque difformité furvenue avec le tems dans leur caractère, & qui aura forcé les limites & les barrières de
la raifon, ou quelque habitude qui s'écarte trop de la
forme reçue des mœurs ufitées; ces hommes, dis-je,
parce qu'ils porteront l'empreinte d'un défaut unique
contracté dans le moule même de la nature, ou imprimé comme un figne accidentel par la fortune, mal-

---

ou Hamlet doit être plein de l'idée de fon père & de l'attente du
Spectre. D'autres le juftifient, fur ce qu'il eft très-naturel qu'étant
de garde tous trois, il converfent enfemble en attendant un événement incertain, & fur ce que Hamlet qui a de l'averfion pour
Claudius, fatisfait fes fentimens intérieurs en blàmant fa crapuleufe
ivreffe & lui réprochant une coutume qui déshonore fa Nation.

gré toutes leurs autres vertus , fuffent-elles auffi pures
que la grace du Ciel , auffi étendues que les peut poffé-
der l'homme , feront flétries dans la cenfure publique,
pour cette unique & malheureufe imperfection.

H O R A T I O , *avec effroi.*

Regardez , Seigneur : le voilà !

(Le Spectre fe préfente dans le fond).

H A M L E T.

*(Son premier mouvement eft la terreur , il recule quel-
ques pas ; la tendreffe le rappelle en avant; il fe préfente & s'avance les bras étendus , & frémiffant , il
s'écrie)* :

Anges du Ciel & Miniftres de grace , défendez-
nous ! *(Au Spectre)*. Que tu fois un efprit bienfaifant ou
un fpectre infernal , que tu exhales autour de toi un
parfum célefte , ou les vapeurs de l'enfer ; que tes deffeins foient méchans ou charitables , tu viens fous
une forme fi intéreffante pour moi, que je prétends
te parler. Je t'appellerai, Hamlet, Roi , Pèie, Monarque Danois. Oh, répons-moi ; ne laiffe pas mon
cœur fe rompre d'impatience. — Mais, dis-moi, pourquoi tes vénérables offemens, inhumés dans la terre, ont

déchiré leurs linceuils funèbres ? Pourquoi la tombe, où nous t'avons vu paifiblement enféveli, a-t-elle foulevé le poids de fes marbres énormes, pour te rejetter à la vie. Quel peut-être l'objet de ce prodige, que toi, corps trépaffé, de nouveau revêtu de fer, tu revifites encore les pâles rayons de la lune, redoublant l'horreur de la nuit. Et nous, jouets de la nature, pourquoi fommes-nous agités par toi de fi horribles fecouffes, & affligés de penfées qui paffent la portée de notre ame ? Dis, pourquoi cela ? Pour quel objet ? Que devons-nous faire ?

(*Le Speĉtre dédaignant de parler devant les autres, fait de fon bâton de commandement un figne en cercle, pour inviter Hamlet à venir vers lui*).

HORATIO.

Il vous fait figne d'avancer & de le fuivre, comme s'il avoit quelque fecret à communiquer à vous feul.

MARCELLUS.

Voyez de quel gefte preffant il vous fait figne, & vous invite à le fuivre vers un endroit plus écarté ; mais n'allez pas avec lui.

HORATIO, *retenant Hamlet.*

Non, pour rien au monde.

HAMLET, *faifant un mouvement.*

Il ne veut pas répondre, ainfi je veux le fuivre.

HORATIO.

Ne le faites pas, Seigneur.

HAMLET.

Pourquoi ? Quelle crainte m'en empêcheroit ? Je n'attache pas à ma vie le prix d'une obole ; & pour mon ame, quel mal cet objet peut-il lui faire, étant un être immortel comme lui-même ? Il me fait figne encore & m'invite. (*Avec violence*)... Je veux le fuivre.

HORATIO.

Quoi, s'il vous entraîne vers la mer, Seigneur, ou fur la cime effroyable de la montagne qui penche fur fa bafe affife dans les flots, & que là, prenant quel-qu'autre forme horrible, il vous prive de la fouverai-neté de la raifon, & jette votre efprit dans l'égare-ment (†).... Songez-y : le lieu feul, fans autre caufe, infpire les délires du défefpoir dans une tête, dont la vue traverfant tant de braffes, plonge dans la profon-deur de la mer, & qui l'entend mugir au-deffous.

(†) C'eft ici le premier trait ou Shakefpéar annonce l'impref-fion que peut faire la vue du Spectre fur la raifon d'Hamlet ; & que cette vue le jettera dans la folie : en effet elle va croître par degrés dans la fuite de la piéce : une partie fera feinte, & l'autre réelle.

HAMLET.

Il me fait figne. — (*Au Spectre, plein de terreur & auffi de courage*). Marche ; je te fuivrai.

MARCELLUS, *le retenant.*

Vous n'irez point, Seigneur.

HAMLET.

Lâchez-moi.

HORATIO. *Tous deux le retiennent par fes vêtemens.*

Laiffez-vous retenir ; vous n'irez point.

HAMLET.

Mon deftin me crie d'y aller , & rend la plus petite fibre de mon corps auffi robufte que les mufcles du lion de Némée (†). Quoi, il m'appelle encore ? Loin vos mains. — *Il fait un effort & fe dégage de leurs mains*). Par le Ciel, je ferai un fpectre de celui qui voudra m'arrêter. — (*Au Spectre*). Je te dis , marche : je te fuivrai.

(†) Hamlet vient de faire fes études à Wittemberg, & de tems en tems, il lui arrive de mêler dans fes difcours des allufions & des comparaifons tirées des anciens.

(*Le Spectre s'éloigne à pas lents ; Hamlet en friffonnant le fuit à quelque diftance : tous deux difparoiffent de la vue*).

HORATIO.

Il eft emporté par fon imagination défefpérée.

MARCELLUS.

Suivons-le : nous ne devons pas lui obéir en cela.

HORATIO.

Allons fur fes pas. — Quelle fera l'iffue de ceci ?

MARCELLUS,

Il y a quelque vice caché dans l'état du Dannemarck.

HORATIO.

Le Ciel conduira l'événement.

MARCELLUS,

Allons, fuivons-le.　　　　(*Ils fortent*).

SCÈNE XI.

La Scène eſt à l'extrêmité de l'Eſplanade, au pied de laquelle on voit la mer; une longue langue de terre s'avance ſur les flots; le Spectre reparoît le premier, faiſant toujours ſigne à Hamlet, qui ſuit à quelque diſtance; le Spectre le conduit ſur cette langue de terre fort loin, juſqu'au moment où Hamlet, ne pouvant plus ſe ſoutenir de frayeur, s'arrête & parle.

HAMLET, *avec l'accent de la frayeur & chancelant.*

Ou prétends-tu me conduire ? Parle : je ne veux pas aller plus loin.

LE SPECTRE, *ſe retournant vers lui.*
Enviſage-moi.

HAMLET.
Je t'enviſage.

LE SPECTRE.
Mon heure eſt preſque venue; il faut que je me rende dans les flammes ſulphureuſes & dévorantes.

HAMLET.

Hélas, ame malheureufe !

LE SPECTRE.

Point de pitié de moi ; mais prête une attention férieufe à ce que je vais te révéler.

HAMLET.

Parle : je me voue à t'écouter.

LE SPECTRE.

Tu te voueras auffi à la vengeance, quand tu m'auras entendu.

HAMLET.

Pourquoi ?

LE SPECTRE.

Je fuis l'ame de ton père ; condamné pour un tems
marqué à errer la nuit, & le jour à être emprifonné
dans les flammes, jufqu'à ce que les fautes impures, qui
ont fouillé mes jours pendant ma vie mortelle, foient
confumées & purifiées par le feu. (†) Oh ! s'il ne m'é-

(†) Shakefpéar fait ici des Danois Payens des Catholiques
Romains, donne une defcription du Purgatoire, où il mêle la Fable Payenne du Lethé, le tout pour frapper davantage les imaginations du peuple de fon fiecle ; ou par inadvertance, comme
Michel-Ange, qui dans fon tableau du Jugement dernier, a peint
la barque de Caron.

g ij

toit pas interdit de te révéler les fecrets du lieu de ma
prifon , je pourrois te faire un récit , dont chaque mot
bouleverferoit ton ame; glaceroit ton jeune fang ; lan-
ceroit comme deux étoiles tes yeux de leur orbite : ta
chévelure, que ces nœuds raffemblent, fe fépareroit en
deux , & chacun de tes cheveux, comme les piquans
fur le dos du porc épic , fe hériff eroit fur ta tête ! Mais
ces myftères éternels ne font pas faits pour des oreilles
de chair & de fang ! Ecoute , écoute, oh ! écoute ! Si
jamais tu aimas ton tendre père. . . . .

H A M L E T, *avec un mouvement où eft toute*
fon ame.

Oh , Ciel !

LE SPECTRE.

Venge un horrible & barbare meurtre (†).

H A M L E T.

Meurtre ?

(†) *Tantæ felicitatis invidia accenfus Fengo fratrem infidiis*
circumvenire conftituit. — *Ubi datus parricidio locus, cruenta manu*
funeftam mentis libidinem fatiavit : trucidati quoque fratris uxore
potitus , inceftum parricidio adjecit. — *Idem atrocitatem facti.*
tantâ calliditatis audaciâ texit , ut fceleris excufationem bene
volentiæ fimulatione componeret , parricidiumque pietatis nomine.
coloraret. Sax. Gram. ibid. Meurfii Hiftor. Dani. Lib. I. p. 11.

LE SPECTRE.

Meurtre horrible, comme l'eft toujours le plus gra-
ciable; mais celui-ci eft le plus horrible, le plus étrange, le plus dénaturé !

HAMLET.

Hâte-toi de m'inftruire, afin qu'avec des aîles auffi
rapides que la méditation, ou les penfées de l'amour, je
puiffe voler à ma vengeance.

LE SPECTRE.

Je te trouve prêt à agir : & fuffes-tu d'une nature
auffi infenfible que le rofeau qui pourrit fur fa tige
dans les marais du Lethé, ne ferois-tu pas ému par
ce qui va fuivre? Maintenant, Hamlet, écoute.— C'eft
un bruit répandu que, dormant dans mon jardin, un
ferpent me piqua. Toutes les oreilles du Dannemarck
font indignement abufées par la fable controuvée de
ma mort. Mais apprends, toi, noble jeune homme, que
le ferpent qui piqua la vie de ton père, porte aujourd'hui
fa couronne.

HAMLET, *treffaillant de furprife & d'horreur.*

O preffentimens prophétiques de mon ame ! —
Mon oncle?

LE SPECTRE.

Oui, cet inceftueux, ce monftre adultère, par fe
preftige infernal de fon efprit, & par de traîtres dons
(ô efprit, & dons maudits, qui avez ainfi le pouvoir

de féduire !) fut gagner à fon infâme paffion le cœur
de ma Reine chérie, dont tous les dehors offroient la
vertu. Oh, Hamlet, quelle chûte elle fit alors : de
moi, dont le noble & pur amour avoit toujours été
fidèle au vœu que je lui avois juré dans le mariage,
pour s'abaiffer jufqu'à un miférable, dont les avantages & les qualités naturelles n'étoient rien en comparaifon des miennes ! Mais comme la vertu ne fuc-
combera jamais, quand la débauche viendroit la tenter fous une forme célefte ; de même la débauche, fût-
elle affociée à un ange éblouiffant de beauté, pro-
faneroit fa couche célefte & fe raffafieroit d'opprobre.
Mais, (*en s'interrompant*) (†) il me femble déjà que
je refpire l'air frais du matin : abrégeons . . . .
Endormi dans mon jardin, c'étoit ma coutume jour-
nalière dans l'après-dîner, au milieu d'un fommeil
fans défiance, ton oncle me furprit: muni d'une phiole
de poifon, il verfa dans l'entrée de mon oreille cette
contagieufe liqueur : cette liqueur eft fi ennemie du
fang de l'homme, que fubtile comme le vif-argent,
elle court & s'infinue dans tous les canaux, toutes les
veines du corps, & par une active énergie, elle épaif-
fit & glace le fang le plus pur & le plus délié ; ce fut

(†) *Jamque vale : torquet medios nox humida curfus,*
  Et me fævus equis oriens afflavit anhelis.
L'ombre d'Anchife à Enée dans Virgile. *Æneid. Liv. V.*

ainſi qu'elle glaça le mien; c'eſt ainſi que je fus en dormant dépouillé, par la main d'un frère, de la vie, de la couronne & de mon épouſe, & enlevé du monde dans l'efferveſcence de mes péchés flagrans (†), ſans les graces du Ciel (§); ſans les derniers ſecours de la Religion;ſans les prières implorées par la cloche des mourans; ſans compte rendu au Juge Suprême, & envoyé devant lui avec toutes mes fautes accumulées ſur ma tête! — O, horrible, horrible! — Si le ſentiment de la nature vit en toi, ne le ſouffre pas : que la couche royale du Dannemarck ne ſoit pas le lit de la débauche & de l'affreux inceſte. Mais, par quelque moyen que tu pourſuives cet acte, ne ſouille point ton cœur, & que ton ame ne machine aucune trame contre ta mère. (a)

(†) *Dans la force de la sève de mes péchés.*

(§) Unhouſel'd. *Houſel , Sacrement , Hoſtie , en vieux Saxon;*

(a) Jamais ſentiment d'amour, inſpiré dans les beaux climats de l'Orient, ſous les plus purs & les plus brillans rayons du Soleil, épuré encore par ce que la morale de Confucius a de plus ſublime, ne fut exalté au degré de la tendreſſe qui reſpire dans ce paſſage, & dans celui d'une Scène de l'Acte 3. Jamais les Poëtes Grecs & Latins n'ont donné un pareil exemple de clemence & d'amour, vivant encore au-delà du tombeau. Enée rencontre Didon dans l'Eliſée; il n'étoit pas auſſi coupable envers elle, que l'eſt cette Reine envers ſon époux; cependant toute la grace que le Poëte peut lui obtenir de l'Ombre irritée de ſon amante , c'eſt le ſilence; encore le reproche & le reſſentiment percent-ils dans ſes regards & dans toute ſa contenance. *Mrs. Griffith.*

Abandonne-la au Ciel ; laiffe aux poignantes épines, qui logent dans fon fein, le foin de la châtier & de la punir : adieu, en un feul mot. Le ver luifant m'annonce que le matin eft proche, & déjà l'éclat de fes feux fans chaleur commence à pâlir. Adieu, adieu, adieu ; fouviens-toi de moi,

(*Le Spectre difparoît*).

H A M L E T,
(*les bras étendus vers le lieu où fon père a difparu*).

O vous tous, légions des Cieux! O terre! — Qui encore affocierai-je à vous ? ... L'enfer? — O mon cœur, arrête. — Et vous, mufcles de mon corps, ne vieilliffez pas en un inftant ; affermiffez-moi & foutenez mon poids fur la terre. Me fouvenir de toi ! — Oui, Ombre chère, tant qu'il y aura de la mémoire fur ce globe criminel. — Me fouvenir de toi ! — Oui, & du dépôt de ma mémoire, je veux effacer tous ces frivoles & infenfés fouvenirs, toutes les maximes des livres, tous les veftiges, toutes les impreffions du paffé, que la jeuneffe & l'obfervation y avoient tracées ; & ton ordre feul vivra dans le regiftre de mes penfées, pur & dégagé de tout ce vil alliage. Oui, j'en attefte le Ciel ! — O femme pernicieufe ! O fcélérat, careffant & maudit fcélérat ! Mes tablettes. — Il eft à propos que j'y écrive, qu'un homme peut flatter, fourire, & être un fcélérat. (*Il écrit.*) Au moins je fuis fûr que cet
homme

homme peut fe trouver en Dannemarck . . . . . Oui ,
mon oncle , te voilà ici. Maintenant à la parole que
je veux retenir : la voici : *adieu , adieu , fouviens-
toi de moi.* Je l'ai juré. (*Ses regards s'enflamment
& fa raifon s'altère de plus en plus*).

S C È N E X I I.

HAMLET. HORATIO & MARCELLUS
paroiffent , cherchant au loin & appellant.

H O R A T I O.

SEIGNEUR , Seigneur !

M A R C E L L U S.

Prince Hamlet !

H O R A T I O.

Que le Ciel le protège !

M A R C E L L U S.

Qu'il le protège !

H O R A T I O.

Hola , hola , mon Prince ? (*Il trouve Hamlet les cheveux hériffés furfa tête*).

HAMLET, *répondant.*

Hola, hola, viens, ami, viens.

MARCELLUS.

Hé bien, mon noble Seigneur ?

HORATIO.

Seigneur, quelles nouvelles ?

HAMLET.

Oh, les plus étranges !

HORATIO.

Digne Seigneur, dites-nous. . . .

HAMLET.

Non, vous les rediriez.

HORATIO.

Non pas moi, Seigneur; par le Ciel.

MARCELLUS.

Ni moi, Seigneur.

HAMLET, *fuivant l'idée dont il eſt plein.*

· Comment dites-vous donc, que le cœur de l'homme
eût pu le penſer. . . . Mais vous garderez le fecret.

Tous les deux.

·Oui, par le Ciel, Seigneur.

HAMLET.

Il n'y eut jamais de fcélérat vivant dans tout le Dannemarck (†) . . . . . qui ne foit un fcélérat.

*(On s'apperçoit déjà de l'égarement qui commence à fe
manifefter dans Hamlet, & qui va faire des progrès.)*

HORATIO.

Il n'eft pas befoin, Seigneur, qu'un mort revienne
du tombeau, pour nous apprendre cette vérité.

HAMLET.

Oui, vous avez raifon, vous avez raifon; & fans
vous détailler aucune circonftance de plus, je crois
qu'il eft à propos que nous nous prenions la main,
& que nous nous féparions, vous, pour aller où vous
appellent vos affaires & vos penchans : (car chacun
a fes affaires & fes penchans, quels qu'ils foient) , &
moi, pour aller faire mon trifte rôle : j'irai prier.

HORATIO.

Ce ne font là, Seigneur, que des mots vagues &
fans fuite.

(†) Il alloit dire fon fécret; il s'arrête tout-à-coup.

h ij

HAMLET.

Je fuis fâché qu'ils vous offenfent : fincérement ; oui, du fond du cœur.

HORATIO.

Il n'y a point là d'offenfe, Seigneur.

HAMLET, *plein de ce qu'il a vu & appris.*

Oh, par le Ciel, il y en a de l'offenfe, Seigneur, & beaucoup ! Quant à cette vifion-là, — c'eft une ombre vertueufe ; fouffrez que je vous en affûre ; cela, je peux vous le dire . . . . . Quant au defir que vous avez de favoir ce dont il s'agit entre elle & moi, réprimez-le autant que vous pourrez ; & maintenant, dignes amis, comme vous êtes mes amis, des hommes inftruits & des guerriers, accordez-moi une foible grace.

HORATIO.

Quelle eft-elle, Seigneur ?

HAMLET.

De ne jamais révéler ce que vous avez vu cette nuit.

Tous deux.

Seigneur, jamais.

HAMLET.

Oui, mais jurez-le.

HORATIO.

Par l'honneur, Seigneur, jamais moi.

MARCELLUS.

Ni moi, Seigneur, je le jure par l'honneur.

HAMLET, *tirant son épée.*

Jurez fur mon épée. (†)

MARCELLUS.

Nous l'avons déjà juré, Seigneur.

HAMLET.

Oui, fur mon épée, oui.

(LE SPECTRE, *du fond de la terre, pouffe une voix lugubre, & crie.*

Jurez

HAMLET.

Ha, Ha, étranger, parles-tu ainfi? Es-tu-là, toi, Ombre royale. Allons, vous l'entendez fous la terre.....
Confentez à jurer.

HORATIO.

Propofez le ferment, Seigneur.

(†) Mœurs des Anciens Danois : c'étoit un point de Religion chez eux de jurer fur leurs épées. *Warburton.*

HAMLET.

De ne jamais parler de ce que vous avez vu ; jurez fur mon épée.

LE SPETRE *crie d'un autre endroit fous terre.*
Jurez.

HAMLET.

Qu'ici & par-tout... Allons ; changeons de place : approchez ici, honnêtes amis, & pofez vos mains fur mon épée. Ne jamais parler de ce que vous avez en-tendu ; jurez-le fur mon épée.

LE SPECTRE *crie d'un autre endroit encore.*
Jurez.

HAMLET.

Bien dit, invifible fantôme ; comment peux-tu creu-fer & voyager fi rapidement fous terre ! (†) — Chan-geons encore une fois de place, mes amis.

HORATIO.

O lumière & ténèbres ! c'eft un étrange prodige !

HAMLET.

Tenez-le fecret & caché, comme un étranger fous votre toît.—(§) Il y a plus de chofes dansle Ciel & fur la terre, Horatio, qu'on ne l'imagine dans les rêves de votre philofophie. Mais venez.—Ici, comme auparavant,

---

(†) A worthy pioneer, puiffant mineur !
(§) Allufion aux Loix de l'hofpitalité. *Warburton.*

que jamais (& qu'à cette condition le Ciel vous
protège !) de quelque étrange ou bifarre manière que
je me conduife, comme peut-être je pourrai dans la
fuite trouver à propos d'affeéter une difpofition bifarre ;
qu'en pareille circonftance, me voyant dans cet état,
vous, jamais les bras ainfi croifés, ou fecouant la
tête, ou prononçant quelque phrafe équivoque,
comme — *nous favons* — ou, *nous pourrions,*
fi nous voulions — ou, *fi nous avions envie de parler*
— ou, *il y a, il pourroit y avoir :* rien d'ambigu qui
puiffe donner à entendre, que vous fachiez rien de
moi. (†) Jurez-le, & qu'alors la grace & la clémence
du Ciel vous fecourent dans votre befoin ! Jurez.

LE SPECTRE *crie encore.*
Jurez.

HAMLET.

Calme-toi, calme-toi, ame troublée. Ainfi, honnêtes amis, je me recommande à vous du fond du
cœur ; & quelque impuiffant que foit l'infortuné
Hamlet pour vous témoigner fon attachement &
fon amitié, Dieu voudra que la récompenfe ne vous
manque pas. Rentrons enfemble, & toujours le doigt
fur les lèvres, je vous prie. Tout eft bouleverfé.
O défordre maudit, faut-il que je fois né pour te
réformer ! — Allons, partons enfemble. (*Ils fortent*).

(†) On remarque, qu'il ne leur a rien dit de fon fecret.

Fin du premier Aéte.

ACTE II.

SCÈNE PREMIÈRE.

La Scène repréſente un appartement dans la Maiſon de Polonius.

POLONIUS, REYNOLDO.

POLONIUS.

Rᴇʏɴᴏʟᴅᴏ, remettez lui cet argent & ces billets.

REYNOLDO.

Je le ferai, Seigneur.

POLONIUS.

Bon Reynoldo, avant de l'aller viſiter lui-même ; vous ferez un chef-d'œuvre de prudence, de commencer par faire une enquête ſur ſa conduite,

REYNOLDO.

C'étoit bien mon intention, Seigneur,

POLONIUS.

Oh ! Sagement penſé, très-ſagement ; voyez vous
bien

bien, informez vous d'abord, quels font les Danois qui
font à Paris, où, & comment ils vivent ; quelle eft leur
dépenfe, leur fociété; quels font leur rendez-vous? Et lorfque par ces alentours, par ces informations, qui ne font
qu'un préliminaire pour aller au but, vous aurez appris
qu'ils connoiffent mon fils, allez droit au fait ; qu'il
devienne alors lui-même le principal objet de vos queftions ; faites comme s'il ne vous étoit pas inconnu ;
dites ; *je connois fon père, fes amis ; je le connois
lui-même un peu.* — Entendez-vous bien, Reynoldo ?

R E Y N O L D O.

Oh! très-bien, Seigneur.

P O L O N I U S.

Oui, je le connois lui-même un peu.— Vous pouvez
ajouter.—*Pas très-particuliérement ; mais, fi c'eft celui
que je veux dire, ce n'eft qu'un jeune écervelé, en
clin à tel ou tel vice ;* & alors mettez fur fon compte
tout ce qu'il vous plaira d'inventer; mais, prenez bien
garde, n'allez pas lui fuppofer de ces vices honteux
qui pourroient le déshonorer ; prenez y bien garde
au moins; parlez feulement de quelques écarts, de
quelques étourderies, telles qu'il en échappe aux jeunes
gens.

R E Y N O L D O.

Par exemple, le jeu, Seigneur ?

Tome V.   i

POLONIUS.

Oui, le jeu, le vin, l'efcrime, les juremens, le tapage, & les femmes notées ; vous pouvez aller jufque là.

REYNOLDO.

Mais, Seigneur, il y a là de quoi le déshonorer.

POLONIUS..

Point du tout ; cela dépend de la tournure que vous donnerez à votre imputation ; n'allez pas le charger de ces vices trop fcandaleux ; ne dites pas qu'il eft entiérement abandonné à la débauche ; ce n'eft pas cela que j'entends, non ; mais touchez ces défauts adroitement, de manière qu'on ne puiffe les attribuer qu'à un excès de pétulance, à la fougue du jeune âge, à l'effervefcence d'un fang trop bouillant.

REYNOLDO.

Mais, Seigneur....

POLONIUS, *d'un air fin.*

Ha ! vous voudriez favoir pour quel but vous devez agir ainfi ? N'eft-ce pas ?

REYNOLDO.

Oui, Seigneur, je ferois bien aife de le favoir.

POLONIUS.

Hé, mais, le voici mon but ; & je penfe que
c'eft y vifer en homme d'efprit. En imputant à mon
fils ces légers écarts, qu'on peut nommer des taches
dans un bel ouvrage, vous gagnez par vos queftions
l'efprit de celui dont vous voulez fonder les fentimens.
S'il a reconnu les vices que j'ai nommés dans le jeune
homme en queftion, foyez fûr qu'il finira avec vous
par dire : *mon cher Monfieur,* ou *Monfieur,* ou *mon
Ami,* ou bien, *mon Gentilhomme,* fuivant le titre
que prend une perfonne, en y joignant fon nom &
celui de fon Pays.

REYNOLDO.

Fort bien, Seigneur.

POLONIUS.

Enfuite, Monfieur, il fait, — il fait. — Que vou-
lois-je donc dire ? Je voulois dire quelque chofe. — Où
en fuis-je refté ?

REYNOLDO.

Il finira par dire (†).

(†) Ce n'eft que le mot & non pas l'idée qui remet la mémoire de Polonius fur la voie : les leçons qu'il donne, il les a plutôt apprifes par cœur, que conçues & tirées lui-même de fa raifon.

POLONIUS.

Ah, oui, oui; il finira donc par vous dire ceci; oui, il finira par vous dire : « Je connois ce jeune homme; » je le vis hier, ou un autre jour, avec tel ou tel; & » comme vous dites, là il a joué, ici il a fait une dé-» bauche; ici il a eu une querelle à la paume; peut-» être ajoutera-t-il, je l'ai vu entrer dans une maison » peu honnête; favoir, un lieu de proftitution : & » autres chofes femblables ». Vous voyez bien main-tenant:votre menfonge eft un appât pour furprendre (†) & pêcher la vérité: c'eft ainfi que nousautres,qui avons de l'expérience & du fens, nous favons par adreffe, par des détours, par des biais, parvenir à notre but. Vous fuivrez donc ces inftructions pour ce quiregarde mon fils; vous m'entendez bien, n'eft-ce pas?

REYNOLDO.

Oui, Seigneur.

POLONIUS.

Que le Ciel vous conduife! Allez en paix.

REYNOLDO.

Mon noble Seigneur....

POLONIUS.

Obfervez par vous-même, en fecret, fes penchans.

(†) Il aime les expreffions fingulières & recherchées.

REYNOLDO.

Oui, Seigneur.

POLONIUS.

Et laiſſez-le aller ſon train.

REYNOLDO.

Il ſuffit, Seigneur.

POLONIUS.

Adieu.

SCÈNE II.

POLONIUS, OPHÉLIA.

POLONIUS.

Eʜ bien, qu'eſt-ce, Ophélie? Qu'y a-t-il donc?

OPHÉLIA.

Hélas, Seigneur ! vous me voyez encore toute ef-
frayée.

POLONIUS.

De quoi ? — Au nom du Ciel, parlez.

OPHÉLIA.

Seigneur, comme j'étois occupée à broder, dans mon

appartement , le Prince Hamlet , fes vêtemens tout ouverts en défordre , la tête échévelée , les jambes demi-nues , pâle comme fon linge , fes genoux tremblans & fe choquant l'un contre l'autre , avec un œil fombre & auſſi hagard, que s'il eût été une Ombre échappée des enfers , pour venir annoncer de finiſtres horreurs : voilà l'état où il s'eſt préfenté devant moi!

P O L O N I U S.

Une extravagance de l'amour ; ne le penfez-vous pas ?

O P H É L I A.

Je n'en fais rien ; mais, en vérité, je le crains.

P O L O N I U S.

Eh , que vous a-t-il dit ?

O P H É L I A.

Il m'a faifi une main , qu'il a violemment étreinte ; puis s'éloignant de la longueur de fon bras , & pofant ainfi fon autre main fur fon front , il fixe fes yeux fur mon vifage , & le parcourt , comme s'il eût voulu le peindre. Il eſt refté long-tems dans cette attitude. Enfin , me fecouant légérement le bras , il lève, puis baiſſe fa tête par trois fois ; il tire du fond de fon cœur un foupir fi trifte , fi plaintif, qu'il fem-

bloit que tout fon corps alloit fe brifer & terminer fa
vie ; alors il m'a quittée ; & avançant, la tête détournée
en arrière fur fon épaule , il fembloit trouver fon chemin fans fe fervir de fes yeux ; il a paffé la porte fans
la voir , & tenant toujours fon regard attaché fur moi.

POLONIUS.

Viens, viens avec moi ; je vais trouver le Roi. ——
Telle eft l'extafe où nous jette l'amour : l'amour ,
par fa violence, eft toujours fatal à lui - même ; il
nous entraîne à des entreprifes défefpérées , plus
qu'aucune des paffions qui , fous le Ciel , trou-
blent notre foible nature.— Je fuis attrifté de fon état.——
Ne lui auriez-vous point dit ces jours derniers quelques paroles dures ?

OPHÉLIA.

Non, Seigneur : je n'ai fait qu'éviter fa préfence,
comme vous me l'aviez ordonné, & refufer fes lettres.

POLONIUS.

Et voilà ce qui l'aura jetté dans cette aliénation. Je
fuis fâché de n'avoir pas eu la fagacité de mieux juger
de fes fentimens… Je craignois que fon amour ne fût
un jeu fatal pour toi. Malheureux foupçon ! il femble
que ce foit le défaut de notre âge, de nous égarer
dans les conjectures, comme c'eft le défaut ordi-

naire de la jeuneffe, de manquer de prévoyance. Viens ;
allons trouver le Roi ; il faut lui faire connoître ce
fecret. Il y auroit plus de péril (†) à cacher fon amour,
que je ne dois craindre de haine de fa part, en le ré-
vélant. (*a*)

SCÈNE III.

Le Théâtre repréfente le Palais du Roi.

CLAUDIUS, GERTRUDE, ROSENCRANTZ, GUILDENSTERN, SEIGNEURS, *fuite.*

CLAUDIUS.

SOYEZ les bien-venus, cher Rofencrantz, & vous,
Guildenftern : outre le defir de vous voir, le befoin
preffant que j'ai de votre miniftère, m'engage à vous
appeller près de moi. . . . . Avez-vous ouï parler de la
métamorphofe d'Hamlet? Je dis, métamorphofe : car, ni
dans fon extérieur, ni dans fon ame, il ne reffemble

(†) *De la part du Roi & de la Reine.*
(*a*) Mrs. Griffith penfe qu'on a tort de donner le rôle de Polonius à un Acteur comique, & que c'eft un perfonnage noble &
fenfé ; mais que la vieilleffe rend quelquefois babillard & radoteur.

plus

plus en rien à ce qu'il étoit. Quelle autre caufe, que la mort de fon père, a pu troubler à ce point fa raifon? Je n'en puis imaginer d'autre. Vous donc, qui avez été élevés tous deux avec lui dès l'enfance, qui êtes fi intimement liés avec lui par les rapports de l'âge & de l'humeur, je vous prie de fixer pour quelque tems votre féjour ici à notre Cour. Votre fociété pourroit le rappeller au goût des plaifirs. Saififfez toutes les occafions de découvrir, fi c'eft quelque affliction qui le confume, dont la caufe nous foit inconnue, & à laquelle nous puiffions apporter quelque remède.

GERTRUDE.

Dignes Seigneurs, il a beaucoup parlé de vous, & je fuis perfuadée qu'il n'y a pas deux hommes fur la terre, à qui il foit plus étroitement attaché. Daignez avoir la complaifance & nous faire l'amitié de refter avec nous quelque tems, pour réalifer l'efpérance que nous avons conçue à votre arrivée. Le prix que vous en recevrez, répondra à ce que vous devez attendre de la reconnoiffance d'un Roi.

ROSENCRANTZ.

Vos Majeftés ont un fouverain empire fur nous : qu'elles ordonnent, au lieu de prier.

Tome V.   k

GUILDENSTERN.

Nous obéirons tous deux : nous confacrant entiérement à votre fervice, nous mettons à vos pieds
nos perfonnes & notre zèle.

CLAUDIUS.

Je vous rends graces, Rofencrantz, & à vous auffi,
honnête Guildenftern.

GERTRUDE.

Recevez auffi les miennes, honnêtes Seigneurs. ——
Je vous conjure d'aller à l'heure même voir mon fils.
Hélas, il eft bien changé ! —— Allez, quelqu'un, con-
duifez ces Seigneurs au lieu où eft Hamlet.

GUILDENSTERN.

Puiffe le Ciel lui rendre notre préfence utile, &
nos foins agréables !   (*Ils fortent.*

GERTRUDE.

Que le Ciel vous écoute !

SCÈNE IV.

LES MÊMES, POLONIUS,

POLONIUS.

Seigneur, vos Ambassadeurs sont revenus de Norwège, joyeux & satisfaits.

CLAUDIUS.

Vous avez toujours été le père des heureuses nouvelles.

POLONIUS, *avec l'air de s'applaudir.*

N'est-ce pas, Seigneur ? Je puis vous protester, mon bon & digne Souverain, que mon devoir, ainsi que mon ame, sont dévoués tous deux à mon Dieu, & à mon Roi. — Je crois, ou bien (*mettant la main sur son front*) cette tête n'a plus, pour suivre la trace de la politique, la sagacité qu'elle avoit coutume d'avoir ; je crois avoir découvert la cause de l'égarement d'Hamlet.

CLAUDIUS.

Oh, apprenez-nous-la ; je brûle de la connoître.

POLONIUS.

Donnez d'abord audience aux Ambassadeurs. Ce que

j'ai à vous apprendre, fera comme un deffert agréable à la fin d'un feftin.

CLAUDIUS.

Allez, faites vous-même les honneurs, & intro-duifez-les. (*Pol. fort.*) (*à Gertrude*). Ma chère Prin-ceffe, il dit qu'il a découvert la caufe & la fource du mal qui afflige votre fils.

GERTRUDE.

Pour moi, je n'en foupçonne point d'autre que la mort de fon père, & notre mariage précipité.

CLAUDIUS.

Fort bien ; nous faurons le fonder.

SCÈNE V.

LES MÊMES, POLONIUS, VOLTIMAND, CORNELIUS.

CLAUDIUS.

SALUT, dignes amis. Parlez, Voltimand, que vous a dit mon frère, le Roi de Norwège ?

VOLTIMAND

Il nous a chargés de répondre à vos complimens & à vos salutations. Dès notre arrivée en Norwège, il a donné ordre d'interrompre les levées de soldats que faisoit son neveu, sous prétexte d'une expédition contre la Pologne; mais qu'après avoir mieux considéré les choses, il a découvert être vraiment destinées contre Votre Majesté. Indigné, qu'on abusât ainsi de son âge & de ses infirmités, il envoie signifier ses ordres à Fortinbras, qui, touché des réprimandes du Roi, se soumet, & lui jure de ne jamais porter les armes contre votre Majesté. Le vieux Roi de Norwège, charmé de sa promesse, lui assigne trois mille écus de revenu annuel, & l'autorise à commander les troupes, qu'il avoit levées, contre les Polonois. Il vous prie, de plus, de laisser le passage libre au travers de vos États

à l'armée deftinée pour cette expédition , fous les conditions de fureté qui font portées dans cet écrit.

Il remet les dépêches au Roi.

CLAUDIUS.

J'y confens volontiers : je lirai cet écrit , quand j'aurai le tems de l'examiner & de fonger à la réponfe que
je dois faire. En attendant, je vous remercie de la peine
que vous avez prife avec tant de fuccès ; allez vous repofer : ce foir vous ferez de mon feftin (†) ; je vous
reverrai avec joie.   (*Les Ambaffadeurs fortent*).

SCÈNE VI.

LES MÊMES.

POLONIUS.

Cette affaire eft heureufement terminée. — Seigneur , & vous , Madame , faire de longs raifonnemens
pour favoir ce qu'exigent la Majefté des Rois, les
droits des Sujets ; pourquoi le jour eft le jour, la nuit
la nuit , & le tems le tems ; ce feroit perdre inutile-
ment le jour , la nuit & le tems. Donc, puifque la pré-

(†) L'intempérance du Roi éclate au moindre prétexte.

cifion eft l'ame de l'efprit, & que rien n'eft fi ennuyeux que la circonlocution & la périphrafe, je ferai
court. — Votre noble fils eft infenfé (†). Je puis bien
dire, infenfé; car la folie, à la bien définir, qu'eft-
elle autre chofe, que d'être fou de tout point? Mais
laiffons cela.

GERTRUDE.

Plus de chofes & moins d'art dans votre difcours.

POLONIUS.

Je jure, Madame, que je n'y mets aucun art.—Qu'il
foit infenfé, c'eft la vérité pure; il eft très-vrai que
cela eft trifte, & il eft bien trifte que cela foit vrai. —
Quelle frivole antithèfe! Mettons-la de côté; car je ne
veux employer aucun art. — Ainfi, accordons, qu'il eft

(†) *Quod videns* Amlettus *ne prudentius agendo*, patruo *fuf-*
peɛlus redderetur, ɛloliditatis ɛimulationem amplexus, extremum
mentis vitium finxit ; eoque calliditatis genere non ɛolùm ingenium
texit, verùm etiam ɛalutem defendit. Quotidie maternum larem·
pleno ɛordium torpore complexus,abjeɛlum humi corpus obɛcæni ɛqua-
loris illuvie reɛpergebat. Turpatus oris color, illitaque tabo facies
ridiculæ ɛloliditatis dementiam figurabant. Quidquid voce edebat,
deliramentis conɛentaneum erat. Quidquid opere exhibuit, profun-
dam redolebat inertiam. Quid multa ? Non virum aliquem, ɛed
delirantis fortunæ ridendum diceres monɛlrum. Vide plura, p. 50,
51 & Joannis Meurfii Hift. Danii. Lib. I. p. 11.

insensé; il reste maintenant à pénétrer la cause de
cet effet : car cet effet, ou plutôt ce défaut, a une
cause. Or faites attention à ce qui reste... à ce qui reste
à dire ; suivez-moi bien. — J'ai une fille , (je l'ai,
tandis qu'elle m'appartient encore), qui, par une suite
de son devoir & de l'obéissance qu'elle me doit, remarquez bien , je vous prie , m'a donné cette lettre:
maintenant résumez & concluez (†). (*Polonius ouvre*

(†) Le caractère de Polonius est celui d'un vieux Ministre
d'Etat , pédant & qui a la tête affoiblie ; son discours sert de satyre
contre l'impertinente éloquence alors en vogue, qui plaçoit la
raison dans la méthode de la Logique, & l'esprit, dans les antithè-
ses & les jeux de mots.

Ce caractère est généralement reconnu pour être peint avec
les nuances les plus vraies & les plus vives. On se rappelle les sa-
ges conseils que Polonius donne à son fils Laërte , dans le premier
Acte ; Polonius ne les a pas inventés ; mais il les avoit puisés dans
les livres, & il étoit assez vain pour les débiter comme de son
propre fonds, après les avoir appris par cœur. On en a vu la
preuve dans ses instructions à son homme de confiance Reynoldo,
où il perd le fil de son discours,& le retrouve, non pas sur la liaison
des idées , mais sur la répétition du dernier mot que lui rappelle
Reynoldo. Il ne faut pas cependant trop avilir ce caractère : ce n'est
pas l'intention du Poëte, qui l'a conçu sur un dessein plus noble,
& mêlé des accidens de la nature & de l'éducation. Polonius est un
homme nourri à la Cour , exercé aux affaires, plein d'observations,
confiant dans son savoir , vain de son éloquence , & que l'âge
fait tomber dans le radotage de la vieillesse. Le genre de son

une

une lettre & la lit). «A lacélefte, àl'Idolede mon ame, « à la nonpareille Ophélia ». Voilà une mauvaife ex- preffion, une expreffion furannée : *nonpareille* , mau- vaife expreffion ; mais écoutez la fuite. (*Il continue de lire.*) » Ces vers, à fon beau fein d'albâtre. »

G E R T R U D E , *l'interrompant.*

Cette lettre lui eft-elle adreffée par Hamlet ?

élocution eft peint avec vérité & dans la vue de ridiculifer la pra- tique de ce fiecle , où l'on faifoit des préfaces qui ne fervoient en rien à entrer dans le fujet , & où l'on ufoit d'une méthode qui embrouilloit au lieu d'éclaircir. Voilà la partie accidentelle de fon caractère, tout le refte eft de la nature. Cet homme eft tranchant & décifif, parce qu'il fait que fon efprit a été autrefois plein de force & de vigueur , & il ne s'apperçoit pas qu'il s'eft affoibli : il excelle dans les principes généraux ; mais il péche toujours dans les applications particulières. Il voit bien dans le paffé , & il eft aveugle fur l'avenir : tant qu'il tire la fcience de fon magafin de leçons & d'obfervations, il débite des fentences importantes & des confeils utiles : mais, comme fon efprit eft affoibli & ne peut foutenir long-tems une certaine application , le Vieillard eft fujet à voir fes facultés lui manquer tout-à-coup ; il perd la liaifon des idées , & s'embarraffe dans fes propres reflexions, jufqu'à ce qu'il retrouve le fil principal ; & alors tout va au mieux. Cette idée de la démence de l'âge qui ufurpe fur la raifon, donnera la folution de toutes les parties du caractère de Polonius. *Johnfon.*

Tome V. ɪ

POLONIUS.

Daignez fufpendre, Madame, je ferai exact. (*Il lit*).

» Doutez que les Aftres foient de feu,
» Doutez que le Soleil fe meuve,
» Doutez que la vérité foit la vérité :
» Mais jamais ne doutez que je vous aime.

« Oh , ma chère Ophélie, ces vers aggravent ma
» douleur ; je n'ai point l'art de faire valoir mes
» foupirs ; mais, que je vous aime, oh, le plus tendre-
» ment, croyez-en ,

> » Ma très-belle & très-chère Dame, votre Amant pour
> » jamais, tant que cette maffe d'argile fera animée,
> » Hamlet. Adieu. »

Ma fille m'a montré cette lettre par devoir d'obéiffance ; & de plus encore , elle m'a déclaré toutes les
follicitations qu'Hamlet lui a faites , & toutes les circonftances du tems, de l'occafion, du lieu.

CLAUDIUS.

Mais, comment a-t-elle accueilli fon amour ?

POLONIUS.

Comment penfez-vous de moi ?

CLAUDIUS.

Comme je penfe d'un homme d'honneur & de probité.

POLONIUS.

Je fuis bien aife de vous prouver que je fuis tel —
Mais que pourriez-vous penfer, fi, lorfque j'ai vu fon
ardent amour prendre l'effor, (car je dois vous dire que
je m'en fuis bien apperçu, même avant que ma fille
me l'eût dit) que pourriez-vous penfer, & que pen-
feroit la Reine qui m'entend, fi j'avois connivé avec
cette paffion; fi je l'avois encouragée par mon filence;
fi j'étois refté tranquille fpectateur de cet amour; qu'auriez-vous penfé de moi? — Non, non, j'ai été droit
au fait, & j'ai moralifé ainfi la jeune Demoifelle : « le
Seigneur Hamlet eft un Prince trop au-deffus de ta
fphère; cette affaire ne peut réuffir : » je lui ai enfuite
donné des documens, comme elle devoit fe renfer-
mer fous la clef, & s'abftenir de recevoir ni lettres ni
préfens. Ma fille a bien fait fon profit de mes avis;
& pour abréger l'hiftoire, le Prince, qui s'eft vu rebuté, eft tombé dans la trifteffe, de la trifteffe dans
le dégoût pour tous les alimens, du dégoût dans l'infomnie, de l'infomnie dans la langueur, de la langueur dans la foibleffe de tête (†); & enfin par cette

---

(†) Il n'y a rien de tout cela dans la vérité. Mais Polonius a la
rage de tout pénétrer. Il imagine & invente tout ce qui lui vient
en tête, pour appuyer fa conjecture & faire honneur à fa fagacité.
Il a découvert l'intrigue d'Hamlet & d'Ophélie; il a même, à
ce qu'il prétend, obfervé tous les degrés, toutes les nuances de la
maladie d'Hamlet, comme auroit pu faire fon Médecin; tandis que
prefque toute la folie d'Hamlet eft feinte.

progreſſion, dans ce délire qui le fait extravaguer maintenant, & qui nous attriſte tous.

C L A U D I U S.

Croyez-vous que la choſe ſoit arrivée ainſi?

G E R T R U D E.

Cela eſt aſſez vraiſemblable.

P O L O N I U S, *avec complaiſance.*

Y a-t-il jamais eu un tems, je voudrois bien le ſavoir, où j'aie poſitivement aſſuré, *la choſe eſt ainſi*, &
où elle ait été autrement ?

C L A U D I U S.

En effet, je ne me le rappelle pas.

P O L O N I U S, (*montrant ſa tête*).

Je vous l'offre, ſi cela n'eſt pas comme je vous le
dis. Pour peu que les circonſtances me favoriſent, je
découvrirai où ſe cache la vérité ; oui , fût-elle cachée
dans le centre de la terre.

C L A U D I U S.

Et comment pouſſer plus loin nos recherches?

P O L O N I U S.

Vous ſavez que le Prince ſe promène ſouvent quatre heures entières dans cette gallerie.

GERTRUDE.

Oui, il eſt vrai.

POLONIUS.

Eh bien, au moment où il y ſera, je veux laiſſer ma fille s'échapper ſur ſa trace. Cachons-nous alors, vous & moi, derrière la tapiſſerie ; obſervons bien leur entrevue. S'il ne l'aime pas, ſi l'amour n'eſt pas la cauſe de ſon mal, que je ne ſois plus une des colonnes de votre État ; que je perde tout ce que je poſſède ; envoyez-moi dans une ferme guider la charrue.

CLAUDIUS.

Nous tenterons cette idée.

SCÈNE VII.

Les mêmes, ſe retirent un peu à l'écart en voyant HAMLET, *qui lit.*

GERTRUDE.

MAIS, regardez, regardez, quelle vue affligeante. Le pauvre malheureux vient en liſant.

POLONIUS.

Allez-vous-en, je vous en conjure, tous deux, éloignez-vous; je vais l'aborder à l'inftant. Laiffez - moi me fatisfaire.   (*Le Roi & la Reine fortent*).

(*A Hamlet*).

Seigneur, permettez-moi de vous demander comment fe porte le noble Seigneur Hamlet?

H A M L E T.

Fort bien, Dieu merci.

P O L O N I U S.

Me connoiffez-vous, Seigneur ?

H A M L E T.

Oui, très-bien; vous êtes un artifan.

P O L O N I U S.

Moi, Seigneur ?

H A M L E T.

Eh bien, je voudrois que vous fuffiez un auffi honnête homme.

P O L O N I U S.

Honnête, Seigneur ?

H A M L E T.

Oui, ami, être honnête, de la manière dont le monde va, c'eft être choifi fur dix mille hommes.

POLONIUS.

Cela eſt vrai, Seigneur.

HAMLET.

Car, ſi le ſoleil engendre des inſectes dans un chien mort, & que tout Dieu qu'il eſt, il répande ſes rayons bienfaiſans ſur un cadavre infect. . . . .

(*Hamlet , dont le caractère eſt de réfléchir & de mora-*
liſer perpétuellement , répondoit dans ſon idée à l'ob-
jection que les libertins font contre la Providence , tirée
de ce que le mal abonde dans le monde , & que le bien
ſorti pur des mains de Dieu , ſe corrompt dans l'hom-
me ; mais il s'interrompt tout-à-coup , en s'appercevant
qu'il parle trop clairement , & qu'il alloit trahir ſon
ſecret , en montrant une logique & une raiſon auſſi ſaine
& auſſi profonde).

Avez-vous une fille. ?

POLONIUS.

J'en ai une , Seigneur.

HAMLET.

Ne la laiſſez point ſe promener au grand jour (†) :

_____

(†) Hamlet s'eſt apperçu que Polonius avoit défendu à ſa Fille de le voir, & qu'elle évitoit ſes entretiens : il fait ici alluſion à cette idée.

Concevoir, eſt une bénédiction du Ciel ; mais non pas dans le ſens que votre fille pourroit concevoir. Ainſi, prenez-y garde.

POLONIUS,

Que voulez-vous dire par là, Seigneur ? (*A part*). Toujours l'idée attachée à ma fille. — Cependant, il ne m'a pas reconnu d'abord : il diſoit, que j'étois un artiſan. Il a l'eſprit bien aliéné. — Et moi-même, dans ma jeuneſſe, l'amour m'a fait ſouffrir d'étranges tourmens, à peu-près comme les ſiens. Il faut que je lui parle encore. — Que liſez-vous, Seigneur ?

HAMLET,

Des mots, des mots, des mots.

POLONIUS.

De quoi s'agit-il, Seigneur ?

HAMLET.

Entre qui ?

POLONIUS.

Je vous demande de quoi il s'agit dans le livre que vous liſez.

HAMLET.

HAMLET.

Des calomnies contre la vieilleſſe! Ce méchant &
ſatyrique auteur (†) y dit, que les vieillards ont la barbe
griſe; que leur viſage eſt ridé; que leurs yeux diſtillent
une ambre épais comme la gomme que le prunier
diſtille; qu'ils ont très-peu de cervelle & les fibres
affoiblies. Quoique j'en ſois convaincu par mon expérience, & que je le croie auſſi fermement qu'on le
peut croire, cependant je regarde de pareils écrits
comme peu honnêtes : car vous-même, Seigneur, vous
deviendrez auſſi vieux que moi, quand même vous
reviendriez en rétrogradant dans la vie.

POLONIUS, *(à part)*

Quoiqu'un tel diſcours ſoit d'un inſenſé, cependant il y a encore de la méthode (*haut*). Seigneur,
voudriez-vous ſortir de cet air? & venir.....

HAMLET.

Où ? dans ma tombe ?

(†) *Sed quam continuis , & quantis longa ſeneêtus*
     Plena malis ! Deformem & tetrum antè omnia vultum ,
     Diſſimilemque ſui, &c. Juvenal, Satyre X.
Hamlet liſoit la deſcription des maux d'une longue vie. *Warburton.*
     Cette conjecture eſt très-douteuſe , dit M. Eſchenburg : du tems
de Shakeſpéar, il n'exiſtoit aucune traduction complette de Juvenal.
     Hamlet prend ce détour pour marquer ſon dégoût & ſon mépris
pour Polonius.
     Tome V.   m

P O L O N I U S.

En effet,ce feroit fortir de l'air pour jamais.—(*A part*)
Que de génie fouvent dans fes réponfes : bonheur que
rencontre quelquefois la folie, tandis que la raifon la
plus faine ne pourroit pas accoucher de faillies auffi
heureufes! — Je vais le laiffer, & de ce pas aller arranger à l'inftant l'entrevue de ma fille avec lui. —
Refpeҫable Seigneur, je vais prendre très - humblement congé de vous.

H A M L E T.

Monfieur, vous ne pouvez me rien prendre que j'a-
bandonne plus volontiers, fi ce n'eft ma vie.

P O L O N I U S.

Une heureufe fanté, Seigneur! (*Polonius fort*).

H A M L E T.

Quels gens ennuyeux,que ces vieillards infenfés! (†)

P O L O N I U S, (*à Rofencrantᴣ & Guildenſtern
qui entrent*).

Vous venez chercher le Prince Hamlet ? Le voici.

(†) *Bis pueri fenes.* Δις παιδἑς ὁι γεροντες.

SCÈNE VIII.

HAMLET, ROSENCRANTZ, GUILDENSTERN.

ROSENCRANTZ.

Dieu vous garde, Seigneur.

GUILDENSTERN.

Très-honoré Seigneur.

ROSENCRANTZ.

Mon très-cher Prince.

HAMLET.

Mes dignes, mes fideles amis ! Comment vous portez-vous, Guildenftern ; & vous Rofencrantz ? Honnêtes jeunes gens ; comment menez-vous la vie ?

ROSENCRANTZ.

Enfans vulgaires de la Fortune, nous n'avons ni à nous louer ni à nous plaindre d'elle.

GUILDENSTERN.

Heureux, en ce que nous ne fommes pas trop heu-

m ij

reux : fur l'échelle de la Fortune , & non pas fur fon
trône (†).

H A M L E T.

Ni fous fes pieds , au dernier échelon ? (*a*)

R O S E N C R A N T Z.

Ni l'un ni l'autre , Seigneur.

H A M L E T.

Oui , vers le milieu , à la hauteur de fa ceinture : c'eft
là le centre de fes faveurs.

G U I L D E N S T E R N.

Oui , vraiment, de fes faveurs les plus fecrettes.

H A M L E T.

Oui , les plus fecrettes : oh , bien dit : c'eft une proftituée. — Quelles nouvelles ?

R O S E N C R A N T Z.

Aucunes, Seigneur , finon que le monde fe corrige
& devient honnête.

(†) Sur le chapeau de la fortune, mais non pas fa brillante
aigrette : (*fon bouton.*)

(*a*) Ni fous fa chauffure.

HAMLET.

Le jour du jugement n'eſt donc pas loin ; mais votre nouvelle n'eſt pas vraie. — Souffrez que je vous queſtionne plus particuliérement, mes bons amis ; qu'avez-vous fait à la fortune , pour qu'elle vous envoie ici en priſon ?

GUILDENSTERN.

En priſon , Seigneur ?

HAMLET.

Le Dannemarck eſt une priſon.

ROSENCRANTZ.

Le monde en eſt donc une ?

HAMLET.

Et une vaſte priſon , où l'on trouve des fers, des cachots ; un des plus triſtes , c'eſt le Dannemarck.

ROSENCRANTZ.

Nous ne penſons pas cela , Seigneur.

HAMLET.

Il n'eſt donc pas une priſon pour vous ; car rien n'éſt bien ni mal que par notre imagination : mais c'eſt une priſon pour moi.

ROSENCRANTZ.

C'eft donc votre ambition qui vous le fait paroître tel ; il eft trop étroit pour l'étendue de votre ame.

HAMLET.

Ah, Dieu ! je pourrois être renfermé dans l'écorce d'un arbre, & me croire Monarque d'un efpace im-menfe, fi je n'étois pas troublé par des fonges funeftes.

GUILDENSTERN.

Eh, ces fonges, en effet, font l'ambition : car toute la fubftance, dont fe repaît l'ambitieux, n'eft que (†) l'ombre d'un fonge.

HAMLET.

Un fonge n'eft lui-même qu'une ombre.

GUILDENSTERN.

Sans doute, & j'eftime l'ambition fi vaine & fi lé-gere, que je ne la regarde que comme l'ombre d'une ombre.

(†) Ici Shakefpéar a renverfé les expreffions de Pindare qui a dit, de la vie, c'eft le fonge d'une ombre. σκιᾶς ὄναρ. *Johnfon.*

HAMLET.

Ainſi nos (†) mendians font des corps, & les Rois & nos gigantefques héros ne font tous que leur ombre — (*ſe frappant le front*). Paſſerons-nous dans le Palais ? Car, de bonne foi, je ne ſuis point en état de raiſonner.

ROSENCRANTZ & GUILDENSTERN.

Nous vous accompagnerons, Seigneur.

HAMLET.

Point de cela. Je ne veux point vous mettre au niveau de mes autres ſuivans : car, à vous parler en honnête homme, j'en ai de terribles autour de moi. . . . . Mais parlez-moi avec la franchiſe de l'amitié : que venez-vous faire à Elſeneur ?

ROSENCRANTZ.

Vous voir, Seigneur ; nous n'avons pas d'autre motif.

HAMLET.

O malheureux que je ſuis, je ſuis pauvre même en

(†) Shakeſpéar ſemble avoir ici en vue de jetter un ridicule ſur ces déclamations bannales contre les riches & les grands, & ſur la manie de faire conſiſter le bonheur dans la pauvreté.

remercimens ; mais recevez toujours les miens, quoique, en vérité, mes amis, fi peu cher qu'ils foient eftimés , ils le feront toujours trop. — N'avez-vous point été mandés ? Eft-ce votre propre inclination qui vous amène ? Eft-ce une vifite libre ? Agiffez franchement avec moi. Allons, dites-moi ; parlez.

GUILDENSTERN.

Que pouvons-nous dire , Seigneur ?

HAMLET.

Tout, mais qu'il réponde à ma queftion. Vous avez été mandés, j'en vois l'aveu dans vos yeux, & vous n'avez pas affez d'artifice pour le diffimuler. Je fais que vous avez été mandés par ce bon Roi & par la Reine.

ROSENCRANTZ.

Et à quel deffein , Seigneur ?

HAMLET.

Oh , c'eft ce qu'il faut que vous m'appreniez. Mais je vous conjure par tous les droits de l'amitié ; par la conformité de nos âges ; par tous les devoirs d'un attachement inviolable ; enfin par les nœuds les plus chers qu'on puiffe attefter , d'être francs & droits avec moi : dites , fi vous avez été mandés ou non.

ROSENCRANTZ

R O S E N C R A N T Z *ſe tournant vers Guildenſtern.*

Que dites-vous à cela?

H A M L E T.

J'en ai déjà l'aveu dans vos yeux. Si vous m'aimez, qu'ils ne ſe rétraꞔtent point.

G U I L D E N S T E R N.

Hé bien, Seigneur ; il eſt vrai, nous avons été mandés.

H A M L E T.

Je veux vous dire, moi, dans quelle vue ; par-là je préviendrai la confidence que vous me feriez ; & le ſecret que vous devez au Roi & à la Reine, ne recevra pas la plus légère atteinte. — Depuis quelque tems j'ai perdu, je ne ſais comment, toute ma gaieté, j'ai négligé tous mes exercices (†) : & en vérité, mon humeur eſt devenue ſi mélancolique, que la terre, cette machine admirable, ne me paroît plus qu'un promontoire ſtérile ; que le firma-

---

(†) Cette deſcription des effets d'une mélancolie profonde, produite par l'épaiſſiſſement du ſang & des humeurs, eſt adroitement imaginée par Hamlet, pour dérober ſa véritable cauſe à la pénétration de ſes deux amis, qui avoient été envoyés comme deux eſpions pour le ſonder. *Johnſon.*

ment, ce dais magnifique étendu fur nos têtes ; cette voûte majeftueufe parfemée d'étoiles brillantes.... hé bien, tout cela ne me paroît plus qu'un réceptacle hideux de vapeurs peftilentielles. Quel chef-d'œuvre que l'homme ! Qu'il eft noble par fa raifon, infini dans fes facultés ! Quelle expreffion admirable & touchante dans fa figure & dans fon gefte ! Un Ange, quand il agit ; prefque égal à Dieu, quand il penfe ! Le bel ornement du monde, le monarque des animaux ! Et cependant pour moi, qu'eft-ce que cette fubtile effence de la pouffière ? L'homme n'a plus de charmes pour moi.... ni la femme non plus ; quoiqu'à votre fourire, vous paroiffiez foupçonner le contraire.

ROSENCRANTZ.

Seigneur, cette frivolité n'étoit point dans ma penfée.

HAMLET.

Et pourquoi donc avez-vous ri, quand j'ai dit : *l'homme n'a plus de charmes pour moi.*

ROSENCRANTZ.

Je penfois que, fi l'homme n'a plus de charmes pour vous, les Comédiens n'auront pas de vous un accueil bien favorable. Nous les avons rencontrés, qui venoient offrir leurs fervices à votre Alteffe.

HAMLET.

Celui qui joue les rôles de Roi fera le bien venu. Sa

Majefté recevra un tribut de moi. L'aventureux Chevalier pourra faire briller le fleuret & le bouclier. L'amant
ne foupirera pas gratis ; le fol achevera fon perfonnage en paix , & l'amoureufe découvrira fes fentimens
en pleine liberté, ou bien la paufe énergique des vers
interrompus parlera pour elle. — Hé , qui font ces
Comédiens ?

ROSENCRANTZ.

Ceux-là même que vous preniez tant de plaifir à entendre ; ce font les acteurs de la ville où nous étions
enfemble.

HAMLET.

Et pourquoi font-ils errants ? Ils devroient fe fixer :
ils y gagneroient du côté de la gloire & du côté du profit.

ROSENCRANTZ.

Je crois que les derniers réglemens les en ont empêché. (†)

HAMLET.

Sont-ils toujours auffi eftimés, qu'ils l'étoient pendant mon féjour dans cette ville ?

ROSENCRANTZ.

Non, vraiment ; il s'en faut bien , Seigneur.

(†) Ceci eft une preuve que cette piece fut compofée en 1593.
Ce fut cette année-là que parut le premier Réglement contre les
Vagabonds ; Réglement qui comprenoit auffi les Comédiens. Sha-
kefpéar avoit alors 33 ans.

HAMLET.

Et pourquoi cela ? Ont-ils dégénéré ?

ROSENCRANTZ.

Non : ils ont toujours eu foin d'aller d'un pas égal, de fe foutenir fur le même ton. Mais, Seigneur (†), nous avons ici une troupe d'enfans, jeunes & foibles étourneaux, qui, par leur déclamation ampoulée dans l'endroit le plus fimple de la piéce, font claqués à toute outrance. Eux feuls font courus, & ils ont pris tant de foin à dénigrer les *Comédiens ordinaires* (car c'eft ainfi qu'ils appellent les autres), que quantité de nos plus braves Chevaliers, effrayés de la plume de leurs Scribes, n'ofent plus aller aux autres Théâtres (*).

HAMLET.

Cela n'eft pas furprenant. Voyez, mon oncle, le Roi de Dannemarck : ceux qui, pendant la vie de mon père, fe moquoient de lui, donnent à préfent vingt, quarante, cinquante, même cent ducats pour avoir fon portrait en miniature. (†) — Il y a là dedans quelque

---

(†) Shakefpéar s'écarte ici un peu de fon fujet, pour un objet qui l'intéreffoit fort ; c'étoit de cenfurer la fureur, alors en vogue, d'abandonner les Théâtres établis & mieux difciplinés, pour fuivre les piéces mal jouées par les Enfans de la Chapelle du Roi, Troupe dont on a parlé dans la Préface : le *Bankfide*, la *Fortune*, &c. étoient deux Troupes qui contrequarroient le Théâtre de Shakefpéar, & qui étoient prônés par quelques mauvais Ecrivains. *Theobald* & *Pope*.

[†] Hamlet veut dire : Je ne fuis pas furpris que cette nouvelle

chofe qui paffe le naturel ; fi la philofophie pouvoit le découvrir...

(*Une Symphonie , qui annonce l'arrivée des Comédiens*).

GUILDENSTERN.

Ce font les Comédiens qui fe préfentent.

HAMLET.

Seigneurs, vous êtes les bien venus à Elfeneur ; venez ; donnez-moi la main. Les fignes ordinaires d'un bon accueil , font les complimens & la cérémonie. Souffrez que je vous traite fur ce ton, de crainte que mes égards pour les Comédiens (que je fuis obligé, je vous en préviens, de bien accueillir en apparence), ne paroiffent un accueil plus foigneux, que celui que je vous fais. Vous êtes les bien venus. Mais, mon oncle, qui eft mon père , & ma mère, qui eft ma tante, font bien déçus !

GUILDENSTERN.

En quoi , Seigneur?

HAMLET.

Je ne fuis fou qu'au quart du compas (*a*); il

Troupe ait acquis fi rapidement de la vogue. Mon oncle eft un autre exemple de la facilité avec laquelle l'eftime & la réputation fe donnent aux nouveaux venus , qui ont affez d'impudence pour l'exiger.

(*a*) C. à d. *Je ne fuis fou que pour les autres , & il eft un fens où je m'entends bien :* mais il enveloppe cette réponfe , qui feroit trop claire.

eſt un rhumb de vent, où je fais diſtinguer un vautour d'un héron. (†)

SCÈNE IX.
LES MÊMES.
POLONIUS *entre.*

Salut, honnêtes gens.

HAMLET.

Guildenſtern, & vous auſſi, Roſencrantz, écoutez tous deux à l'oreille. Voyez-vous ce grand enfant, ce Polonius ? Il n'eſt pas encore ſorti des langes.

ROSENCRANTZ.

Peut-être y eſt-il rentré : car on dit qu'un vieillard redevient enfant.

HAMLET.

Je vous prédis une choſe, c'eſt qu'il vient me parler des Comédiens ; vous allez voir. — Vous avez raiſon , Monſieur ; car la choſe étoit ainſi Lundi matin. (*a*)

(†) Proverbe.
(*a*) Phraſe ſans ſens, que Hamlet lâche exprès pour entretenir Polonius dans l'idée qu'il eſt fou ; ainſi que quelques autres qui vont ſuivre. Car, ſi je ne me trompe , Hamlet , une fois remis du trouble que lui a cauſé la vue du ſpectre, & qui ſe manifeſte à la

POLONIUS.

Seigneur, j'ai des nouvelles à vous apprendre.

HAMLET.

Seigneur, j'ai des nouvelles à vous apprendre. — Quand Rofcius étoit acteur à Rome. —

POLONIUS.

Les Comédiens viennent d'arriver ici, Seigneur.

HAMLET.

Faux bruit, faux bruit.

POLONIUS.

Sur mon honneur. —

HAMLET.

Chaque acteur eft donc venu fur fon âne (†).

POLONIUS.

Les meilleurs acteurs du monde ; pour la Tragédie, la Comédie, la Paftorale, piéce Comico - Paftorale, Hiftorico-Paftorale, Scène fans divifion (*a*), ou Poëme fans fin ! Séneque (*b*) ne peut être trop fort, ni Plaute

---

fin du premier Acte; dans fes réponfes à Horatio & Marcellus, ne fait plus, dans la fuite, que jouer exprès le rôle de fou, fans l'être réellement, quoique plufieurs Anglois penfent le contraire.

(†) Vers d'une ancienne chanfon.

(*a*) V. la note de la fin.

(*b*) Les Tragédies de Séneque furent traduites en Anglois par

trop gai pour eux. En fait d'efprit & de comique, après eux, il faut tirer l'échelle.

HAMLET.

(†) O Jephté, Juge d'Ifraël, quel tréfor tu poſſèdes ? (a)

POLONIUS.

Et quel tréfor poffédoit-il, Seigneur ?

HAMLET.

Une fille d'une beauté rare, & rien de plus. Il l'aimoit au-delà de ce qu'on peut aimer.

POLONIUS, (à part).

Toujours l'idée fur ma fille.

HAMLET.

N'ai-je pas raifon, vieux Jephté ?

POLONIUS.

Si vous m'appellez Jephté, Seigneur, j'ai en effet une fille que j'aime au-delà de ce qu'on peut aimer.

Thomas Newton, & impiimées en 1581. Les Menechmes de Plaute l'étoient auſſi vraifemblablement du temps de Shakefpéar. *Steevens*.

(†) Commencement d'un Noël.

(a) Il parle d'Ophélie.

HAMLET.

Oh, ce n'eft pas là ce qui fuit.

POLONIUS.

Quelle eft donc la fuite ?

HAMLET.

Mais, c'eft ceci, je crois :

> Et ce que nous appellons fort,
> Eft ce que Dieu veut :
> Et tout arrive
> Comme il doit arriver.

Lifez la première ligne d'une ancienne Romance (†) vous en faurez davantage (*voyant les Comédiens*). Voici ceux qui me fuppléeront (§).

SCÈNE X.

LES MÊMES ; *quatre ou cinq Comédiens.*

HAMLET.

Les bien venus, amis ! Je fuis ravi de vous voir en

(†) Vieilles Romances ou ponts-neufs. On avoit coutume de les chanter à Noël dans les rues & aux portes : elles étoient tirées de l'hiftoire de la Bible. *Steevens.*

(§) Hamlet embaraffé de fon rôle de fou, cherche l'occafion de fe difpenfer de parler, & profite de l'arrivée des Comédiens.

Tome *V.*   o

bonne fanté : les bien venus, mes amis ! — Oh, oh, vieux camarade, ton vifage a bien allongé depuis que je t'ai vu. Viens-tu en Dannemarck pour me vieillir ? — Et vous, jeune fille, belle maîtreffe par dieu, depuis que je ne vous ai vue, vous êtesplus près du ciel d'une palme. Dieu veuille que votre voix fe foutienne & n'aille pas fe trahir tout-à-coup (†), comme une piéce d'or faux dans le creufet. Amis, vous êtes les bien venus : nous allons à notre but (*a*) comme les fauconniers, nous volons au premier objet que nous voyons : donnez-nous un échantillon de votre talent; allons, un difcours bien pathétique.

LE PREMIER COMÉDIEN.

Lequel, Seigneur ?

HAMLET.

Une fois je t'en ai entendu déclamer un, mais qui n'a jamais été joué fur le théâtre; ou s'il l'a été, il ne l'a été qu'une feule fois : car, je m'en fouviens, la piéce ne plaifoit pas à la multitude ; c'étoit un (*b*) mets qui n'étoit pas du goût de tout le monde ; mais c'étoit une

---

(†) C'étoit un jeune garçon qui faifoit les rôles de Femmes.

(*a*) Hamlet a en vue le ftratagême qu'il a deffein d'employer pour furprendre le fecret de Claudius.

(*b*) *Caviar*, Mets Ruffe ; ce font des œufs d'Efturgeon qu'on pêche dans le Volga. *M. Efchenburg.*

piéce excellente! (J'en jugeai ainfi, comme quelques
autres, dont le jugement planoit fort au-deffus du mien
en ce genre; des Scènes bien filées, écrites avec autant
de décence que d'art. Je me rappelle qu'un homme
difoit qu'il n'y avoit dans les vers aucun fel pour af-
faifonner le fujet; que les phrafes étoient des mots
vuides de fens, & qu'elles n'annonçoient aucun goût
dans l'Auteur, à qui il n'accordoit que le mérite de la
méthode. — Il y avoit fur-tout dans cette piéce un paffage que j'aimois; c'étoit le récit d'Enée à Didon, &
particuliérement lorfqu'il lui raconte l'hiftoire du meurtre de Priam. S'il vit encore dans votre mémoire, commencez à ce vers....—Attendez, attendez; laiffez-moi
me rappeller. « Le féroce Pyrrhus, femblable à un tigre
» d'Hyrcanie....Ce n'eft pas cela, le morceau com-
» mence par Pyrrhus.

» Le féroce Pyrrhus qui, revêtu d'armes
» noires comme fes projets, reffembloit à la nuit,
» quand il giffoit couché dans les flancs du co-
» loffe fatal, a changé fon teint noir & effrayant, & fon
» vifage eft marqué d'un blazon plus effroyable encore.
» Depuis la tête jufqu'aux pieds, il eft couleur de pour-

(†) Cette déclamation de vers ampoulés & d'expreffions outrées, étoit une fatyre de quelques piéces du tems, que Shakefpéar tourne ici en ridicule. Warburton effaye de prouver le contraire, & Steevens le réfute! Voyez le Tome VII.

» pre; fon armure eft hideufement teinte du fang des
» pères, des mères, des filles & des fils devenus la
» proye des flammes, dont la lueur infernale fert la
» barbarie des lâches meurtriers. Le monftre tout cou-
» vert d'un fang livide & figé, la rage dans l'ame,
» & les yeux étincelans comme des efcarboucles,
» l'affreux Pyrrhus cherche le vénérable Priam ».

P O L O N I U S à *Hamlet.*

Seigneur, par mon ame, voilà qui eft bien déclamé,
avec l'accent de la chofe, avec goût!

L E   C O M É D I E N *continue.*

« Bientôt il s'offre à fes yeux, foulevant contre les
» Grecs une débile main : fon antique épée fe refufe
» à fon bras énervé, que fon poids entraîne ; elle re-
» tombe & refte immobile. Pyrrhus marche à un com-
» bat inégal. Dans fa rage, il s'avance vers Priam,
» frappant l'air de fes coups. La feule agitation de l'air
» que fait fiffler fon épée, renverfe le foible vieil-
» lard : alors l'infenfible Ilion fembla reffentir ce coup
» fatal ; elle tombe avec fon Roi & fes toîts embrafés
» s'écroulent fur fes fondemens. L'horrible fracas
» de fes ruines frappe l'oreille de Pyrrhus : & enchaî-
» ne fon bras fufpendu. Voyez : fon glaive, prêt à tom-
» ber fur la tête blanchie du vieux Monarque, paroît

„ arrêté dans l'air. Semblable à un tyran en peinture,
„ Pyrrhus, fans projet & fans volonté, refte immo-
„ bile & dans l'inaction.

« Mais comme on voit le calme fuccéder à la tem-
„ pête, lorfqu'un vafte filence règne dans les cieux;
„ que les nuages reftent immobiles ; que les vents
„ fe taifent; que leur rage eft appaifée, & que le
„ globe de la terre eft devenu filentieux comme la
„ mort; & tout à coup le tonnerre déchirer de nouveau
„ les nuages & les échos de la terre : tel eft Pyrrhus;
„ après une paufe, fa fureur fe ranime ; il reprend
„ le cours de fes vengeances. Jamais les marteaux
„ des Cyclopes ne tombèrent avec moins de remords
„ & de pirié fur l'airain, dont ils forgent l'armure
„ éternelle de Mars, que l'épée fanglante de Pyrrhus
„ fur le front de Priam. O Fortune, Déeffe proftituée,
„ fois anéantie ! ... O Dieux, conjurez tous enfem-
„ ble contre elle, & dépofez-la de fa puiffance. Dé-
„ truifez les rayons de fa roue, & que fon cercle roule
„ du fommet du Ciel au fond du Tartare ».

P O L O N I U S.

Ha ! ceci eft trop long.

H A M L E T, *à Polonius.*

Le Barbier en pourroit dire autant de votre barbe.
(*Au Comédien*) (†). Continuez, je vous prie : il lui faut
des danfes, ou quelques rondes licentieufes, ou bien

il s'endort. Continuez , venez à Hécube maintenant.

LE COMÉDIEN, *continue.*

Mais, hélas, fi vous eufliez vu la Reine affublée
d'un voile groffier.

HAMLET.

La Reine affublée ? .

POLONIUS.

Bon , bon ; *la Reine affublée* , bonne expreffion.

LE COMÉDIEN , *continuant.*

» Les pieds nuds, errant à travers les flammes que
» fes flots de larmes menaçoient d'éteindre ; de misé-
» rables lambeaux fur cette tête que n'aguère ornoit le
» diadême , & autour de fes flancs extenués une vile cou-
» verture faifie au hafard au milieu des alarmes de la
» peur ; fi vous l'eufliez vue , votre langue auroit vomi
» contre la fortune les invectives les plus amères, & lui
» auroit reproché fa cruelle trahifon. Si les Dieux eux-
» mêmes l'euffent confidérée dans cet état déplorable ,
» quand elle vit Pyrrhus infultant inhumainement au
» corps fanglant de fon époux , & déchirant fon cada-
» vre avec fon épée; ou ils font infenfibles aux mi-
» sères des mortels , ou l'éclat foudain de fes cris
» lamentables auroit attendri jufqu'aux larmes tous

» les aftres du Ciel , & fait éprouver aux impaffibles
» immortels les paffions de l'homme.

POLONIUS.

Voyez s'il n'a pas changé de couleur , fi fes yeux
ne font pas gros de larmes. (*Au Comédien*). Arrête, je
te prie.

HAMLET, (*au Comédien*).

C'eft affez: vous acheverez ce foir. (*A Polonius*). Seigneur, ayez foin de les bien établir : entendez-vous ?
Qu'ils foient bien traités. Ces hommes font un abrégé
de l'hiftoire de tous les tems ; il vaudroit mieux pour
vous avoir une mauvaife épitaphe après votre mort,
que d'être diffamé par eux pendant votre vie.

POLONIUS.

Seigneur, ils feront traités comme ils le méritent.

HAMLET.

Oh , je vous prie , beaucoup mieux ; car , fi vous trai-
tez chaque homme felon fon mérite , qui échappera
au châtiment ? Non , traitez-les d'après la nobleffe
de votre ame. Moins ils auront de mérite , plus il y en
aura dans vos bontés pour eux. Faites-les entrer.

POLONIUS.

Venez, Amis.   (*Polonius fort*).

HAMLET.

Amis, fuivez-le. Nous verrons une de vos piéces aujourd'hui. — Ecoute, mon vieux ami, pourrois-tu nous jouer le meurtre tragique de Gonzague ?

LE COMÉDIEN.

Oui, Seigneur.

HAMLET.

Hé bien, donnez-nous-le demain au foir. Vous pourriez auffi apprendre par cœur douze ou feize vers que j'infererai dans la piéce. Ne le pourriez-vous pas?

LE COMÉDIEN.

Oui, Seigneur.

HAMLET.

Bon. Suivez ce Seigneur, & n'allez pas le jouer en chemin. (*A Rofencrantz & Guildenftern*). Mes bons amis, je vous quitte : à ce foir, vous êtes les bien venus à Elfeneur.

ROSENCRANTZ.

Seigneur,.... (*Ils fortent*).

HAMLET.

Dieu vous accompagne !

SCÈNE XI,

SCÈNE XI.

HAMLET, *feul.*

Enfin me voilà feul.— Oh quel homme indigne & infenfible je fuis! N'eft-il pas monftrueux, que pour un malheur factice & dans un vain fonge de chimériques paffions, cet hiftrion exalte & monte fon ame au ton de fon imagination & en peigne tous les mouvemens fur fon vifage enflammé? Des yeux baignés de larmes, le défordre de la douleur dans tous fes traits, une voix entrecoupée de fanglots, un gefte pathétique & conforme à l'état où il feint d'être; & tout cela pour rien! — Pour Hécube! Qu'eft-il à Hécube? Qu'eft Hécube à lui, pour qu'il lui donne ainfi fes larmes? Que feroit-il donc, s'il étoit à ma place? S'il avoit à remplir comme moi le rôle d'une douleur véritable, il inonderoit le théâtre de fes pleurs; il épouvanteroit l'oreille des Spectateurs de fes cris & de fes gémiffemens. Il porteroit le trouble dans le cœur du coupable, & feroit pâlir jufqu'à l'innocent. Il confondroit d'étonnement l'ame la plus ftupide, & préfenteroit aux yeux & à l'oreille un étonnant objet de terreur & de pitié. Et moi, épaiffe & lourde maffe, trifte & ftupide rêveur, je refte muet, fans fentiment de la caufe que j'ai à venger, & ne dis pas un mot... rien, pour un Roi qui a perdu fa couronne & la vie par le plus noir des attentats! —Suis-je donc

Tome V.

un lâche ? — Qui ofe m'appeller traître ? Qui ofe me
donner un démenti ? Qui ofe m'infulter & me faire en
face un outrage ? Et cependant je le fouffrirois. Car il
eft impoffible que je n'aie pas un cœur pufillanime ; que
mon fang ne foit pas glacé dans mes veines, pour engourdir ainfi en moi le fentiment de la vengeance ; fans
quoi j'aurois déjà livré aux vautours le corps de ce
fcélérat. — O perfide affaffin ! Lâche inceftueux , ame
fans remords , traître infâme ! — Quel homme ftupide
je fuis !—Oui, il eft bien généreux à moi, au fils d'un
tendre père affaffiné , tandis que le Ciel & l'Enfer m'ex-
citent à la vengeance , de me contenter , comme une
vile femmelette , d'exhaler mon cœur en groffières injures & en folles imprécations ! Honte à mes facultés !
— (*Il rêve.*) J'ai ouï dire que des coupables, affis au
théâtre, ont été tellement émus par l'art de la Scène, &
frappés au cœur , qu'ils ont eux-mêmes , à l'inftant,
proclamé l'aveu de leurs crimes. Car le crime, quoique
fans langue, fe trahira par un miracle & parlera. (†)—
Je veux que ces Comédiens repréfentent quelque drame
qui foit l'hiftoire de la mort de mon père, devant mon
oncle. J'obferverai fes regards, je fonderai au vif la plaie
de fon cœur. Si je le vois treffaillir, je fais mon devoir.—
Le fantôme que j'ai vu, pourroit être un Efprit infernal,
& le démon peut revêtir la forme d'un objet qui nous

(†) Voyez la Note de la fin.

eſt cher. Que fais-je ? Peut-être abuſe-t-il de ma foibleſſe & de ma mélancolie , pour me conduire au forfait par le pouvoir qu'il exerce ſur les imaginations de
cette trempe. Il me faut des motifs plus directs ; un
drame eſt le piége où je ſurprendrai la conſcience du
Roi.   (*Il ſort.*)

Fin du ſecond Acte.

ACTE III

SCÈNE PREMIÈRE.

LE PALAIS.

**LE ROI, LA REINE, POLONIUS,
OPHÉLIA, ROSENCRANTZ,
GUILDENSTERN , SEIGNEURS , &c.**

LE ROI.

Et vous ne pouvez donc pas abſolument, dans les
confidences d'un entretien, tirer de lui la raiſon qui
lui a fait affecter ce déſordre d'eſprit, & corrompre
ſi mal-à-propos la paix de ſes beaux jours par ce tumul-
tueux & dangereux délire ?

ROSENCRANTZ.

Il avoue lui-même qu'il fe fent l'efprit égaré : mais par quelle caufe, c'eft ce qu'il ne veut jamais dire.

GUILDENSTERN.

Et nous ne le trouvons pas difpofé à fe laiffer pénétrer. Toujours il nous échappe adroitement par quelque trait de folie , toutes les fois que nous cherchons à l'amener à quelque aveu fur fon état réel.

LA REINE.

Vous a-t-il bien reçus ?

ROSENCRANTZ.

En Prince affable & civil.

GUILDENSTERN.

Mais en laiffant voir de la contrainte dans fon maintien.

ROSENCRANTZ.

Prodigue de queftions ; mais avare de fes réponfes à nos demandes (†).

LA REINE.

L'avez-vous invité à quelques amufemens ?

(†) *Autre leçon.* Avare de queftions ; mais fe débarraffant très-leftement des nôtres par fes réponfes.

ROSENCRANTZ.

Madame, le hafard a voulu que nous ayons rencontré fur notre paffage certains Comédiens; nous lui en avons parlé : il nous a paru que cette nouvelle lui a donné quelque joie : ils font ici aux environs du Palais, &, à ce que je crois, ils ont déjà reçu ordre de jouer devant lui ce foir.

POLONIUS.

Cela eft très-vrai, & il m'a prié inftamment d'engager vos Majeftés à les entendre, & à voir la piéce.

LE ROI.

De tout mon cœur; & je fuis bien content de découvrir en lui cette inclination. Dignes Seigneurs, aiguifez encore ce goût, & engagez-le de plus en plus dans cette efpèce d'amufement.

ROSENCRANTZ.

Nous ferons nos efforts, Seigneur. (*Ils fortent.*)

SCÈNE II.
LES MÊMES.
LE ROI.

Chère Princeffe, quittez-nous auffi. Nous avons fait fecrétement avertir Hamlet de venir ici : notre deffein eft de le faire trouver, comme par hafard, en face d'Ophélie. Son père & moi, efpions légitimes, nous nous placerons de manière à voir fans être vus, afin de pouvoir juger plus fainement de leur entretien, & favoir de lui-même, felon la conduite qu'il tiendra, fi c'eft la maladie de l'amour, ou non, qui trouble ainfi fa raifon.

LA REINE.

Je vais obéir à vos défirs ; & pour moi, Ophélie, je fouhaite que vos charmes foient l'heureufe caufe du délire d'Hamlet. Alors j'aurai l'efpérance que vos vertus pourront le ramener à fon état ordinaire, au grand honneur de tous deux.

OPHÉLIA.

Madame, je fouhaite que cela arrive.

POLONIUS.

Ophélie, promenez-vous ici. (*Au Roi.*) Gracieux Souverain, s'il vous plaît, nous allons nous placer (*A Ophélie.*) Prenez ce livre & lifez ; la décence de cet exercice donnera une couleur à votre folitude.—Nous avons fouvent des reproches à nous faire ; il n'eft que trop prouvé qu'avec le vifage de la dévotion & l'apparence d'une occupation pieufe, nous en impofons au démon lui-même.

LE ROI, (*à part*).

Oh, cela eft trop vrai ; & quel trait poignant cette réflexion enfonce dans ma confcience ! La joue fardée d'une courtifanne furannée n'eft pas plus hideufe, nue auprès du fard qui l'embellit, que ne l'eft mon action auprès du vernis trompeur dont la colorent mes pa-roles. O pefant fardeau !

POLONIUS.

Je l'entends qui vient ; retirons-nous à l'écart, Sei-gneur. (*Tous fortent , excepté Ophélie , qui fe promène , un livre à la main*).

SCÈNE III.

HAMLET *s'avance les bras croifés ; plongé dans fes reflexions, & fans apperçevoir Ophélia.*

HAMLET, *fe croyant feul* (†).

ETRE ou ne pas être ? c'eft-là la queftion. . . . . .. S'il eft plus noble à l'ame de fouffrir les traits poignans

(†) Ce monologue célèbre d'un homme agité par des défirs contraires, & accablé de la grandeur de fes projets, eft plus

de l'injuſte fortune, ou ſe révoltant contre cette multitude de maux, de s'oppoſer au torrent, & les finir ?
— Mourir, — dormir — rien de plus, & par ce ſommeil, dire : nous mettons un ˙terme aux angoiſſes du
cœur, & à cette foule de plaies & de douleurs, l'héritage naturel de cette maſſe de chair.... ce point, où
tout eſt confommé, devroit être déſiré avec ferveur.—
Mourir — Dormir — Dormir ? Rêver peut-être ; oui ,
voilà le grand obſtacle : — Car de ſavoir quels ſonges

---

lié dans l'ame du perſonnage qui parle, que dans ſes paroles. Voici
la ſucceſſion de ſes idées & comment un ſentiment engendre
l'autre. Hamlet ſe voyant offenſé de la manière la plus atroce, &
ne voyant d'autre moyen de réparer ces outrages qu'en s'expoſant
au dernier & au plus extrême danger, médite & raiſonne ainſi
dans ſon ame. Avant que je puiſſe former aucun plan d'action,
il faut que je décide ſi après cette vie nous devons exiſter ou non.
Voilà la queſtion dont la ſolution décidera, s'il eſt plus noble &
plus convenable à la dignité de la raiſon de ſouffrir patiemment
les outrages de la fortune, ou de m'armer contre elle, & de finir mes
maux avec ma vie. Si mourir étoit dormir, ce ſeroit un terme à dé-
ſirer : mais ſi mourir, c'eſt rêver encore, c'eſt-à-dire, conſerver
encore ſa ſenſibilité, alors il faut s'arrêter quelque tems à conſi-
dérer quelles eſpeces de ſonges peuvent ſurvenir après la mort.
C'eſt cette conſidération, cette crainte de l'avenir qui fait ſupporter
ſi long tems la calamité, qui donnent tant de force à la conſcience,
glacent la réſolution, &c. Et Hamlet alloit s'appliquer à lui-même
& à ſa poſition ces obſervations générales, s'il n'eût pas apperçu
Ophélia, dont la vue interrompt ſes réflexions. *Johnſon.*

peuvent

peuvent furvenir dans ce fommeil de la mort, après que nous nous fommes dépouillés de cette enveloppe mortelle , c'eft de quoi nous forcer à faire une paufe. Voilà l'idée qui donne une fi longue vie à la calamité. Car quel homme voudroit fupporter les traits & les injures du tems, les injuftices de l'oppreffeur , les outrages de l'orgueilleux , les tortures de l'amour méprifé , les longs délais de la loi (†) , l'infolence des grands en place , & les aviliffans rebuts que le mérite patient effuie de l'homme fans ame ; lorfqu'avec un poinçon il pourroit lui-même fe procurer le repos ? Qui voudroit porter tous ces fardeaux & fuer & gémir fous le poids d'une laborieufe vie , fi ce n'eft que la crainte de quelque avenir après la mort... cette contrée ignorée dont nul voyageur ne revient , plonge la volonté dans une affreufe perplexité, & nous fait préférer de fupporter les maux que nous fentons , plutôt que de fuir vers d'autres maux que nous ne connoiffons pas ? Ainfi la confcience fait de nous tous des poltrons ; ainfi tout le feu de la réfolution la plus déterminée fe décolore & s'éteint devant la pâle lueur de cette penfée. Les projets enfantés avec le plus

---

(†) Hamlet femble oublier qu'il eft Prince : il parle ici de maux qui ne regardent que les claffes inférieures des hommes. *Johnfon.*

d'énergie & d'audace,détournent à cet aſpeȼt leur cours,
& retournent dans le néant de l'imagination. — Ceſ-
fons (*appercevant Ophélia*). La belle Ophélia? — (*Il
s'approche d'elle.*) O jeune vierge, que mes fautes ne
ſoient pas oubliées dans vos pieuſes oraiſons! (†)

O P H É L I A.

Mon digne Prince, comment vous êtes-vous porté
tous ces jours paſſés ?

H A M L E T.

Je vous rends humblement graces : bien.

O P H É L I A.

Seigneur, j'ai à vous certains gages de ſouvenir
que j'aſpire depuis long-tems à vous rendre. Je vous
prie, recevez-les en ce moment.

H A M L E T, (†) *avec dépit.*

Moi, jamais je ne vous ai rien donné.

(†) Hamlet appercevant Ophélia, ne ſe reſſouvient pas tout
de ſuite qu'il doit jouer le rôle d'inſenſé : mais ſortant d'une méditation profonde & ſérieuſe, il lui adreſſe la parole dans ces
termes graves & religieux. *Johnſon.*

(§) Hamlet a réfléchi, que Polonius avoit défendu à ſa Fille de
le voir : il ſoupçonne qu'on lui tend un piége & qu'on pourroit
l'écouter. Cette idée l'arrète, & lui inſpire du reſſentiment contre
Ophélia, qui s'eſt prêtée à cette fraude. Il eſt piqué auſſi de ce
qu'on lui rend ſes préſens : il tient des propos vagues & ſouvent
ſans ſuite, pour tromper l'eſpion & dérouter ſes ſoupçons.

OPHÉLIA.

Mon très-honoré Seigneur, je fais bien moi que vous m'avez fait des dons ; & ils furent affaifonnés de paroles fi douces & fi gracieufes , qu'elles en relevoient encore le prix. Aujourd'hui qu'ils ont perdu ce doux parfum, reprenez-les ; car, pour une ame noble , les plus riches dons s'appauvriffent & perdent tout leur prix, dès que le cœur qui les a donnés devient indifférent.

HAMLET.

Ha, ha, êtes-vous vertueufe ?

OPHÉLIA.

Seigneur. . . . .

HAMLET.

Êtes-vous belle ?

OPHÉLIA.

Que prétend dire votre Alteffe ?

HAMLET.

Que fi vous êtes honnête & belle , votre vertu ne devroit permettre aucun entretien avec votre beauté.

OPHÉLIA.

Avec qui la beauté, Seigneur, peut-elle mieux converser qu'avec la vertu ?

HAMLET.

Oui, fans doute : car la beauté a bien plus de pouvoir pour transformer la vertu en vice, que la vertu n'a de force pour transformer la beauté en son femblable. C'étoit-là un paradoxe jadis ; mais aujourd'hui ce fiécle nous en donne la preuve. Je vous aimois autrefois.

OPHÉLIA.

Il eft vrai, Seigneur, vous me l'avez fait croire.

HAMLET.

Vous ne deviez pas me croire : car la vertu a beau fe greffer fur nos penchans originels & corrompus ; nous en confervons toujours quelque goût. Je ne vous ai jamais aimée.

OPHÉLIA.

Je n'en ai été que plus déçue.

HAMLET.

Retirez-vous dans un cloître. Pourquoi voudriez-vous être mère de nouveaux pécheurs? Je fuis moi-même paffablement honnête , & cependant je pour-rois m'accufer de fautes affez graves, pour fouhaiter que ma mère ne m'eût jamais donné le jour. Je fuis orgueilleux, vindicatif, ambitieux, avec plus de femen-ces de vices dans ma tête , que je n'y peux loger de penfées pour les exprimer, d'imagination pour leur donner une forme, ou que je n'ai de tems pour les conduire jufqu'à l'exécution. Qu'ont befoin des mal-heureux de mon efpèce , d'être ici à ramper entre le ciel & la terre ? Nous fommes tous des miférables. Ne croyez aucun de nous. Allez, retirez-vous dans un cloître.—(*Avec un fourire ironique*). Où eft votre père? (*Il foupçonne que Polonius l'écoute*).

OPHÉLIA.

Au logis , Seigneur.

HAMLET.

Qu'on ferme les portes fur lui, afin qu'il ne joue pas le rôle de fou ailleurs que dans l'intérieur de fa maifon. Adieu.

OPHÉLIA.

Oh , fecourez-le , Ciel bienfaifant !

HAMLET.

Si vous vous mariez , je vous donnerai cette malédiction pour votre dot : fuffiez-vous froide comme la glace, pure comme la neige, n'importe, vous n'échapperez pas à la calomnie. — Entrez dans un cloître; allez; adieu — ou s'il faut néceffairement que vous foyez mariée, mariez-vous à un fol : car les hommes fages favent très-bien quelle deftinée vous leur faites éprouver. — Au monaftère, allez — & promptement. Adieu.

O P H É L I A.

Puiffances céleftes, rendez-lui fa raifon!

H A M L E T.

J'ai auffi entendu dire que vous vous fardez affez honnêtement.—Dieu vous a donné un vifage; & vous vous en faites un autre! Vous danfez, vous vous pavanez, vous graffeïez, vous dégradez la créature de Dieu, & vous colorez vos travers du nom de fimpleffe & de naïveté. — Allez : je ne veux plus m'arrêter à cette idéé; elle m'a rendu infenfé. Je vous dis, que nous n'aurons plus de mariages. Ceux qui font déjà mariés, tous, excepté un (†), vivront; mais les autres refteront comme ils font. Au couvent : allez. (*Hamlet fort*).

O P H É L I A, *avec douleur.*

Oh ! quelle ame noble miférablement anéantie ! Il étoit l'œil des favans, la langue des courtifans, l'épée

_____

(†) Claudius.

des guerriers, l'efpérance & la première fleur de ce bel Empire, le miroir des modes élégantes, & le modèle des ufages, l'exemple fans ceffe étudié de tous ceux qui fe piquent de favoir... Oh ! tout-à-fait, tout-à-fait anéantie ! — Je fuis de toutes les filles & la plus malheureufe & la plus défefpérée, moi qui ai favouré la douceur & le charme de fes tendres vœux : maintenant je vois cette noble & fuprême raifon troublée, fon harmonie dérangée comme celle d'un inftrument mélodieux, dont les fons difcors bleffent l'oreille ; cette forme incomparable, ces beaux traits dans la fleur de la jeuneffe,flétris & défigurés par la démence ! Oh ! malheur à moi ! d'avoir vu ce que j'ai vu, & de voir ce que je vois ! (*Elle fort*).

SCÈNE IV.

LE ROI, POLONIUS, *fortent du lieu où ils obfervoient,fans être vus,l'entrétien d'Ophélia & d'Hamlet.*

LE ROI.

L'AMOUR ? Ce n'eft point de ce côté que font tournées fes affections, & tout ce qu'il a dit, quoiqu'il manquât un peu de liaifon & de fuite, ne reffembloit point à la folie. Il y a quelque idée dans fon ame, fur laquelle

repofe & que couve fa mélancolie ; & je crains bien
que le fruit que nous en verrons éclore , ne foit quelque danger fatal. Pour le prévenir , je viens de me
déterminer à cette réfolution. Il partira fans délai pour
l'Angleterre , & ira demander le tribut qu'on néglige
de payer. Peut-être que les mers & les climats différens , par la variété de leurs objets nouveaux, diffi-
peront ce fentiment que j'ignore : c'eft une idée profondément établie dans fon cœur, & fon imagination
retombe & fe froiffe fans ceffe fur elle ; & voilà ce
qui trouble & égare ainfi fa raifon — Que penfez-
vous de ce parti ?

P O L O N I U S.

Ce parti fera bon ; mais je perfifte à croire que l'origine & le principe de fon chagrin dérivent d'un amour
rebuté.(*A Ophélia.*) Hé bien, Ophélie ? Vous n'avez pas
befoin de nous raconter ce que vous a dit le Seigneur
Hamlet ; nous avons tout entendu. (*Au Roi.*) Seigneur ,
fuivez l'idée qui vous plaît ; mais fi vous le jugez à propos , qu'après la piece , la Reine fa mère , feule avec
lui , le preffe de lui découvrir fes chagrins ; qu'elle le
fonde à fond : & moi, je ferai placé, fi vous le permettez , de façon que toute leur converfation entrera dans
mon oreille. Si elle ne peut le pénétrer , envoyez-le en
Angleterre , ou réléguez-le dans le lieu que votre prudence décidera,

L E

LE ROI.

C'eft ce que je ferai ; la folie, dans les Grands, demande à être veillée avec foin.

SCÈNE V.

HAMLET , *fuivi de quelques Comédiens.*

HAMLET, *à un Comédien.*

Rᴇɴᴅᴇᴢ ce difcours, je vous prie, comme je l'ai prononcé devant vous , d'un ton facile & naturel ; mais fi vous le déclamez avec emphafe, comme font la plupart de nos Acteurs, j'aimerois autant avoir mis mes vers dans la bouche d'un crieur de la ville. Ne fendez point l'air ainfi de votre main (*il contrefait le gefte*) ; que tous vos mouvemens foient doux : car , dans le torrent, dans la tempête, & pour dire mieux, dans l'ouragan même de la paffion , vous devez toujours fonger à conferver affez de modération & de calme pour en adoucir l'explofion. Oh, rien ne me bleffe l'ame, comme d'entendre un Stentor en perruque , aux robuftes poumons, déchirer une paffion en éclats, qu'il vomit aux oreilles d'un (†) Parterre ignare & grondant,

---

(†) *Groundlings.* Petits poiffons qui fe tiennent toujours au

dont la plupart ne veulent que du bruit, & ne font capables de fentir autre chofe que des pantomimes ridicules & inexplicables. Je voudrois vous faire fuftiger ce Termagant (†), pour lui apprendre à faire tant de fracas. Cet Hérode de Théâtre enchérit fur Hérode même, & veut être plus furieux que lui. Je vous prie, évitez ce défaut (*a*).

---

fond de l'eau. Le Poëte entend ici le menu Peuple, qui avoit fa place en bas, comme il l'a aujourd'hui en haut, & comme il n'entend point le langage poétique, il étoit quelquefois gratifié d'une repréfentation Pantomime & muette de la piéce, avant le dialogue. *Steevens.*

(†) *Termagant.* Divinité des Sarrafins, qui dans les vieilles piéces appellées *moralités*, étoit un rôle bruyant d'énergumene. *Percy.* On avoit coutume, dans les entr'actes, de jouer des repréfentations Pantomimes & muettes, & la plupart emblêmatiques, qui avoient quelquefois rapport à la piéce & en rempliffoient le vuide. *Steevens.*

(*a*) Il faut naître Acteur, comme il faut naître Poëte : les regles & les préceptes ne peuvent jamais former ni l'un ni l'autre. Le talent eft auffi néceffaire aux Acteurs, que le génie l'eft aux Auteurs. Tout l'art de Garrik, fans fon heureufe nature, n'auroit jamais produit aucun effet, comme le démontrent les efforts impuiffans de ceux qui ont vainement effayé de parvenir,à force de travail, à l'imiter. On peut être capable de bien compofer un rôle, & ne pas l'être de le jouer. Shakefpéar lui-même en eft une preuve : il en donne bien les regles : mais il n'en put donner l'exemple ; cependant le rôle où il réuffiffoit le mieux, c'étoit celui d'Hamlet. *Mrs Griffiths.*

LE COMÉDIEN.

Je le promets à votre Alteffe.

HAMLET.

Ne foyez pas non plus trop froid ; mais que votre intelligence vous ferve de guide ; proportionnez l'action au difcours, & le difcours à l'action, en faifant bien attention à ne pas fortir de la décence de la nature. Car ce qui s'écarte de cette regle, s'écarte du but de la repréfentation dramatique; but qui fut, dès fon origine, & qui eft encore aujourd'hui, de tenir un miroir offert à la nature, de montrer à la vertu fes véritables traits ; au ridicule, fa reffemblante image, & à chaque fiécle, à chaque époque du tems, fa forme, fa couleur & fon empreinte. Si cette peinture eft exagérée ou affoiblie, elle fera rire les ignorans ; mais elle fera fouffrir les hommes judicieux, dont la cenfure doit toujours, dans votre opinion, l'emporter fur la foule des autres. Oh, il y a des Acteurs que j'ai vu jouer, & que j'ai entendu les autres vanter par des louanges outrées, pour ne pas dire facriléges, qui n'avoient ni l'accent ni la démarche d'un Chrétien, ni d'un Payen, ni d'un homme, & qui s'enfloient & mugiffoient d'une fi horrible manière, que je les pris pour quelques fimulacres humains, groffiérement ébauchés par quelque apprentif fubalterne des atteliers de la Nature : tant ils imitoient l'homme abominablement !

LE COMÉDIEN.

Je me flatte que nous avons paſſablement corrigé ce
défaut dans notre troupe.

HAMLET.

Oh, réformez-le tout-à-fait ; & que ceux qui jouent
vos rôles de payſans, n'ajoutent rien à ce qui eſt écrit
dans leur rôle (†). Vous en trouvez qui rient aux
éclats, pour provoquer le rire d'une troupe de ſpec-
tateurs ſans goût, dans l'inſtant même où il eſt queſtion
de ſuivre quelque intérêt ſérieux de la pièce. Cela fait
horreur & décèle la plus pitoyable ambition dans l'inſenſé qui ſe permet cette licence. Allez vous préparer.

(*Les Comédiens ſortent*).

(†) Les Comédiens du tems de Shakeſpéar, jouoient ſur des
cannevas, comme on fait aujourd'hui dans les piéces Italiennes. Et ils
allongeoient & défiguroient les piéces de Shakeſpéar, qui s'en
plaint ici, & dont les Ouvrages n'ont pas été tout-à-fait purgés
de leurs plattes additions.

SCÈNE VI.

HAMLET, POLONIUS, ROSENCRANTZ & GUILDENSTERN.

HAMLET, *à Polonius.*

Hé bien, Seigneur ? Le Roi vient-il entendre cet ouvrage ?

POLONIUS.

Oui, & la Reine auffi ; & cela dans l'inftant.

HAMLET.

Allez ; ordonnez aux Acteurs de faire diligence.

(*Polonius fort*).

(*A Rofencrantz & Guildenftern*).

Voulez-vous auffi tous deux aller les faire dépêcher ?

TOUS DEUX.

Nous y allons, Seigneur. (*Ils fortent*).

S C È N E V I I.

HAMLET, HORATIO.

HAMLET.

A H, viens, Horatio.

HORATIO.

Me voici, cher Prince, à vos ordres.

HAMLET, *le regardant avec amitié.*

Horatio, tu es l'homme que j'aie jamais rencontré, dont le caractère sympathise le plus avec le mien.

HORATIO.

Oh, mon cher Prince......

HAMLET.

Non, ne crois pas que je flatte : car quel avantage puis-je espérer de toi, qui, sans aucun des biens de la fortune, ne possèdes d'autre héritage sur la terre, que tes bonnes qualités ? Flattera-t-on jusqu'au pauvre ? Non : que la langue emmiellée & flatteuse aille caresser les stupides Grandeurs, & que le genou rampant fléchisse ses muscles dociles aux lieux où le profit peut payer l'adulation. Entens-tu bien ? Depuis que mon

ame a été la maîtreſſe de ſon choix, & a ſu diſtinguer
les hommes, elle t'a élu & marqué de ſon ſceau pour
être à elle : car tu es un homme qui as reçu du
même ſourire & les juſtes faveurs & les injuſtes rebuts
de la fortune. Et heureux ceux dont la raiſon &
les paſſions ſont ſi parfaitement aſſorties enſemble,
qu'ils ne ſont pas entre les doigts de la fortune, un cla-
vier qui chante ſur tous les tons qu'il plaît à ſon caprice. Donne-moi l'homme qui n'eſt pas l'eſclave de
la paſſion, & je le porterai dans le fond, dans le cœur
de mon cœur, comme je t'y porte, toi ; mais c'eſt trop
m'étendre. — On joue ce ſoir une pièce devant le
Roi : il y a une Scène qui approche bien des circonſtances que je t'ai racontées de la mort de mon père.
Je te prie, lorſque tu verras cet acte en jeu, éveille
toute la pénétration de ton ame, obſerve, interprête
mon oncle. Si, à un certain paſſage de la piéce, ſon crime
ne ſort pas des retraites de ſon ame où il eſt caché,
c'eſt un Eſprit infernal & pervers que le fantôme que
nous avons vu ; & toutes mes préſomptions imaginées
ſont auſſi noires que les (†) forges de Vulcain. Attache
ſur lui tes vigilans regards : moi, je riverai mes yeux
à ſon viſage ; & après la pièce, nous réunirons enſemble
nos obſervations à tous deux, pour juger ſa conſcience
par ſon extérieur.

HORATIO.

Je le ferai, Seigneur ; & s'il nous vole un seul de ses sentimens pendant le cours de toute la pièce, & qu'il échappe à nos découvertes, je paierai le voleur.

SCÈNE VIII.

HAMLET, HORATIO, LE ROI, LA REINE, POLONIUS, OPHÉLIA, ROSENCRANTZ, GUILDENSTERN *& autres Seigneurs de la Cour : des Gardes portent devant eux des flambeaux. Ils arrivent au bruit d'une marche Danoise.*

HAMLET, *à Horatio.*

LES voilà qui viennent à la pièce ; il faut que je reprenne mon rôle. (*Bas à Horatio*). Allez prendre votre place.

LE ROI.

Comment se porte notre cousin Hamlet?

HAMLET.

Excellemment bien ; je me nourris du mets du Caméleon. Je me repais d'air & d'espérances. Vous ne pouvez pas nourrir ainsi vos oiseaux?

LE

LE ROI.

Je n'entends rien à cette réponfe, Hamlet; ces mots ne font pas à *moi.*

HAMLET.

Ils ne font plus à *moi* (†) non plus ; Seigneur. (*A Polonius*). Vous avez joué autrefois, dites-vous, étant à l'Univerfité ?

POLONIUS.

Oui, Seigneur, j'ai joué, & j'étois réputé pour un excellent Acteur.

HAMLET.

Et dans quelle pièce avez-vous joué ?

POLONIUS.

J'ai fait le rôle de Jules-Céfar ; je fus tué dans le Capitole : Brutus m'affaffina.

HAMLET. (†)

Les Comédiens font-ils prêts ?

(†) Les mots prononcés ne font plus à nous, dit le proverbe. *Johnfon.*

(†) *Ce Brutus fit une action bien brutale, d'immoler dans ce lieu une pareille victime.*

Tome V. £

ROSENCRANTZ.

Oui, Seigneur ; ils n'attendent que le moment où vous daignerez les entendre.

LA REINE.

Approchez ici, mon cher Hamlet ; asseyez-vous au-près de moi.

H A M L E T, *avec un sourire amer.*

Non, ma bonne mère : il y a ici un aiman, dont l'attraction est plus forte. (†)

P O L O N I U S, *se frottant les mains de joie, & toujours persuadé que c'est l'amour de sa fille qui trouble la raison d'Hamlet.*

Hé bien, prenez-vous garde ?

H A M L E T, *à Ophélia.*

Madame, puis-je me reposer sur vos genoux ?

Il se place aux pieds d'Ophélia.

O P H É L I A.

Non, Seigneur.

(†) Il parle d'Ophélia.

HAMLET.

J'entens , appuyer ma tête fur vos genoux|?

OPHÉLIA.

Oui, Seigneur.

HAMLET.

Penfez-vous donc, que je vouluffe, comme les payfans groffiers , indécemment m'affeoir fur vos genoux (†).

OPHÉLIA.

Je ne penfe rien, Seigneur.

HAMLET.

C'eft une riante image.....

OPHÉLIA.

Quelle image, Seigneur ?

HAMLET.

Rien.

OPHÉLIA.

Vous paroiffez gai, Seigneur ?

(†). C'étoit le ton des jeunes gens du fiecle de Shakefpéar , qui n'étoient ni ingénieux ni décens.

f ij

H A M L E T.

Qui, moi?

O P H É L I A.

Oui, vous, Seigneur.

H A M L E T.

Oh, Dieu; je ne cherche qu'à vous égayer. Qu'a l'homme de mieux à faire, que d'être gai & folâtre? Car, voyez comme la gaïeté refpire dans les yeux de ma mère; & cependant il n'y a que deux heures que mon père eft mort.

O P H É L I A.

Quoi! il y a deux mois, Seigneur.

H A M L E T.

Si long-tems? Hé bien, que Satan porte le deuil : moi, je veux porter une blanche fourrure d'hermine. Oh, Ciel ! mort il y a deux mois, & n'être pas oublié encore ! D'après cela il faut donc efpérer que la mémoire d'un grand homme peut furvivre à fa vie d'une demi-année. Mais, par le ciel, il faut qu'il ait bâti des temples : autrement il ne tiendra pas plus long-tems dans le fouvenir des hommes, que l'ani-

mal enterré, dont l'épitaphe est : *oh, oh , le pauvre
animal est trépassé & déjà oublié.* (†).

(†) *Hobbyhorse.* Parmi les jeux champêtres du mois de Mai,
il y avoit ce que les enfans appellent *dada* (*un cheval-bâton*). Il
y avoit aussi une danse de paysans appellée *Hobbyhorse.* Le zèle
des Puritains se déchaîna contre ces jeux ; on les abolit : & les
Poëtes & les faiseurs de balades citèrent ce jeu , comme une
exemple de leur zèle outré & ridicule. L'Epitaphe que cite Hamlet est tirée d'une de ces balades. *Warburton.*

S C È N E I X.

Les Hautbois se font entendre.

Commence une scène muette , (†) *qui annonce le sujet de la piéce. On voit entrer un Duc & une Duchesse en habits de cérémonie , & la Couronne sur la tête. Ils se font de tendres caresses : la Duchesse & le Duc s'embrassent. Le Duc penche sa tête amoureusement sur les épaules de sa femme. — Le Duc se couche sur un lit de fleurs. Dès qu'elle le voit bien endormi , la Duchesse le quitte. Un autre Acteur arrive qui lui ôte sa Couronne , la baise & verse du poison dans l'oreille du Duc & s'enfuit. La Duchesse revient , trouve le Duc mort & fait éclater son désespoir. L'empoisonneur revient avec deux autres Acteurs muets & paroissent mêler leurs lamentations aux cris de la Duchesse. On emporte le corps du Duc. L'empoisonneur fait sa cour à la Duchesse , & lui offre des présens ; elle résiste d'abord & paroît le dédaigner ; mais bientôt elle cède & lui donne sa main.* (Ils fortent).

O P H É L I A.

Q U E fignifie , Seigneur , cette Scène muette ?

(†) C'étoit l'ufage du tems.

HAMLET.

Vraiment cela cache un empoifonneur (†), — cela nous annonce quelque malheur.

OPHÉLIA.

Cette Scène muette renferme fans doute le fujet de la pièce ?

(*Entre l'Acteur qui doit prononcer le Prologue*).

HAMLET.

Nous allons le favoir de cet Acteur : les Comédiens ne peuvent pas garder de fecret ; ils révèlent tout.

OPHÉLIA.

Nous dira-t-il ce que fignifie cette Scène muette ?

HAMLET.

Oui, furement, & toute autre Scène que vous voudrez lui préfenter. Ne rougiffez pas de lui donner à jouer tout ce que vous voudrez ; & il ne rougira pas de vous apprendre ce que cela fignifie.

OPHÉLIA.

Vous êtes un badin, vous êtes un badin.——Je veux écouter la pièce.

(†) *Miching Malicho : Malechor*, mot Efpagnol, empoifonneur : *To mich*, tenir caché.

L'ACTEUR, *débite le Prologue.*

Pour nous & pour notre Tragédie,
Humblement implorant votre indulgence,
Nous demandons votre attentive patience.

HAMLET.

Eft-ce là un prologue, ou la devife d'une bague?

OPHÉLIA.

Il eft bien court, Seigneur.

HAMLET.

Comme l'amour d'une femme.

SCÈNE X.

*Entrent le Duc & la Ducheffe , Comédiens ;
& l'on joue la piéce.*

LE DUC.

TRENTE fois le char de Phébus a dans fon cercle
embraffé le liquide empire de Neptune , & le globe
arrondi de la terre ; trente fois douze lunes ont trente
fois douze nuits éclairé le monde de leur lumière empruntée , depuis que l'amour unit nos cœurs , & l'hymen nos mains, par des nœuds mutuels & facrés.

LA

LA DUCHESSE.

Puiſſe le ſoleil & l'aſtre des nuits nous faire conter encore autant de révolutions, avant que notre amour
ſoit éteint ! Mais, malheureuſe que je ſuis ! Votre ſanté,
depuis quelque tems, eſt ſi languiſſante ; vous êtes devenu ſi étranger à la gaieté, ſi déchu de votre ancienne vigueur, que je ne puis me défendre d'être
alarmée ſur l'avenir ; & pourtant ces alarmes de ma
tendreſſe, ne doivent pas, Seigneur, vous donner le
moindre découragement : la crainte des femmes, ainſi
que leur amour, donne toujours dans l'excès. Toujours leurs paſſions ou ſont nulles, ou ſont extrêmes.
Quel eſt mon amour pour vous, l'expérience doit vous
l'avoir appris ; & la grandeur de mon amour eſt la
meſure de ma crainte. Pour qui aime bien, le plus
léger ſoupçon devient terreur, & l'amour croît dans
le cœur où les craintes légères s'exagèrent.

LE DUC.

Oui, il faudra que je vous quitte, ma bien aimée,
& dans peu. Mes organes & mes facultés laſſées ſe
refuſent à leurs fonctions : vous vivrez après moi
dans ce bel univers, honorée, chérie ; & peut-être
retrouverez-vous dans un époux auſſi tendre........

LA DUCHESSE, *l'interrompant.*

Oh, malédiction ſur tous les autres hommes ! Un

pareil amour dans mon cœur feroit une trahison. Puisse un second époux devenir mon fléau ! Jamais femme n'en épousa un second, qu'elle n'eût fait périr le premier.

H A M L E T.

Absynthe, absynthe ! (†)

L A   D U C H E S S E, *continuant.*

Les motifs qui peuvent porter à un second mariage, ne peuvent être que de basses vues d'intérêt ; aucun n'est amour. Je donnerai une seconde mort à mon époux déjà mort, le jour qu'un second mari me recevra dans son lit.

L E   D U C.

Je crois que vous pensez ce que vous dites en ce moment ; mais ce que nous promettons un jour, souvent nous le violons après. La résolution humaine est esclave de la mémoire : vigoureuse à sa naissance, bientôt elle s'affoiblit & meurt ; oubliée, elle n'est rien. Aujourd'hui, comme les fruits verts, elle tient fortement à l'arbre ; mais elle tombe d'elle-même & sans secousse, dès que la saison l'a mûrie. Inévitablement nous oublions de nous payer la dette que nous n'avons contractée qu'avec nous-mêmes. Les projets arrêtés dans l'ardeur de la passion, dès que la passion

_____

(†) Expression envelopée, pour désigner l'amertume de ce trait dans le cœur de sa Mère & de Claudius.

finit, fe perdent avec elle. La douleur ou la joie trop violentes, détruifent avec elles-mêmes leur propre ou-vrage, leurs projets & leurs réfolutions. Au moment même où la joie fe livre à fes plus vifs tranfports, où la douleur pouffe fes plus profonds gémiffemens, la joie pleurera, & la douleur fourira au plus léger évé-nement. Le monde ne doit pas toujours durer; & il n'eft pas étrange que nos affections changent avec nos fortunes : car c'eft encore une queftion indécife, fi c'eft l'amour qui guide la fortune, ou la fortune qui con-duit l'amour. L'homme puiffant une fois renverfé, vous voyez fuir fon plus cher favori; & le pauvre, en montant à l'opulence, fait de fes ennemis autant d'amis; & dans tous ces cas, c'eft l'amour qui fuit la fortune. Car celui qui n'a pas befoin d'amis, n'en manquera jamais; & celui qui, dans fon befoin, veut fonder le cœur vuide d'un faux ami, le change auffi - tôt en en-nemi. Mais, pour conclure par ordre fur ce fujet, nos defirs & nos deftins fuivent des courans fi contraires, que tous nos projets font toujours renverfés. Nos pen-fées font à nous; mais leur fin & leur accompliffement ne dépendent point de l'homme. Ainfi, vous penfez au-jourd'hui que vous n'épouferez jamais un fecond mari; mais cette penfée mourra, lorfque votre premier époux fera mort (†).

_____

(†) Shakefpéar, dans ce difcours du Duc, montre fa con-noiffance du cœur humain & de la fociété.

LA DUCHESSE.

O terre, refufe-moi ta nourriture ! O Ciel, refufé-
moi ta lumiere ! Que le plaifir & le repos me fuient le
jour & la nuit (†) ; que tous les revers qui font pâlir le
front de la joie, affaillent tout mon bonheur & l'anéan-
tiffent ; qu'un trouble, un défordre éternel me pourfuivent ici bas, & me banniffent à la fin de ce monde,
fi, veuve une fois, je redeviens jamais époufe !

HAMLET, (*haut*, *avec véhémence*).

Si jamais elle étoit capable de rompre ce ferment....

LE DUC.

Voilà un ferment folemnel ! Ma chere, laiffez-moi
ici quelque tems ; mes efprits s'engourdiffent, & j'aurois envie de tromper les longs ennuis du jour par
quelques inftans de fommeil.

LA DUCHESSE.

Que le fommeil le plus profond affoupiffe tous vos
fens, & que jamais aucun malheur ne nous fépare l'un
de l'autre ! . . . . .   (*Elle fort*).

(†) Ces deux vers fe trouvent dans l'édition de *Johnfon.*

« Que mes efpérances fe changent en défefpoir : que tous mes
plaifirs & mes jouiffances fe bornent à la chère d'un Anachorette
dans l'ombre d'une prifon. »

HAMLET, *à sa mère.*

Comment goûtez-vous cette pièce, Madame ?

LA REINE.

La Duchesse promet trop, à ce qu'il me semble.

HAMLET.

Oh ! mais elle tiendra sa parole.

LE ROI, *à Hamlet.*

Avez-vous compris le sujet de la pièce ; n'y a-t-il rien qui puisse blesser ?

HAMLET,

Oh ! rien qui puisse blesser ; ils ne font que plaisanter : c'est un poison simulé.

LE ROI.

Comment appellez-vous la pièce ?

HAMLET.

La trape tendue : oui, en parlant par figure. —Cette pièce est la représentation d'un meurtre commis à Vienne. Gonzague est le nom du Duc ; son épouse s'appelle Baptista. Vous verrez tout à l'heure ; c'est une intrigue infernale ! Mais que nous importe ? Votre Majefté, & nous, qui avons la confcience pure, cela ne nous affecte pas. Que de perverfes créatures foient électrifées par cette commotion ; nos mufcles, à nous, ne s'en reffentent point.

(L U C I A N U S, *autre Acteur, paroît*).

Cet Acteur qui entre, eft le neveu du Duc.

O P H É L I A.

Vous valez un (†) chœur tout entier, Seigneur.

H A M L E T.

Oh, je pourrois fervir d'interprete (*a*) entre vous & votre amant, fi je pouvois voir jouer enfemble les deux marionnettes.

O P H É L I A.

Vous êtes mordant, Seigneur ; vous êtes tranchant.

(†) On connoît le chœur de quelques Tragédies de Shakef-péar ; il étoit alors en ufage, & il fervoit, comme chez les Grecs, à faire connoître le contenu de la piéce, & à raconter les incidens pendant les entr'Actes.

(*a*) Cet Interprête étoit celui qui préfidoit aux Pantomimes, & aux Marionnettes fur les Théâtres, & qui expliquoit aux Audi-teurs ce qu'on repréfentoit.

HAMLET.

Il vous en coûteroit un profond fanglot , pour émouffer le tranchant de ma langue.

OPHÉLIA.

De pis en pis.

HAMLET.

Oui , de pis en pis : c'eft ainfi que tant de votre fexe prennent des époux.— Allons , commence , meurtrier ; ceffe ces geftes finiftres ; leve ton mafque infernal & commence : viens ; le noir corbeau appelle à grands cris la vengeance.

LUCIANUS, *jouant fon rôle.*

Sombres penfées , mains prêtes à l'action , fucs effi-caces , heure propice , faifon conjurée , & nulle créa-ture pour le voir ! (*Il preffe la phiole qu'il tient entre fes mains*). Toi , noir mêlange , recueilli à minuit des her-bes fauvages , trois fois infecté , trois fois pénétré des poifons d'Hécate : toi , potion magique , fournie par la nature ; cruels ingrédiens , glacez fur le champ les fources de la vie.

(*Il verfe le poifon dans l'oreille du Duc endormi.*)

HAMLET , *avec vivacité.*

Il l'empoifonne dans le jardin, pour ufurper fes États;

le nom du Duc eſt Gonzague. L'hiſtoire eſt véritable, authentique & écrite en Italien pur. Vous verrez tout-à-l'heure, comment le meurtrier gagne l'amour de l'épouſe de Gonzague.

(*Le Roi ſe trouble & ſe lève bruſquement*).

OPHÉLIA.

Le Roi ſe lève !

HAMLET.

Comment, il s'effraie d'une fauſſe lueur ?

LA REINE, *au Roi*.

Comment ? Qu'a donc votre Majeſté ?

POLONIUS *(avec inquiétude, aux Comédiens.)*

Laiſſez-là votre pièce.

LE ROI, *tout troublé*.

Qu'on m'apporte des flambeaux : fortons.

TOUS *les Courtiſans ſe levent*.

Des flambeaux, des flambeaux, des flambeaux.

Tous ſortent avec le Roi.

SCÈNE

SCÈNE XI.

HAMLET & HORATIO, *reſtés ſeuls.*

HAMLET, *ſatisfait de la découverte, chante un couplet qui fait alluſion aux circonſtances.*

Que le cerf atteint du trait mortel, aille pouſſer ſes cris plaintifs ;
Et que le faon innocent bondiſſe dans la plaine.
Il faut que les uns veillent, tandis que les autres dorment,
    Ainſi va le monde.

Hé bien, Ami, ce couplet, avec un panache ſur la tête, & deux roſettes de province ſur ma chauſſure rayée (†), ne pourroient-ils pas, ſi la fortune me traitoit dans la ſuite de turc-à-maure, m'aggréger à une troupe de Comédiens ?

HORATIO.

Oui, un demi-talent !

HAMLET.

Oh, un talent complet.

_____

(†) C'étoit la coutume en ce tems-là de faire des roſettes de rubans pour ſerrer les ſouliers, en place de boucles.

AUTRE COUPLET.

Car tu fais, mon cher Damon,
Que ce Royaume a vu tomber de son Trône ;
Jupiter même, & que celui qui règne aujourd'hui,
Eſt un vrai, un vrai... ſerpent. (†)

HORATIO.

(*a*) Vous auriez pu rimer.

HAMLET.

Oh ! cher Horatio, je tiendrai déſormais la parole
du Spectre pour bonne, pour infaillible. — As-tu remarqué ?

HORATIO.

Oh, très-bien, Seigneur.

___

(†) On ſent aiſément que dans ces deux couplets, Hamlet,
ſous des termes ambigus, veut mettre en oppoſition les deux caractères de ſon Oncle & de ſon Père : que Claudius eſt le cerf bleſſé
par le remords, lui le jeune faon innocent & joyeux de la découverte qu'il vient de faire dans la conſcience de l'uſurpateur. Son
Père étoit le Jupiter ; & Claudius le ſerpent, le crapaut, *Paddock*,
le vil reptile, qui avoit rampé par degrés juſqu'au trône, teint
du ſang de ſon frère.

(*a*) Le ſecond couplet eſt d'une ancienne balade : la rime
du dernier vers demandoit, *âne*. Hamlet ſubſtitue lui-même un
autre animal ; & voilà pourquoi Horatio lui dit, vous pourriez
conſerver la rime.

HAMLET.

Quand il a été question d'empoisonnement. . .

HORATIO.

Je l'ai très-bien remarqué.

HAMLET.

Hola ; quelques airs de musique : allons, Musi-ciens : car si le Roi n'aime pas la comédie, c'est qu'ap-paremment (†), *appercevant Rosencrantz & Guildens-tern* .... Elle ne lui plaît pas sans doute. Allons, un peu de musique.

SCÈNE XII.

LES MÊMES ; ROSENCRANTZ , GUILDENSTERN.

GUILDENSTERN.

Digne Seigneur, permettez que je vous dise un mot.

HAMLET.

Un mot ? Une histoire entière.

_____

(†) Hamlet alloit tirer une conséquence : mais il la supprime, en voyant entrer les deux courtisans, Rosencrantz & Guildenstern.

GUILDENSTERN.

Le Roi, Seigneur......

HAMLET, *l'interrompant vivement.*

Hé bien, que lui est-il arrivé ?

GUILDENSTERN.

Est seul, retiré dans son appartement, & extraor-
dinairement troublé.

HAMLET.

Par le vin ?

GUILDENSTERN.

Non, Seigneur ; par la colère.

HAMLET.

Vous auriez montré plus de prudence en courant en
instruire son médecin : car m'employer, moi, pour remédier à son mal, ce seroit l'aigrir davantage.

GUILDENSTERN.

Seigneur, mettez quelque suite dans votre discours,
& ne vous écartez pas aussi brusquement de l'objet du
mien.

HAMLET.

Me voilà muet. — Parlez.

GUILDENSTERN.

La Reine votre mère, plongée dans l'affliction la plus profonde, m'a envoyé vers vous.

HAMLET.

Vous êtes le bien venu.

GUILDENSTERN.

Non, Seigneur ; ce compliment n'eft pas fincère. S'il vous plaît de me faire une réponfe fenfée, j'exécuterai l'ordre de votre mère ; finon, pardonnez, je vais me retirer, & mon meffage eft fini.

HAMLET.

Je ne puis....

GUILDENSTERN.

Quoi, Seigneur ?

HAMLET.

Vous faire une réponfe fenfée ; mon efprit eft malade. Mais telle réponfe que je ferai capable de faire, vous n'avez qu'à dire, ou plutôt, ma mère ; elle peut ordonner. Ainfi, ne nous écartons plus : au fait. Ma mère, dites vous. . . . .

ROSENCRANTZ.

Voici ce qu'elle dit : que votre conduite la confond de furprife & d'étonnement.

HAMLET.

O, l'étrange fils, qui peut ainfi étonner fa mère ! Mais n'y a-t-il aucune fuite qui tienne à l'étonnement de cette mère ?

ROSENCRANTZ.

Elle voudroit, Seigneur, vous parler dans fon cabinet, avant que vous ailliez vous mettre au lit.

HAMLET.

Nous obéirons, fût-elle dix fois plus ma mère (†). — Avez-vous encore quelque chofe de plus à me dire?

ROSENCRANTZ.

Seigneur, vous m'aimâtes autrefois. . . . .

HAMLET.

Et je vous aime encore; je le jure par ces (a) mains.

(†) C. à. d. Dix fois plus coupable.
(a) Le ferment, *par mes mains,* étoit ordinaire en Angleterre. M. *Efchenberg.*

ROSENCRANTZ.

Seigneur, quelle est la cause qui trouble votre esprit? Certes, vous fermez la porte à votre salut, si vous cachez vos chagrins à vos amis.

HAMLET.

Ma fortune n'avance point.

ROSENCRANTZ.

Et comment cela peut-il être, vous qui avez la voix du Roi lui-même, pour lui succéder au trône du Dannemarck?

HAMLET.

Oui : mais pendant que l'herbe croît.... (†). — Le Proverbe est un peu suranné.

Entre un Musicien avec un Flûteur.

Hola, joueurs de flûtes; voyons-en une (*à Guildenstern qui lui fait signe*). Me retirer avec vous? — Pourquoi tourner ainsi autour de moi, & m'investir, comme si vous vouliez me pousser dans un piége?

GUILDENSTERN.

Ah! Seigneur, si mon obéissance au Roi me fait

_____

(†) Le cheval meurt de faim.

vous preſſer avec trop de hardieſſe, c'eſt mon amour
pour vous qui me rend encore plus importun.

HAMLET.

Je n'entends pas trop bien cela, (*lui préſentant une
flûte*). Voulez-vous jouer ſur cette flûte ?

GUILDENSTERN.

Je ne le puis , Seigneur.

HAMLET.

Je vous en prie.

GUILDENSTERN.

En vérité , je ne le puis.

HAMLET.

Je vous en conjure.

GUILDENSTERN.

J'ignore la touche de cet inſtrument, Seigneur.

HAMLET.

Cela eſt pourtant auſſi aiſé que de mentir. Tenez,
faites paſſer vos doigts & votre pouce ſur ces trous :
ſoufflez avec votre bouche ſur celui-ci, & il va ſortir

de

de cet inftrument une charmante mélodie. Regardez,
voilà les touches.

GUILDESNTERN.

Mais je ne puis leur faire produire aucune harmonie. Je n'en fais pas l'art.

HAMLET.

Hé bien, voyez donc, quel être méprifable vous
voudriez faire de moi. Vous voudriez jouer fur moi;
connoître les iffues de mon ame; afpirer de mon
cœur mon fecret; vous voudriez me fonder comme un
inftrument, depuis le ton le plus grave, jufqu'au plus
aigu; & ce petit organe, qui renferme une foule de
fons harmonieux & une voix charmante, vous ne pouvez pas le faire parler! Quoi! croyez-vous donc qu'il
foit plus aifé de jouer fur moi que fur une flûte?
Allez, voyez en moi tel inftrument qu'il vous
plaira; mais vous pouvez le preffer, le tourmenter
en tout fens; jamais vous n'en tirerez de fons.

SCÈNE XIII.

LES MÊMES, POLONIUS.

HAMLET, (*à Polonius qui vient à lui*).

Dieu vous garde.

POLONIUS.

Seigneur, la Reine voudroit vous parler, & tout à l'heure.

HAMLET.

Voyez-vous là bas ce nuage qui a presque la figure d'un chameau ?

POLONIUS *souriant.*

En vérité, oui, à sa grosseur ; & il en a la forme aussi, vraiment.

HAMLET.

Il me paroît ressembler à un corbeau.

POLONIUS.

Oui, en effet, il est noir comme un corbeau.

HAMLET.

Ou plutôt, il ressemble à une baleine (†).

(†) Hamlet se moque ici de Polonius, qu'il jette dans des réponses contradictoires.

P O L O N I U S.

Tout comme une baleine.

H A M L E T.

Je vais aller trouver ma mère dans l'inftant. (*A part*). — Ils me (†) rendront tout-à-fait fou. (*A Polonius*). J'y vais tout à l'heure.

P O L O N I U S.

Je vais lui dire.

H A M L E T.

Tout à l'heure eft aifé à dire. — Laiffez-moi feul, amis. (*Tous fortent*). — Voici le tems de la nuit le plus dévoué aux noirs maléfices ; voici l'heure où les tombeaux s'entrouvrent, ou l'enfer même fouffle fes poifons fur le monde. Maintenant je pourrois boire le fang tout fumant, & faire d'horribles actes, que le (*a*) jour pur & faint frémiroit de voir. — Doucement : je vais aller trouver ma mère.... O mon cœur,

---

(†) Autre leçon. *They compell me to play the fool, till-j can endure to do it no longer.* Ils me forcent à jouer le rôle d'un fou, tant que je ne puis plus le fupporter, (jufqu'à me laffer). *Johnfon.*

(*a*) Suivant une ancienne fuperftition, la nuit étoit profane & exécrable, & le jour pur & faint. *Warburton.*

ne perds pas ta bonté naturelle; ne laisse pas entrer dans mon sein inflexible l'ame de Néron. Soyons cruel, & non dénaturé. Les poignards seront dans mes paroles; mais aucun dans mes mains. Que ma langue & mon ame dissimulent; que son arrêt tonne dans mes paroles, sans que jamais ma volonté consente à l'exécuter.

         (*Il sort*).

SCÈNE XIV.

LE ROI, ROSENCRANTZ, GUILDENSTERN.

LE ROI.

JE ne le vois point avec plaisir; & l'on ne peut, sans danger pour notre sûreté, laisser le champ libre à sa folie: ainsi, préparez-vous. Je vais à l'instant faire expédier vos dépêches; & il faut qu'il parte avec vous pour l'Angleterre. L'intérêt de notre état ne nous permet plus de nous exposer de si près à un danger, qui croît chaque jour par les accès de son délire.

GUIDENSTERN.

Nous allons nous préparer au départ. — C'est une crainte religieuse & sacrée, que celle qui veille sur le falut de tant de milliers d'hommes, qui ne refpirent & ne vivent que par votre Majefté.

ROSENCRANTZ.

C'eft un devoir pour le fimple citoyen, d'armer tout le courage & toutes les forces de fon ame pour défendre fon exiftence ifolée, contre tout ce qui peut lui nuire ; à plus forte raifon en eft-ce un pour l'ame fupérieure, fur laquelle repofent & fe fondent le bonheur & la vie d'un peuple entier. Un Roi ne meurt pas. feul : comme un gouffre, il entraîne avec lui, dans le tourbillon de fa Majefté , tout ce qui l'environne. C'eft une vafte roue fixée fur la cime d'une montagne : à fes immenfes rayons tiennent enchaffées une multitude innombrable de pièces fubalternes : fi elle tombe, tombe & roule en débris avec elle tout ce qui lui étoit attaché. Jamais Roi ne pouffa un foupir, qui n'ait produit un vafte gémiffement & une lamentation univerfelle.

CLAUDIUS.

Préparez-vous, je vous prie , pour ce voyage, qu'on ne peut trop hâter : nous voulons arrêter les progrès de cette terreur, qui nous menace & grandit fans ceffe à nos yeux.

GUILDENSTERN & ROSENCRANTZ.

Nous allons faire diligence.   (*Ils fortent*).

SCÈNE XV.

CLAUDIUS, POLONIUS.

Seigneur, le voici qui fe rend à l'appartement de la Reine ; je vais me cacher derriere la tapifferie, pour entendre leur entretien. Je fuis fûr qu'elle va lui faire des reproches ; &, comme je l'ai dit, & très-fagement dit, il eft bon que, d'un pofte avantageux & fecret, un autre témoin qu'une mère (la nature (†) les rend toutes partiales), entende cette conférence. Adieu, Seigneur ; je viendrai vous trouver avant que vous vous mettiez au lit ; & je vous inftruirai de ce que j'aurai appris.

CLAUDIUS.

Je vous rends grace, mon cher Polonius.

_____

(†)   *Matres omnes filiis*
In peccato adjutrices, auxilio in paterna injuria folent
effe.   Tér.

SCÈNE XVI.

CLAUDIUS, *seul.*

Oh ! mon offenfe eſt affreuſe ; elle crie vengeance au Ciel ; elle porte avec elle la plus grande de toutes les malédictions. Le meurtre d'un frère !— (*Il étend les bras vers le Ciel.*) Prier ! hélas, je ne le puis ; malgré l'effort de ma volonté , mon crime le détruit. Comme un homme preſſé entre deux tâches qui l'appellent, j'héſite, je conſidère par où je dois commencer , & je n'en exécute aucune. Quoi donc ? Quand cette main maudite feroit encore plus fouillée, qu'elle ne l'eſt, du fang de mon frère, le Ciel bienfaiſant n'a -t-il point aſſez de pluies falutaires pour la rendre auſſi blanche que la neige ? A quoi fert la Miféricorde , ſi elle ne fert à faire grace à l'offenfe ; & quelle eſt la vertu de la prière , ſi elle n'a pas la double force de prévenir nos chûtes , ou de nous en relever pardonnés ? Elévons donc les yeux vers le Ciel, & ma faute eſt effacée. — Mais hélas, à quelle forme de prière aurai-je recours? (*Il s'adreſſe au Ciel.*) Pardonne-moi mon meurtre horrible.—Hélas, le puis-je, en obténir le pardon, quand je fuis encore en poſſeſſion des objets pour leſquels j'ai commis ce meurtre , ma couronne, mon époufe, mon ambition ? Peut-on recevoir le pardon & re-

tenir le crime ? Dans ce monde corrompu , la main do-
rée du coupable peut repouffer la juftice , & l'on voit
fouvent fon or pervers acheter & corrompre la loi :
mais là haut , il n'en eft pas ainfi ; là il n'y a point de
fubterfuge. C'eft là que l'action paroît ce qu'elle eft ,
& que nous fommes contraints de produire nous-mêmes au jour nos fautes , & de les montrer toutes entières , nues & fans voiles. — Que me refte-t-il donc ?
Effayons ce que peut le repentir ? Que ne peut-il pas !
— Mais que peut-il pour un homme qui ne peut fe
repentir (†) ? Oh état déplorable ! O confcience noire
comme la mort ! O ame entravée dans le crime ;
plus elle fe débat pour fe dégager de fa chaîne, plus elle s'en environne ! Anges , fecourez-
moi ; faites fur moi un effai de votre puiffance —
fléchiffez, genoux rebelles ; & toi, mon cœur, que
tes fibres de fer deviennent molles & tendres comme
les nerfs d'un enfant nouveau né. Tout peut fe réparer
encore. . . . .

(Il fe met à genoux , & y demeure).

(†) Pour un homme qui n'a qu'un demi repentir , qui fent
le remords , mais qui n'a pas la volonté de reftituer la couronne ,
&c. *Johnfon.*

SCENE

SCÈNE XVII.

CLAUDIUS. HAMLET *entre par derriere*
& s'avance fans bruit, armé.

HAMLET.

Voici l'inftant propice ; il prie.... — Je vais l'exécuter. (*Il s'arrête*). — Oui, mais, ainfi il va au Ciel ;
eft-ce là me venger ? Ce point mérite réflexion. Un fcélérat affaffine mon père ; &, pour récompenfe, moi,
fon fils unique, j'envoie le meurtrier au Ciel? C'eft une
faveur, & non pas une vengeance. Le traître a furpris
mon père fortant des plaifirs de la table, & couvert de
fes péchés, comme le mois de Mai l'eft de fleurs. —
Et le compte que mon père avoit à rendre...— qui le
fait que le Ciel? Mais autant que nos conjectures peuvent s'étendre, un rigoureux jugement pèfe fur fon
ame. Eft-ce donc me venger, que de donner la mort à
fon affaffin, au moment où il purifie fon ame, & où il
eft préparé pour ce paffage de l'autre vie. —(*Relevant*
fon épée). Reviens vers moi, mon épée, & attends
un moment plus horrible ; attends qu'il foit plongé
dans le vin, ou le fommeil, livré à la colère, ou aux
plaifirs d'un lit inceftueux, jouant, ou faifant quel-
quelqu'autre action ennemie du falut ; frappe alors ;
que, repouffé des portes du Ciel, il tombe la tête la
la première dans l'abîme, & que fon ame condamnée

Tome V.   y

foit noire comme l'enfer, qui fera fa demeure. — Ma mère m'attend. — Va, ce repit que je te donne, ne fait que prolonger tes malheureux jours.

      C L A U D I U S , *fe relevant avec défefpoir,*
retombant attaché à la terre.

Mes paroles vont en haut, mes penfées reftent en terre ; jamais les paroles, fans le cœur & la penfée, ne parviennent au Ciel.   (*Il fort*).

S C È N E X V I I I.

L'Appartement de la Reine.

GERTRUDE, POLONIUS.

POLONIUS.

Il va paroître à l'inftant. Songez à lui faire de vifs reproches ; dites lui qu'il a pouffé trop loin fes extravagances, qu'elles font devenues intolérables ; dites lui que votre Majefté a pris fa défenfe, & s'eft jettée entre lui & le courroux du Roi. Je vais me tenir en filence dans ce lieu ; je vous prie, parlez lui avec fermeté.

      H A M L E T , *appellant.*

Ma mère, ma mère !

GERTRUDE.

Je vous le promets ; ne craignez rien ; retirez-vous ;
je l'entends : il vient.

(*Polonius se cache derrière la tapisserie.*)

SCÈNE XIX.

*Les deux portraits, du Roi mort & de Claudius,
font suspendus dans l'Appartement.*

POLONIUS *caché*, GERTRUDE,
HAMLET.

HAMLET.

Hé bien, ma mère, qu'y a-t-il?

GERTRUDE.

Hamlet, vous avez griévement offensé votre père.

HAMLET.

Ma mère, vous avez griévement offensé mon père.

GERTRUDE.

Allons, cessez, cessez ; vous me répondez avec une
langue frivole.

y ij

HAMLET.

Allez, allez ; vous me queſtionnez avec une langue perverſe.

GERTRUDE.

Hé bien, Hamlet ?

HAMLET.

Hé bien, ma mère ?

GERTRUDE.

Avez-vous oublié qui je ſuis ?

HAMLET.

Non, par le Ciel, non ; vous êtes la Reine, la femme du frère de votre époux ; mais plût au Ciel que vous ne le fuſſiez pas ! — Vous êtes ma mère.

GERTRUDE.

Oh, bien je vous ferai répondre à ceux qui ſauront vous parler.

HAMLET, *d'un air agité.*

Venez, venez, aſſeyez-vous ; vous ne bougerez pas, vous ne ſortirez pas, que je n'aie mis devant vous un miroir, où vous puiſſiez voir le fond de votre ame.

(*Il ferme les portes.*)

GERTRUDE.

Que veux-tu donc faire : tu ne veux pas me tuer ?
Au fecours !

POLONIUS, (*derrière la tapifferie.*)

Quoi ? Au fecours !

HAMLET.

Comment, un voleur ?

Hamlet perce Polonius à travers la tapifferie.
Mort. Un ducat, qu'il eft mort.

POLONIUS.

Oh ! je fuis affaffiné (†).

(†) Saxon le Grammairien, rapporte ce fait avec quelques différences. *Delectatus fententia Fengo facta longinqua profectionis fimulatione difcedit. Is verò qui confilium dederat, conclave quo cum matre Amlethus recludebatur, tacitè petivit, fubmiffufque ftramento delituit : nec infidiarum Amletho remedium defuit. Veritus enim ne clandeftinis cujufpiam auribus exciperetur, primum ad ineptæ confuetudinis ritum decurrens, obftrepentis Galli more occentum edidit, brachiifque pro alarum plaufu concuffis, confcenfo ftramento, corpus crebris faltibus librare cœpit, fi quid illic claufum delitefceret, experturus. At ubi fubjectam pedibus molem perfenfit, ferro locum rimatus, fuppofitum confodit, egeftumque latebrâ trucidavit.* P. 51. — Vid. Meurfii Hiftor. Dani. Lib. I. p. 11.

GERTRUDE.

Hélas, qu'as tu fait?

HAMLET.

Je n'en fais rien. Eft-ce le Roi?

GERTRUDE.

Oh, quel acte fanglant & furieux!

HAMLET.

Auffi fanglant, prefque auffi criminel, ma mère, que de tuer un Roi, & d'époufer fon frère.

(†) GERTRUDE.

Tuer un Roi?

HAMLET.

Oui, Madame, je l'ai dit. (*Il découvre Polonius.*)

(†) *Cumque mater magno ejulatu quefta, præfentis filii focordiam deflere cæpiffet ; quid inquit, mulierum turpiffima, graviffimi criminis diffimulationem falfo lamenti genere expetis, quæ fcorti more lafciviens, nefariam, ac deteftabilem tori conditionem fecuta, viri tui interfectorem pleno incefti finu amplecteris, & ei qui prolis tua parentem extinxerat, òbfcæniffimis blandimentorum illecebris adularis, &c?* Saxonis Grammatici Hiftor. Danii Lib, III. p. 51. Joannis Meurfii Hiftor. Danii. p. 12.

Adieu, toi , malheureux téméraire, qui t'entremets
follement des affaires d'autrui ; voilà ton falaire ; je
t'ai pris pour quelqu'un de plus grand que toi; fubis ton
fort. Tu vois qu'il y a du danger à être trop curieux.
(*A Gertrude*). Ceffez de tordre ainfi les mains : filence,
affeyez-vous, & laiffez-moi preffer votre cœur : car je
vais le faire ; que je voie , s'il eft encore fenfible &
pénétrable, ou fi une habitude criminelle ne l'a point
endurci au point qu'il ait perdu tout fentiment.

GERTRUDE.

Qu'ai-je donc fait, pour entendre de ta bouche
des paroles auffi foudroyantes ?

HAMLET.

Une action qui flêtrit toutes les graces de la
pudeur; qui fait appeller la vertu hypocrifie , qui
arrache (†) la rofe de l'innocence du front de l'amour
vertueux, & y imprime la noirceur du crime ! Une action qui rend les fermens de l'hymen auffi perfides
que ceux des joueurs ! Oh ! une action qui anéantit
l'ame des contrats, & qui change la douce & fainte
Religion en une vaine rapfodie de mots ! Une action

(†) Allufion à la coutume de porter des rofes au côté du vifage.
Warburton.

qui a enflammé de courroux la face du Ciel ; oui, le vafte globe de la terre à cet acte affreux eft confterné, tranfi d'horreur, comme au jour du jugement univer-fel !

GERTRÜDE.

Hélas, quelle eft donc cette action que tu m'an-nonces de cette voix terrible & tonnante ?

HAMLET.

Regardez cette peinture, & regardez celle-ci ; ces deux repréfentations des deux frères. Voyez celui-ci; que de graces repofoient fur ce front augufte : c'eft la chéve-lure flottante d'Appollon; le front de Jupiter même, l'œil de Mars, qui commande ou menace ; l'attitude du meffager des Dieux, nouvellement defcendu fur une montagne, dont le fommet baife le ciel ; forme majef-tueufe, fur laquelle chacun des Dieux avoit, de concert, imprimé fon fceau, pour donner au monde l'affûrance qu'en elle logeoit un homme : c'étoit-là votre époux ! — Confidérez, de cet autre côté ; voici votre époux, qui, comme un épi corrompu par la nielle, infecte & em-poifonne le frère que porte la même tige. — Avez-vous des yeux ? Avez-vous pu renoncer à vivre fur cette riante colline, pour venir refpirer les vapeurs empef-tées de ce marécage ? Ah, avez-vous des yeux ? Vous ne pouvez pas donner à votre choix le nom d'amour :

car

car, à votre âge, le fang a perdu fa bouillante ardeur ;
il eft refroidi, il eft foumis à la raifon ; & quelle femme,
douée de raifon, feroit defcendue de cet homme à cet
autre (†) ? Eh ! Quel démon a donc mis fur vos
yeux un bandeau fi épais (*a*)? O pudeur ! où eft ta
rougeur? O enfer, ami du trouble & de la révolte,
fi tu peux allumer tant de paffion dans le cœur de la
vieilleffe ; la vertu doit donc fe fondre, comme la cire,
aux feux de la jeuneffe. Il faut donc abfoudre de tout
crime le jeune homme qui obéit à l'impulfion de fon
ardeur fougueufe ; puifque la glace elle-même brûle
de tant de feux ; & que la raifon elle-même proftitue
le cœur.

GERTRUDE.

Oh ! Hamlet, ne dis plus rien. Tu tournes mes yeux
fur mon ame, où j'apperçois des tâches noires & gan
grénées qui ne s'effaceront jamais.

(†) Voici ce qu'on trouve de plus dans les anciennes éditions.
« Vous avez des fens, furement vous en avez : autrement vous
» ne pourriez pas avoir d'idées : mais ces fens font en léthargie ;
» car la folie elle-même ne donneroit pas dans cette extravagance.
» Jamais les fens ne furent fi affervis au délire, qu'il ne reftât
» encore quelque dofe de jugement, pour favoir faire un choix
» dans une fi vafte différence..... Les yeux fans le toucher, le
» toucher fans les yeux, l'ouie feule, ou un fens plus obtus enco-
» re, oui, les reftes affoiblis & languiffans d'un feul des fens de
» l'homme, fuffifoient pour préferver de cette aveugle & ftupide
» choix ».

HAMLET, *fuivant toujours fon idée & fon éton-nement, que Gertrude ait pu paffer de fon père à Claudius.*

Quoi ! pour vivre dans les plaifirs impurs d'un lit inceftueux, proftituée dans le fein de la corruption, & prodiguant les plus tendres baifers de l'amour fur une bouche impudique & criminelle !

GERTRUDE.

Oh, ne dis plus rien ; tes paroles pénetrent mon oreille comme autant de poignards : ne dis plus rien, mon cher Hamlet !

HAMLET.

Un affaffin, un infâme!—Un efclave, qui ne vaut pas la centième partie de votre premier époux : (†) un vil finge de Roi, voleur du trône & des loix; qui a (*a*) fupris lâchement le précieux diadême dans la caffette où il étoit renfermé, & l'a caché fous fon manteau !

(†) *A vice of Kings. Vice* eft le fol, le bouffon d'une farce, dont eft venu le Punch, ou Polichinell moderne. *Johnfon.* Ce caractère faifoit le hareng for, dans les farces.

(*a*) L'Ufurpateur n'étoit pas parvenu à la Couronne par un crime glorieux, où il y eût quelque danger à vaincre, mais avec e lâche bonheur d'un filou.

GERTRUDE.

Oh, plus rien.

HAMLET.

Un Roi de Théâtre.— (*L'Ombre de son Père paroît ; Hamlet effrayé se lève à demi sur sa chaise, dès qu'il le voit*). Sauvez-moi, Anges céleftes ; protégez-moi fous l'ombre de vos aîles. (*Hamlet, à l'Ombre*). Que veut ton Ombre fous cet afpect indulgent ?

GERTRUDE.

Hélas, il eft infenfé !

HAMLET, *à son Père.*

Ne viens-tu point gronder ton fils trop lent, qui, énervé par les délais & par la pitié, néglige l'exé-cution de tes ordres redoutables? Oh ! parle.

L'OMBRE.

Ne les oublie pas; cette vifite n'eft que pour rani-mer en toi ton ardeur prefqu'éteinte. — Mais, re-garde ! l'épouvante écrafe ta mère ! Oh! mets-toi en-tre elle & le trouble de fon ame agitée ; ce font les corps les plus foibles, que l'imagination agite avec plus de violence. Parle-lui, Hamlet.

HAMLET.

Hé bien , Madame, à quoi fongez-vous ?

GERTRUDE.

Hélas, à quoi fonges-tu toi même , pour fixer ainfi tes regards fur le vague de l'air , & adreffer tes paroles à un fantôme qui n'exifte pas ? Ton ame a paffé toute entière dans tes yeux égarés , & tes cheveux , prenant du fentiment & de la vie, comme des fenti-nelles reveillés par une alarme fubite , s'agitent & fe dreffent fur ta tête. O , mon cher fils , tempère par la patience l'ardeur & la flamme qui te dévorent. Sur quoi attaches-tu ainfi tes yeux ?

HAMLET, *avec terreur & montrant du doigt.*

Sur lui ! fur lui ! —Voyez, quels feux pâles & éblouif-fans il lance ! Son afpect & fa caufe , unis enfemble, pourroient feuls , fans qu'il parle , attendrir les rochers. (*A fon Père*). Oh , ceffe de fixer fur moi tes regards : ce trifte & touchant afpect pourroit déconcerter mes fombres projets ; la vengeance que je fuis chargé d'accomplir , ne feroit pas marquée de fa véritable couleur. Des larmes, peut-être, au lieu de fang. . . . .

GERTRUDE.

A qui adreffes tu donc ces paroles ?

HAMLET, *montrant l'Ombre.*

Hé quoi, ne voyez-vous rien là ?

GERTRUDE.

Rien : cependant tout ce qui exifte, je le vois.

HAMLET.

Vous n'entendez rien ?

GERTRUDE.

Rien, que ce que nous difons.

HAMLET.

Regardez ici. Voyez, il s'éloigne. — Mon père, fous les mêmes vêtemens qu'il porta pendant fa vie!— Voyez, il fe retire, il eft maintenant fous le veftibule.

Le Spectre difparoît.

GERTRUDE.

Vain fantôme créé dans ton imagination ; effet du trouble qui te tranfporte hors de toi-même.

HAMLET.

De quel trouble parlez-vous ? Mon poulx eft auffi tranquille que le vôtre ; & fes pulfations réglées annoncent une conftitution auffi faine. Ce que j'ai dit, n'eft point délire ; mettez-moi à l'épreuve, je le répéterai encore, & la folie eft loin de ce langage. O ma mère, au nom de la Grace du Ciel, n'appliquez pas fur votre confcience ce baume flateur & perfide, en croyant que c'eft ma folie qui parle, & non votre crime ; il ne feroit qu'enflammer & envenimer la plaie ; & la corruption, minant intérieurement, continueroit dans votre cœur fes ravages invifibles. Confeffez-vous au Ciel ; repentez-vous du paffé ; évitez l'avenir qui s'avance, & ne jettez pas fur des rofeaux pourris un ferment fétide qui en augmenteroit encore l'effervefcence empeftée. Pardonnez-moi cet effort vertueux : car, au milieu de la corruption de ce monde groffier, la vertu fe voit obligée de s'humilier devant le crime, d'implorer fon pardon, & de lui demander la liberté de lui faire du bien.

GERTRUDE.

Oh ! Hamlet, tu as fendu mon cœur.

HAMLET.

Rejettez-en loin de vous la portion la plus corrompue; vivez plus innocente avec l'autre. Adieu : n'entrez plus dans le lit de mon oncle ; fi vous n'avez pas la vertu, prenez du moins fon apparence. L'habi-

tude, ce monftre qui ronge & détruit tous les fentimens, tous les penchans, eft un Ange en ceci : c'eft qu'il
donne infenfiblement aux actes bons & vertueux, une
aifance, un air naturel, qui les fait croire innés dans
l'homme. Abftenez-vous cette nuit, & ce premier effort vous rendra plus facile l'abftinence de la nuit fuivante ; & ainfi de plus en plus par degrés. L'habitude peut
effacer l'empreinte de la nature, vaincre l'Enfer même,
& le chaffer d'un cœur par fon infenfible & merveilleufe
puiffance. — Encore une fois : nuit paifible ! Et quand
vous en ferez venue à défirer vous-même la bénédiction
du Ciel, je vous demanderai la vôtre.—(*Montrant Polonius*). Pour ce Seigneur, j'en fuis affligé ; mais le Ciel
l'a voulu ainfi ; il a voulu le punir par moi, & moi par
lui, en faifant de moi l'inftrument & le miniftre de fa
vengeance. — Je veux le placer, & je faurai juftifier
la mort que je lui ai donnée. Adieu, encore une fois : il
faut que je fois cruel, uniquement pour être humain :
voilà le premier mal ; le pire, eft ce qui refte à exécuter.

L A   R E I N E, *toute troublée.*

Que dois-je faire ?

H A M L E T, *avec une ironie amère.*

Rien de ce que je vous dis de faire ; gardez-vous-en
bien. Laiffez-vous encore entraîner au lit de ce Roi
luxurieux. Révélez tout ceci, & dites lui que ma folie

n'eſt pas réelle, & que je ne fais l'inſenſé que par artifice. Il ſera bon que vous lui faſſiez cette confidence : car quelle autre qu'une Reine belle, ſage, modeſte, voudroit cacher des ſecrets auſſi chers à un monſtre odieux & difforme ? Qui le voudroit ? Non : allez ; & au mépris de la raiſon & du ſecret, découvrez la cage ſur le toît de la maiſon & que les oiſeaux s'en-volent (†).

·LA REINE.

Sois-en ſûr ; comme il eſt vrai que la voix eſt un ſouffle, & que le ſouffle eſt néceſſaire à la vie, je n'ai point de voix pour énoncer ce que tu m'as dit.

HAMLET.

Il faut que je parte pour l'Angleterre : vous le ſavez ?

LA REINE.

Hélas ! je l'oubliois. Oui, c'eſt un parti arrêté.

HAMLET.

Il y a des lettres ſcellées ; & mes deux camarades d'étude, à qui je me fierai, comme à la dent enveni-mée du ſerpent, ſont chargés de la commiſſion. C'eſt

_____

(†) « Et ſemblable au ſinge, imitateur célèbre, pour eſſayer l'expérience, gliſſez-vous dans la cage, au riſque de tomber & de vous briſer ſur le pavé ».

à eux à me frayer le chemin , & à me conduire au lieu
où la fraude m'attend. Laiſſons-la faire. C'eſt un plaiſir de voir un mineur ſauter en l'air par ſon propre
pétard. Et il y aura bien du malheur, ſi je ne creuſe
pas une toiſe au-deſſous de leur mine, & ne les fais pas
voler juſqu'aux nuages. Oh ! c'eſt un plaiſir bien doux,
quand un ſtratagème contremine & rencontre l'autre
dans la même ligne. — (*A Polonius giffant.*) Cet homme
va faire de moi un porte-faix. Je vais porter ſon cadavre dans la chambre voiſine. Adieu, ma mère. (*Conſidé-
rant Polonius.*) Vraiment ce donneur d'avis eſt maintenant bien grave, bien ſecret, bien taciturne, lui
qui, toute ſa vie, fut un parleur éternel. Allons,
Seigneur, il faut que je finiſſe avec vous. (*Il l'emporte*).
Nuit paiſible, ma mère. (†)

Il ſort, chargé du corps de Polonius.

Fin du troiſième Acte.

(†) *Tali convicio laceratam matrem , ad excolendum virtutis
habitum revocavit, præteritoſque ignes præſentibus illecebris præ-
ferre docuit.* Sax. Gramm.

A C T E I V.

S C È N E P R E M I È R E.

*Un Appartement dans le Palais
du Roi.*

LE ROI, LA REINE, ROSENCRANTZ
ET GUILDENSTERN.

LE ROI.

Ces soupirs, Madame, ont une cause : ces profonds sanglots de votre sein oppressé, vous devez les
expliquer ; il est à propos que nous en connoissions la
source. Où est votre fils ?

LA REINE, *à Rosencrantz & Guildenstern.*

Laissez-nous seuls un moment. (*Ils sortent*). Ah,
Seigneur ! qu'ai-je vu cette nuit ?

LE ROI.

Quoi donc, Gertrude ? En quel état est Hamlet ?

GERTRUDE.

Furieux, comme la mer & les vents déchaînés & luttans enfemble. Dans un accès effréné de folie, ayant entendu quelque mouvement derrière la tapifferie, il tire fon épée, & s'écrie : un voleur ! & dans l'illufion dont fon cerveau eft déçu, il tue, fans le vouloir, le bon vieillard.

LE ROI.

O funefte événement ! Nous aurions eu le même fort, fi nous euffions été à fa place. Sa liberté redoutable nous menace tous ; vous, Madame, nous - mêmes, tous fans diftiétion. — Hélas ! comment excuferons-nous cet aéte fanguinaire ? On nous l'imputera à nous, dont la fuprême prudence auroit dû réprimer, enchaîner ce jeune forcené, & mettre fa fureur hors d'état de nuire. Mais notre tendreffe étoit fi aveugle, que nous ne voulions pas fentir ce que la prudence prefcrivoit de faire. Nous nous fommes conduits comme un homme qui récele dans fon fein un poifon honteux, & qui, pour le dérober à la connoiffance publique, le tient caché, & le laiffe dévorer jufqu'aux fources de fa vie. Où eft-il allé ?

LA REINE.

Tirer à l'écart le corps qu'il a tué ; &, dans fa folie même, fon ame fe montre pure & innocente de cet acte fanglant. (†) Il pleure fur ce qu'il a fait.

LE ROI.

O Gertrude, fortons. Les premiers rayons du foleil n'auront pas plutôt rafé les montagnes, que nous le ferons embarquer; & cette odieufe action! il nous faut employer toute notre autorité & tout l'art dont nous fommes capables, pour l'excufer & la colorer.

Guildenſtern & Roſencrantz paroiſſent.

SCENE II.

LES MÊMES. ROSENCRANTZ, GUILDENSTERN.

LE ROI, *les appercevant.*

Oh Guildenſtern ! — Mes amis, allez tous deux prendre avec vous quelque efcorte. Hamlet, dans fon délire, a tué Polonius; & il a traîné fon cadavre hors du cabinet de fa mère. Allez, découvrez où il eſt, parlez-lui avec douceur, & faites porter le corps dans la chapelle du Palais. Hâtez-vous de le faire.

Roſencrantz & Guildenſtern fortent.

Venez, Gertrude; allons aſſembler nos plus fages

(†) « Ainfi quelques grains d'or brillent enfouis dans une mine de vils métaux ».

amis, & leur déclarer nos réfolutions, & le malheur qui eft arrivé. Peut-être la calomnie, dont le murmure parcourt l'étendue de l'Univers, & qui décoche fon trait empoifonné, auffi jufte que la flèche frappe fon but, pourroit fe méprendre, manquer notre nom, & ne frapper que l'air impaffible.—Oh! fuivez-moi ; mon ame eft pleine de difcorde & d'épouvante.   (*Ils fortent.*)

SCÈNE III.

HAMLET.

Déposé en lieu sûr....

On appelle dans l'intérieur.

Hamlet, Prince Hamlet !

HAMLET.

Quel eft ce bruit ? Qui appelle Hamlet ? — Oh, je les apperçois.

Rofencrantz & Guildenftern entrent.

ROSENCRANTZ.

Seigneur, qu'avez-vous fait du cadavre ?

HAMLET.

Je l'ai réuni à la poussière, dont il est parent.

ROSENCRANTZ.

Dites-nous où il est, afin que nous puissions le faire enlever & porter à la Chapelle du Palais.

HAMLET.

Ne croyez pas cela.

ROSENCRANTZ.

Croire quoi ?

HAMLET.

Que je puisse garder votre secret, & ne pas garder le mien. D'ailleurs, à qui demanderoit une éponge, quelle réponse devroit faire le fils d'un Roi ?

ROSENCRANTZ.

Me prenez-vous pour une éponge, Seigneur ?

HAMLET.

Oui, pour une éponge qui, prenant en tout la forme & le maintien du Roi, pompe ses récompenses & son autorité. Mais de pareils officiers finissent par être le profit du Roi : il les garde, comme le singe garde un fruit dans un coin de sa bouche ; & le premier embouché eft le dernier avalé. (†) Quand le Roi a befoin de ce que vous avez recueilli,il ne fait que vous preffer ; & vous, éponge, vous redevenez féche.

ROSENCRANTZ.

Je ne vous comprends pas , Seigneur.

HAMLET.

J'en fuis bien aife : un difcours méchant fe perd dans une oreille infenfée.

ROSENCRANTZ.

Seigneur, il faut nous dire où eft le cadavre, & vous rendre avec nous chez le Roi.

HAMLET.

Le corps eft avec le Roi (a) ; mais le Roi n'eft pas avec le corps. Le Roi n'eft rien......

(†) C'eft l'ufage des Singes, en mangeant , de mettre en ré- ferve les premiers morceaux dans une poche qu'ils ont dans le coin de leur bouche, & de les y garder jufqu'à ce qu'ils aient mangé le refte.

(a) Steevens préfume que le fens eft : *Le corps eft dans la maifon du Roi actuel: mais le vrai*, c'eft-à-dire, *le précédent Roi n'eft pas avec fon corps.* Un fens plus naturel , dit M. Efchen- berg, me paroît être celui-ci: *La biere eft ici auprès du Roi ; mais le Roi n'eft pas encore dans la biere* ; c'eft-à-dire , *maffacré , comme il devroit l'être.* On pourroit peut-être encore l'entendre de cette

GUILDENSTERN.

Rien , Seigneur ?

H A M L E T.

Quelque chofe ou rien. — Conduifez-moi vers lui. — Cache , cache , & en conféquence (†).....

(*Ils fortent.*)

SCÈNE IV.

LE ROI.

LE ROI.

JE l'ai envoyé chercher , & j'ai donné ordre de dé-couvrir , où eft le cadavre. Oh ! qu'il eft dangereux de lui laiffer fa liberté ! Cependant il ne faut pas que nous exercions fur lui la rigueur des loix. Il eft chéri de la folle multitude , qui aime, non pas d'a-près fon jugement , mais d'après fes yeux ; & , dans ces cas , c'eft le châtiment de l'offenfeur qu'on pèfe,

---

maniere : *Le Roi n'eft pas avec le corps* ; c'eft-à-dire , *Claudius n'eft qu'un corps fans ame : il n'y a pas de Roi , de véritable Roi logé dans fon corps :* c'eft ce que femble indiquer le mépris avec lequel il parle de lui,

[†] *Cache, cache le Renard*: efpece de jeu d'enfans. *Hammer.*

&

& jamais l'offenſe. Pour maintenir tout dans la paix & dans le calme, il faut que cet embarquement précipité paroiſſe le fruit d'une délibération réfléchie. Les maux déſeſpérés, ou ſe guériſſent par des remèdes déſeſpérés, ou ſont incurables.

(*Roſencrantz arrive.*)

Hé bien, qu'eſt-il arrivé?

ROSENCRANTZ.

Où le cadavre a été placé, Seigneur, c'eſt ce que nous ne pouvons tirer de lui.

LE ROI.

Mais lui-même, où eſt-il?

ROSENCRANTZ.

Hors du Palais, Seigneur, gardé, en attendant vos ordres.

LE ROI.

Amenez-le devant nous.

ROSENCRANTZ *appellant.*

Hola, Guildenſtern, amenez le Prince.

SCÈNE V.

LES MÊMES. HAMLET, GUILDENSTERN.

LE ROI.

Hé bien, Hamlet, où eft Polonius?

HAMLET.

A fouper.

LE ROI.

A fouper, où ?

HAMLET.

Non pas où il mange : mais où il eft mangé. Une affemblée de vers politiques eft après lui. Le ver eft parmi les Mangeurs le Monarque fuprême. Nous engraiffons toutes les créatures pour qu'elles nous engraiffent, & nous nous engraiffons pour le ver. Un Roi bien gras, & un mendiant maigre, ne font qu'un fervice différent; deux mets pour une feule table. Voilà la fin de tout.

LE ROI.

Hélas, hélas !

HAMLET.

Un homme peut pêcher avec le ver qui a mangé

un Roi, & manger enfuite du poiffon qui s'eft nourri
de ce ver.

LE ROI.

Qu'entendez-vous par-là ?

HAMLET.

Rien, que de vous montrer par quelle progreffion
un Roi peut paffer dans les entrailles d'un mendiant.

LE ROI.

Où eft Polonius ?

HAMLET.

Dans le ciel ; envoyez-y voir. Si votre Meffager
ne le trouve pas-là ; cherchez-le vous-même dans le
lieu oppofé. Mais, ma foi, fi vous ne le trouvez
pas dans l'efpace d'un mois, vous le diftinguerez à
l'odeur, lorfque vous monterez les degrés de la
galerie.

LE ROI, *à Guildenftern & Rofencrantz.*

Allez l'y chercher.

HAMLET, *à Guildenftern & Rofencrantz.*

Oh, il attendra que vous ailliez le trouver.

LE ROI.

Hamlet, cette action, pour votre sûreté particulière, qui nous cft chère ; & nous fommes auffi vivement affligés de ce que vous avcz fait; cette action néceffite votre prompte fortie de ce Royaume: ainfi préparez-vous. Le navire eft prêt, le vent eft en poupe, vos camarades attendent, & tout eft dif-; pofé pour faire voile en Angleterre.

H A M L E T.

En Angleterre ?

L E R O I.

Oui, Hamlet.

H A M L E T.

Bon.

L E R O I.

Oui, *bon* eft le mot que vous diriez, fi vous faviez nos intentions.

H A M L E T.

Je vois un Ange (†) qui les voit. Mais allons; en Angleterre ! Adieu, ma tendre mère.

L E R O I.

Ton père qui t'aime, Hamlet. . . .

H A M L E T.

Ma mère. (*a*) Père & mère, c'eft mari. &

(†) L'ame de fon père.

(*a*) Il ne dit pas adieu à Claudius, & s'en défend par ce rai-fonnement.

femme. L'homme & la femme ne font qu'une même chair ; ainfi, ma mère. — Allons : pour l'Angleterre.　　　(*Il fort.*)

LE ROI.

Suivez-le pas à pas. Engagez-le à fe rendre promptement à bord. Ne différez pas ; je veux le voir forti du Royaume ce foir..... Partez ; car tout ce qui a rapport à cette affaire, eft fcellé & prêt. Je vous prie, faites diligence.

Rofencrantɀ & Guildenſtern fortent.

Et toi, Angleterre ! fi tu fais quelque cas de mon amitié, dont ma puiffance t'a fait fentir le prix, puifque les plaies que t'a faites l'épée Danoife, font encore rouges & fanglantes, & que depuis ta liberté paie un hommage refpectueux à notre trône, tu ne dois pas négliger notre volonté fuprême, qui follicite de toi, dans des lettres preffantes, la prompte mort d'Hamlet. Obéis-moi, Angleterre. Car Hamlet eft une fiévre brûlante dans mon fang, & il faut que tu m'en guériffes. Jufqu'à ce que j'apprenne que cet acte eft confommé, quelque fortune qui m'arrive, la joie ne renaîtra point pour moi. (†)

(*Il fort.*)

(†) Voyez la note de la fin.

SCÈNE VI.

Un Camp sur les frontières du Dannemarck.

FORTINBRAS *suivi d'une Armée.*

F O R T I N B R A S , *à un Capitaine.*

Allez , Guerrier : portez mon salut au Monarque Danois. Dites-lui que , d'après son agrément , Fortinbras réclame la liberté de faire passer son armée à travers son Royaume. Vous savez le rendez-vous. Si Sa Majesté a quelque chose à nous communiquer , nous irons lui rendre nos hommages en personne ; ayez soin de l'en instruire.

LE CAPITAINE.

Je le ferai , mon Prince.

F O R T I N B R A S *à son armée.*

Marchez à pas lents.

Fortinbras s'éloigne avec son armée.

SCÈNE VII.

LE CAPITAINE, HAMLET, ROSENCRANTZ, GUILDENSTERN, &c.

HAMLET.

Guerrier, quelles font ces troupes?

LE CAPITAINE.

L'armée Norwégienne.

HAMLET.

Quelle deftination, ami, je vous prie?

LE CAPITAINE.

Contre quelque partie de la Pologne.

HAMLET.

Qui les commande?

LE CAPITAINE.

Le neveu du Roi, Fortinbras.

HAMLET.

Marchent-elles contre la Pologne entière, ou feulement contre quelqu'une de fes frontières?

FORTINBRAS.

Pour parler vrai, & fans détour, nous allons conquérir une motte de terre qui n'a en elle-même aucune valeur : rien de plus que l'honneur. Je ne voudrois pas en affermer le revenu pour cinq ducats ; & elle ne produira pas à la Norwège ou aux Polonois, un meilleur prix, quand elle feroit vendue à l'enchère.

HAMLET.

Hé, mais les Polonois ne la défendront pas.

LE CAPITAINE.

Oh ! elle eft munie d'une forte garnifon.

HAMLET.

Deux mille ames & vingt mille ducats ne décideront pas la queftion de cet atôme. C'eft la tumeur groffie par l'exceffive abondance d'une longue paix, qui crève intérieurement, fans (†) qu'il paroiffe à l'extérieur aucune caufe de la mort de l'homme. Je vous rends graces, ami.

LE CAPITAINE.

Dieu vous garde.

(†) Son caractère le porte toujours à moralifer à toutes les occafions qu'il trouve.

ROSENCRANTZ

ROSENCRANTZ.

Vous plaît-il de me fuivre , Seigneur?

HAMLET.

Je vous rejoins dans un moment : allez toujours
devant.   (*Ils fortent.*)

HAMLET *feul.*

Comme toutes les circonftances s'élèvent contre
moi, & réveillent ma vengeance affoupie! Qu'eft-
ce que l'homme, fi fon bien fuprême & tout le prix
du marché de fon temps fe réduifent à manger &
dormir? Une brute, rien de plus. Sûrement, celui
qui nous a formés avec cette vafte raifon, qui peut
voir dans le paffé & dans l'avenir, ne nous a pas
donné cette intelligence & cette divine faculté, pour
qu'elle refte en nous oifive & fans emploi. Maintenant,
foit par un oubli ftupide femblable à celui de la brute,
foit par une délicateffe fcrupuleufe qui craint de
trop approfondir l'événement ; (&, dans ce fcrupule,
pour un quart de fageffe, il y en a trois de lâcheté,) je
ne fais pas pourquoi je vis encore, pour toujours
dire : *j'ai cette chofe à faire* , puifque j'ai un motif, la volonté, la force & les moyens de la faire.
Des exemples, plein l'univers! Le globe eft couvert
d'exemples qui m'exhortent : témoin la maffe énorme

Tome *V.*   c c

de cette armée nombreufe conduite par un Prince jeune & délicat, dont l'ame ftimulée par une divine ambition, affronte l'événement invifible ; expofant une vie mortelle & incertaine à tous les hafards, à la mort & aux dangers les plus terribles, pour une poignée de terre. Ce n'eft pas être vraiment grand, que de ne jamais agir fans un grand motif : c'eft de trouver avec noblelle un fujet de querelle dans un atôme, quand il s'agit de l'honneur. Comment reftai-je donc immobile ici, moi, qui ai un père affaffiné, une mère fouillée . . . . . autant d'aiguillons qui preffent mon courage & ma raifon; & comment les laiffai-je tous s'engourdir dans un lâche fommeil? Tandis qu'à ma honte, je vois la mort prochaine de vingt milliers d'hommes, qui, pour une chimère, pour une vaine renommée, vont à leurs tombeaux comme à leurs lits : combattant pour un projet, dont la multitude ne peut juger la caufe; pour un terrein, qui n'eft pas même une tombe affez vafte pour cacher les morts ! Oh! que déformais donc mes penfées foient ou fanguinaires, ou nulles.

(*Il fort.*)

SCÈNE VIII.

Le Palais.

LA REINE, HORATIO.

LA REINE, *avec douleur.*

Je ne veux pas lui parler.

HORATIO.

Elle preffe : elle veut abfolument vous voir. Il eft vrai ; elle extravague ! Mais il faut avoir pitié de l'état violent de fon ame.

LA REINE.

Que veut-elle ?

HORATIO.

Elle parle beaucoup de fon père ; elle dit qu'elle entend répéter qu'il y a de la fraude dans le monde ; & elle fanglotte & elle frappe fon cœur ; elle foule avec colère les pailles fous fes pieds. Elle profère des paroles équivoques, qui n'ont de fens qu'à moitié. Tout fon difcours n'eft rien ; & cependant la forme étrange de ce difcours, fait naître à ceux qui l'écoutent, l'envie d'en raffembler les parties : ils y cherchent un but, & arrangent les mots conformément à leurs idées. Aux fignes de fes yeux & de fa tête, à fes geftes, on croiroit qu'il pourroit y avoir de la penfée dans fes paroles. Il n'y a rien de fuivi ; & cependant il y en a affez pour leur donner une interprétation finiftre. Il feroit à propos de lui parler : car elle pourroit fémer de dangereufes conjectures dans les ames qui couvent le mal.

L A   R E I N E.

Hé bien, qu'elle vienne.

Horatio fort.

A mon ame malade, (& telle eft la nature du crime) la moindre bagatelle femble le préfage de quelque grand défaftre ; tant une confcience coupable eft pleine d'une défiance fatale ! A force de craindre d'être trahie, elle fe trahit & fe perd elle-même !

SCENE IX.

LA REINE, HORATIO *revient avec*
OPHÉLIA *dont la raifon eft perdue.*

OPHÉLIA.

Ou eft la belle Majefté du Dannemarck?

LA REINE.

Hé bien , Ophélia?

OPHÉLIA *paroît habillée de blanc , les cheveux
en défordre & flottant fur fes épaules ; elle a des
fleurs & des pailles dans fes cheveux ; elle en tient
auffi dans fes mains.*

*Elle chante le couplet fuivant , avec des yeux égarés ,
regardant un objet qui n'exifte point.*

> Comment puis-je diftinguer votre fincère amour d'un autre
> amour ?
>
> Eft-ce à fon chapeau de fleurs, à fa houlette, aux rubans
> de fa chauffure. (†)

(†) *A fon chapeau de coquillages , a fon bourdon, à fes
fandales.* Du temps des Pélérinages , l'habillement des Pélerins
étoit le déguifement ordinaire des Amans qui cachoient leurs
intrigues fous ce coftume : de-là vient que les Balades faifoient
fi fouvent des pélérinages , le fujet de leurs Poéfies.

LA REINE.

Hélas, chère Ophélia, que fignifie cette chanfon ?

OPHÉLIA.

Que dites-vous ? Je vous prie , remarquez bien.
(*Ici elle penfe à fon père.*)

Il eft mort & difparu , noble Dame ; il eft mort & perdu.
A fa tête eft une touffe de verd gazon ; à fes pieds eft une
pierre.

(*Elle éclate de rire.*) (†)

SCÈNE X.

LES MÊMES. LE ROI.

LA REINE.

Oui, mais Ophélia....

OPHÉLIA.

Je vous prie , remarquez.

Son linceul funèbre eft blanc comme la neige des montagnes.

_____

(†) Ces deux Scènes font déchirantes; jamais Ophélia ne rit ,
qu'on ne fonde en larmes. C'eft l'amour & la tendreffe qui ont
aliéné fa raifon. Ophélie a fervi de modèle à la Clémentine de
Richardfon.

LA REINE à *Claudius.*

Hélas ! voyez, Seigneur.

OPHÉLIA, *chantant & continuant son idée.*

Tout parfemé de tendres fleurs,
qui ont été portées à fa tombe,
trempées des flots de larmes d'un amour fidéle;

Ici elle fond en larmes.

LE ROI.

Comment vous portez-vous, aimable Ophélia ?

OPHÉLIA.

Bien : Dieu vous garde. On dit qu'avant fa métamorphofe, la chouette étoit l'amie (†) d'un Bou-
langer. Seigneur Dieu, nous favons ce que nous
fommes ; mais nous ne favons pas ce que nous pour-
rons devenir. Dieu viendra vous juger.

LE ROI.

Elle fonge à fon père.

_____

(†) La fille.

Cette métamorphofe étoit une croyance populaire, fondée
fur ce que la chouette, en faifant la chaffe aux fouris, gardoit
le pain, & fur l'air farineux qui fe voit fur le plumage des hi-
boux. *Warburton.*

OPHÉLIA, *gaiment.*

Je vous prie, n'en parlons plus : mais fi l'on vous demande ce que cela fignifie, répondez ceci:

> Demain eft la fête du premier jour de Mai :
> au matin, dès le premier rayon de l'aube ;
> moi, jeune fille, à votre fenêtre,
> pour être votre tendre bergère ..... (†)
>
> *Son difcours eft rompr.*
>
> 'Alors il fe leva & mit fes habits ,
> & il ouvrit la porte de fa chambre ,
> & fit entrer la jeune Vierge
> qui n'en fortit plus que confufe & baignée de fes larmes.

LE ROI.

Tendre Ophélia !

OPHÉLIA, *fans l'écouter.*

En vérité, fans vous le jurer, je finirai.

> Par le ciel & par le tendre amour ;
> hélas ! quelle honte à vous !

> Tout jeune amant, à ma place, en feroit autant.

> Par la colombe, ils font à blâmer, dit-elle :
> 'Avant que vous euffiez obtenu mes faveurs,
> vous m'aviez promis de m'époufer.

> Je l'aurois fait, dit-il, par ce foleil qui luit là-bas,
> fi vous n'étiez pas venue vous jetter dans mes bras.

(†) Couplets d'une vieille balade. C'eft un dialogue entre un jeune Séducteur & une jeune fille qui s'eft livrée à lui.

LE ROI.

LE ROI.

Depuis quel temps eft-elle dans cet état ?

OPHÉLIA.

J'efpère, que tout ira bien. Il faut que nous ayons patience; mais je ne puis m'empêcher de pleurer, en fongeant qu'ils l'ont placé dans la terre froide: mon frère en fera inftruit, & je vous remercie de votre bon confeil. Allons; mon char. — Bon foir, belles Dames; aimables Dames, bon foir; adieu, adieu.   (*Elle fort.*)

LE ROI *à* HORATIO.

Suivez-la de près; donnez-lui une bonne garde, je vous en conjure. (*Horatio fort.*) C'eft le poifon d'un chagrin profond : c'eft la mort de fon père. O Gertrude, Gertrude! quand une fois les chagrins viennent, ils ne viennent pas comme des efpions, un à un; mais par légions. D'abord fon père tué, enfuite votre fils parti (& c'eft lui qui eft le premier auteur de fon exil) le peuple confterné, attroupé & malveillant dans fes réflexions & fes murmures fecrets fur la mort du bon Polonius! Nous avons agi avec imprudence de l'enterrer en fecret. La pauvre Ophélia, féparée d'elle-même & de fa raifon, fans laquelle nous ne fommes que de vaines peintures,

Tome V.   dd

de vraies brutes ! Derniérement, & cet événement
eſt auſſi important que tous les autres, ſon frère eſt
revenu de France ſecrétement ; il ſe repaît de ces
déſaſtres étranges ; il ſe tient enveloppé de nuages,
& ne manque pas de mécontens qui obſèdent ſon
oreille de récits envenimés de la mort de ſon père ;
&, dans ces récits, (†) la néceſſité de les appuyer,
en nommant un coupable, ne manquera pas de s'attacher à nous, & de nous citer à l'oreille de chacun.
O ma chère Gertrude, cet événement, comme
une machine meurtrière, me donne à la fois mille
morts.

On entend du bruit dans l'intérieur du Palais.

SCÈNE XI.
LE ROI, UN COURRIER.
LE ROI.

Ou ſont mes Gardes ? Qu'ils défendent la porte.
(*Au Courrier.*) De quoi s'agit-il?

LE COURRIER

Salut, Seigneur : l'Océan, ſurmontant ſes barrières,
ne dévore pas les plaines avec une fougue plus impé-

(†) Autre leçon. *Animoſity.* « L'animoſité fondée ſur des mo-
».tifs indignes & mendiés, au défaut de cauſes véritables, ne man-
» quera pas, &c. » *Hammer.*

tueufe, que celle dont le jeune Laërte, dans l'accès de
fon délire, pouffe & renverfe vos Officiers. La populace le nomme Roi ; &, comme fi le monde ne faifoit
que de naître aujourd'hui, les ufages les plus facrés
font oubliés, les Coutumes antiques, ces fauvegardes,
ces garants des États, font méconnues. Ils crient :
Nous élifons Laërte pour notre Roi; & les bonnets qui
volent en l'air, les mains, les voix, applaudiffent à ce
cri dont retentiffent les nuages : *Laërte fera Roi, Laërte
Roi.*

LA REINE.

Avec quelle joie, cette meute de Danois fuit, en
criant, cette fauffe trace ! Ah ! perfides, elle vous
égare.

On entend un grand tumulte dans l'intérieur du Palais.

SCÈNE XII.
LES MÊMES; LAERTE à *la porte*,
avec *un Parti de Révoltés.*

LE ROI.

LES portes font brifées !

LAERTE, *furieux.*

Où eft le Roi ? (*Au Peuple.*) Amis, reftez tous en
dehors.   d d ij

TOUS.

Non , entrons.

LAERTE.

Je vous prie , permettez ...؟

TOUS.

Nous le voulons bien , nous le voulons bien.

(*Ils sortent.*)

LAERTE.

Je vous rends graces : gardez la porte du Palais. —(*A Claudius.*) O toi , vil Roi , rends-moi mon père.

LA REINE, *l'arrêtant , & se jettant entre lui & le Roi.*

Calmez-vous , généreux Laërte.

LAERTE.

Si j'avois une seule goutte de mon sang qui fût calme , elle décéleroit en moi un fils illégitime ; elle déshonoreroit la couche de mon père ; elle imprimeroit l'infamie ici (*mettant la main à son front*) sur le front chaste & pur de ma vertueuse mère.

LE ROI.

Quel sujet , Laërte , fait monter votre révolte à cet excès de fureur ? — Gertrude , laissez-le ; ne le

retenez point; ne craignez rien pour notre perfonne :
il eft une force divine qui environne & défend la
majefté des Rois ; la trahifon ne peut qu'entrevoir
& montrer de loin le but de fes vœux ; elle échoue
toujours aux premiers pas de l'exécution. Parlez,
Laërte , quelle eft la caufe qui vous enflamme à ce
point ? Lâchez-le , Gertrude. — Parlez.

L A E R T E.

Où eft mon père?

L E R O I.

Il eft mort.

LA REINE, *avec vivacité & montrant le Roi.*
Mais il n'en eft pas l'auteur.

L E R O I.

Laiffez-le fe raffafier de queftions à fon gré.

L A E R T E.

Comment eft-il mort? Je ne fouffrirai pas qu'on
me joue. Loin de moi, tout lien d'obéiffance : aux
enfers mes fermens de fidélité : périffent dans les
abîmes la confcience, la grace, le falut! Je brave
l'enfer & fes tourmens. Je me fixe à ce point feul;
que je dédaigne & abandonne les deux mondes , le
préfent & le futur; arrive ce qui pourra ; & je n'ai

TOUS.

Non , entrons.

LAERTE.

Je vous prie , permettez ....?

TOUS.

Nous le voulons bien, nous le voulons bien.

(*Ils sortent.*)

LAERTE.

Je vous rends graces : gardez la porte du Palais.
—(*A Claudius.*) O toi , vil Roi , rends-moi mon
père.

LA REINE, *l'arrêtant , & se jettant entre lui & le Roi.*

Calmez-vous , généreux Laërte.

LAERTE.

Si j'avois une seule goutte de mon sang qui fût calme , elle décéleroit en moi un fils illégitime ; elle déshonoreroit la couche de mon père ; elle imprimeroit
l'infamie ici (*mettant la main à son front*) sur le
front chaste & pur de ma vertueuse mère.

LE ROI.

Quel sujet, Laërte, fait monter votre révolte à
cet excès de fureur ? — Gertrude, laissez-le ; ne le

retenez point; ne craignez rien pour notre perfonne :
il eſt une force divine qui environne & défend la
majeſté des Rois ; la trahiſon ne peut qu'entrevoir
& montrer de loin le but de ſes vœux ; elle échoue
toujours aux premiers pas de l'exécution. Parlez,
Laërte , quelle eſt la cauſe qui vous enflamme à ce
point ? Lâchez-le , Gertrude. — Parlez.

LAERTE.

Où eſt mon père?

LE ROI.

Il eſt mort.

LA REINE, *avec vivacité & montrant le Roi.*

Mais il n'en eſt pas l'auteur.

LE ROI.

Laiſſez-le ſe raſſaſier de queſtions à ſon gré.

LAERTE.

Comment eſt-il mort ? Je ne ſouffrirai pas qu'on
me joue. Loin de moi, tout lien d'obéiſſance : aux
enfers mes ſermens de fidélité : périſſent dans les
abîmes la conſcience, la grace , le ſalut ! Je brave
l'enfer & ſes tourmens. Je me fixe à ce point ſeul ;
que je dédaigne & abandonne les deux mondes , le
préſent & le futur ; arrive ce qui pourra ; & je n'ai

qu'un feul objet : je veux une pleine & entière vengeance de la mort de mon père.

LE ROI.

Qui pourra t'arrêter ?

LAERTE.

Ma volonté feule, & non l'univers entier : & quant à mes moyens, je les économiferai fi bien, que j'irai loin avec peu.

LE ROI.

Noble Laërte, lorfque tu demandes la vérité fur la mort de ton père, eft-il écrit dans ta vengeance, que, comme un aveugle & furieux ouragan, tu entraîneras enfemble l'ami & l'ennemi, l'innocent & le coupable, fans diftinction?

LAERTE.

Nul autre que fes ennemis.

LE ROI.

Hé bien ! veux-tu les connoître?

LAERTE, *avec tranfport & ouvrant fes bras étendus.*

J'ouvre mes bras & mon fein à fes fidèles amis ;

& je les nourrirois de mon propre fang , comme le tendre pélican qui fe déchire le cœur pour fes enfans.

LE ROI.

Du moins à préfent , Laërte, vous tenez le langage d'un bon fils , & il eft digne de votre illuftre naiffance. Que je fuis innocent de la mort de votre père , & que j'en porte en mon cœur le plus fenfible regret ; c'eft ce qui paroîtra auffi clair à votre jugement , que le jour qui luit à vos yeux.

On entend du bruit dans l'intérieur , & une foule de voix qui crient :

Laiffez-la entrer.

LAERTE.

Quel fujet ? D'où viennent ces cris ?

SCÈNE XIII.

LES MÊMES.

OPHÉLIA *entre fur la Scène, des fleurs & des pailles bifarrement arrangées dans fes cheveux flottans.*

LAERTE, *profondément affecté à la vue de fa fœur dans cet état.*

O FIÈVRE brûlante, enflamme & defsèche mon cerveau ! Larmes corrofives, brûlez mes yeux & détruifez le fens & l'organe de ma vue ! — Par le ciel, la perte de ta raifon fera payée d'une vengeance dont le poids entraînera le fléau de la balance. — O rofe de Mai, jeune vierge, tendre fœur, chère Ophélie ! O Dieux ! eft-il poffible que la jeune raifon d'une vierge en fon printemps, foit auffi caduque, auffi fragile, que la vie d'un vieillard? La Nature eft épurée par le fentiment de l'amour, & l'ame qu'il exalte, détache & envoie toujours quelque portion précieufe d'elle-même, à la fuite de l'objet qu'elle aime. (†)

(†) C'eft la raifon d'Ophélie, qui a fuivi l'objet de fa tendreffe.

OPHÉLIA.

Ils l'ont porté fur la bière, la face découverte;
Des flots de larmes ont coulé fur fa tombe.
Adieu; repofe en paix, mon bien-aimé.

LAERTE.

Tu jouirois de ta raifon, & tu m'animerois à la
vengeance, que je ferois moins ému, qu'à cette vue.

OPHÉLIA.

Il faut que vous chantiez.

Elle fredonne un refrain pris d'une Ballade fur l'hif-
toire d'un Intendant, raviffeur de la fille de fon
Maître.

Oh ! que ce refrain va bien ! C'eft le perfide Intendant qui ravit la fille de fon Maître !

LAERTE.

Ces vaines paroles font une impreffion bien plus
touchante, qu'un difcours fenfé.

OPHÉLIA.

Voilà du romarin : c'eft pour rappeller le fouvenir (†). Je t'en prie, mon amour, fouviens-toi. Et
voilà des penfées, c'eft pour la penfée.

_____

(†) On regardoit autrefois le Romarin, comme propre à

L A E R T E.

De l'idée & du sens jusques dans son délire ! Ces emblêmes sont assortis à ses idées & à ses souvenirs.

O P H É L I A *leur présentant des herbes.*

Voilà du fenouil & des colombines pour vous : & pour vous, voilà de la rue (†) , & j'en garde un peu pour moi. Nous pouvons l'appeller *Herbe de grace des saints jours* (a). Vous pourrez porter votre rue

___

fortifier la mémoire , parce qu'il est toujours vert ; on le portoit aux enterremens & aux nôces. *Steevens.*

(†) *Rutam fascini amuletum esse tradit Aristoteles.*

(a) La Rue s'appelloit en Angleterre , *Herbe de grace du Dimanche :* parce que les Prêtres la mêloient dans la boisson qu'ils donnoient aux possédés en les exorcisant : cela se faisoit sur-tout le Dimanche. Sandys dit que dans le grand Caire croît une espèce de Rue très-recherchée , dont les habitans se parfument , comme étant un préservatif contre la peste & contre le pouvoir des malins esprits. Le Cabalistique Gefferel prétend avoir découvert la raison de cette vertu. « La semence de Rue , dit-il , est » faite comme une croix , & c'est par aventure la cause qu'elle a » tant de vertu contre les Possédés , & que l'Église s'en sert en » les exorcisant ». C'étoit le même motif qui faisoit appeller par les Grecs le souffre Θεῖον , *Divin ,* parce qu'ils l'employoient dans leurs purifications par le feu. *Warburton.*

Steevens pense qu'il y a un jeu de mots sur le mot *Rue ,* qui, en Anglois , signifie aussi *douleur , affliction.*

avec une diftinction particulière (†). Voilà auffi une
marguerite. Je voudrois bien vous donner quelques
violettes: mais toutes fe font fanées, le jour que mon
père eft mort. Ils difent qu'il a fait une bonne fin.

Car le jeune & tendre Robin (†.) fait toute ma joie.

L A E R T E.

Noires penfées, affliction, douleur ; l'Enfer même
& fes horreurs, tout change en elle de nature, &
devient charmes & graces.

O P H É L I E *chante.*

Et ne reviendra-t-il point ?
Et ne reviendra-t-il point ?
Non, non, il eft mort.
Va à ton lit de mort.
Il ne reviendra jamais !
Sa barbe étoit blanche comme la neige;
Sa chevelure blonde comme le lin.
Il eft parti, il eft parti;
Et nous perdons en vain nos plaintes.
Dieu faffe paix à fon ame !

(†) Ceci femble avoir rapport aux regles du blafon, fuivant
lefquelles les cadets devoient porter les armes de la famille,
avec une marque qui les diftingue.

(†) *Robin*, nom du Rouge- gorge ; petit oifeau que l'opinion populaire avoit comme confacré à rappeller le fouvenir &
la perte des perfonnes qui nous étoient chères : quand un Rouge-
gorge entroit dans une maifon, il annonçoit que bientôt un
de la famille mourroit.

Et à toutes les ames chrétiennes! Dieu foit avec vous.
Elle fort.

LAERTE, *au comble de la douleur , & les bras étendus vers le Ciel.*

Le voyez-vous , Grands Dieux !

LE ROI.

Laërte , je dois partager votre douleur ; ou vous me refufez un droit qui m'appartient. Suivez-moi à l'écart : choififfez à votre gré les plus fages de vos amis ; ils m'entendront , & ils jugeront entre-vous & moi. S'ils trouvent que nous ayons aucune part directe ou indirecte à cette mort , nous vous aban-donnons notre royaume , notre couronne , notre vie, tout ce que nous pouvons dire à nous , en dédom-magement : finon , confentez à m'accorder votre patience , & nous travaillerons de concert avec vous, pour donner à votre cœur la fatisfaction qui lui eft due.

LAERTE.

Hé bien! j'y confens. Le genre de fa mort, fes obfcures funérailles , fans trophée , fans épée (†)

_____

(†) C'étoit la Coutume de fufpendre l'épée , le cafque , les gants , les éperons & la cotte - d'arme fur la tombe d'un Chevalier : elle fubfifte encore en Angleterre. *Hawkins.*

fufpendus fur fa tombe, fans armoirie fur fes cendres, fans cérémonie, fans pompe folemnelle, me
crient, comme une voix que le Ciel feroit entendre
à la terre, que je dois en demander compte.

LE ROI.

Ce compte vous fera rendu ; & que la hache des
Loix tombe fur la tête, où fera le crime ! — Je vous
prie, fuivez-moi.   (*Il fortent.*)

SCÈNE XIV.

HORATIO et UN SERVITEUR.

HORATIO.

Qui font les gens qui veulent me parler ?

LE SERVITEUR.

Des Matelots ; ils difent qu'ils ont des lettres pour
vous.

HORATIO.

Faites-les entrer. — Je n'imagine pas de quelle
partie du monde je puis recevoir des marques de
fouvenir, fi ce n'eft de la part du Prince Hamlet.

Les Matelots entrent.

UN MATELOT.

Dieu vous garde de mal, Seigneur.

HORATIO.

Et toi auſſi.

LE MATELOT.

Il le fera, ſi c'eſt ſon bon plaiſir.—Voilà une lettre pour vous. Elle vient de l'Ambaſſadeur qui s'étoit embarqué pour la Grande Bretagne; en cas que votre nom ſoit Horatio, comme je me ſuis laiſſé dire qu'il l'étoit.

HORATIO _prend la lettre & la lit._

« Horatio, quand tu auras lu cette lettre, procure à
» ces Matelots quelque moyen de parvenir au Roi: ils
» ont des lettres pour lui. — Nous avions à peine
» compté deux jours ſur mer, qu'un Corſaire bien
» armé en guerre, nous a donné la chaſſe. Nous trou-
» vant trop foibles de voiles, nous avons déployé une
» valeur forcée ; & jettant le grapin, j'en ſuis venu
» à l'abordage. En un inſtant, ils ſe ſont dégagés
» de notre vaiſſeau, ont pris le large, & je ſuis
» demeuré ſeul leur priſonnier. Ils m'ont bien traité,
» & ont agi en pyrates généreux : mais ils ſavoient
» bien ce qu'ils faiſoient : je ſuis fait pour les en

» bien payer. Que le Roi recoive les lettres que je
» lui envoie , & auffi-tôt pars & viens me trouver
» avec la même célérité dont tu voudrois fuir la mort.
» J'ai à confier à ton oreille des paroles qui te rendront
» muet d'étonnement ; & qui pourtant ne feront ja-
» mais qu'une foible expreffion de l'important fecret
» qu'elles te révéleront. Ces honnêtes Matelots te
» conduiront aux lieux où je fuis. Rofencrantz &
» Guildenftern continuent leur route vers la Grande-
» Bretagne. J'ai beaucoup de chofes à te dire fur
» leur compte. Adieu.

    » Celui que tu connois ton ami. *Hamlet.* »

    H O R A T I O , *après avoir lu,*
        aux Matelots.

    Venez, je vais vous ouvrir un accès pour remet-
tre ces lettres que vous avez, & faites - le promptement , afin de me conduire après vers celui qui vous
en a chargé.

        (*Ils fortent.*)

SCÈNE XV.

LE ROI, LAERTE.

LE ROI.

Maintenant votre intime conviction doit sceller ma décharge, & vous devez me donner dans votre cœur la place d'un ami ; depuis que vous avez entendu & avec des preuves évidentes, que celui qui a tué votre noble père, en vouloit à ma vie.

LAERTE.

Les preuves sont manifestes. Mais dites-moi, pourquoi vous n'avez pas fait agir les loix contre de pareils attentats, d'une nature si criminelle & si digne de mort, lorsque votre sûreté, votre prudence, tous les motifs ensemble, s'unissoient pour vous exciter à la vengeance.

LE ROI.

Oh ! par deux raisons particulières, qui peut-être vous paroîtront, à vous, bien foibles, mais qui sont bien fortes pour moi. La Reine, sa mère, ne vit que par ses yeux : & pour moi ; que ce soit mon bonheur ou ma malédiction, n'importe ; elle est si intimement unie à ma vie & à mon ame, que la

même

même néceffité dont l'aftre fe meut dans fon orbite , je n'ai ni action ni mouvement , que je ne le reçoive d'elle. Le fecond motif qui m'a empêché de lui demander un compte public de fon attentat , c'eft l'extrême affection que le Peuple a pour lui (†).Toutes fes fautes s'effacent aux yeux prévenus de ce Peuple , qui ne le voit qu'à travers fon amour , & qui, dans fon aveuglement, convertiroit fes chaînes mêmes en guirlandes d'honneur. Mes traits font trop légers & trop foibles, pour vaincre un vent fi impétueux; ils feroient revenus contre moi, fans jamais atteindre le but où je les euffe adreffés.

LAERTE.

Ainfi j'aurai perdu un noble & tendre père , & je trouverai une fœur dans un état défefpéré ; une fœur, qui , fi la louange peut reculer vers un objet qui n'eft plus, s'étoit élevée par fes rares qualités, au-deffus de tout fon fiécle ! Mais le temps de ma vengeance arrivera.

LE ROI.

Dormez en paix ; gardez - vous de penfer que je fois d'une trempe affez lâche, affez infenfible

(†) « Ce Peuple plonge & lave toutes fes fautes dans le torrent » de fon amour, qui , comme les fources qui changent le bois en » pierre, convertiroit fes fers en graces. »

pour me voir outrager en face , & me faire un jeu de mes affronts. Vous en apprendrez bientôt davantage. J'aimois votre père ; nous nous aimons nous-mêmes ; c'en est assez , j'espère , pour vous donner à concevoir....—(*Un Messager entre.*) Mais quoi ; quelles nouvelles ?

LE MESSAGER.

Des lettres, Seigneur , de la part d'Hamlet. Celle-ci est pour Votre Majesté : celle-là pour la Reine.

LE ROI, *surpris.*

De la part d'Hamlet ? Qui les a apportées ?

LE MESSAGER.

Des Matelots , Seigneur , à ce qu'on dit. Je ne les ai point vus. Elles m'ont été remises par Claudio : c'est lui qui les a reçues.

LE ROI.

Laërte , vous allez en entendre la lecture. (*Au Messager.*) Qu'on nous laisse seuls.

Le Roi lit la lettre.

« Puissant Souverain , vous saurez que je suis abordé » nud dans vos États. Demain , je demanderai la » faveur de me présenter devant Votre Majesté. Et

» alors, après avoir imploré votre pardon, je vous
» raconterai la caufe de mon retour inattendu. »

HAMLET.

Que veut dire ceci? Tous les autres font-ils de
retour auffi? Ou bien y a-t-il quelque méprife, &
rien de vrai?

LAERTE.

Connoiffez-vous l'écriture?

LE ROI.

C'eft l'écriture d'Hamlet. *Nud*, dans le corps de
la lettre, & dans le *poftfcriptum*, il dit *feul*. Pouvez-vous m'éclairer?

LAERTE.

Je m'y perds, Seigneur. Mais laiffez-le venir.
Cette nouvelle ranime & releve mon ame abattue.
Je vivrai donc, & je pourrai lui dire en face : *C'eft
toi qui l'as fait*!

LE ROI.

Si cela eft ainfi.... Comment cela pourroit-il être?
.... Et comment cela feroit-il autrement? — Voulez-
vous vous laiffer gouverner par moi?

LAERTE.

Oui. — Pourvu que vous ne me parliez pas de
m'amener à la paix.

LE ROI.

A votre paix perfonnelle. S'il eft vrai qu'il foit
de retour , & que dégoûté de fon voyage , il ne
veuille plus fe remettre en mer , je faurai lui inf-
pirer l'envie de tenter une aventure , dont l'idée eft
mûre dans ma tête , & où il ne peut manquer de
fuccomber. Sa mort n'excitera pas un fouffle de blâme , pas un feul murmure : fa mère elle-même ab-
foudra l'événement, & le prendra pour un accident.

LAERTE.

Je m'abandonne à vos confeils ; mais plus volontiers encore , fi vous pouvez arranger votre projet
de manière que j'en puiffe être moi-même l'inftrument.

LE ROI.

Tout fe rencontre à propos. Depuis vos voyages,
on vous a beaucoup vanté , & cela à l'oreille d'Hamlet , pour un talent où l'on dit que vous excellez.
Toutes vos autres qualités enfemble n'ont pas autant
irrité fa jaloufie que celle-là toute feule , qui , cependant , dans ma propre eftime , n'occupe que le dernier rang.

LAERTE.

Et quel eft donc ce talent, Seigneur ?

LE ROI.

Ce n'eft qu'une plume dans le panache brillant de
la jeuneffe (†), & qui pourtant eft néceffaire; car une
parure gaie, frivole & légère, fied auffi bien au jeune
âge, que fiéent à la froide vieilleffe fes couleurs noires & fes graves manteaux dont elle s'enveloppe par
raifon de décence & de fanté. — Il y a deux mois
que nous avions à notre Cour un Gentilhomme François. J'ai bien vu les François, & j'ai fervi contre eux;
ce font d'habiles Cavaliers. Mais pour ce brave,
fon adreffe tenoit du prodige : il fembloit né & grandi
fur fa monture ; & à voir les prodigieufes évolutions
qu'il faifoit décrire à fon cheval, on eût dit que la
Nature même les avoit unis tous deux & qu'il faifoit
corps avec fon brave courfier. En un mot, il furpaf-
foit de fi loin toutes nos idées, que tous les mouvemens, tous les tours que mon imagination pouvoit
fe figurer, n'atteignoient pas à ce qu'il favoit faire.

LAERTE.

Et c'étoit un François ?

LE ROI.
Un François.

LAERTE.

Sur ma vie, c'eft Lamond.

(†) *Ce n'eft qu'un fimple ruban fur le chapeau d'un jeune
homme.*

LE ROI.

Lui-même.

LAERTE.

Je le connois très-bien. Il eſt la perle, le prodige de ſa Nation.

LE ROI.

Il rendoit de vous un témoignage public, & il faiſoit le plus brillant récit de votre habileté dans la ſcience de l'eſcrime, & de la bonté prodigieuſe de votre épée, juſqu'à s'écrier avec tranſport, que ce ſeroit le ſpectacle le plus intéreſſant, que de vous voir faire aſſaut avec un adverſaire de votre force. Il proteſta avec ſerment, que les eſcrimeurs de ſa Nation n'avoient plus ni mouvement, ni garde, ni œil, dès que vous combattiez contre eux. — Le récit de La-mond aigrit l'envie d'Hamlet à un tel excès, qu'il ne fit plus que ſouhaiter & ſolliciter avec inſtance votre prompt retour, pour ſe meſurer avec vous. D'après cela, maintenant....

LAERTE.

Hé bien, Seigneur, d'après cela? Quoi?

LE ROI.

Laërte, aimiez-vous votre père? Ou n'êtes-vous qu'un ſimulacre de triſteſſe; tout viſage, & point de cœur?

LAERTE.

Pourquoi me faites-vous cette queſtion ?

LE ROI.

Ce n'eſt pas que je penſe, que vous n'ayez pas aimé
votre père ; mais je fais bien auſſi , que l'amour ,
la tendreſſe font, comme tout le reſte , ſoumis au
tems ; & j'en vois la preuve dans les événemens jour-
naliers ; c'eſt le tems qui en modifie l'ardeur & le
degré. Il eſt dans la flamme de l'amour une eſpèce
de coton, de mêche qui l'amortit & l'étouffe. Rien
ne dure dans un état de bonté toujours égal & per-
manent (†). Ce que nous voulons , nous devrions
toujours le faire , au moment où nous le voulons : car
cette volonté change bientôt, & devient ſujette à autant d'obſtacles & de délais, qu'il y a de langues, de
mains, d'accidens qui viennent à la traverſe ; & alors
ce, *nous devrions le faire*, aboutit à un douloureux &
profond ſoupir, qui exhale & prodigue en vain (*a*)
le ſouffle de la vie : mais touchons le vif de la
plaie. — Hamlet revient ; que voudriez-vous entre-

(†) « Car la bonté , à force de croître toujours , dégénère en
» pléthore , & périt étouffée par l'excès de ſon embonpoint. »

(*a*) C'eſt une opinion que les ſoupirs affoibliſſent les forces ,
& uſent les facultés animales. *Johnſon.*

prendre, pour prouver, autrement que par des paroles, que vous êtes vraiment fils de votre père.

LAERTE.

Je l'égorgerois au pied des autels.

LE ROI.

En effet, nul lieu ne devroit être un fanctuaire pour le meurtrier ; la vengeance ne devroit point trouver de bornes qui l'arrêtent : mais, brave Laërte, voulez-vous fuivre mon avis ? Tenez-vous renfermé dans votre appartement. Hamlet, de retour, va favoir que vous êtes ici. Nous l'environnerons de gens qui vanteront votre fupériorité, & qui enchériront encore fur les louanges que le François vous a données. Nous vous amenerons à joûter enfemble, & nous ferons des paris fur vos deux têtes. Je connois Hamlet, il eft fans précaution, généreux, incapable de foupçon & de rufe ; il n'examinera pas les fleurets ; enforte qu'il vous fera aifé, avec un peu d'adreffe, de choifir une épée non émouffée ; &, par une botte fine, de lui rendre le coup qu'il a porté à votre père.

LAERTE.

Je ferai ce que vous dites ; &, dans cette vue, je veux empoifonner mon épée. J'ai acheté d'un Empirique une drogue fi meurtrière, que fi vous y trem-

pez

pez feulement la pointe d'un poignard, pour peu qu'il tire du fang après, il n'eft plus de remède, fi puiffant qu'il foit, fût-il compofé de tous les fimples les plus efficaces qui croiffent à la clarté de l'aftre de la nuit, qui puiffe fauver de la mort l'animal qui en aura feulement été effleuré. Je tremperai ma pointe dans ce poifon, & la plus légère égratignure fera pour lui le coup de la mort.

LE ROI.

Réfléchiffons-y encore. Examinons quels font le tems & les moyens les plus convenables pour bien jouer notre rôle. Si ce projet échoue, & que notre intention perce dans une exécution maladroite, il vaudroit mieux ne l'avoir jamais tenté. Il faut donc l'appuyer d'un arrière projet, d'un fecond expédient qui puiffe réuffir, fi le premier vient à manquer. — Attendez; — laiffez-moi chercher. — Nous ferons un pari folemnel fur votre adreffe à tous deux. — Je le tiens. Lorfque, dans la chaleur de l'affaut, vous ferez échauffés & altérés, c'eft alors qu'il vous faut pouffer les bottes les plus vives. Hamlet demandera à boire; j'aurai une coupe préparée exprès; & pour peu qu'il en mouille fes lèvres, fi par hafard il échappe à votre fer envenimé, le fecond moyen remplira nos vues.

SCÈNE XVI.

LES MÊMES. LA REINE, *avec la douleur & le désordre dans tout son maintien.*

LE ROI.

Que m'annoncez-vous, chère Reine?

LA REINE.

Un malheur ne vient point, qu'il n'en porte un autre en croupe ; tant ils se suivent de près ! — Votre sœur est noyée, Laërte.

LAERTE.

Noyée? Où?

LA REINE.

Dans la prairie, aux bords d'un ruisseau profond est un saule qui peint son blanc feuillage sur le cryftal de l'eau : c'est là qu'elle est venue, la tête couverte de guirlandes romanesquement bigarrées de renoncules, d'orties, de marguerites, de ces longues (†) fleurs d'un pourpre pâle, (*a*) que nos jeunes filles

---

(†) On croit que ces fleurs étoient le *Satyrium.*

[*a*] *Que nos bergers appellent d'un nom grossier.*

nomment doigts de mort. Tandis qu'elle s'efforce
de monter & de fufpendre aux rameaux les plus
abaiffés du faule, fa guirlande, une branche fatale
fe rompt ; elle tombe, fa guirlande en main, dans
le malheureux ruiffeau. Ses robes enflées l'ont fou-
tenue quelque tems fur les ondes comme une Nayade :
& ainfi portée, elle chantoit des fragmens d'antiques
ballades, comme infenfible elle-même à fon propre
malheur, ou comme une créature née dans cet élé-
ment : mais cela ne pouvoit durer long-tems ; & fes
vêtemens appefantis par les eaux dont ils s'étoient
abreuvés, ont entraîné la pauvre infortunée dans la
fange & la mort, laiffant fa mélodieufe chanfon in-
terrompue. . . . .

LAERTE.

Hélas ! elle eft donc noyée ?

LA REINE.

Oh, noyée, noyée !

LAERTE.

Pauvre Ophélia, je voudrois contenir mes larmes ;
mais, hélas ! vains efforts : la nature fe fatisfait &
prend fes droits ; peu lui importe que l'homme rou-
giffe de fa foibleffe. Mais quand une fois ces larmes
auront coulé, il ne reftera plus rien en moi d'une

femme. Adieu, Seigneur; j'aurois à exhaler des paroles de flamme, fans ces flots de larmes infenfées qui les étouffent.　　　*Il fort fondant en larmes.*

LE ROI.

Suivons-le, Gertrude. Que de peine j'ai eue à calmer fa fureur ! Et je crains maintenant que ce malheur n'en réveille les tranfports. Allons, fuivons fes pas.　　　*Ils fortent.*

Fin du quatrième Acte.

ACTE V.

SCÈNE PREMIÈRE.

Le Théâtre représente une Eglise ; un Cimetière auprès : deux Fossoyeurs, avec des hoy aux & des bêches.

I. FOSSOYEUR.

D<small>OIT-ELLE</small> être enterrée en Terre-sainte, celle qui, de son propre mouvement, se sauve dans l'autre monde ?

II. FOSSOYEUR.

Je te dis qu'elle doit l'être : ainsi, creuse sa fosse sur le (†) champ. L'Officier de la Couronne a fait la visite de son corps, & il a prononcé qu'elle doit être ensévelie en Terre-sainte.

(†) *Straight.* Incontinent. Suivant, *Johnson, droit* ; c'est-à-dire , de l'Est à l'Ouest dans une ligne parallèle à l'Eglise , & non pas du Nord au Sud , en travers de la ligne régulière.

I. FOSSOYEUR.

Comment cela fe peut-il ? A moins qu'elle ne fe foit noyée à fon corps *défendant*.

II. FOSSOYEUR.

Hé bien, c'eft ce qu'on a jugé.

I. FOSSOYEUR.

Elle s'eft noyée *offenfivement :* cela ne peut être autrement. Car voici le point de la queftion : fi je me noie de deffein prémédité, cela prouve une action ; & une action a trois branches ; favoir, agir, faire & accomplir. Donc elle s'eft noyée elle-même & de deffein prémédité.

II. FOSSOYEUR.

Soit : mais écoute-moi, bon homme, à ton tour.

I. FOSSOYEUR.

Laiffe-moi t'expliquer, camarade : ici eft la rivière ; fort bien : là eft l'homme : bon. Si l'homme va trouver la rivière & fe noie lui-même, c'eft lui, qu'il

---

(†) Trait de ridicule contre toutes les divifions de l'école fans diftinction réelle, & les diftinctions fans différence véritable. *Warburton.*

en convienne ou non, qui y va volontairement ; remarque bien : mais fi c'eft l'eau qui vient à lui, & qui le noie, ce n'eft plus lui qui fe noie lui-même. Donc celui qui n'eft pas coupable de fa mort, n'a pas abrégé fa vie.

II. FOSSOYEUR.

Mais eft-ce la loi ?

I. FOSSOYEUR.

Oui, vraiment, c'eft la loi, d'après laquelle l'Officier de la Couronne (†) a prononcé dans fa vifite.

II. FOSSOYEUR.

Veux-tu en favoir le vrai ? Si la défunte n'étoit pas une Demoifelle de qualité, elle auroit été enterrée hors de la Terre-fainte.

(§) Le *Coroner*, eft en Angleterre un Officier de Juftice, qui, accompagné de douze Jurés, fait des perquifitions fur le cadavre qu'on a trouvé : s'il a été affafiné, ou s'il eft mort de fa mort naturelle? Hawkins voit dans ce paffage une allufion fatyrique à un événement qui fit beaucoup de bruit dans le tems. Un certain Jacob Hales, qui, fuivant toutes les apparences, s'étoit noyé exprès, fut l'objet d'une perquifition juridique. On difputa avec beaucoup d'acharnement, fi le noyé s'étoit détruit, ou fi on l'avoit noyé, c'eft-à-dire, en d'autres termes, s'il étoit lui-même allé à l'eau, ou fi l'eau étoit venue à lui.

I. FOSSOYEUR.

Oui , tu l'as dit; & c'eſt un abus déplorable que l'eſpèce des Grands aient en ce monde le privilége de ſe pendre ou de ſe noyer eux-mêmes impunément , par diſtinction ſur les autres Chrétiens leurs frères. — Allons : ma bêche. Il n'eſt point de plus anciens Gentilshommes , que les Jardiniers , les Terraſſiers & les Foſſoyeurs : ils exercent la profeſſion d'Adam — *. J'ai une autre queſtion à te propoſer ; ſi tu ne me réponds pasjuſte , avoue-toi. . . . .

II. FOSSOYEUR,

Allons , voyons.

I. FOSSOYEUR.

Qui eſt-ce qui bâtit plus ſolidement que le maçon; le conſtructeur de navire, ou le charpentier ?

II. FOSSOYEUR.

Celui qui fait un gibet : car ſon ouvrage dure plus que mille corps qu'on y attache *.

I. FOSSOYEUR.

Ta réponſe me plaît aſſez , elle eſt ingénieuſe.

II.

II. FOSSOYEUR.

Quel eſt celui, dis-tu, qui bâtit plus ſolidement qu'un maçon, un conſtructeur de navire , ou un charpentier?

I. FOSSOYEUR.

Oui, dis-moi cela , & je te tiens quitte.

II. FOSSOYEUR.

Oui, je ſuis en état de te le dire.

I. FOSSOYEUR.

Allons, courage.

II. FOSSOYEUR.

Ma foi, je ne puis pas le dire.

SCÈNE II.

LES MÊMES. HAMLET & HORATIO
paroiſſent à quelque diſtance.

I. FOSSOYEUR.

Nᴇ te tourmente pas la tête davantage pour le trouver : à battre un âne pareſſeux , on perd ſon tems ; il

Tome V, h h

n'en ira pas plus vîte. Quand on te fera cette question, réponds : c'est le fossoyeur. Les demeures qu'il
bâtit, durent jusqu'au jugement dernier. Allons, va
chez Yaughan, & apporte-moi un verre de liqueur.

Le second Fossoyeur sort.

LE I. FOSSOYEUR *bêche & chante.*

Dans ma jeunesse, quand j'aimois, oui j'aimois,
Rien ne me sembloit si doux :
Mais épouser, oh ! le moment intéressant ;
Oh ! il me sembloit que rien n'étoit si utile (†)

HAMLET.

Ce malheureux n'a-t-il donc aucun sentiment de ce
qu'il fait, qu'il chante en creusant un tombeau ?

[†] *Unyoke : dételer.* C. à d. *je ne t'embarrasserai plus de ces
énigmes.* La phrase est empruntée de l'Œconomie Rustique.
Warburton.

(*a*) Les trois Stances que chante le Fossoyeur sont tirées d'un
petit Poëme, intitulé : *Le vieil Amant renonce à l'Amour,* composé par Henri Howard, Comte de Surrey, qui vivoit sous le
regne de Henri VIII, & qui fut décapité en 1547, comme coupable de haute trahison. Shakespéar n'y a fait que de légers chan-
gemens. *M Devaux,* dit *M. Percy,* a composé l'air de la chanson.

HORATIO.

L'habitude l'a familiarifé avec fa profeffion, & l'y rend indifférent.

HAMLET.

Il eft vrai. La main qui travaille peu, a le tact plus fin.

LE FOSSOYEUR *chante.*

> Mais la vieilleffe, venant à pas de voleur ;
> M'a empoigné dans fes ferres.
> Et elle m'a tranfporté dans l'autre monde,
> Où je ne me reconnois pas moi-même,

HAMLET.

Ce crâne avoit une langue autrefois qui pouvoit chanter. Comme ce maraut le froiffe contre la terre! Il ne feroit pas pis au crâne de Caïn, qui commit le premier meurtre! Ce pourroit être la tête d'un Miniftre, que ce brutal traite avec tant d'infolence (†); d'un homme peut-être qui, dans fon orgueil, fe croyoit capable de tromper Dieu même : n'eft-ce pas une chofe poffible?

(†) Les gens en charge étoient fi infolens du tems de Shakefpéar, que pour expliquer l'infolence au comble, il l'appelle, *infolence en charge,* dont il a fait le verbe *Over-office,* montrer l'exceffive infolence d'un homme en charge.

HORATIO.

Très-poſſible, Seigneur.

HAMLET.

Ou d'un Courtiſan, qui ſavoit tous les matins dire :
« bon jour, mon aimable Seigneur; comment ſe porte
» mon Seigneur ? » Ce peut être le crâne de Milord un
tel, qui vantoit le cheval de Monſeigneur un tel,
lorſqu'il vouloit le lui emprunter, n'eſt-ce pas ?

HORATIO.

Oui, Seigneur.

HAMLET.

Oh, oui, certainement ; & aujourd'hui, il appartient à Monſeigneur le Ver, décharné, mutilé &
ſouffleté brutalement par la bêche d'un foſſoyeur ! Il
ſe fait ici d'étranges révolutions ; ſi nous avions d'aſſez
bons yeux pour les voir ! — Ces oſſemens ont-ils donc
ſi peu coûté à former, qu'ils ſoient faits pour ſervir aux
jeux cruels de ces miſérables (†) ? — Les miens fré-
miſſent en y ſongeant.

(†) *To play at Loggats.* Ancien jeu défendu, dans lequel on
ſe ſervoit d'oſſemens au lieu de quilles & de boule.

LE FOSSOYEUR *chante.*

Une pioche & une bêche , une bêche ;
Un drap mortuaire étendu ,
Et un trou dans l'argile , pour une foſſe ;
C'en eſt aſſez pour un tel hôte.

Le Foſſoyeur roule un autre crâne aux pieds d'Hamlet.

HAMLET.

En voilà encore un autre. Ne feroit-ce pas le crâne d'un Avocat ? Où font maintenant ſes équivoques , ſes ſubtilités , ſes rolles , ſes tours de chicane ? Pour-quoi ſouffre-t-il que ce brutal lui cogne ſi rudement la tête de ſa pêle fangeuſe ; que ne lui intente-t-il une action pour cauſe de voies de fait ? Hélas , c'étoit peut-être de ſon vivant un grand acquéreur de terres , avec ſes arrêtés , ſes obligations , les tranſactions , ſes cautionnemens ſolidaires , ſes recouvremens. Voilà donc où aboutiſſent toutes ſes requêtes , tous ſes recou-vremens , à récueillir de la pouſſière du tombeau plein le crâne de ſa tête ! Ses cautions & doubles cautions ne lui garantiront-ils de tous ſes marchés qu'un eſpace de la longueur & de la largeur de deux contrats ? Les tirres de toutes ſes acquiſitions auroient de la peine à tenir dans ſon cercueil , & ſon héritier n'en con-ſervera pas lui-même davantage.

HORATIO.

Pas un pouce de plus, Seigneur.

HAMLET.

Le parchemin n'eft-il pas fait de peau de mouton?

HORATIO.

Oui, Seigneur, & de veau auffi.

HAMLET.

Hé bien, plus ftupides que ces animaux, font ceux qui fondent leur exiftence & leur bonheur fur un amas de ces parchemins. — Je veux parler à cet homme. — A qui eft cette foffe, l'ami?

LE FOSSOYEUR.

A moi.

(Il reprend le refrein de fa chanfon).

Et un trou dans l'argile, pour une foffe,
C'en eft affez pour un tel hôte.

(*) HAMLET.

Tu mens; la foffe eft pour les morts & non pour les vivans,

LE FOSSOYEUR.

Voilà un démenti donné bien légerement : je faurai vous le rendre.

HAMLET.

Pour quel homme creufes-tu cette foffe ?

LE FOSSOYEUR.

Ce n'eft pas pour un homme.

HAMLET.

Pour quelle femme donc ?

LE FOSSOYEUR.

Ni pour une femme non plus.

HAMLET.

Qui doit donc être enféveli dans cette foffe ?

LE FOSSOYEUR.

Un corps qui fut une femme : mais, que fon ame repofe en paix ! elle eft morte.

HAMLET.

Comme ce drôle eft réfolu ! Parlons-lui net, ou nous

ferons toujours le jouet de fes équivoques. — Horatio, depuis trois ans, j'en fais la remarque, le fiécle
où nous vivons fe raffine tous les jours; & le foulier
pointu du villageois frife de fi près le pied du (†) Courtifan, qu'il lui écorchera bientôt le talon. — Depuis
quand es tu foffoyeur ?

LE FOSSOYEUR.

De tous les jours de l'année, celui où je commen-
çai ce métier, fut le jour que notre défunt Roi Hamlet vainquit Fortinbras.

HAMLET,

Combien y a-t-il de cela ?

LE FOSSOYEUR.

Ne pouvez-vous le dire ? Il n'y a pas d'imbécille qui
ne foit en état de vous le dire. Ce fut le jour même
que nâquit le jeune Hamlet, celui qui eft devenu fou,
& qu'on a envoyé en Angleterre.

(†) Allufion aux fouliers pointus par le bout, dont la mode
fut pouffée jufqu'à l'extravagance, & qui fut adoptée par les
gens de la campagne, à l'imitation de ceux de la Cour. Le fens eft
clair. L'efprit du payfan fe raffine & fe rapproche fi fort de celui
du Courtifan, que le Courtifan fera bien-tôt fa dupe. *Hammer.*

HAMLET.

Oui dà : & pourquoi l'envoyer en Angleterre :

LE FOSSOYEUR.

Hé, parce qu'il étoit fou : il retrouvera là son bon sens ; ou s'il ne l'y retrouve pas, il n'y a pas grand mal.

HAMLET.

Pourquoi donc ?

LE FOSSOYEUR.

On ne s'appercevra pas qu'il est fou : tous les hommes de ce pays-là font aussi fous que lui. — Moi, il y a tantôt trente ans que, tant garçon que marié, je remplis ici l'office de bédeau.

HAMLET.

Combien de tems un homme reste-t-il en terre avant d'être consommé ?

LE FOSSOYEUR.

Ma foi, s'il n'est pas déjà consommé par la débauche avant de mourir, comme nous voyons quantité de corps usés qui nous tombent en lambeaux dans les

Tome V.   i i

mains, il fe confervera huit à neuf ans. Un tanneur vous dure toujours fes neuf ans entiers.

H A M L E T.

Pourquoi un tanneur , plutôt qu'un autre ?

L E   F O S S O Y E U R.

Pourquoi ? Parce que fa peau eft fi bien endurcie par le tan dans fon métier , qu'elle refte long-tems impénétrable à l'eau ; & l'eau eft un deftructeur qui vous démolit promptement un cadavre. — Tenez , voici le crâne d'un corps enterré depuis vingt-trois ans,

H A M L E T.

A qui étoit-il ?

L E   F O S S O Y E U R.

Oh , au plus étrange original. . . . . . Qui devinez-vous ?

H A M L E T.

Ma foi , je n'en fais rien.

L E   F O S S O Y E U R.

Pefte foit du drôle & de fa folie ! Il me répandit, un jour une bouteille de vin du Rhin fur la tête ! —

Le crâne que vous voyez, étoit le crâne d'Yorik, bouffon du Roi.

HAMLET.

Celui-ci?

LE FOSSOYEUR.

Lui-même.

HAMLET, *le prenant dans ſes mains.*

Donne — Hélas ! pauvre Yorick. Je l'ai connu, Horatio. C'étoit le bouffon le plus plaiſant : une imagination des plus fécondes. Il m'a tenu entre ſes bras mille fois ; & maintenant, comme ſa vue remplit d'horreur mon imagination, comme mon cœur ſe ſoulève ! — Là furent ſes lévres, que j'ai baiſées je ne ſai combien de fois. Pauvre Yorick ! où ſont maintenant tes bons mots, tes folies, tes chanſons, tes vives ſaillies, dont la gaîté faiſoit rire aux éclats tous les convives ? Tu ne peux pas même à préſent rire de la triſte grimace que tu fais-là. Plus de joues ni de bouche. — Va maintenant te poſer ſur la toilette d'une de nos belles ; dis lui, qu'elle a beau ſe mettre un pouce de fard, qu'il faut qu'elle en vienne à cette gracieuſe métamorphoſe. Fais-la ſourire à cette idée. — Horatio, dis-moi, je te prie, une choſe.

HORATIO.

Quoi, Seigneur ?

HAMLET.

Crois-tu qu'Alexandre offrît cette trifte phyfionomie fous la terre ?

HORATIO.

Je le crois, Seigneur.

HAMLET.

Comment, cette odeur cadavereufe ? (*Il la refpire.*) Oh !

HORATIO.

La même, Seigneur.

HAMLET.

A quelles indignes humiliations la mort nous fait redefcendre, Horatio ! L'imagination ne peut-elle pas fuivre la cendre augufte d'Alexandre, jufqu'à ce qu'elle la trouve employée à boucher le trou d'une futaille ?

HORATIO.

Ce feroit pouffer trop loin vos réflexions lugubres, Seigneur.

HAMLET.

Non certes, non ; pas du tout. Nous pouvons avec

affez de vraifemblance & fans rien outrer, conduite
jufques là le Grand Alexandre. Nous pouvons dire :
Alexandre mourut, Alexandre fut inhumé, Alexandre redevint pouffière : la pouffière eft terre : de la
terre on forme l'argile ; & pourquoi cette argile,
en partie formée des cendres d'Alexandre, ne pour-
roit-elle fe trouver employée à l'ignominieux ufage
de boucher un tonneau ?

Le premier Empereur, Céfar mort & devenu pouffiere,
Ne fert peut être plus qu'à fermer aux vents le trou qu'il remplit.
Quoi, cette argile, qui tenoit l'Univers en refpect,
Etouppe le mur d'une chaumiere contre la bife glacée de l'hiver !

Mais, filence ; Horatio, filence ; j'apperçois le
Roi.

SCÈNE III.

LES MÊMES : LE ROI, LA REINE, LAERTE, *une bière, cortège nombreux de Seigneurs & de Prêtres.*

HAMLET, *furpris.*

La Reine aussi ! Toute la Cour ! Qui fuivent-ils
ainfi à fa dernière demeure ? Pourquoi ces cérémonies imparfaites ? C'eft un figne que le corps qu'ils

accompagnent, a, d'une main défefpérée, détruit fa vie. Il étoit d'un rang illuftre. — Cachons-nous quelque tems, & obfervons.

(*Il fe cache dans un endroit d'où il peut tout voir*

LAERTE, *aux Prêtres.*

Quelles cérémonies reftent encore ?

HAMLET, *le reconnoiffant.*

C'eft Laerte ! jeune homme d'un rang & d'un mérite diftingué. Ecoutons.

LAERTE.

Quelles cérémonies encore......

UN PRÊTRE.

Aucunes. Ses obféques ont été célébrées avec toute la pompe qui nous eft permife. Le genre de fa mort eft douteux (†), & fans l'ordre de l'autorité fuprème qui domine fur les régles, elle auroit habité une terre profane jufqu'au fon de la trompette fatale. Au lieu

---

(†) La Loi étoit d'enfouir les Suicides, au centre d'un carrefour de grands chemins, avec un épieu enfoncé dans le milieu du corps.

de ces prières charitables, on eût jetté fur elle un monçeau de cailloux & de fable; mais on lui a accordé les honneurs deftinés aux vierges; fa tombe eft jonchée de fleurs (†), & elle y entre au fon des cloches faintes & honorée des rites facrés.

L A E R T E.

N'en refte-t-il plus à remplir?

LE PRÊTRE.

Non, il n'en refte plus. Nous profanerions l'Office des Morts, fi nous chantions leur hymne funèbre; fi nos voix lui fouhaitoient le repos réfervé aux ames innocentes, qui ont quitté la vie en paix.

L A E R T E.

Dépofez-la donc dans la terre. Puiffent fur fon corps chafte & pur, plein d'appas & d'innocence, éclorre les tendres violettes! Et toi, Prêtre impitoyable, je te le prédis; tandis que ma fœur remplira le miniftère d'un Ange devant l'Être Suprême, tu rugiras dans le fond de l'abîme.

(†) C'eft encore l'ufage dans les Paroiffes de Campagne de porter des guirlandes de fleurs au convoi des jeunes filles & de les fufpendre fur leur tombe. *Johnfon.*

HAMLET.

Quoi? C'eſt la belle Ophélia !

LA REINE, jettant des fleurs ſur ſon cercueil.

Les belles choſes ſont pour les belles. — Adieu ! j'eſpérois te donner pour épouſe à mon Hamlet : j'eſpérois parer ta couche nuptiale de ces fleurs, & non pas les répandre ſur ton cercueil !

LAERTE.

Que mille fléaux tombent accumulés ſur la tête maudite de l'homme, dont l'affreux forfait t'a privée de la raiſon, de l'eſprit le plus rare ! — Attendez : avant qu'on la couvre de terre, que je la ſerre encore dans mes bras.

(*Dans ce tranſport, il ſe précipite dans la foſſe.*) Maintenant, jettez, entaſſez la pouſſière ſur le vivant & ſur la morte, juſqu'à ce que vous en ayez élevé ſur nous une montagne. (†)

HAMLET, choqué & comme jaloux de la douleur que Laerte fait éclater pour Ophélia, ſon amante.

Quel eſt celui dont la douleur s'exprime avec tant

(†) *Plus haute que l'antique Pelion, ou la tête bleuâtre que l'Olympus cache dans les Cieux.*

d'emphaſe

d'emphafe, & dont les cris lamentables fufpendent la courfe des aftres étonnés de l'entendre ?

(*Il fe découvre, & fe précipite auffi dans la foffe, en difant :*)

C'eft moi : c'eft Hamlet, Prince de Dannemarck.

LAERTE *furieux, & le faififfant à la gorge.*

Que l'enfer faififfe ton ame !

HAMLET.

Tu fais une prière abominable ; mais, je t'en conjure, ne me ferre pas ainfi. — Je ne fuis ni frénétique, ni furieux : cependant il eft en moi quelque chofe de dangereux, que ta prudence doit redouter. Lâche prife.

LE ROI.

Séparez-les.

LA REINE.

Hamlet, Hamlet !

HORATIO.

Cher Prince, contenez-vous.

HAMLET,

Je veux combattre pour une fi belle caufe, jufqu'à

Tome V.   k k

ce que mes yeux éteints restent immobiles dans ma tête.

LA REINE.

O Mon fils ! Quelle cause....

HAMLET.

J'aimois Ophélia : la tendresse de mille frères ensemble n'égale pas mon amour. (*A Laerte.*) Que veux-tu faire pour elle ?

LE ROI.

Oh, il est dans sa folie, Laerte !

LA REINE.

Au nom de Dieu, Laerte, lâchez-le.

HAMLET.

Allons : montre-moi ce que tu veux faire. Veux-tu pleurer ? Veux-tu combattre ? Veux-tu te laisser périr de faim ? Veux-tu te déchirer de tes mains ? Veux-tu boire du fiel, ou avaler un serpent ? Je veux le faire aussi, moi.—N'es-tu venu ici que pour te répandre en gémissemens ? pour me braver en te précipitant dans sa fosse ? — Veux-tu être enséveli vivant avec elle ? Je le veux aussi.—Tu parles de montagnes de poussière ? Hé bien, qu'on en entasse sur nous des millions d'arpens, jufqu'à ce que notre tombe s'élève, comme une maffe énorme, jufqu'aux nues (†). Si tu éclates en tranfports forcenés, ma rage égalera la tienne.

LA REINE.

Ce qu'il dit n'eft que folie; & le délire va le tra‑ vailler ainfi quelque tems; mais bientôt il fera pa‑ tient, comme la colombe, avant que fes petits, au duvet doré, foient éclos. Vous le verrez s'affeoir paifible & dans un morne filence.

HAMLET.

Entendez-vous ? Quelle eft votre raifon pour me traiter ainfi ? Je vous ai toujours aimé; mais n'im‑ porte.— Qu'Hercule lui-même déploie toute fa force: chacun aura fon tour (*a*). (*Il fort de la foffe & s'en va.*)

LE ROI.

Fidèle Horatio, je vous prie, fuivez fes pas. (*A*

(†) *S'étende jufqu'à la Zone Torride, & faffe paroître le Mont Offa comme un atôme.* — Il oppofe l'emphafe, à l'emphafe de Laërte.

(*a*) *Le chat miaulera, & le chien aura fon jour.* Proverbe : *chaque chien aura fon jour, & chaque homme fon heure.* Ce proverbe eft très-énergique en Anglois, & s'emploie par un homme qui fe promet une cruelle vengeance bien méditée & bien profonde.

Laerte à demi-voix). Fondez votre patience fur notre entretien d'hier au foir. Nous allons conduire nos deffeins à leur iffue. — Chere Gertrude, prépofez quelqu'un à la garde de votre fils.—Ce tombeau fera décoré d'un monument durable. —Nous verrons bientôt revenir des jours calmes & paifibles. Jufques-là, n'employons que la patience,   (*Ils fortent.*)

SCÈNE IV.

Une Salle du Palais.

HAMLET, HORATIO, *s'avancent continuant un entretien.*

HAMLET.

En voilà affez fur ce fujet. Maintenant paffons à l'autre. Tu te fouviens de toutes les circonftances ?

HORATIO.

Je m'en fouviens très-bien, Seigneur.

HAMLET.

Ami, mon cœur étoit en proie à des combats intérieurs, qui repouffoient le fommeil loin de mes yeux,

J'étois plus malheureux qu'un matelot mutin dans les fers au fond de cale (†). Par une témérité. . . . . . Et louanges foient rendues à la témérité ! Il faut que nous fachions, que fouvent notre indifcrétion nous fert bien , tandis que nos projets les plus profondément médités échouent : & cela nous apprend , qu'il eft un Dieu, dont la main façonne & conduit au but nos deffeins, quelque informe qu'en foit le plan ébauché par l'homme.

HORATIO.

On ne peut en douter.

HAMLET.

Je fors de ma chambre (a), mon habit de mer en écharpe autour de moi ; & , dans l'obfcurité, je me gliffe jufqu'à leur appartement. Tous mes defirs s'accompliffent. Je fouille dans leurs papiers, m'en empare, & me retire enfin dans ma chambre. Là, mes craintes & mes foupçons oublient toute bienféance : j'eus l'audace de rompre le fceau des dépêches du Souverain, & j'y trouvai, Horatio, une trahifon du Roi ! un ordre précis, motivé de plufieurs raifons différen-

_____

(†) *Bilboes.* Sorte d'entraves & de punition des matelots, qui diffère de la cale & de l'eftrapade.

(a) *Cabine* eft le mot propre.

tes, comme l'intérêt de la fûreté du Dannemarck, &
de celle de la Grande-Bretagne ; &.... Oh! une foule
de terreurs fur mon caractère, fur le danger de me
laiffer vivre ; ... portant qu'à la première infpection,
& fans aucun délai, pas même le tems d'aiguifer
la hache, ma tête fût tranchée.

HORATIO.

Eft-il poffible ?

HAMLET, *lui donnant les dépêches.*

La voilà, cette commiffion fatale : lis-la à ton loifir. — Mais veux-tu entendre, comment je me fuis
conduit ?

HORATIO.

Je vous en conjure.

HAMLET.

Ainfi environné de fcélérats, avant même que j'euffe
eu le tems de confulter mon cerveau (†), il avoit
déjà conçu & dreffé tout le plan. Je prens la plume,
& je trace une nouvelle commiffion en beaux carac-

(†) *Autre fens.* Ils avoient commencé l'ouvrage de ma def-
truction, avant que je fuffe qu'il y avoit un complot contre moi.
Warburton.

tères. Je crus autrefois , comme tous les Grands , que
le talent de bien écrire , aviliſſoit un Noble , & je me
ſuis donné bien de la peine pour le déſapprendre; mais,
dans cette circonſtance, ami , il m'a rendu un ſervice
eſſentiel. Veux-tu ſavoir l'effet de ce que j'écrivis ?

H O R A T I O.

Oui , cher Prince.

H A M L E T.

J'ai ſuppoſé une prière du Roi des plus preſſantes ;
adreſſée au Roi de la Grande-Bretagne , comme à ſon
fidele vaſſal, avec promeſſe déſormais, que leur amitié
mutuelle croîtroit & fleuriroit comme la palme ; que
la paix enchaîneroit les deux Etats de ſa guirlande
d'épis (†) , & ferreroit entr'eux les nœuds d'une union
durable ; & une foule d'autres phraſes de ce genre , &
de proteſtations ſolemnelles.... exigeant qu'à l'ouver-
ture des dépêches , & ſans aucune eſpèce d'examen , il
fit périr d'une mort ſoudaine les porteurs de cette
commiſſion , ſans même leur donner le tems de l'aveu
& du repentir.

H O R A T I O.

Comment avez-vous pu ſceller cette commiſſion ?

(†) *At nobis , pax alma , veni ; ſpicamque teneto.* Tibulle.

HAMLET.

Oh ! c'eft encore l'ouvrage d'une Providence célefte. J'avois fur moi le cachet de mon père, qui a
fervi de modèle pour graver le fceau de l'État. Je ployai
donc l'écrit dans la même forme que l'autre, & je le
chargeai de la même adreffe & du même cachet. Après
je le reportai dans la même place, fans qu'on fe foit
apperçu en rien du (†) changement. Le lendemain
nous effuyâmes ce combat de mer ; tu en connois les
fuites.

HORATIO.

Ainfi Guildenftern & Rofencrantz vont chercher
leur fort.

HAMLET.

Hé, ne fe font-ils pas montrés jaloux de cette commiffion ? Ami, ma confcience ne me reproche rien pour
eux. Ils fe font eux-mêmes offerts à leur perte. Il eft
dangereux pour de vils fubalternes de venir fe jetter
entre les épées croifées & furieufes de deux puiffans
adverfaires.

HORATIO.

Quel Roi ! grand Dieu !

(†) *Changeling.* Autre leçon. *Enfant mis par les Fées à la
place de celui qu'elles voloient.* Opinion populaire. *Johnfon.*

HAMLET.

HAMLET.

Penſes-tu, que ce ne ſoit pas maintenant à moi à me
charger du reſte? Un homme qui a empoiſonné mon
père, qui a déshonoré ma mère; qui, ſe gliſſant ſur
le trône, a uſurpé mon élection & mes eſpérances,
qui a environné de piéges ma propre vie, & par une
auſſi indigne perfidie!... n'eſt-ce pas juſtice parfaite
de l'en punir de cette main; & ne ſeroit-ce pas un
crime, de laiſſer ce monſtre, opprobre de notre
eſpèce, vivre pour de nouveaux forfaits?

HORATIO.

On lui mandera bientôt de la Grande-Bretagne
l'iſſue de ſa commiſſion.

HAMLET.

Oui, dans peu; maís, en attendant, les momens
ſont à moi; & la vie d'un homme ne tient qu'à un
mot. — Mais, cher Horatio, je ſuis vraiment affligé
de m'être oublié vis-à-vis de Laërte : car je vois dans
ma cauſe l'image & la juſtice de la ſienne. Je veux
regagner ſon amitié; mais je me ſuis cru bravé par
l'oſtentation de ſa douleur; & c'eſt-là ce qui a fait
monter ma colère à cet excès.

HORATIO.

Taiſons-nous : qui vient ici?

SCÈNE V.

LES MÊMES. OSRIK.

OSRIK , *jeune Courtifan , le chapeau bas , & avec les démonftrations du refpeEt le plus profond.*

JE rends graces au Ciel du retour de votre Alteffe en Dannemarck.

HAMLET.

Je vous fuis très-obligé. (*A Horatio , bas.*) Connois-tu cet infecte bourdonnant (†) ?

HORATIO.

Non , Seigneur.

HAMLET.

Tant mieux pour toi : c'eft un vice de le connoître. C'eft un homme qui pofsède beaucoup de terres, & de terres fertiles. Qu'un fot foit un Lord , & domine fur des fots , il fera admis à la table

---

(†) *Waterfly : Moucheron d'eau.* Cet infecte vole & rafe fans ceffe la furface de l'eau , fans aucune raifon ni deffein apparent , & eft par là l'emblême d'un homme frivole qui fe tourmente & s'agite pour des riens. *Johnfon.*

du Roi. — Ce n'eſt qu'un oiſeau babillard; mais, comme je te l'ai dit, il eſt propriétaire d'une vaſte étendue de fange.

OSRIK.

Mon gracieux Prince, ſi votre Alteſſe en avoit le loiſir, j'aurois quelque choſe à vous communiquer de la part de Sa Majeſté.

HAMLET.

Je ſuis prêt à l'entendre avec toute l'attention dont je ſuis capable. — Mais, ſervez-vous de votre chapeau pour ſon véritable uſage : il eſt fait pour couvrir la tête.

OSRIK.

Je vous remercie de vos bontés, Seigneur. Il fait très-chaud.

HAMLET.

Non, croyez-moi; il fait très-froid : le vent ſouffle du Nord.

OSRIK.

Oui, Seigneur, il fait aſſez froid.

HAMLET.

Il me ſemble pourtant que le tems eſt orageux : il eſt chaud pour mon tempérament.

OSRIK.

Exceffivement chaud , Seigneur. La chaleur eft à un degré que je ne puis exprimer. — Mais , Seigneur , Sa Majefté m'a chargé de vous annoncer , qu'elle a fait fur votre tête une gageure confidérable. Seigneur , voici ce que c'eft.

HAMLET, *l'interrompant , & lui faifant figne de fe couvrir.*

Mais, je vous prie, fouvenez-vous....

OSRIK.

Non, 'd'honneur. C'eft pour ma commodité , Seigneur : vraiment. (*) — Vous n'ignorez pas avec quelle fupériorité Laërte manie fon arme ?

HAMLET.

Qu'elle eft fon arme ?

OSRIK.

L'épée & le poignard.

HAMLET.

Ce font deux armes : mais n'importe.

OSRIK.

Seigneur, le Roi a gagé contre lui fix chevaux bar_

bes, & contr'eux Laërte a dépofé fix épées & fix poignards de France, avec leurs garnitures, ceinturons, pendans & le refte; trois de ces *équipages* font en vérité plaifir à voir; l'imagination ne peut les apprécier : leur beauté répond à celle des poignées ; c'eft l'ouvrage le plus ingénieux & le plus délicat !

HAMLET.

Que voulez-vous dire avec vos *équipages*?

HORATIO.

Je favois bien, qu'il vous faudroit effuyer un Commentaire, avant que vous euffiez fini.

OSRIK.

Les équipages, Seigneur, font les pendans.

HAMLET.

L'expreffion feroit plus propre, fi nous portions du canon à notre côté : en attendant cette mode, on pourroit dire, *pendans*. Mais continuez. Six chevaux barbes, contre fix épées & fix poignards de France, avec leurs trois équipages d'un travail fini. Voilà

(†) Equivoque fur le mot *Carriage, ee qui porte, fupport, affût de Canon.*

donc ce que gagent le roi de Dannemarck & le Cavalier François. Mais pour me fervir de vos termes,
pourquoi a-t-on *dépofé* (†) cet enjeu?

O S R I K.

Le Roi, Seigneur, a gagé que dans douze paffes,
entre vous & Laërte, il ne vous portera pas plus de
trois bottes : & Laërte parie vous en porter douze en
neuf paffes; & le procès va être jugé fur le champ,
fi Votre Alteffe daigne me donner une réponfe.

H A M L E T.

Et fi je vous répons, *non*.

O S R I K.

Je veux dire, Seigneur, fi vous confentez à expofer votre perfonne à cet affaut.

H A M L E T.

Seigneur, je vais continuer de me promener dans
cette falle. Si Sa Majefté le permet, j'y refpirerai l'air,
comme c'eft ma coutume à cette heure du jour.
Qu'on apporte ici les fleurets; & fi le Gentil-homme
tient fon défi, & que le Roi perfifte dans fon deffein,
je gagnerai pour lui la gageure, fi je puis : finon, je
ne gagnerai que de la honte & de cruelles bottes.

(†) Le mot Anglois *Impon'd*, dont s'eft fervi Ofrik, n'eft pas
le mot propre.

OSRIK.

Seigneur, rendrai-je votre réponſe en ces termes?

HAMLET.

En voilà le fonds, que vous pouvez orner de tou-tes les graces de votre eſprit.

OSRIK.

Mon humble dévouement ſe recommande à Votre Alteſſe.   (*Il ſort*).

SCÈNE VI.

LES MÊMES.

HAMLET.

Tout à vous, tout à vous. — Il fait fort bien de ſe recommander lui-même : il ne trouveroit pas une voix qui s'en chargeât pour lui.

HORATIO.

Cet homme reſſemble a un oiſeau qui s'enfuit du nid avec la coquille de ſon œuf encore ſur la tête. (†)

_____

(†) Proverbe qui ſe dit d'un homme qui s'en va avant d'avoir achevé ſon affaire. Johnſon veut que cela ſignifie : *cet homme eſt plein d'un vain babil depuis ſa naiſſance.*

HAMLET.

Il est si poli, qu'il a sûrement fait un compliment au sein de sa mère, avant d'en sucer le lait. Il est comme mille autres de même trempe, qui sont les idoles d'un siécle corrompu ; il a pris le ton du jour : un air d'aisance & de legéreté, une espèce de mousse pétillante d'esprit, qui éblouit d'abord & surprend l'estime des hommes les plus sensés : mais, sondez-les , *ils sont vuides* comme la bulle d'air qui crève au premier souffle.

SCÈNE VII.
LES MÊMES. UN LORD.

LE LORD.

Seigneur, Sa Majesté s'est recommandée à vous par le jeune Osrik, qui lui a rapporté pour réponse, que vous l'attendriez dans cette salle. Il m'envoie savoir, s'il vous plaît de vous mesurer avec Laërte , ou si vous voulez retarder l'assaut.

HAMLET.

Je suis constant dans mes résolutions : elles sont soumises au bon plaisir du Roi. Si c'est l'heure de sa commodité

commodité, c'eſt la mienne auſſi ; celle-ci ou tout autre, pourvu que je ſois auſſi bien diſpoſé qu'à préſent.

LE LORD.

Seigneur, le Roi & la Reine vont venir avec toute la Cour.

HAMLET.

A la bonne heure.

LE LORD.

Avant l'aſſaut, la Reine déſire que vous adreſſiez à Laërte quelques paroles honnêtes & gracieuſes.

HAMLET.

Elle me donne une bonne leçon.

Le Lord s'en va.

SCÈNE VIII,

LES MÊMES.

HORATIO.

Vous perdrez cette gageure, Seigneur.

HAMLET.

Je ne le crois pas. Depuis qu'il eſt en France, je me ſuis continuellement exercé ; j'aurai l'avantage. Mais tu ne peux imaginer quelles angoiſſes oppreſſent mon cœur.... Mais je ne m'arrête point à ces idées.

HORATIO.

Cependant, mon cher Prince....

HAMLET.

Vaines chimères ! Mais ce ſont des preſſentimens, qui ſeroient capables d'effrayer une femme.

HORATIO.

Si votre ame éprouve quelque répugnance, obéiſſez à cette impreſſion. J'irai prévenir l'arrivée du Roi & de la Cour, en leur diſant, que vous n'êtes pas bien diſpoſé.

HAMLET.

Non, non. Je brave ces mauvais préfages. Un paf-
fereau ne tombe pas des airs fans un ordre fpécial de
la Providence. Si mon heure eſt venue, elle n'eſt pas
à venir : fi elle n'eſt pas à venir, elle eſt venue : & fi ce
n'eſt pas à préfent, elle viendra toujours : le point eſt
d'être toujours prêt. Puiſque nul homme ne faic, en
quittant la vie, ce qu'il laiſſe dans l'avenir, qu'importe
de mourir plutôt ou plutard ?

SCÈNE IX.

LE ROI, LA REINE, LAERTE;

*les Seigneurs de la Cour, avec un brillant
cortège, entrent dans la Salle où Hamlet
s'entretient avec Horatio. Ofrik & autres
Officiers portant des fleurets & des gantelets :
on dreſſe une table fur laquelle on ſert plu-
ſieurs flacons de vin.*

LE ROI.

Venez, Hamlet, venez & prenez cette main
que je vous préfente.

(Il unit la main de Laërte à celle d'Hamlet.)

m m ij

HAMLET, à _Laërte._

Pardonnez-moi , Laërte , fi je vous ai offenfé ;
mais pardonnez en Gentilhomme d'honneur. Cette
augufte affemblée fait , & vous ne pouvez l'ignorer vous-même , de quel funefte égarement mon
efprit eft affligé. Si ce que j'ai fait , a pu bleffer votre
cœur ou votre honneur , & irriter votre reffentiment,
je déclare ici que ce fut l'effet de ma folie. Eft-ce
Hamlet qui a offenfé Laërte ? Non, jamais ce ne fut
Hamlet. Si l'infortuné Hamlet n'étoit plus à lui,
& s'il infulta Laërte , quand il ne fe connoiffoit pas
lui-même , Hamlet n'eft point l'auteur de cette action , il la défavoue. Qui en eft donc l'auteur ? Sa folie.
Ainfi Hamlet eft du parti qui a à fe plaindre.—Pauvre
Hamlet! ta folie eft ton ennemi. — Permettez , Seigneur , que devant ces auguftes témoins, je me juftifie de toute intention méchante. Que votre ame gé-
néreufe daigne m'abfoudre , comme fi, décochant au
hafard une flèche par-deffus ce Palais , j'avois eu
le malheur de bleffer mon frère.

LAERTE.

Mon cœur vous pardonne , & la Nature qui , dans
cette occafion , étoit la première à demander vengeance , eft fatisfaite : mais l'honneur me retient , &
me défend une parfaite réconciliation, jufqu'à ce que

les anciens & vénérables Arbitres de l'honneur donnent leur voix, & nomment un Juge de paix, qui prononce, que mon nom est sans tache. En attendant, mon amitié répond à l'amitié que vous m'offrez, & je la respecterai.

HAMLET.

Mon cœur en reçoit avec transport l'engagement, & je vous disputerai cette gageure avec la loyale franchise d'un frère. Commençons : des fleurets.

LAERTE.

Allons, qu'on m'en donne un.

HAMLET.

Laërte, (†) je ne servirai qu'à vous faire briller ; votre adresse, en contraste avec mon ignorance, éclatera, comme une étoile étincelante sur le voile sombre de la nuit.

LAERTE.

Vous me raillez, Prince.

(†) Je serai votre fleuret : équivoque sur le mot *foil*, qui signifie également *un fleuret & une feuille de quelque métal qu'on met sous une pierre précieuse pour en augmenter l'éclat.*

H A M L E T.

Non, j'en jure par cette main.

L E R O I.

Donnez les fleurets, jeune Ofrik. Noble Hamlet, Prince de mon fang, vous favez quelle eft la
gageure ?

H A M L E T.

Je le fais , Seigneur. Votre Majefté a gagé pour
le plus foible.

L E R O I.

J'ai une plus heureufe efpérance. Je connois la
force de l'un & de l'autre ; mais comme Laërte s'eft
perfectionné depuis, nous avons réglé là-deffus la
gageure pour la rendre égale.

L A E R T E.

Ce fleuret eft trop lourd ; voyons-en un autre.

H A M L E T.

Celui-ci me plaît : tous ces fleurets ont-ils la
même longueur? (†)

Ils fe difpofent à l'affaut.)

(†) Sous le règne d'Elifabeth , l'an 1579 , on publia une

O S R I K.

Oui , Seigneur.

L E   R O I.

Couvrez cette table de coupes de vin. Si Hamlet
porte la première où la feconde botte , ou s'il ri-
pofte la troifième , que le feu de l'artillerie pro-
clame fa victoire. Le Roi boira à la meilleure fanté d'Hamlet , & il jettera dans la coupe une perle
d'un plus grand prix , que toutes celles qui ont été
portées par quatre Rois fucceffifs fur la Couronne
du Dannemarck. — Qu'on m'apporte les coupes : &
que les Timballes annoncent aux Trompettes , les
Trompettes aux Canons , les Canons au Ciel, & que
le Ciel répète à la Terre : « *le Roi boit à Hamlet.*» —
Allons , commencez ; & vous , Juges , fixez fur les
deux rivaux un œil attentif.

H A M L E T.

Allons , Laërte.

Ordonnance qui fixoit la longueur des épées. Un Ambaffadeur
étranger fut arr.té aux barrieres de Smithfield, par les Officiers prépofés pour rogner les épées à la longueur prefcrite.
Strype , Annales de la Reine Elifabeth.

LAERTE.

Allons, Seigneur . . . .

(*Ils commencent l'escrime.*)

HAMLET.

Une, une.

LAERTE.

Non.

HAMLET.

Jugement.

OSRIK.

Oui, la botte a porté visiblement.

LAERTE.

A la bonne heure : recommençons.

LE ROI.

Attendez : qu'on me donne ma coupe. Hamlet, cette perle précieuse est à toi. Je bois à ta santé. — Offrez-lui cette coupe . . . . .

(*Dans ce moment le son de la trompette se fait entendre, & bientôt les décharges du canon*)

HAMLET.

Je veux faire une nouvelle passe auparavant. Eloignez

gnez cette coupe.— Allons, encore une botte : qu'en dites-vous ?

LAERTE.

Vous m'avez touché : oui, vous m'avez touché, je l'avoue.

LE ROI, *à la Reine.*

Notre fils fera vainqueur.

LA REINE.

Il est replet, & il perd bientôt haleine. (*A Hamlet.*) Venez, mon fils, prenez ce voile : essuyez votre front, cher Hamlet, la Reine boit de bon cœur à votre avantage.

HAMLET,

Que de bonté, Madame !

LE ROI.

Chère épouse, ne buvez pas.

LA REINE.

Je veux boire, Seigneur ; excusez-moi, je vous prie. (*Elle boit*).

LE ROI, *à part.*

C'est la coupe empoisonnée ! Il est trop tard !

HAMLET.

Je n'ofe pas boire encore, Madame : dans un moment.

LA REINE.

Viens, mon fils : laiffe-moi effuyer ton vifage.

LAERTE, *au Roi, à demi-voix.*

Seigneur, je le frapperai cette fois, (*à part*),
malgré le reproche de ma confcience.

LE ROI.

Je ne crois pas. . . . .

HAMLET.

Allons : à la troifième, Laërte. Vous me badinez.
Je vous prie, déployez toutes vos forces : voulez-vous
me traiter comme un foible enfant?

(*Ils continuent de fe battre*).

LAERTE.

Parlez vous de la forte ? Allons. (*Il pouffe*).

OSRIK.

Rien, de part, ni d'autre.

LAERTE.

A vous maintenant....

(*Laërte blesse Hamlet, & dans la chaleur de l'assaut,
ils se désarment & changent de fleuret, & Hamlet
blesse Laërte à son tour*).

LE ROI.

Qu'on les sépare : ils sont en furie.

HAMLET.

Non : recommençons.

OSRIK.

Oh ! Ciel ! Voyez la Reine, Hélas !

(*La Reine pâlit & se trouve mal*).

HORATIO.

Ils sont blessés tous deux : car le sang coule.
(*A Hamlet.*) Seigneur, comment cela se peut-il ?

OSRIK.

En effet, comment se peut-il, Laërte ?....

LAERTE.

Comment, Osrik ? C'est que je suis pris dans mes

n n ij

propres filets. Je péris victime de ma propre perfidie.

H A M L E T.

Qu'a donc la Reine ?

L E R O I.

Elle s'est évanouie à la vue de leur sang.

L A R E I N E.

Non , non : cette coupe, cette fatale coupe ! ... O, mon cher Hamlet ! La coupe. ... La coupe ! — Je suis empoisonnée.   (*La Reine expire*).

H A M L E T.

O Crime ! Fermez les portes : qu'on cherche le traître ! Où est-il ?

L A E R T E.

Ici , Hamlet. Tu es mort : nul remède au monde ne peut te sauver ; tu n'as pas une demi-heure de vie ; le perfide instrument de ton trépas est dans ma main. Vois ce fer qui n'est point émoussé : sa pointe est envenimée. Mon infâme artifice est retombé sur moi. Hélas ! Vois : je suis gissant sur la terre , pour ne me relever jamais. Ta mère est empoisonnée. Je n'ai pas la force de révéler. ... Le Roi, le Roi seul est coupable.

HAMLET.

La pointe envenimée ! — Poiſon, fais ton ouvrage.
(*Il frappe le Roi*).

Toute la Suite s'écrie.

Trahiſon ! Trahiſon !

LE ROI.

A moi : mes amis, défendez-moi. Je ne ſuis que bleſſé.

HAMLET.

Epoux inceſtueux, vil empoiſonneur, Roi abominable, (*il lui fait avaler de force le reſte de la coupe*): avale le reſte. Trouves-tu la perle au fond ? Suis ma mère. (*Le Roi meurt*).

LAERTE.

Il a le ſort qu'il mérite : cette coupe, c'eſt un poiſon préparé de ſes mains. — Noble Hamlet, échangeons enſemble notre pardon. Que ma mort & celle de mon père, ne te ſoient pas imputées, ni la tienne à moi.
(*Il meurt*).

HAMLET.

Que le Ciel te pardonne ! Je te ſuis. — Je meurs,

Horatio.—Malheureufe Reine, adieu.—Vous pâles
& muets Spectateurs de cette fcène fanglante, l'image
de tant de crimes vous fait trembler.—Que n'ai-je le
tems ! Mais la mort, cet impitoyable Miniftre de la
juftice Suprême, exécute, fans délai ni répit, fes
arrêts........ Il faut me foumettre ; Horatio, je
meurs; tu vis — juftifie moi : juftifie ma caufe devant
ceux qui me condamnent.

H O R A T I O.

Non, ne le croyez pas. Né Danois, je porte le cœur
d'un ancien Romain : il refte quelques gouttes de poifon....

H A M L E T.

Si tu es un homme, cède moi cette coupe, donne
la moi : par le Ciel, je veux l'avoir. (*Il la jette à
terre*). Oh ! fidèle & cher Horatio, fi la vérité demeure dans cette obfcurité profonde, quel nom ab-
horré je laifferai derrière moi ! Recule de quelques
jours ton bonheur célefte ; confens à traîner encore
dans ce monde odieux ta pénible exiftence, pour raconter mes malheurs. .....

(*On entend de loin une marche, & en dedans
des cris*).

Quel eft ce bruit de guerre ?

SCÈNE X.

OSRIK, *qui étoit sorti, rentre.*

OSRIK.

Le jeune Fortinbras revient vainqueur & chargé des dépouilles de la Pologne. C'est lui qui honore de cette salve guerriére l'arrivée des Ambassadeurs d'Angleterre.

HAMLET.

Oh ! j'expire, Horatio. Ce poison actif éteint ma vie : il ne m'en reste plus pour entendre les nouvelles d'Angleterre : mais je prédis que le choix s'arrêtera sur Fortinbras. Il a ma voix mourante ; annonce lui de ma part les différentes circonstances qui m'ont conduit..... Le reste... est un éternel silence.......

(Il meurt). (†)

(†) Hamlet ne fut pas tué par une épée empoisonnée : mais dans une bataille, dans le Jutland, par Vigletus, suivant Saxon le Grammairien, qui fait d'Hamlet un grand caractère.

Hic Amlethi exitus fuit, qui si parem naturæ atque fortunæ indulgentiam expertus fuisset, æquasset fulgore superos, Herculea virtutibus opera transcendisset. Insignis ejus sepultura, ac nomine campus apud Juliam extat. Saxoni Grammatici, Histor. Danic. Liv. IV. p. 59.

HORATIO.

Maintenant fe brife le plus noble cœur ! — Aimable Prince, adieu : que les concerts des Anges t'invitent à ton éternel repos!.... Mais pourquoi ce bruit de tambours, qui s'approche de ces lieux ?

SCÈNE XI.

FORTINBRAS & *les Ambaffadeurs d'Angleterre entrent fur la Scène, tambour battant & Enfeignes déployées, avec leur fuite.*

FORTINBRAS.

Où eft cet affreux Spectacle ?

HORATIO.

Que cherchez-vous ? Si vous êtes jaloux de voir un affemblage effrayant de maux & d'horreur, vous l'avez trouvé.

FORTINBRAS.

Ce carnage crie vengeaance ! — Tyran fuperbe, ô, mort ! Quelle fête dans ton (†) infernale demeure,

---

(†) Autre leçon : *éternal*, éternelle.

après

après que ta fanglante main a immolé d'un coup tant
de Princes à la fois.

L'AMBASSADEUR.

Ce fpectacle fait horreur ! Et les dépêches que nous
apportons d'Angleterre arrivent trop tard. Les oreilles, qui devoient nous entendre, font infenfibles & fer-
mées pour jamais. Si je dis au Roi, que fes ordres font
éxécutés , que Rofencrantz & Guildenftern ne font
plus , qui nous remerciera?

HORATIO.

Ce ne feroit pas lui, quand même fa langue feroit
encore animée: jamais il ne donna l'ordre de leur trépas. Mais puifque vous vous rencontrez ici, vous, qui
arrivez des guerres de Pologne, & vous de l'Angleterre ; pour entendre expliquer ce fanglant problème ,
ordonnez que ces corps foient élevés fur un lit de parade , & expofés à la vue du peuple , & alors j'inftruirai le monde de la caufe inconnue de ces défaftres.
Vous m'entendrez parler d'actions cruelles, fanguinaires & barbares , de fentences que le hazard a dictées ,
de meurtres qu'il a conduits , de morts qui font l'ouvrage de la fraude & de caufes violentes , & dans ce
tragique dénouement , vous verrez des forfaits

échouer, & retomber fur la tête de leurs auteurs. Je
fuis feul dépofitaire de ces déplorables vérités.

FORTINBRAS.

Hâtons-nous d'entendre ce récit, & affemblons la
Nobleffe de l'Etat. Pour moi, j'accepte avec douleur
les dons de la fortune; mais j'ai d'anciens droits fur
ce Royaume, que mes intérêts m'invitent à réclamer.

HORATIO.

J'aurai fujet d'en parler,& je vous porterai le vœu
de l'homme, dont la voix prépondérante entraînera
les autres. Mais ne différez pas; & dans ce moment
de crife, où tous les efprits font alarmés & inquiets,
prévenez les malheurs que l'intrigue & l'erreur peuvent caufer encore.

FORTINBRAS.

Que quatre Officiers portent Hamlet, comme un
guerrier, fur fon lit de parade. S'il eût régné, fans-
doute le Trône auroit été rempli par un grand Roi.
Que fur fon paffage la mufique martiale & les honneurs de la guerre célèbrent fa pompe funèbre. En-
levez ce corps; ce fpectacle conviendroit dans un

champ de bataille ; mais ici , il eſt déplacé. Allez ;
ordonnez à l'armée une décharge générale.

*(Ils ſortent dans une marche régulière , & on
entend la décharge commandée).*

Fin du cinquième & dernier Aſte.

« Cette Piéce de Shakeſpéar , dit Shaftsbury , qui
paroît être celle qui a fait la plus forte impreſſion ſur
les cœurs Anglois , & qui peut être eſt celle qu'on a
jouée le plus ſouvent ſur notre Théâtre , eſt preſque
continuellement morale. C'eſt un enchaînement de
réflexions profondes ſorties de la bouche d'un ſeul
perſonnage , ſur le ſujet d'un ſeul événement ou
malheur , très-propre à exciter la terreur & la pitié.
On peut dire de cette Piéce , qu'elle n'a proprement qu'un ſeul caractère , un rôle principal. On n'y
trouve ni fades louanges pour le ſexe , ni maximes
impies contre les Dieux , ni héroïſme outré , rien de
ce mélange artificiel de l'art & de la nature , baſe ordinaire de la Tragédie moderne , qui ne fait que s'agiter entre les deux points délicats de l'amour & de
l'honneur ».

N O T E S.

«Si l'on vouloit , dit Johnson , apprécier chaque Piéce de Shakefpéar par le mérite particulier qui la diftingue des autres , la variété feroit le caractère diftinctif & l'éloge fpécial d'Hamlet. Les incidens y font fi nombreux , que le fujet de la piéce fourniroit matière à une longue narration. Les Scènes font très-variées , & alternativement gaies & férieufes. Dans les Scènes gaies & comiques , on recueille une foule d'obfervations judicieufes & profondes. Dans les Scènes graves & pathétiques , rien n'eft outré au-delà du naturel & de la vérité des paffions & des fentimens. On voit fe fuccéder de nouveaux caractères qui préfentent plufieurs fcènes de la vie , foit dans l'action , foit dans le langage. La feinte folie d'Hamlet fournit plufieurs traits qui égaient. La trifte & touchante folie d'Ophélia attendrit les cœurs & fait fondre en larmes : chaque rôle produit fon effet , depuis le Spectre , qui dans le premier acte , glace le fang de frayeur , jufqu'au fat Ofrik , dans le dernier, dont l'exemple fait méprifer la prétention & l'affectation.

Peut-être pourroit-on faire quelques reproches contre l'économie & la conduite de cette Tragédie. L'action marche affez continuement ; cependant il y a des Scènes où elle n'avance ni ne recule. On ne voit pas que la feinte folie de Hamlet foit fuffifamment fondée ; il ne fait rien qu'il n'eût pu faire en jouiffant de tout fon bon fens. La Scène où il approche d'un fol véritable , c'eft celle où il traite Ophélia avec une dureté qui , d'un autre côté , a trop l'air d'une cruauté inutile.

Hamlet , dans toute la Piéce , eft plus un inftrument paffif ,

qu'une perfonne agiffante. Après avoir convaincu le Roi par l'artifice d'un fpeftacle, il ne fait aucune tentative pour le punir de
fon crime ; & la mort du coupable arrive à la fin par un événement auquel Hamlet n'a point de part.

La cataftrophe n'eft pas très heureufement amenée ; le troc
des épées eft plutôt un expédient de la néceffité qu'un trait de
l'art Il étoit très-aifé de former un plan dans lequel Hamlet
auroit péri par le poignard, & Laërte par le poifon.

On accufe le Poète d'avoir négligé la juftice poétique ; on
peut, avec autant de droit, lui reprocher d'avoir négligé la vraifemblance poétique. Le Fantôme quitte fans néceffité le royaume
des Morts ; la vengeance qu'il demande, ne s'obtient que par
la mort de celui qui étoit chargé de l'exécuter ; & la fatisfaction qu'auroient les Spectateurs à voir détruire un affaffin
ufurpateur, eft affoiblie & troublée par la mort inopinée de la
jeune, de la belle, de l'innocente & tendre Ophélia ».

Telles font les remarques de Johnfon fur cette Piéce.

A c t e I I.

Scène *V I I I*, *page* 100.

Hamlet Quoi ! ce font des enfans ? Et qui les foutient ; comment font-ils payés ? Ne continueront-ils leur profeffion, que
tant que leurs voix ne mueront pas ? S'ils n'aboutiffent qu'à être
des Acteurs ordinaires (ce qui probablement arrivera, fi leurs
moyens font auffi petits,) ne diront-ils point après, que leurs Ecrivains prôneurs leur font tort , en les faifant déclamer contre leurs
propres fucceffeurs.

Rofencrantz Ma foi, il y a déjà eu bien des débats de part
& d'autre, & la Nation ne fe fait aucun fcrupule d'entretenir la
divifion entre eux. Il a été un temps, où un Auteur ne pouvoit

être payé de fes piéces, qu'après s'être bien battu avec les Co-médiens.

Hamlet. Eft-il poffible ?

Guildenftern. Il y a déjà eu bien du fang répandu.

Hamlet. Et les enfans l'ont-ils emporté?

Rofencrantz. Comment ? ils auroient pu emporter auffi Her-cule & fon fardeau.

(*a*) *Scène IX, page* 103.

On voit ici un Catalogue des efpèces de Spectacles qui étoient alors en vogue ; les pièces de Shakefpéar font compri-fes parmi la plûpart de ces claffes. Les deux dernières ef-pèces *Scène individable & Poem unlimited* , font expli-quées ainfi par un Critique. *Poem unlimited* , eft le genre auquel appartiennent affez toutes fortes de Poëmes. Mais qu'entend Shakefpéar par ce qu'il appelle *Scène individable*? Je me tromperois bien , fi nous ne retrouvions pas ici le Drame des anciens , qui eft fondé fur l'unité de lieu , & qui, par conféquent , n'étoit pas inconnu du temps de Shakefpéar ; mais qui feulement étoit confidéré d'un autre côté que nous ne le confidérons, quand nous le prenons pour la régle de Sophocle, pour le plus haut degré de compofition , pour ce qu'eft *Laocoon* dans la fculpture , & quand nous le mettons dans la claffe à laquelle tous les autres doivent être fubordonnés. — On trouve cette divifion claffique plus au long dans *Effay on the origine of the English ftage* , que Percy a inféré dans le premier Volume de fes *Relics* , page 126 , & dans Hawkings , première Partie de fon Origine , *Of the English Drama.*

Scène XI. page 114. Le crime, quoique fans langue , parlera.

Il eft probable que Shakefpéar avoit en vue un crime arrivé

de fon tems. La vieille Hiftoire du Frere François étant jouée
par les Comédiens du Comte de Suffex à Lynn dans la Province de Norfolk, où une femme, qui étoit repréfentée éprife
d'un jeune Gentilhomme, pour mieux s'affûrer la poffeffion
de fon amant, avoit fecrétement affaffiné fon mari, dont l'Ombre la pourfuivoit, & fe préfenta différentes fois devant elle dans
les lieux les plus retirés où elle s'enfermoit, il y avoit au fpectacle
une femme de la Ville, qui jufqu'alors avoit joui d'une bonne
réputation, & qui fentit en ce moment fa confcience extrêmement troublée & pouffa ce cri foudain : *O mon mari,
mon mari ; je vois l'Ombre de mon mari qui me pourfuit & me
menace.* A ces cris aigus & inattendus, le peuple, qui l'environ-
noit, fut étonné, & lui en demanda la raifon. Auffi-tôt, fans autres
inftances, elle répondit, qu'il y avoit fept ans que, pour jouir
d'un jeune Amant, qu'elle nomma, elle avoit empoifonné fon
mari, dont l'image terrible s'étoit repréfentée à elle fous la
forme de ce Spectre ; elle avoua tout devant les Juges & fut
condamnée. Les Acteurs & plufieurs Habitans de la Ville furent
témoins de ce fait.

Acte III.

Scène X, *page* 152.

Ceci eft évidemment une allufion à un paffage de la vie de
Pélopidas par Plutarque. Il étoit dans une Salle de Spectacle
où l'on jouoit les Troyennes d'Euripide ; il fortit brufquement
& fit dire aux Acteurs de continuer à jouer comme s'il étoit préfent. Il n'étoit pas forti, parce que eux ou la Piéce ne lui
plaifoient pas ; mais parce qu'il avoit honte que le peuple le vîc
pleurer en voyant repréfenter la défolation d'Hécube & d'An-
dromaque, attendu qu'il n'avoit jamais vu, que la mort d'aucun

homme , parmi tant de fes compatriotes, eût excité fa pitié. (Hawkings.)

Quoiqu'il y ait une reffemblance éloignée dans ce paffage , je doute pourtant beaucoup que Shakefpéar y ait penfé. *M. Ef̄chenberg*.

Scène *X I X* & dernière.

Vice of kings. C'étoit le nom qu'on donnoit à un perfonnage grotefque & bouffon introduit anciennement fur le Theâtre Anglois pour faire rire la populace. Son coftume étoit une efpèce de cafaquin, le bonnet d'un fol & des oreilles d'âne , avec un fabre de bois , que confervent encore nos Scaramouches & Arlequins d'aujourd'hui. L'étymologie du nom vient probablement du vieux mot françois *vis* , qui étoit la même chofe que *vifage* aujourd'hui , d'où eft venu en partie le mot de *Vifdafe* , nom commun parmi les François pour défigner un fol , & c'eft , fuivant Ménage , une corruption de *Vis d'âne* , *vifage* ou *Tête d'âne*. Il eft donc très-probable que le nom qu'on donna d'abord à cette burlefque figure étoit *Vifdafe* ou *Vis d'âne* , & qu'on l'a abrégé par celui de *vis* ou *vice*.

A c t e I V.

Scène *I* , page 188 , ligne premiere.

Cujus corpus in partes confciffum , aquis fervientibus coxit ; devorandumque porcis per os cloacæ patentis effudit ; atque ita miferis artubus , cœnum putre conftravit. Id. Ibid.

Scène *V* , page 197.

Proficifcuntur cum eo bini Fengonis fatellites , litteras ligno infculptas (nam id celebre quondam chartarum genus erat,) fecum geftantes , quibus Britannorum Regi tranfmiffi fibi juvenis occi-

fio mandabatur : quorum Amlethus quietem Capientium loculos
perfcrutatus , litteras deprehendit. Quarum perlectis mandatis,
quidquid chartis illitum erat , curavit abradi , novifque figura-
rum apicibus fubftitutis , damnationem fuam in comites fuos ,
mutato mandati tenore, convertit. Nec mortis fibi fententiam ade-
miffe , & in alios periculum tranftuiiffe contentus , preces hujuf-
modi falfo Fengonis titulo fub notatis adjecit , & Britanniæ
prudentiffimo ad fe juveni miffo filiam in matrimonium dedit;
cœterùm Comites ipfius , ut amici mandatis fatisfaceret , pro-
ximâ die fufpendio confumpfit ; id. ibid. page 62.

A c t e   V.

Scène I.

(*) *Second Foffoyeur.* Adam étoit-il Gentilhomme ?

Premier Foffoyeur. Il eft le premier qui ait porté des *armes* (†).

Second Foffoyeur. Bon , il n'en a jamais eu.

Premier Foffoyeur. Quoi , es-tu Payen? Comment entends-tu
l'Écriture? L'Écriture dit : *Adam bécha.* Pouvoit-il bêcher fans
armes ?

(*) *Ibid.* Ta réponfe me plaît : elle eft vraiment ingénieufe.
Le gibet va bien, mais à qui va-t-il bien ? A ceux qui font mal.
Or toi , tu fais mal, en difant que le gibet eft plus folide-
ment bâti qu'une Eglife. Donc le gibet pourroit t'aller bien.

Scène I I , page 246.

(*) Dans ce qui fuit règne une équivoque qui roule fur la

(†) Dans l'original, le mot *Arms*, fignifie également *urmes*
& *bras* , en quoi confifte le jeu de mots. On peut le rempla-
cer en françois par le mot d'armes pris pour *armes* & pour *inf-*
trument.

Tome V.   P p

reffemblance des deux verbes, *to lye*, être couché, & *to lie*, mentir.

Hamlet. Je crois que cette foffe eft la tienne en effet : car tu es (*tu mens*) dedans.

Le Foffoyeur. Vous êtes (*vous mentez*) dehors, vous : par conféquent elle n'eft point à vous. Pour moi, je ne fuis pas couché, (*je ne mens pas*) dedans ; & cependant elle eft à moi.

Hamlet. Tu mens, (*tu es*) dedans, en étant dedans, & difant qu'elle eft à toi. Elle eft pour les morts, & non pour les vivans. Ainfi tu mens.

Ibid. page 249.

Hamlet. Et comment eft-il devenu fou ?

Le Foffoyeur. Oh, pour une caufe fingulière, dit-on.

Hamlet. Comment ? fingulière ?

Le Foffoyeur. Ma foi, c'eft qu'il a perdu l'efprit.

Hamlet. Qui a donné *lieu* (§) à fa folie ?

Le Foffoyeur. Ici, en Dannemarck.

Scène V, *page* 268.

(*) Seigneur, Laërte eft tout nouvellement de retour à la Cour; daignez-m'en croire ; c'eft un cavalier parfait, plein de qualités des plus éminentes, de la fociété la plus aimable, & qui fait une brillante figure ; & en vérité, fi l'on veut lui rendre juftice, il eft la Carte & le Calendrier (§) de la Nobleffe. On trouvera en lui un compofé de toutes les qualités qu'un Gentilhomme peut défirer de voir & d'imiter.

(§) Equivoque fur le mot *Ground* qui a deux fens en Anglois; comme en François, le mot *lieu*, fignifie également *place* & *occafion.*

(§) Il eft la Carte & le Calendrier de la Nobleffe. La Carte, pour diriger leur courfe ; le Calendrier, pour bien choifir fon temps & faire tout à propos.

Hamlet. Vraiment , ſon mérite ne perd rien dans votre bouche ; quoique je ſache qu'à faire l'inventaire de tous ſes avantages , l'arithmétique ni la mémoire n'y ſuffiroient pas; & après
avoir fait tous ſes efforts, on n'auroit jamais épuiſé ſa richeſſe.
Mais dans la vérité de la louange , c'eſt un grand génie ; & il
eſt d'une nature ſi privilégiée & ſi rare , qu'à parler vrai, pour
trouver ſon ſemblable , il faut le chercher dans ſon miroir ; &
tous ceux qui veulent l'imiter, ne ſont que ſon ombre , rien de
plus. (§)

Oſrik. Votre Alteſſe l'apprécie avec la dernière juſteſſe.

Hamlet. Et à quelle occaſion, ami?...—Pourquoi nous enrouer
à parler ſur ce ton de ce jeune Cavalier?

Oſrik. Seigneur . . . . ,

Horatio. N'eſt-il pas poſſible de ſe rendre intelligible dans une
langue plus ſimple ? Je crois que vous le pouvez très-aiſément.

Hamlet. Quel ſujet vous a fait nommer le jeune Laërte?

Oſrik. Laërte ?

Horatio, à part. Il a vuidé ſon ſac : & toutes ſes paroles
dorées ſont dépenſées.

Hamlet. Oui , lui.

Oſrik. Je ſais que vous n'êtes pas ignorant . . . ;

Hamlet, à part. Je voudrois que vous le ſuſſiez, que je ne ſuis
pas ignorant : quoiqu'en vérité, quand vous le ſauriez, cela n'a-
vanceroit pas beaucoup ma réputation. — Hé bien, ami ?

Oſrik. Vous n'êtes pas ignorant du mérite éminent de Laërte.

Hamlet. Je n'oſe pas prétendre le connoître parfaitement : ce
ſeroit m'égaler à lui. Car bien connoître un autre homme , c'eſt
ſe bien connoître ſoi-même.

(§) Shakeſpéare a voulu donner , dans le caractère d'Oſrik , un échantillon du langage précieux & exagéré de la Cour dans ſon tems , qu'Hamlet
affecte de ſuivre ſur le même ton. Cela eſt bien plus ſenſible dans l'original.

Ofrik. Je veux parler de fon habileté dans les armes: D'après tous ceux qui lui connoiffent ce mérite, il n'a point fon égal.

Saxon le Grammairien raconte en détail l'Hiftoire qui a fourni le fujet de cette Tragédie. Quoique Shakefpéar, comme nous le verrons bientôt, n'ait pas puifé fon fujet immédiatement dans cette hiftoire, on peut pourtant la regarder comme la fource, & il eft à propos de donner au Lecteur un extrait des endroits qui appartiennent ici.

Le Gouvernement de Juttland fut donné par le Roi *Roderic,* ou *Roric,* à Horwendil & à Fengo, fils de Gerwendil. Horwendil étoit le plus vaillant Pirate (*), & la renommée de fes actions lui attira l'envie de *Coller,* Roi de Norwège, qui l'attaqua fur mer, & qui fut tué dans un combat. Le riche butin que Horwendil fit à cette occafion, fut donné en préfent au Roi *Roderic,* pour gagner fa faveur; il y réuffit. Il reçut en mariage *Géruthe,* fille du Roi, & en eut un fils nommé *Hamlet.*

Fengo envia le bonheur de fon frère, & chercha l'occafion de le perdre : il la trouva & le tua en affaffin. *Geruthe,* qui avoit des fentimens bas, fe laiffa aifément perfuader qu'il n'avoit maffacré fon époux, que pour prévenir les mauvais deffeins de fon mari contre elle ; & écouta bientôt les propofitions de Fengo, qui lui offrit une main teinte du fang de fon époux.

Hamlet fongea à venger fon pere. Afin que fon oncle ne foup-

(*) Stephanius obferve ici, que les plus illuftres & les plus braves Normands, comme les Athéniens & les Spartiates, cherchoient la gloire dans la piraterie. C'eft de-là que Tacite dit : *De Mor. Germ. nec arare terram aut expectare annum tàm facilè perfuaferis, &c.*

çonnât rien de fon projet, il feignit d'être infenfé, & par cette rufe, il voila fes deffeins, & mit fa vie en fûreté. On rioit de fa folie apparente ; il n'y eut que les gens fenfés & pénétrans qui foupçonnèrent qu'il cachoit quelque projet fous ce mafque. On crut ne pouvoir mieux découvrir la fituation de fon efprit, qu'en lui faifant faire la connoiffance d'une femme, & en tâchant de le rendre amoureux. On employa quelqu'un de fes amis pour lui tendre ce piége. Du nombre de ceux-ci étoit un jeune homme qui avoit été fon frère de lait, & fon ami intime depuis fon enfance : il chercha à lui arracher fon véritable fecret, mais en vain : Hamlet continua à entretenir le public dans l'opinion de fa folie, par les procédés les plus finguliers & les plus ridicules.

Son oncle envoya un jour dans un bois, où Hamlet alloit fouvent, une jeune fille, qui s'offrit à fes yeux comme par hafard. Il fe familiarifa beaucoup avec elle, mais il lui ordonna de garder le plus profond filence.

Un des amis de Fengo conçut un projet dont il efpéroit le plus heureux fuccès, pour fcruter les replis du cœur d'Hamlet. Fengo devoit s'éloigner, fous prétexte d'affaires preffantes ; Hamlet devoit refter feul dans la chambre de fa mere ; & un homme de confiance, fans que perfonne le fût, devoit fe cacher pour écouter ce qui fe diroit entre eux : il voulut être lui-même cet homme de confiance. Fengo y confentit.

L'Auteur du projet fe cacha fous le matelas du lit, dans la chambre de la Reine, tandis qu'Hamlet s'entretenoit avec fa mère. Mais la rufe échoua. Hamlet, foupçonnant qu'on l'écouteroit, feignit toujours d'être infenfé, il chanta comme un coq, étendit les bras & les jambes, fauta fur le lit ; & fentant quelque chofe fous fes pieds, il chercha l'endroit avec fon épée, bleffa celui qui y étoit caché, le tira dehors & acheva de le tuer ; il déchira le cadavre en piéces, les fit cuire & les jetta aux pourceaux. Il alla enfuite auprès de fa mère, lui reprocha fon crime, la part qu'elle avoit eu au maffacre de fon père, & fon mariage avec fon meurtrier. En même temps, il lui découvrit le fujet de fa folie affectée, & la ferme réfolution où il étoit de venger la mort de fon père, & lui fit promettre de garder le plus profond fecret.

Fengo revint, & s'informa en vain par tout de fon ami, qu'il avoit apofté pour écouter la converfation d'Hamlet avec fa mère. Peu à peu, il commença à foupçonner la rufe & la feinte de fon neveu, & fongea à s'en défaire. Pour éviter tout reproche, il imagina de faire exécuter fon deffein par le Roi de la Grande Bretagne.

Hamlet partit en fecret, & convint avec fa mère, qu'elle diroit un an après, qu'il étoit mort, & qu'enfuite il reviendroit au moment où l'on feroit fon enterrement. Il fut accompagné par deux Confeillers du Roi, porteurs de lettres pour le Roi de la Grande Bretagne, par lefquelles Fengo le chargeoit de faire maffacrer Hamlet. Celui-ci en chemin, tandis que fes compagnons dormoient, les fouilla, trouva cet ordre, & le changea de façon que le maffacre dût tomber fur les deux Confeillers. Il ajouta qu'il lui demandoit fa fille en mariage pour le jeune Prince qu'il lui envoyoit. Le Roi de la Grande Bretagne trouva bientôt plufieurs occafions d'apprendre à connoître l'efprit d'Hamlet, & ne fit aucune difficulté de lui donner fa fille. Au contraire, il fit pendre dès le lendemain fes Négociateurs. Un an après Hamlet dans le Jutland, reprit fon ancienne folie, & montra beaucoup de colère fur le faux bruit qu'on avoit fait courir de fa mort. Il fut du repas de fes funérailles, enivra tous les Grands de la Cour qui s'y trouvèrent, les enferma, & mit le feu au Château. Enfuite il courut au lit de Fengo qui étoit endormi, & le tua avec fa propre épée.

Il juſtifia dans une aſſemblée des Nobles du Royaume ſon procédé, & fut proclamé Roi d'une voix unanime. Quelques années enſuite, il perdit la vie dans une bataille.

Je n'ai rapporté ici que le gros de l'Hiſtoire de *Saxo-Grammaticus*. Elle contient beaucoup d'autres détails, ſur-tout beaucoup d'occaſions où Hamlet ſoutint toujours le rôle de fou qu'il affectoit; mais ſon but étoit plein de prudence & de ſageſſe. Au reſte, on trouve ici, de même que dans toute cette Hiſtoire Danoiſe, beaucoup de fabuleux & de romaneſque. C'eſt ſans doute ce qui engagea *Belleforêt* à en faire le ſujet d'une de ſes Hiſtoires tragiques; que l'on trouve dans le cinquième Volume, ſous ce titre : « Avec quelle ruſe Hamlet, qui depuis fut Roi de Dan- » nemarck, vengea la mort de ſon père Herwendille, occis par » Fengo, ſon frère, & autres occurences de ſon Hiſtoire».

De cette Hiſtoire Françoiſe, on en fit une Angloiſe, *The Hiſtorie of Hamlet*, qui fut imprimée ſeule. Il eſt vrai qu'on n'en a point trouvé juſqu'aujourd'hui de plus moderne, qu'une Édition in-4°. de 1608, & il eſt très-certain que la Tragédie de Shakeſpéar eſt antérieure; cependant il eſt très-vraiſemblable que cette hiſtoire a été imprimée auparavant, & qu'elle a été la ſource immédiate de cette Tragédie (*).

Une partie du Diſcours d'Hamlet à ſa mère, que Farmer rapporte, & qui s'accorde exactement avec celui de Shakeſpéar, (Act. 3, Sc. 4.), pourra ſervir de preuve à ce que je viens de dire. Et *Capell* aſſûre que le germe de toutes les circonſtan-

---

(*) L'édition in-4°. la plus ancienne, n'a, il eſt vrai, été imprimée qu'en 1605; mais on a plus d'un motif pour croire que cette pièce a été écrite & jouée au moins neuf ans auparavant. *Voy. Farmer*, *Eſſai on Hiſt. Learning. pag.* 75.1.

ces principales, & les caractères de cette Tragédie se trouvent dans cette Histoire. Il est vrai qu'on n'y trouve aucune pensée dont notre Poëte eût pu faire usage : il n'y a qu'une seule expression qui se rencontre dans la Tragédie; c'est quand Hamlet tue Polonius derrière le tapis, en criant : *Un rat , un rat !*

Fin des Notes.

De l'Imprimerie de VALADE, rue des Noyers.

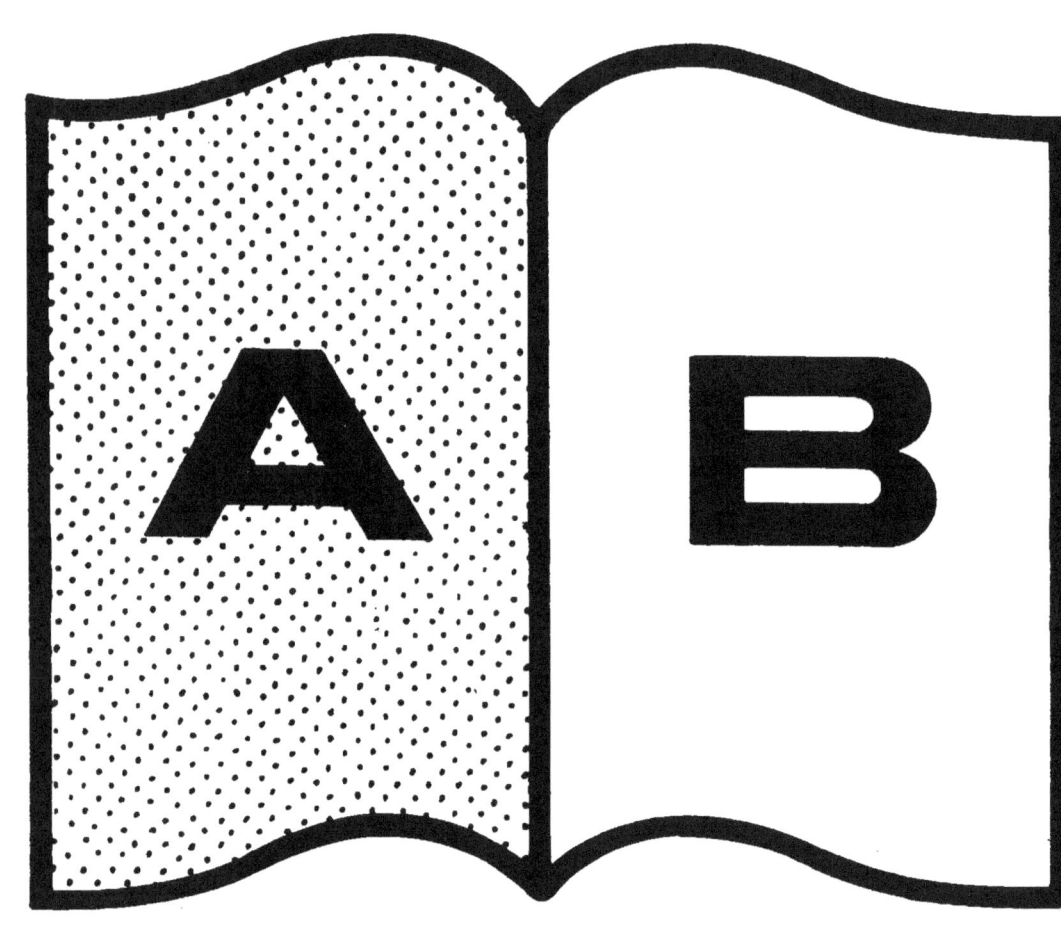

Contraste insuffisant

NF Z 43-120-14

www.ingramcontent.com/pod-product-compliance
Lightning Source LLC
Chambersburg PA
CBHW070345030726
47504CB00001B/69